Dello stesso autore in edizione TEA:

Le indagini del commissario Bordelli

1. *Il commissario Bordelli*
2. *Una brutta faccenda*
3. *Il nuovo venuto*
4. *Perché dollari?*
5. *Morte a Firenze*
6. *La forza del destino*
7. *Fantasmi del passato*
8. *Nel più bel sogno*
9. *L'anno dei misteri*
10. *Un caso maledetto*
11. *Ragazze smarrite*

Altre opere

Il brigante
Città in nero (a cura di)
Delitti in provincia (a cura di)
Donne donne
Buio d'amore
Selva oscura (con L. Chiodi, L. Gori, E. Gucci)
La scia nera (a cura di)
Per nessun motivo
Se mai un giorno

Marco Vichi

La forza del destino

Romanzo

Con tre interviste all'autore

TEA

Per informazioni sulle novità
del Gruppo editoriale Mauri Spagnol visita:
www.illibraio.it

TEA – Tascabili degli Editori Associati S.r.l., Milano
Gruppo editoriale Mauri Spagnol

www.tealibri.it

Prima edizione TEADUE marzo 2014
Nona ristampa TEADUE luglio 2021
Prima edizione Gialli TEA settembre 2022
Seconda ristampa Gialli TEA febbraio 2024

Amor dolente insegna a non amare
ANONIMO DEL XVIII ARRONDISSEMENT

Non chiedere mai la strada a chi la conosce, altrimenti non potrai mai perderti
RABBI NAHMAN DE BRATSLAV

LA FORZA DEL DESTINO

«La Nazione», lunedì 20 febbraio 1967
Terza pagina

Le colline dell'orrore

Suicidio nel bosco

Macellaio fiorentino di 44 anni
si spara in bocca nel bosco di Cintoia Alta
La moglie e la figlia distrutte dal dolore

Ieri mattina Livio Panerai, macellaio di 44 anni, si è ucciso con una fucilata in bocca nei pressi dell'abbazia di Monte Scalari. Mancavano pochi minuti alle sette, quando un cacciatore si è trovato davanti il corpo senza vita del macellaio, con la doppietta ancora tra le mani. La signora Cesira Batacchi, sposata con Panerai da 19 anni, non sa spiegarsi il gesto estremo del marito, che come ogni domenica era uscito prima dell'alba per andare a caccia sulle colline di Cintoia. Nessuna preoccupazione aleggiava sopra la testa di Livio Panerai. Gran lavoratore, sempre allegro, amato dai suoi clienti, conduceva una vita senza ombre. Gli abitanti della Panca parlano di «colline dell'orrore». Non solo questi luoghi furono teatro di atroci eccidi nazisti avvenuti a Pian d'Albero e nelle zone circostanti, ma a quanto sembra l'orrore continua: il macellaio suicida è stato trovato non lontano dal luogo dove qualche mese fa venne rinvenuto il corpo senza vita di Giacomo Pellissari, il ragazzino stuprato e ucciso il cui assassino non è mai stato trovato. La salma di Panerai è stata trasferita nella cappella del commiato dell'ospedale di...

Bordelli chiuse il giornale e lo lasciò cadere sul tavolo. Rimase immobile a fissare il vuoto, con aria pensierosa. Da un angolo del soffitto pendeva una spessa ragnatela, e lì accanto un ragno enorme e peloso aspettava che una vittima cadesse nella sua trappola. L'ossessivo tic tac dell'orologio appeso alla parete non bastava a vincere il silenzio, ma s'infilava nei pensieri come un verme nella mela. La vita era strana, a volte. Quando meno te lo aspettavi riusciva a sorprenderti. Il macellaio suicida. Solo lui e Piras sapevano che razza di bestia era Livio Panerai. Un nostalgico fascista, stupratore di bambini, un assassino...

Si alzò con un sospiro. Strappò la terza pagina della «Nazione», l'accartocciò comprimendola con le mani fino a farne una palla e andò a gettarla tra gli alari. Altre pagine fecero la stessa fine, articoli sugli strascichi dell'alluvione, sui danni incalcolabili alle opere d'arte, sulla disperazione di chi aveva perso tutto, sulle famiglie che vivevano ancora in alloggi di fortuna, e poi altre polemiche, incidenti, i film della giornata, i programmi televisivi, la Fiorentina che aveva perso in casa, pubblicità di alcolici e di cachet contro il mal di testa...

Sopra le palle di carta mise una fascina secca, poi dei legni più grandi, qualche pina con le squame aperte, e in cima al cumulo adagiò due tronchetti di quercia. Con un fiammifero dette fuoco alla carta in più punti, e si lasciò andare sopra una delle due panche di mattoni costruite ai lati dell'enorme camino, proprio sotto la grande cappa con le pietre annerite, dove i contadini andavano a sedersi durante i mesi freddi.

Fuori era già notte. Abitava in quella vecchia cascina da poco più di un mese, e accendere il fuoco era già diventata una piacevole abitudine. Dopo averci pensato per anni, alla fine ce l'aveva fatta. Era riuscito a vendere la casa di via del Leone e aveva comprato un casale in campagna, nel comune di Impruneta. Una grande casa padronale su due piani a qualche chilometro dal paese, lungo una strada sterrata piena di buche e di sassi dove non passava mai nessuno. Un luogo isolato e selvaggio... *Hic sunt leones*.

L'acqua veniva tirata su da un pozzo con l'autoclave, come riscaldamento c'era una stufa di ghisa al primo piano e il camino, e per fare allacciare il telefono aveva dovuto aspettare quasi tre settimane. Ma ogni giorno che passava era sempre più convinto di aver fatto la scelta giusta. Adesso che non doveva più andare in giro a mettere il sale sulla coda agli assassini, il tempo non gli mancava. Aveva anche comprato parecchi libri, e a volte passava l'intero pomeriggio a leggere, seduto in poltrona davanti al fuoco. La città era più lontana della luna, anche se per arrivarci ci voleva sì e no un quarto d'ora di macchina. Se pensava a Firenze immaginava sempre le stesse cose: la sudicia e spessa riga di nafta che ancora incrostava le facciate di chiese e palazzi, il fango che stagnava nelle cantine, i negozi sventrati, le botteghe che non avevano riaperto, il puzzo dei gas di scarico... Ma anche i giovani che sfrecciavano su Vespe e Lambrette, e le ragazze che nei mesi caldi portavano minigonne cortissime che facevano l'effetto di un pugno in testa.

Preparando scatoloni e borse per il trasloco aveva trovato un sacco di cose che non vedeva da anni, o che addirittura non sapeva più di avere. Pacchi di fotografie di famiglia, vecchie lettere, due pistole della guerra, i pugnali del San Marco ancora sporchi di sangue, fregi nazisti strappati dalle divise dei cadaveri... Aveva addirittura ritrovato la scheggia di siluro che gli aveva sfiorato la tempia quando era imbarcato sui sommergibili, con un'alga secca impigliata tra le increspature del metallo. L'aveva messa nel cassetto del comodino, per non perderla di nuovo.

Accese la quinta sigaretta della giornata e si mise a guardare la fiamma che divorava la carta, la fascina, i legnetti, le pine, per poi abbracciare i ciocchi con le sue lingue rosse e dorate. Ogni tanto si sentiva uno scoppiettio, e uno sciame di scintille saliva in alto scomparendo nel buio della cappa.

Gli piaceva anche alzarsi la mattina e trovare il pane e «La Nazione» appesi sotto la tettoia, in un sacchetto di plastica. In campagna era una cosa normale, bastava mettersi d'accordo con il fornaio, che per gentilezza gli portava anche il giornale. Per accendere il fuoco il giornale era indispensabile.

Una volta alla settimana passava il treccone, che adesso invece della bicicletta aveva una Giardinetta con il bagagliaio pieno di ogni genere di cose. Non sempre riusciva a vendere o a scambiare qualcosa, però sapeva riparare gli ombrelli e le persiane che non chiudevano bene, sapeva arrotare i coltelli e le lame del trinciaforaggi, e accettava volentieri un bicchiere di vino facendo due chiacchiere, portando di casa in casa notizie fresche che magari abbelliva a piacere.

Aveva fatto bene a comprare quella grande casa. Compreso nel prezzo c'era anche un ettaro di terreno incolto con un centinaio di olivi abbandonati. La posizione era magnifica, *tutta a solatìo e niente a bacìo*, come dicevano i contadini della zona. La vista si perdeva lontano, abbracciando lo sfondo di un dipinto di Leonardo. File di cipressi, vigne, oliveti, distese di terra rossastra, colline morbide con i crinali ricoperti di boschi neri che al tramonto diventavano viola, come in certi quadri dell'Ottocento. E pensare che alla fine dei conti gli erano avanzati diversi milioni. Dopo l'alluvione gli appartamenti dal terzo piano in su erano diventati molto più cari. Invece la campagna non la voleva più nessuno. La campagna era l'orrore. Non solo per i figli dei contadini, che scappavano in città dietro a un sogno che li attirava come una bellissima puttana. Anche i padroni volevano disfarsi di quei fabbricati che ormai non valevano più nulla, prima che andassero del tutto in rovina. Vendevano in fretta, senza curarsi troppo del prezzo. Il proprietario che gli aveva venduto la casa, un uomo sui sessant'anni che aveva l'aria di non aver mai lavorato, non si era nemmeno preoccupato di portare via le sue cose. Aveva lasciato tutto, grandi armadi antichi, cassettoni di ciliegio, letti in ferro battuto, stufe di terracotta, una madia che odorava di legno e di farina, tavoli, sedie, credenze intagliate e addirittura due tavolette scortecciate dipinte a olio del Cinque o Seicento, di soggetto religioso. Nulla di prezioso, figuriamoci, ma erano assai piacevoli da guardare. Le aveva appese nella sua camera da letto, e la notte, prima di spegnere la luce, gli capitava di restare a osservarle per qualche minuto cercando di capire a quali maestri si era ispirato l'ingenuo pittore.

La notte il silenzio era assoluto, interrotto ogni tanto dal verso di qualche animale, dal rumore sordo di un branco di cinghiali che correva tra gli olivi, o da uno schianto della brace al piano di sotto. Aveva amato quella casa a prima vista, come gli capitava a volte con una donna che vedeva passare per strada. Si era sentito bene tra quelle mura storte, su quei pavimenti di cotto mezzi imbarcati. Dopo aver vissuto per anni in un appartamento, adesso gli piaceva dover salire una scala e fare una camminata per andare dalla cucina alla camera da letto. In campagna gli sembrava di sentirsi più giovane, a parte quando si guardava allo specchio.

Da una porticina a piano terra si entrava nella parte più campagnola. Una vera cantina con la volta di mattoni, una stalla che ancora puzzava di animali, con vecchie gabbie per conigli costruite alla meglio da qualche contadino. C'era addirittura un vecchio frantoio con la grande ruota di granito e l'asta per attaccarci il ciuco, dove per adesso teneva le cataste di legna da bruciare. Chissà, magari un giorno avrebbe rimesso a posto quelle stanze e la casa sarebbe diventata ancora più grande. Avrebbe potuto viverci con una donna e non vederla per tutto il giorno. Sorrise, ma con amarezza. Quando pensava a una donna pensava ancora a Eleonora...

Sentì in lontananza il motore di una macchina che si avvicinava, e guardò l'orologio appeso al muro. Le sette e mezzo. Puntuale come sempre, pensò. Buttò la cicca nel fuoco, si alzò con calma e mise una pentola d'acqua sul fornello più grande. Sbirciò dalla finestra della cucina. Un lampione arrugginito murato sulla facciata rischiarava appena l'aia, e nell'oscurità s'intravedevano le cime dei cipressi scosse dal vento. La macchina si fermò davanti alla casa, i fari si spensero e si sentì sbattere una portiera. Un'ombra si avvicinò alla porta, e Bordelli andò ad aprire.

«Buonasera, commissario.»

«Non sono più commissario, Piras.»

«Il lupo perde il pelo...» disse la giovane guardia con un brivido di freddo, entrando in casa. Era passato un anno e mezzo dalla sparatoria che gli aveva fracassato le gambe, e ormai camminava quasi normalmente. Quella sera aveva un'aria strana, come se avesse una gran voglia di sapere qualcosa e stentasse a trattenersi. Storse il naso per il puzzo di sigaretta, ma non disse nulla.

«Freddo?» disse Bordelli.

«Qui si gela, in città si sta un po' meglio.»

«Mettiti comodo... Penne al pomodoro va bene?»

«Mi va bene tutto» fece il sardo, sedendosi dentro il camino. Aprì le mani e le avvicinò alla fiamma. Ormai sapeva che l'ex commissario non voleva essere aiutato a cucinare. Da quando Bordelli si era trasferito lo aveva sentito spesso al telefono, ed era già andato a trovarlo due o tre volte fermandosi a cena. E ogni volta si era chiesto come un essere umano potesse isolarsi in quel modo. Lui in campagna ci era nato e cresciuto, e adesso non avrebbe più potuto fare a meno del caos della città.

«Un bicchiere di vino?» chiese Bordelli, mentre apriva il barattolo dei pelati. Il sardo annuì. Bordelli riempì due bicchieri e ne portò uno a Piras. Era un vino rosso sangue che comprava a damigiane da un contadino della zona. Lo infiascava da solo, e in cima ci metteva un po' d'olio per proteggerlo dall'aria.

Rimasero in silenzio. Il rumore del fuoco era rilassante. Bordelli mise a soffriggere nell'olio una cipolla tagliata fine, lasciò che cuocesse per un po' e ci versò sopra il pomodoro.

«Giornata piacevole, giù in questura?»

«Niente morti ammazzati.»

«È già qualcosa...»

«E la sua giornata, commissario?»

«Non sono più commissario...»

«Tanto non ci sente nessuno» disse il sardo. Bordelli buttò la pasta, e dopo averla girata per mezzo minuto prese il suo bicchiere e andò a sedersi dentro il camino davanti a Piras. Si aspettava da un momento all'altro che il sardo facesse la domanda che gli bruciava sulla lingua. Chissà se sarebbe stata una domanda diretta o se l'avrebbe presa larga. In lontananza un cane abbaiava disperato, e ogni tanto si sentiva il verso di un gufo che doveva essersi appollaiato sul tetto.

«La tua bella siciliana?» chiese Bordelli, dopo un lungo silenzio.

«Tutto bene.»

«Perché una sera non vieni con lei?»

«Sta preparando la tesi. Studia tutto il giorno e la sera va a dormire con le galline» disse Piras, con un sorriso rassegnato.

«Quella ragazza sa il fatto suo.»

«Non ce la vedo a fare l'avvocato.»

«La gente farà a cazzotti per farsi difendere da lei» disse Bordelli. Di nuovo silenzio. Il sardo fissava il fuoco, e ogni tanto beveva un sorso. Il suo viso eternamente serio, simile a un'antica pietra nuragica, poteva ingannare chi non lo conosceva. All'apparenza poteva sembrare un ragazzo malinconico e cupo, ma non era così. A suo modo aveva un animo leggero, e quando voleva, sapeva scherzare e stare al gioco. Solo che da fuori non si vedeva.

Bordelli vuotò il bicchiere e si alzò per mettere un altro ciocco di legna sul fuoco. Andò ad assaggiare la pasta, mancavano ancora due o tre minuti. Apparecchiò la tavola con tutti i crismi. Tovaglia bianca, piatti e scodelle di porcellana, calici di cristallo, posate della nonna, tovaglioli puliti, il fiasco del vino, l'acqua, il pane, l'olio e l'aceto, sale e pepe, il parmigiano e la grattugia... tutto ben ordinato. Anche quella era una nuova e piacevole abitudine, che fosse solo o in compagnia era lo stesso. Quando abitava a San Frediano, le rare volte che cenava a casa si sedeva sul divano con il piatto sulle ginocchia. Non avrebbe più commesso errori del genere. La sua amica e mammina Rosa glielo diceva sempre... *Mangiare è come fare l'amore, bisogna farlo bene.* E se a dirlo era una candida prostituta in pensione ci si doveva credere.

Scolò la pasta, la servì nelle scodelle e ci versò sopra il pomodoro bollente. Si sedettero a tavola, piacevolmente affamati. Un filo d'olio, e parmigiano abbondante. Aggiunsero anche del peperoncino tritato. Alla prima forchettata Piras alzò appena le sopracciglia, in segno di apprezzamento. Bordelli riempì di nuovo i bicchieri di vino.

«I tuoi stanno bene?»

«Tutto a posto.»

«Tuo padre che fa?»

«Ci ho parlato ieri. Le manda i saluti.»

«Uno di questi giorni gli telefono» disse Bordelli. Lui e Gavino, il padre del ragazzo, erano stati compagni di guerra nel Battaglione San Marco. Gavino era tornato al paese con un braccio di meno, e si era rimesso a fare il contadino.

«Ha detto che forse in primavera viene in continente a trovarmi» disse Piras.

«Ah, bene. Finalmente conoscerò tua mamma.»

«Lei non verrà di sicuro.»

«Perché no?»

«Non è mai uscita da Bonarcado, e solo a pensarci si spaventa.»

«Cerca di convincerla...»

«È più facile far cambiare idea a un mattone.»

«Ma siete tutti così, voi sardi?»

«Ognuno è come è» tagliò corto Piras.

«Comunque se a Gavino fa piacere può stare qui da me. Ho un sacco di spazio.»

«Grazie, glielo dirò. Ma non credo che venga... Sono anni che lo dice...»

Ancora una volta rimasero in silenzio. Mangiavano, bevevano, si scambiavano lunghe occhiate. Il fuoco che scoppiettava, una grande cucina con le crepe sui muri, la campagna immersa nella notte e popolata di animali che andavano a caccia nei boschi sotto una luna indifferente... Intanto Bordelli aspettava la domanda di Piras, cercando di immaginare quali parole avrebbe usato.

In quel silenzio, poco a poco, senza alcun motivo un vecchio ricordo emerse dall'oscurità della sua memoria... Il cadavere di un bambino abbandonato sulla neve, crivellato di proiettili e duro come il marmo, con gli occhi sbarrati che fissavano il cielo. La sua colpa era di essere italiano, un traditore italiano, un piccolo maledetto traditore in un paese occupato dai nazisti. Rivedeva i momenti in cui lo avevano seppellito, spaccando la terra congelata a colpi di piccone, bestemmiando e sudando come maiali nel freddo della campagna. Mentre lo ricoprivano di zolle dure come pietre, lui aveva pensato: Se un giorno mi trovassi davanti l'uomo che ha sparato a questo bambino, cosa farei? Aveva immaginato di guardare in faccia quell'uomo, di fissarlo negli occhi, e aveva capito con rabbia e spavento che avrebbe trovato nel suo sguardo qualcosa di familiare, che si sarebbe trovato davanti un uomo come lui... ma lo avrebbe ammazzato lo stesso, anzi lo avrebbe ammazzato proprio per questo, perché era un uomo come lui...

«Davvero è contento di vivere quassù, commissario?» La voce di Piras scivolò sul tavolo come un batuffolo di cotone, rompendo la tregua di silenzio. Ma non era quella la domanda che Bordelli stava aspettando.

«Non sono più commissario...»

«Non si sente un po' isolato?»

«Non credo sia la parola giusta.»

«E cosa fa tutto il giorno?»

«Un sacco di cose interessanti... Cammino nei boschi, leggo, spacco la legna, faccio la spesa, accendo il fuoco, cucino, mangio, guardo la televisione, e tra un po' avrò anche un orto da zappare.»

«Non si sente solo?» insisté il sardo.

«Dipende da cosa intendi.» Era vero che la solitudine e il silenzio della campagna invitavano a rimuginare su ogni cosa e a coltivare la malinconia, ma quella vita gli piaceva più di quanto avesse immaginato. Non poteva farci niente.

Il sardo riempì i bicchieri di vino e mandò giù un lungo sorso.

« Ha letto 'La Nazione' di stamattina? » chiese. Bordelli sorrise appena. Finalmente Piras si era deciso ad affrontare l'argomento.

« Vuoi sapere se ho letto del suicidio del macellaio? »

« Cosa ne pensa? »

« Spiegati meglio. »

« Come mai Panerai si è ucciso, secondo lei? »

« Non so... Forse aveva mancato un passerotto? »

« Dico sul serio. Non riesco a capire... »

« Aveva ucciso un bambino, Piras... Lo sai bene, noi due siamo gli unici a saperlo. »

« Rimorso? »

« Perché no? »

« Non ce lo vedo uno come quello a spararsi in bocca. »

« Il rimorso può fare brutti scherzi, Piras. Cova sotto la cenere, e quando meno te lo aspetti... »

« Anche un bisonte come Panerai? »

« A quanto pare... »

« E se invece fosse stato ucciso? » disse il sardo, fissandolo negli occhi.

« Non credo proprio, ma nel caso ti confesso che non perderei nemmeno un minuto a cercare l'assassino » disse Bordelli, sbucciando una mela. Il sardo continuava a rimuginare, lanciando a Bordelli lunghe occhiate indagatrici.

« Ho addirittura pensato che lei... Non ci metto le mani sul fuoco... Ma appena l'ho saputo, la prima cosa che mi è venuta in mente... Visto come stanno le cose, non ci vedrei nulla di strano... »

« Pensi che sia stato io? » lo anticipò Bordelli. Il sardo non disse nulla, ma rimase in attesa della risposta con le mani strette intorno al bicchiere. L'ex commissario lo lasciò friggere per qualche secondo, poi scosse il capo.

« Non sono stato io, Piras. Ma ammetto di non essere dispiaciuto... Vuoi una mela? »

«No, grazie.»

«Uno stronzo di meno è sempre uno stronzo di meno, Piras.»

«Certo... Però... Come le dicevo...»

«Dimmi sinceramente... Hai qualche sospetto? Sei stato sul posto? Hai visto qualcosa che non quadra?» chiese Bordelli, masticando la mela.

«Sono andato in quel bosco con il tenente Silvis, ma non ho notato nulla di strano. A prima vista sembra un vero suicidio.»

«E allora di cosa ti preoccupi?»

«Il fatto è che... Lo ha detto anche lei... Io lo so che Panerai era una bestia, gli altri no...»

«Molto giusto, Piras, molto giusto. Ti va una grappa?» disse Bordelli, alzandosi.

«Quattro assassini, due suicidi...» borbottò il sardo. Bordelli portò a tavola una bottiglia di grappa e due bicchierini, e si sedette di nuovo.

«Non vorrei passare il resto della serata a parlare di questa faccenda, Piras...» Versò la grappa e spinse un bicchierino verso il ragazzo. Piras mandò giù un sorso, e fece fatica a non tossire. Quando vide che Bordelli stava accendendo una sigaretta, si alzò e andò a sedersi accanto al fuoco. Non sopportava il puzzo di sigaretta, e considerava il vizio del fumo uno dei più stupidi.

«Va bene, non parliamone più» sospirò, fissando le fiamme. Bordelli fece qualche tiro, e per fare un favore al sardo spense la sigaretta quasi intera. Andò a sedersi di fronte a lui, sulla solita panca di mattoni.

«Da bambino ti piacevano le fiabe, Piras?»

«Sì...»

«E come mai? Te lo ricordi?»

«Be', perché alla fine il cattivo veniva punito e il bene trionfava.»

«Ed è giusto che i bambini imparino a credere a qualcosa che nella vita non succede quasi mai?»

«Non so...»

«Io penso di sì... Nonostante tutto è bene non arrendersi...»

«Sta cercando di dirmi qualcosa?»

«Lascia perdere, Piras. Ai vecchi capita spesso di giocare al nonno saggio, soprattutto davanti a un camino acceso...»

Dopo aver letto per quasi un'ora, spense la luce. Prima di infilarsi sotto le coperte aveva messo qualche ciocco nella stufa di ghisa del primo piano, e il calore si diffondeva nell'aria insieme a un forte profumo di legna bruciata.

Piras se n'era andato verso mezzanotte. Durante la serata, ogni tanto gli si leggeva negli occhi la voglia di riaprire il discorso sul suicidio del macellaio, ma non aveva fatto più domande.

Nel buio pesto teneva gli occhi aperti, e come gli accadeva da bambino vedeva dei disegni luminosi simili a quelli di un caleidoscopio. Non poteva raccontare a Piras come stavano davvero le cose. Non adesso, almeno. Era una guerra che doveva combattere da solo. Lui aveva commesso un errore, e lui doveva rimediare. Il rischio doveva essere soltanto suo. Aveva già troppi rimorsi.

Gli ultimi tempi che aveva passato nella sua vecchia casa di San Frediano, ogni notte prima di addormentarsi pensava che su quello stesso materasso erano successe molte cose, e non tutte piacevoli. Non poteva fare a meno di ricordare le notti passate a fare l'amore con Eleonora, i suoi occhi neri e luminosi, l'odore buono della sua pelle... Ma poi la vedeva tra i lenzuoli con il viso tumefatto e lo sguardo vuoto, tremante di paura. Povera Eleonora. Era stata punita senza avere nessuna colpa, violentata brutalmente da due figuri al solo scopo di lasciare un messaggio a lui, a Bordelli, al commissario rompicoglioni che cacciava il naso dove non doveva. Erano penetrati in casa sua, e avevano aspettato la bella ragazza che voleva fare al suo cavaliere una sorpresa tra i lenzuoli. Ma invece del cavaliere lei aveva trovato due sgherri che l'avevano trascinata sul letto con la forza, per offenderla nel corpo e nello spirito... al solo scopo di consigliare al suo cavaliere di non dare più fastidio al re. Avevano anche lasciato per lui un foglietto con una lista di nomi: Rosa Stracuzzi, Dante Pedretti, Pietrino Piras e così via. Il messaggio era chiaro come un telegramma: se non ti fermi, uccideremo tutte le persone che ti sono care. Stop.

Era stato un coglione. Aveva minacciato degli assassini sapendo di non avere nessuna prova per incriminarli, sperando di ottenere chissà cosa... Magari di spaventarli, di farli sentire in pericolo. Ma uno di loro era molto potente, e non aveva digerito lo scherzo. A pagare il conto era stata Eleonora... Non riusciva a perdonarselo. E come se non bastasse, lei se n'era andata.

E lui? Aveva fatto bene a lasciare la questura? Ma in fondo che altro avrebbe potuto fare? Continuare a fare il commissario sapendo che non sarebbe mai riuscito a mettere in galera gli assassini di Giacomo? Quando non si rispettano le regole del gioco, è bene smettere di giocare. Era un po' come quella sera di molti anni prima, quando a poker aveva vinto venticinque stipendi a un caro amico. Ovviamente si era rifiutato di incassare la vincita, ma da quel giorno non aveva mai più giocato a poker.

Si voltò su un fianco e chiuse gli occhi. Era stanco, ma i pensieri gli impedivano di addormentarsi. Era un ex commissario della Pubblica Sicurezza, ma era anche un ex comandante del Battaglione San Marco. Certe cose non le poteva sopportare. Il nazismo non era cominciato con Hitler e non era finito con il suo suicidio. Il nazismo come definizione apparteneva a un momento storico, ma la sua essenza scorrazzava da sempre in ogni luogo del mondo, imprigionando tra i suoi artigli uomini e popoli... Certo che a quell'ora di notte si metteva a fare dei bei ragionamenti.

Nel silenzio sentì il verso rauco di un uccello notturno, e immaginando la campagna deserta sotto la luna si ricordò una poesia dei tempi della scuola... *Scende la luna; e si scolora il mondo; spariscon l'ombre, ed una oscurità la valle e il monte imbruna...* Gli venne una gran voglia di uscire nella notte, di vagare nei campi. Accese la luce, si alzò dal letto con la testa pesante e si vestì con calma. Si mise addosso una maglia di lana e un giubbotto, e si avvolse una sciarpa intorno al collo. Uscì di casa con la torcia in tasca, ma non ebbe bisogno di accenderla. La luna era quasi piena, e sul terreno smorto si allungavano le ombre nere degli olivi. Lunghe ondate di vento scuotevano il fogliame. Camminava tra l'erba alta con le mani in tasca, respirando con piacere l'aria fredda. Gli era sempre piaciuto, il vento. Era una forza viva, che muoveva le cose. L'immobilità somigliava alla morte.

In fondo al campo, una grossa pietra bianca emergeva dal buio come l'occhio di un gigante. Oltre l'oliveto si alzava una collina boscosa, e tra le chiome rotonde dei pini spuntavano qua e là i pennacchi scuri dei cipressi. Arrivò al limitare del bosco, e finalmente sentì il leggero gorgoglio del Fosso delle Acque Cadute, un piccolo ruscello che faceva da confine al suo campicello. A ogni folata di vento si sentiva cigolare il tronco di un albero.

Non poteva raccontare a nessuno il suo segreto, non ancora almeno. Ormai sapeva che sarebbe andato fino in fondo, e preferiva vivere quell'avventura da solo. Non era stata una decisione presa a tavolino, ci si era messo di mezzo il destino.

Accompagnato dalla sua ombra lunare s'incamminò lungo un viottolo angusto che solcava il terreno erboso correndo parallelo al fosso, quasi certamente un percorso battuto dai cinghiali. La natura immersa nella notte gli dava uno strano brivido animale, una specie di richiamo della foresta. Sentiva sotto la pelle il desiderio di strapparsi i vestiti di dosso e di lanciarsi a capo basso tra gli alberi e i cespugli, e magari anche di ululare alla luna... Obbedire solo all'istinto e alle leggi naturali della sopravvivenza, ignorando il sudiciume e la stupidità che governavano la razza umana...

Non c'era alcun dubbio, era stato il Destino a organizzare tutto, nel modo più semplice. Il Caso non gli sembrava capace di arrivare a tanto. Non poteva essere stata una banale coincidenza...

Da quando si era trasferito in campagna andava spesso a camminare nei boschi, a volte la mattina presto, addirittura all'alba. Metteva nello zaino un panino con il prosciutto, una bottiglia d'acqua e una mela, montava sul Maggiolino, saliva su per le strade sterrate che portavano sulle colline e parcheggiava in qualche spiazzo al lato della strada. Era stato il Botta ad attaccargli quella passione, quando qualche mese prima lo aveva portato a cercare funghi sopra Monte alle Croci. Ed era proprio lassù che andava quasi sempre. Attaccava la salita ormai familiare con il fiato grosso, contento come un bambino di riconoscere gli alberi dalle forme più strane e le pietre che spuntavano dal terreno. Si spingeva sempre più avanti esplorando nuovi sentieri, a volte tagliava per i boschi, avvistando animali in fuga, scendeva giù per terreni scoscesi attaccandosi ai tronchi dei castagni per non cadere, si perdeva volentieri ritrovando poi il cammino. Piano piano cominciava a conoscere la zona, a capire l'intreccio dei sentieri. Nei fine settimana si sentiva sparare più spesso. Quando raramente gli capitava di incontrare un cacciatore, scambiava appena un cenno di saluto e tirava dritto. Non aveva nessuna simpatia per la caccia.

Il giorno prima, domenica, era partito da casa quando faceva ancora buio, e mentre attaccava a piedi la salita sopra Poggio alla Croce aveva assistito al sorgere del sole. Faceva un freddo cane, e si era messo addirittura i guanti e il cappello. Non passavano cinque minuti senza sentire uno sparo. Dopo meno di un'ora era arrivato al trivio della Cappella dei Boschi, e aveva imboccato il sentiero che dall'abbazia di Monte Scalari portava a Pian d'Albero. Ormai conosceva bene quei paraggi. La prima volta ci era venuto poco prima dell'alluvione, quando il cadavere del ragazzino era stato ritrovato sepolto alla meglio in quel bosco. Nei giorni successivi ci era tornato diverse volte, per ispezionare la zona alla ricerca di indizi. Una mattina un pigolio disperato lo aveva guidato tra i cespugli, e aveva trovato Briciola, una gattina di pochi giorni con un occhio malandato che aveva portato subito a Rosa. Briciola non poteva saperlo, ma era proprio grazie al suo miagolio se lui aveva scoperto la prima esile traccia che dopo qualche tempo lo aveva portato fino agli assassini di Giacomo Pellissari. Con pazienza era riuscito a scoprire tutto, per filo e per segno, ma non aveva potuto arrestare i colpevoli per mancanza di prove... Lo aveva sentito come uno scacco matto... Le cose erano precipitate, e dopo lo stupro di Eleonora aveva deciso di lasciare la questura...

Ma quella mattina non aveva nessuna voglia di pensarci, si era già logorato abbastanza. Voleva solo fare una lunga camminata, dimenticarsi le sigarette e mangiare un panino in santa pace seduto sopra una roccia.

Era arrivato sotto l'immensa quercia che i nazisti avevano scelto per impiccare i *traditori italiani*, e si era fermato a osservare quei grandi rami neri che senza nessuna colpa erano serviti a uccidere degli innocenti. Chissà quante altre cose aveva visto quella quercia poderosa, durante i secoli della sua vita. Se avesse avuto una bocca per parlare...

Aveva ripreso il cammino verso Pian d'Albero. Non poteva immaginare che pochi minuti dopo... Era stato tutto così veloce... A ripensarci, stentava quasi a credere che fosse successo veramente...

Dietro una curva aveva visto un uomo accucciato dietro un appostamento per la caccia, in cima a una collinetta, e anche se era di schiena lo aveva riconosciuto. Era il macellaio Panerai, uno dei quattro che avevano violentato Giacomo, e soprattutto colui che lo aveva materialmente assassinato, strangolandolo durante l'orgasmo...

Senza pensarci due volte si era arrampicato tra gli alberi e gli era arrivato alle spalle, silenzioso come un apache... Gli aveva strappato il fucile dalle mani e glielo aveva puntato addosso.

«Chi non muore si rivede, Panerai.» Il macellaio si era alzato in piedi a fatica, tremando come una foglia. Non riusciva quasi a parlare. Dai suoi occhi sprizzavano odio e paura.

«Come va la caccia? Hai ammazzato qualche uccellino?»

«Ancora... no...» aveva borbottato Panerai.

«Non è da queste parti che hai seppellito il ragazzino?»

«No... io... non ho fatto nulla...»

«Non fare il modesto... Ricordati che sei un devoto del Duce....» A un tratto aveva pensato che doveva fare presto.

«Io non... Io...» aveva continuato a balbettare il macellaio.

«Eia eia alalà...» Cogliendo di sorpresa Panerai gli aveva infilato la canna della doppietta in bocca e aveva tirato insieme i due grilletti. La nuca del macellaio era esplosa con uno spruzzo di sangue, e il suo corpo flaccido era caduto a terra con un tonfo sordo. Il boato della fucilata aveva echeggiato per le valli, ma era normale sentir sparare in un bosco, soprattutto la domenica.

Il macellaio aveva agonizzato per qualche secondo, scalciando i piedi tra le foglie, e dopo un ultimo spasmo si era fermato per sempre. Lui gli aveva lasciato cadere il fucile tra le mani e se n'era andato con il cappello calato sugli occhi, ma non si era messo a correre. Non era preoccupato, sentiva che sarebbe andato tutto bene. E così era stato. Camminando nel bosco verso la macchina e guidando fino a casa non aveva incontrato anima viva. Era come se non si fosse mai mosso dalla sua cascina...

Aveva maneggiato il fucile con i guanti, il terreno ricoperto di foglie marce era così gelato e duro che non restava nessuna impronta, la fucilata si era confusa con tutte le altre, senza contare che se fosse stato ancora in servizio non lo avrebbe mai fatto... Com'era possibile non pensare al destino? Nemmeno Diotivede, il vecchio medico legale suo amico, poteva scoprire la verità sulla morte del macellaio...

Si fermò un istante, seguendo con lo sguardo il volo di un grande uccello notturno che passava silenzioso senza muovere le ali. Le sue piume bianche illuminate dalla luna emergevano dal buio come se fossero fosforescenti, e planando dolcemente sparì nel folto del bosco.

Cominciava ad avere freddo, e tornò verso casa. Una volta aveva letto l'intervista a uno scrittore che affermava di non essere lui a scrivere i romanzi... Le storie gli si srotolavano davanti come se fossero già esistite, e non poteva nemmeno permettersi di cambiare il carattere o le parole dei personaggi. Più o meno era così che lui si sentiva... Gli sembrava di essere finito in una storia già scritta, e non poteva fare altro che girare le pagine. Sapeva soltanto che avrebbe letto il libro fino in fondo...

Il vento adesso era più forte e scuoteva con violenza i rami degli olivi. Una notte da lupi. Accelerò il passo, con i capelli che gli turbinavano sulla testa. Guardando la sua casa da lontano immaginò che Eleonora lo stesse aspettando sotto le coperte, e dopo un momento di dolcezza sprofondò nella desolazione.

Appena entrò in casa si versò un bicchierino di grappa e la mandò giù in un sorso. Salì al piano di sopra con le gambe pesanti, si spogliò e si mise a letto. Spense la luce, e nel freddo dei lenzuoli si rannicchiò come un bambino che aspetta il bacio della buonanotte.

Stava sognando di essere sotto il fuoco rabbioso delle mitragliatrici tedesche, chiuso con i suoi compagni in una cascina abbandonata. Una raffica più violenta lo svegliò... Stavano bussando alla porta. Sentì anche chiamare a voce alta, e riconobbe la voce di Ennio. Accese la luce e guardò l'orologio. Le otto e dieci. Porca miseria, se n'era dimenticato... Aveva fissato con lui per fare l'orto...

«Arrivo...» disse rauco. Si alzò a fatica e si vestì con gli occhi ancora mezzi chiusi. Sentiva il Botta che continuava a bussare. Scese le scale barcollando, senza essere uscito del tutto dal sogno. Aveva ancora nelle orecchie le raffiche naziste. Quando aprì la porta, Ennio allargò le braccia.

«Commissario, non mi dica che stava ancora dormendo...»

«Non sono più commissario, Ennio.»

«Commissari si nasce, e lei modestamente lo nacque» disse il Botta, entrando in casa.

«Scusa, ieri sera ho fatto tardi.»

«Se vuole fare il contadino deve svegliarsi all'alba.»

«Bevo un caffè e sono pronto. Te lo vuoi?»

«Meglio se lo faccio io.» Il Botta si mise al lavoro, e Bordelli salì al piano di sopra per lavarsi la faccia e rimettersi in sesto. Quando tornò in cucina il caffè era pronto.

«Quanto zucchero, commissario?»

«Uno, grazie.»

«Bene...» Ennio mise lo zucchero nelle tazzine vuote e ci versò sopra il caffè, come faceva sempre.

«Oggi prepariamo il terreno per i pomodori» disse.

«Non vedo l'ora...»

«Mi domando ancora se ha fatto la scelta giusta, a venire in campagna.»

«Nessuno mi riporterà in città, Ennio.» Si erano seduti al tavolo, uno di fronte all'altro. Il caffè del Botta era magnifico. Eppure aveva usato la stessa caffettiera e la stessa polvere che Bordelli usava ogni giorno.

«Io questa cosa che lei ha lasciato il lavoro mica mi torna, commissario.»

«L'ho fatto per te, così ora puoi raccontarmi tutti i crimini che hai commesso a cuor leggero.»

«I miei non sono mica crimini...»

«E cosa sono?» disse Bordelli, curioso di sentire la risposta.

«Arte della sopravvivenza.»

«C'è anche chi lavora...»

«E lei vorrebbe sbattere il Botta in fabbrica a dare martellate a una lastra di ferro? Mi vuole uccidere?»

«Non dovevi aprire una trattoria?»

«Certo... Se mi va bene un certo affare... Parlo di roba grossa... Da sistemarsi a vita...»

«Basta che non ti fai arrestare, Ennio. Mi farebbe troppa tristezza.»

«Gliel'ho già detto commissario, in galera non ci torno. Ho imparato la lezione... Non mi faccio più beccare come un coglione. Ora faccio le cose per bene, tutto scientifico.»

«Come i soliti ignoti...» disse Bordelli, sorridendo.

«Mi guardi in faccia, le sembro il tipo che marcisce dietro le sbarre alle Murate?»

«Se ti fai arrestare mi metterò a piangere, Ennio.»

«Non succederà, glielo posso giurare.»

«Cos'è questo *grosso affare* di cui parli? Magari posso darti dei consigli...» disse Bordelli, serio. Il Botta scosse il capo.

«Non ho bisogno di nulla, va tutto a gonfie vele. Magari glielo racconto a cose fatte, davanti a una bottiglia di vino... Come dice sempre lei.»

«Come vuoi.»

«Ci mettiamo al lavoro, commissario?» disse il Botta, alzandosi.

«Non sono più commissario...»

«E come dovrei chiamarla?»

«Sai una cosa, Ennio?»

«Che c'è?»

«Mi rendo conto solo adesso che io ti ho sempre dato del tu e te invece mi dai del lei...»

«E allora?»

«Non ti sembra un po' strano?»

«Non ci ho mai fatto caso.»

«Perché non ci diamo del tu?»

«Non ci riesco, commissario.»

«Basta con questo *commissario*, Ennio. Chiamami Franco e dammi del tu.»

«Lasciamo le cose come stanno, commissario... Andiamo a fare queste buche per i pomodori» disse il Botta, avviandosi. Bordelli mise in bocca una sigaretta spenta e lo seguì. Andarono nelle stanze agricole a prendere degli attrezzi lasciati dal vecchio proprietario e uscirono dalla porta che dava sul retro della casa, dove avevano deciso di fare l'orto. Era una giornata bellissima, il cielo sembrava lo sfondo di una Madonna del Trecento.

«Con quelli che fa? Li lascia perdere o vuole fare l'olio?» chiese Ennio, guardando l'oliveto abbandonato con una certa commiserazione. I rami erano cresciuti liberamente, fino a cinque o sei metri di altezza.

«Fare l'olio non mi dispiacerebbe» disse Bordelli, grattandosi la testa.

«A occhio e croce nessuno ha più toccato questi alberi da almeno dieci anni. Bisogna pulire il campo dalle erbacce, e in aprile si devono tagliare gli olivi drasticamente, per ricostruire la pianta. Se tutto va bene, i primi litri d'olio li vedrà a dicembre del '69. Poi ogni anno deve farli potare, concimare, e trattare con il verderame almeno due volte... La raccolta... Il frantoio... Insomma fare l'olio è una gran fatica.»

«Mi stai facendo cambiare idea...»

«Se vuole un consiglio, trovi qualcuno che se ne occupi a tempo pieno e si accontenti di farsi dare un po' d'olio.»

«Ci proverò... Grazie...»

«Per uno come lei, l'orto basta e avanza.»

«Non so se offendermi» disse Bordelli, ma il Botta stava già pensando ai pomodori. Osservava il futuro orto infestato di erbacce, accarezzandosi il mento. Dal suo sguardo si capiva che c'era da fare un gran lavoro.

«Io direi di metterli da qui a laggiù, una trentina di piante ci dovrebbero stare. Diamoci da fare.»

«Agli ordini» disse Bordelli, accennando il saluto militare.

«Se non si fanno le cose per bene non cresce nulla.»

«Come ti sembra questa terra?»

«Be', l'Impruneta è famosa per la terracotta» disse Ennio.

«Cioè?»

«È normale che questa terra sia argillosa, qua intorno è pieno di cave e di fornaci. Le carote non ci crescono, e anche le patate fanno fatica, ma i cavoli vengono su che è una meraviglia.»

«Allora mettiamo i cavoli...»

«Mica ora, commissario. I cavoli crescono in inverno. E comunque non è roba per lei, mi creda» disse il Botta, scuotendo la testa.

«Cosa si può seminare a primavera?»

«Un sacco di cose, ma per adesso cominci con i pomodori. Se riesce a farli crescere bene, l'anno venturo magari le do una mano a mettere i cetrioli, le melanzane, i ravanelli e i baccelli.»

«Sarà un'opera monumentale...»

«Diamoci da fare.»

Tagliarono l'erba con i falcetti e la accumularono da una parte. Si misero a zappare la terra, sudando sotto un cielo azzurro che faceva già pensare alla primavera. Il sole era abbagliante, e il vento sottile che soffiava senza sosta non riusciva a sconfiggere del tutto il tepore dell'aria.

Bordelli era pensieroso. Due giorni prima aveva ammazzato uno strangolatore di bambini, e adesso zappava la terra per fare l'orto. Pensava alla moglie e alla figlia del macellaio, che non avevano nessuna colpa. Erano certamente distrutte dal dolore, ma non era meglio un marito e un padre suicida piuttosto che stupratore e assassino? In fondo aveva risparmiato a quelle due povere creature di scoprire qualcosa che le avrebbe devastate senza rimedio...

«Sa cosa potrebbe seminare? I peperoncini...» disse il Botta.

«Magnifico.» Bordelli amava particolarmente i peperoncini, anche se non si era mai sognato di seminarli.

«Almeno è semplice. Mette i semi in qualche vaso bello grande e li annaffia. Sono piante bellissime anche da guardare.»

«Quando posso seminare?»

«Entro la prossima settimana.»

«Bene...»

Finirono di dissodare la terra. Bordelli era esausto, Ennio invece sembrava che avesse giocato a bocce. Ma l'opera non era ancora finita. Sotto la direzione del Botta scavarono delle buche profonde quasi mezzo metro. Tre file di undici buche ciascuna.

«Come gli anni di Cristo» disse Ennio, appoggiandosi alla vanga.

«Dovrai aiutarmi anche a piantare i pomodori...»

«Seminare, non piantare. Se vuole fare il contadino deve cominciare a usare le parole giuste.»

«Ce la metterò tutta. I semi dove li trovo?»

«Provi al consorzio di Impruneta, ma secondo me non li trova. Meglio chiedere ai contadini qua intorno. Meglio se trova i semi di San Marzano, sono buoni per fare un sacco di cose.»

«E poi?»

«Deve seminare i pomodori in un pezzetto di terra lavorata, aggiungendo un po' di terriccio... Se ha pazienza lo può prendere nel bosco, altrimenti ne compra un sacco o due al consorzio.»

«Lo compro, lo compro...»

«Potrebbe seminarli qua» disse il Botta, indicando un angolo dell'orto.

«Obbedisco.»

«Dopo un mese le piantine saranno alte una quindicina di centimetri, sempre che il tempo non tradisca. Se tutto va bene le sradica con delicatezza e le pianta nelle buche che abbiamo fatto. Dovrebbe farsi regalare un po' di pollina dai contadini qua intorno.»

«Che roba è?»

«Cacca di gallina.»

«Magnifico... Cosa ci devo fare?»

«La deve mettere in un secchio pieno d'acqua per farla addolcire, e per una decina di giorni deve girarla tutte le mattine con un bastone. Dopo tre settimane che ha trapiantato le piantine la può usare per concimare. Non prima, mi raccomando, sennò mi brucia le radici. Va diluita con molta acqua, e deve usarne mezzo litro a pianta tutti i giorni per almeno un mese.»

«C'è altro?»

«Pensava che fosse tutto qua? Per prima cosa deve recintare, sennò i cinghiali si mangiano tutto. Poi deve coprire le piantine appena trapiantate con una cassetta di legno, per proteggerle dal sole mentre mettono le radici. Deve annaffiarle tutti i giorni, meglio ancora due volte al giorno, la mattina presto e al tramonto, ma non troppo, solo il giusto. Quando cominciano a crescere deve metterci accanto una canna e legarcele attorno, per sostenerle. E ovviamente serve sempre più acqua. A fine giugno ci vogliono almeno cinque o sei litri d'acqua per pianta, due volte al giorno...»

«Ti confesso che in questo momento sto pensando di andare al supermercato a comprare i pelati in scatola» disse Bordelli, asciugandosi il sudore sulla fronte con il fazzoletto.

«Dopo che avrà assaggiato i suoi pomodori la penserà diversamente» sentenziò il Botta.

«Non vedo l'ora...»

«Lungo il muro potrebbe mettere dei vasi con qualche pianta aromatica... Basilico, timo, maggiorana, erba cipollina, menta...»

«Giusto, non ci avevo pensato.»

«Non perda tempo a cercarle, quando sarà il momento gliele porto io già grandi, così non deve fare altro che annaffiarle.»

«Dio ti abbia in gloria...»

«Il più tardi possibile, però.»

«È quasi l'una. Che ne dici di una bistecca giù al Ferrone?»

«Non mi pare una cattiva idea, commissario...»

«Non vedo commissari nei paraggi» disse Bordelli, appoggiando la zappa contro il muro. Andarono in cucina a lavarsi le mani e a cambiarsi alla meglio. Montarono sulla Lambretta di Ennio, e passando dal sentiero sterrato scesero al Ferrone... Quattro case, un fiumiciattolo, una grande chiesa moderna di pietra e cemento, una lapide con scritto CHI PER LA PATRIA MUORE VISSUTO È ASSAI, e una trattoria alla buona. Si sedettero a un tavolino appartato. Nella sala c'erano pochi clienti, ma riuscivano lo stesso a fare un gran rumore. Ordinarono due belle bistecche alla brace con contorno di patate arrosto, e un'insalata per salvarsi la coscienza. Il vino arrivò subito, e cominciarono a bere.

«Dai, Ennio... Dimmi in che affare ti sei messo» sussurrò Bordelli.

«Non adesso, commissario...»

«Che c'è? Non ti fidi?»

«Non è questo... Preferisco non dirle nulla, anche per scaramanzia.»

«Non ti nego che sono preoccupato» disse Bordelli.

«Andrà tutto bene... Devo solo farmi prestare una macchina, c'è da fare un viaggio piuttosto lungo...»

«Facciamo così, Ennio... E guarda che mi sbilancio. Se mi dici cosa stai combinando ti accompagno io...»

«Non sa quello che dice, commissario» fece il Botta, sorridendo.

«Ti do la mia parola...» disse Bordelli, serio. Sapeva di rischiare, ma non voleva che il Botta si mettesse nei guai. Anche se non era più in servizio, un ex commissario in certe occasioni poteva salvare la situazione. Ennio diventò serio, e fissò Bordelli negli occhi.

«Non cercherà di convincermi a lasciar perdere?»

«Giuro di no.»

«Be'... Si ricorda quando i giorni prima dell'alluvione...» In quel momento arrivarono le bistecche, e il Botta si fermò. Cominciarono a divorare la carne come due primitivi. Zappare la terra faceva venire una gran fame.

«Dicevi?» sussurrò Bordelli, dopo un lungo silenzio.

«Si ricorda quando i primi di novembre non riusciva a trovarmi?»

«Purtroppo sì...» disse Bordelli. Non poteva dimenticare quella maledetta serratura di via Luna che voleva fare aprire al Botta, nella speranza di trovare le prove per incriminare gli assassini di Giacomo... Poi era arrivata Sua Maestà l'Alluvione e aveva spazzato via tutto.

«Sa dov'ero andato?» Il Botta la prendeva larga, e aveva sulla bocca un sorrisino compiaciuto.

«Dove?»

«A Milano.»

«Continua...» lo incalzò Bordelli, che non vedeva l'ora di sapere tutto.

«E sa cosa ero andato a fare?»

«Cosa?»

«A incontrare delle persone» disse il Botta solenne, come se stesse parlando di come aveva ucciso un drago.

«Ennio ti prego, vieni al dunque.»

«Se mi va bene questo affare mi sistemo per tutta la vita... Nessuno mi farà cambiare idea...»

«Non cercherò di fare nulla, Ennio. La vita ognuno se la sceglie.»

«Facciamo un brindisi» disse il Botta, alzando il bicchiere. Bordelli alzò il suo.

«A cosa?»

«E me lo domanda? Alla mia ricchezza...» Fecero toccare i bicchieri, e bevvero un lungo sorso di Chianti.

«Arriva al sodo, Ennio...» disse Bordelli, sempre più impaziente.

«Si avvicini» sussurrò il Botta. Si sporsero tutti e due in avanti sopra il tavolino. Ennio si mise le mani ai lati della bocca, e muovendo le labbra senza emettere alcun suono rivelò il suo segreto. Bordelli rimase un secondo senza fiato, poi scosse la testa.

«Anche questo è un film di Totò» disse, scoraggiato.

«Macché Totò...»

«Lascia perdere questa faccenda, Ennio.»

«Commissario, aveva detto che non cercava di convincermi...»

«Hai ragione, scusa. È stato un momento di debolezza» disse Bordelli, pensando che quando si ha una buona ragione... Lui non aveva forse sparato in bocca al macellaio? E si sentiva un assassino, per questo? O piuttosto...

«Andrà tutto come deve andare» disse Ennio, e gli raccontò a gesti e bisbigli la faccenda nei particolari, come un carbonaro. Alla fine scrisse sopra un foglietto delle cifre, per fargli capire quanto l'affare fosse vantaggioso. Le bistecche erano ridotte all'osso, le patate erano finite e l'insalata era rimasta inviolata.

«E se andasse male?» disse Bordelli, a malincuore. Non voleva che Ennio finisse in galera.

«Non faccia il tifo per il diavolo, commissario... Comunque non è obbligato a mantenere la promessa» disse il Botta, leggermente polemico.

«Un guastatore del San Marco ha una parola sola. Ho detto che ti accompagno e lo farò.» Questa volta fu lui ad alzare il bicchiere. Il Botta accolse l'invito con un sorriso, e facendo scontrare i bicchieri versarono del vino sulla tovaglia. Bordelli sapeva di essere in trappola, ma dare una mano a Ennio era l'unico modo per proteggerlo. Nessun disgraziato poteva diventare ricco, così come nessun ricco sarebbe mai andato in galera... A meno di un miracolo...

La vita campagnola era piacevole. Il tempo atmosferico contribuiva a regolare la vita quotidiana, e aveva un'importanza che in città si era persa del tutto. Il silenzio e i ritmi rallentati invitavano a meditare su ogni cosa, anche quando poteva sembrare che non ne valesse la pena. Prima o poi avrebbe comprato un giradischi, per ascoltare musica classica e canzonette moderne, ma per il momento preferiva assaporare il silenzio.

La solitudine e la sottile malinconia che per altri poteva essere spiacevole, per lui era diventata una condizione indispensabile. Anche le sue abituali camminate sulle colline potevano sembrare monotone e tediose, invece ogni volta erano profondamente diverse... L'umore del momento si fondeva con i colori e gli odori del bosco, che a loro volta mutavano con le stagioni... Spuntavano sempre nuove cose da guardare, e in ogni momento poteva capitare di avvistare un animale in fuga...

Quella mattina si alzò prestissimo. Dopo aver preparato lo zaino partì con il Maggiolino e arrivò fino alla Panca. Aveva deciso di fare un lungo giro, passando da Celle, Ponte agli Stolli e Monte San Michele, tutti sentieri che fino a quel giorno aveva percorso a tappe. Era arrivato il momento di unirli in un unico grande anello.

Il cielo era coperto e tra gli alberi stagnava una nebbiolina azzurrognola. Sul sentiero per Pian d'Albero passò non lontano dal posto dove il macellaio si era «suicidato», e ancora una volta ebbe la sensazione di aver imboccato una strada difficile senza ritorno. Adesso a chi toccava? Ne erano rimasti soltanto due... Ma come poteva fare a... Era meglio pensarci con calma, e magari farsi guidare dal destino.

Verso mezzogiorno si sedette a mangiare con la schiena appoggiata al muro del minuscolo cimitero di Ponte agli Stolli, davanti a un'ampia vallata e a morbide colline ricoperte di boschi. Dopo aver gettato il torsolo di mela tra i cespugli riprese a camminare, con la testa piena di pensieri. Era strano, il pensiero. Momenti passati che apparentemente non avevano nessun legame tra loro scorrevano uno dopo l'altro come le maglie di una catena... Il viso di una ragazza di cui non ricordava il nome... la morte di sua madre... la focaccia calda cosparsa di pepite di sale grosso che mangiava da bambino sulla spiaggia assolata di Marina di Massa, dopo un lungo bagno... Le immagini di Eleonora si mescolavano a quelle del ragazzino ucciso, e gli capitava di veder passare ricordi di guerra che sembravano ormai seppelliti... Nemmeno gli animali che vedeva fuggire tra gli alberi riuscivano a interrompere quel viaggio nei ricordi...

Tornò a casa verso le quattro del pomeriggio, con le gambe a pezzi. Più o meno doveva aver camminato per una trentina di chilometri, e non aveva fumato nemmeno una sigaretta. Aveva lasciato apposta il pacchetto a casa per non cadere in tentazione, ma in realtà non aveva sentito alcun bisogno di fumare.

Dopo un bagno caldo accese il fuoco e si mise a leggere in poltrona davanti al camino, nella cucina in penombra. A comprare libri andava alla Seeber, che dopo il disastro dell'alluvione aveva faticosamente riaperto. Il commesso era un ragazzo che non aveva ancora trent'anni, pieno di entusiasmo e di bolle rosse sulla faccia. Ormai salutava Bordelli come un amico e gli dava consigli.

«Conosce Lermontov?»

«Confesso di no...»

«Deve leggerlo, è un genio. Morto a ventisette anni in un duello, per gli stessi motivi che spingono il protagonista del suo unico romanzo a sfidare un compagno d'armi. Ho una bellissima edizione BUR del '50.»

«Lo prendo.»

«Dovrebbe leggere anche i suoi racconti incompiuti, sono capolavori difficili da dimenticare.»

«Mi dia anche quelli.»

«Le piace Dostoevskij?»

«Credo di aver letto solo *Delitto e castigo* e *L'idiota.*»

«Le sono piaciuti?»

«Molto.»

«Lo sapeva che una parte dell'*Idiota* è stata scritta proprio a Firenze? Durante uno di quei viaggi in Italia per sfuggire ai creditori. Stava dalle parti di piazza Pitti... Ha mai letto *Memorie del sottosuolo*?»

«No...»

«E *L'eterno marito*?»

«Nemmeno.»

«Deve leggerli tutti e due. Poi mi farà sapere se non avevo ragione.»

Come faceva quel ragazzo ad aver letto tutti quei libri? Bordelli era ammirato. Ogni romanzo che aveva comprato su suo consiglio era stato una rivelazione.

Adesso stava leggendo appunto *Un eroe del nostro tempo* di Lermontov, fumando la seconda sigaretta della giornata. Dopo una prima parte raccontata in terza persona, molto bella ma comunque ottocentesca, cominciava a sorpresa il diario in prima persona del protagonista, che sembrava scritto un secolo dopo. Era stupefacente la capacità che aveva quel giovane russo di trascinare il lettore dentro la storia, e Bordelli si perdeva in quelle avventure rocambolesche con le immagini che gli scorrevano davanti agli occhi come in un film. Si sentiva emozionato come da bambino quando ascoltava raccontare una fiaba, e si dimenticò addirittura di avere un libro in mano...

Dopo un po' si accorse che il fuoco reclamava legna. Si alzò con un gemito di fatica per mettere un ciocco tra gli alari. Si versò mezzo bicchiere di vino, e a un tratto gli venne in mente di fare una cosa. Si domandava come mai non lo avesse fatto prima. Trovò un quaderno e una penna, e si sedette al tavolo di cucina.

Cara Eleonora, trovo il coraggio di scriverti questa lettera con la speranza di...

Si fermò per rileggere quelle poche parole. Strappò il foglio, lo accartocciò e lo gettò nel fuoco. Doveva trovare un attacco più... Insomma meno banale...

Cara Eleonora, dopo tanto silenzio eccomi sbucare dal nulla...

Anche quel foglio finì nel camino. Forse era meglio cominciare con una frase dolorosa, che le facesse capire...

Cara Eleonora, non posso fare a meno di sentirmi responsabile per quello che...

Che orrore. Un'altra pallina di carta nel fuoco.

Cara Eleonora, non è facile trovare le parole per...

No, non era per niente facile. Forse era meglio un tono leggero, magari un po' scherzoso? Qualcosa che lasciasse da parte il passato?

Cara Eleonora, chissà quanti fidanzati hai adesso...

No, no, no... Meglio ripartire proprio dal momento più brutto, per toglierlo subito di torno.

Cara Eleonora, non potrò mai dimenticare quella maledetta notte in cui...

E se invece lei non voleva più sentirne parlare?

Cara Eleonora, non ho mai smesso di pensarti...

Cara Eleonora, spero che la tua vita...

Cara Eleonora, oggi la voglia di scriverti è diventata...

Cara Eleonora, dopo questo lungo silenzio...

Ma non l'aveva già scritta questa frase? Strappando via l'ennesimo foglio per darlo alle fiamme si accorse che aveva finito le pagine. Buttò anche il quaderno nel fuoco, e lasciò cadere la penna sul tavolo. Non ce l'avrebbe mai fatta. Se voleva rivedere Eleonora doveva trovare un altro modo, o magari bastava aspettare che le cose accadessero da sole.

Anche questo, forse, faceva parte del disegno del destino. Per il momento era meglio smettere di pensarci.

Si avvicinò alla finestra per guardare il cielo. Era limpido e nero, punteggiato di stelle. La luna piena era ancora bassa. Sul crinale della collina di fronte si stagliava la sagoma di un castello, con una torre alta e slanciata. Ormai quell'immagine gli era familiare. Come sempre una delle finestre era accesa. Solo una. Chissà chi ci abitava... Magari una bellissima donna che poteva fargli dimenticare il passato. Si ributtò sulla poltrona e continuò a leggere.

Quando si accorse di avere fame alzò gli occhi e vide che erano già le otto passate. Aiutandosi con la paletta fece uno spesso letto di brace davanti al fuoco, sistemò la griglia di ghisa e mise ad arrostire due salsicce e un pezzo di rosticciana. Le aveva comprate dal macellaio di Impruneta, un vecchio sempre cupo che spezzava le ossa e tagliava la carne con il sorriso sulle labbra. Anche fare la spesa era diventata una cosa divertente. I bottegai sembravano personaggi della commedia dell'arte, e aspettando il proprio turno si veniva a sapere un sacco di cose... Tonio si era tagliato con il falcetto, la Cesira aveva inseguito una volpe che aveva rubato una gallina, la Ginetta aveva litigato con il vicino per via di un gatto nero che ammazzava i cuccioli di coniglio...

Lavò quattro patate e un paio di cipolle e le ricoprì con la brace. Il fiasco era quasi finito. Scese in cantina a prenderne un altro, e con calma tolse l'olio con la stoppa. Apparecchiò la tavola con grande cura, allineando le posate e piegando bene il tovagliolo, un rituale che gli dava un senso di serenità. Accese il televisore, e aspettando il telegiornale del secondo programma andò a sedersi dentro il camino. Ogni tanto girava la carne con un forchettone, come un diavolo dantesco che rosola i dannati sulla graticola della penitenza, pensando che per la prima volta in vita sua non poteva fare a meno di credere al destino...

Cominciarono le notizie, ma le seguiva distrattamente... Dichiarazioni del governo, cupe immagini dall'URSS, altre notizie di politica estera, ancora polemiche sull'alluvione di Firenze...

Quando si sedette a tavola il telegiornale era quasi alla fine. Aveva una fame da lupi. Mangiava di gusto e non faceva che riempirsi il bicchiere, forse per dimenticarsi il quaderno finito nel fuoco.

Iniziò Carosello, e guardò con piacere le storielle che pubblicizzavano biscotti, carne in scatola e dentifrici. La bellissima Virna Lisi non gli faceva più effetto come prima. Doveva essere per via di Eleonora, che gli sembrava ancora più bella...

Il martedì non c'erano film, ma alle nove e mezzo sul Nazionale davano *Il Conte di Montecristo*. Mancavano pochi minuti. Finì tutto quello che aveva nel piatto, e si riempì di nuovo il bicchiere. Bevve un lungo sorso e si alzò per prendere una mela. Prima di rimettersi a sedere girò canale.

Cominciò lo sceneggiato. Aveva perso molte puntate, e non avendo letto il romanzo faceva fatica a seguirlo. Quella sera avrebbe preferito vedere il tenente Sheridan, con la sua faccia scavata e l'impermeabile bianco... Un uomo che riusciva sempre a risolvere brillantemente i casi più difficili... Sheridan non aveva nessun bisogno di rimediare alla meglio alle ingiustizie, come certi commissari...

Lasciando il televisore acceso sparecchiò la tavola e lavò i piatti. Si lasciò andare sulla poltrona con un bicchiere in una mano e una sigaretta nell'altra. Bacco e tabacco... mancava solo Eleonora. Era un pensiero fisso, ormai. Ma ne aveva passate di peggio, come quella volta nel febbraio del '44 a Montecassino, quando si era trovato faccia a faccia con...

Squillò il telefono, e alzandosi con un brivido immaginò che fosse proprio lei, Eleonora... Lo chiamava per chiedergli di andare subito da lei, e lui correva in città per riabbracciarla...

«Pronto?»

«Come sta, commissario?» La voce possente di Dante Pedretti era inconfondibile.

«Non c'è male, e lei?» Era un pezzo che non lo sentiva. Forse l'ultima volta era stata quando lo aveva chiamato per dargli il suo nuovo numero di casa. Dante abitava a Mezzomonte, a pochi chilometri da Impruneta sulla via di Pozzolatico, in una grande cascina immersa nella campagna. Erano vicini di casa, adesso.

«Ha qualcosa di importante da fare, stasera?» disse Dante.

«Mi avevano invitato a palazzo reale, ma ho rifiutato.»

«Ha fatto bene. È solo?»

«A parte qualche civetta e i cinghiali...»

«Le va di spostare la sua massa corporea per venire a bere un bicchiere da me?»

«Volentieri...»

«Insomma anche lei si è convertito alla campagna» disse Dante con il sigaro fumante tra i denti, versando la grappa nei bicchierini. Nel crepuscolo dell'immenso laboratorio sotterraneo illuminato dalle candele, la sua ombra gigantesca sembrava quella di un orso, ma i suoi movimenti avevano qualcosa di delicato. Il grande tavolo da lavoro era ingombro come sempre di carte piene di disegni e di formule, di libri aperti, di alambicchi da alchimista, di attrezzi di ogni tipo e di oggetti astrusi che facevano immaginare magnifiche avventure mentali.

«Ho seguito il suo consiglio» disse Bordelli.

«Mai ascoltare i consigli di un vecchio pazzo, commissario.» Dante gli porse il bicchiere e si sedette di fronte a lui. I lunghi e bianchissimi capelli gli si alzavano sulla testa come una fiammata.

«Non sono più commissario...» disse Bordelli.

«Che importanza ha? Le parole sono aria... *Flatus vocis...*»

«A volte possono uccidere, come recita il proverbio» mormorò Bordelli, pensando alle ultime parole che aveva sentito pronunciare da Eleonora, la notte dello stupro... *Lasciami, sto bene...* Era scesa dalla macchina e non l'aveva più vista.

«Se lei fosse il personaggio di un romanzo, in questo momento ci sarebbe scritto... *La malinconia si dipinse sul suo volto...*»

«Lei crede nel destino?» chiese Bordelli, quasi senza pensarci. Dante si mise a fissare il vuoto, tirando più volte dal sigaro per non farlo spegnere. Nuvole di fumo denso salivano verso il soffitto.

«Ammetto con umiltà di non essere mai venuto a capo della questione» disse, facendo ondeggiare la sua grande testa bianca.

«Ogni tanto mi viene da crederci» continuò Bordelli.

«Dare una spiegazione a ciò che accade è il vizio più antico dell'uomo... Un vulcano erutta? È l'ira degli dei. La peste miete vittime a tutto spiano? È il castigo di Dio. Il destino è una delle infinite varianti.»

«Posso cambiare discorso?» disse Bordelli, guidato dal sottile desiderio di addentrarsi nelle pieghe della propria coscienza.

«Faccia pure di Pindaro il suo condottiero» disse Dante, visibilmente contento.

«Immagini di sapere...» Si accorse di avere finito la grappa e si fermò. Questa volta fu lui ad alzarsi per fare rifornimento. Riempì i bicchieri e rimase in piedi.

«Diceva, commissario?»

«Immagini un uomo che abbia commesso orribili delitti... Pensi a qualcosa di atroce, di inammissibile... Un uomo meschino, spregevole... Ma per sua fortuna nessuno sa nulla, e la Giustizia non ha alcuna possibilità di fargli pagare la sua colpa.»

«Insomma nulla di nuovo...»

«Appunto. Ma adesso immagini di essere il solo a conoscere la verità su quell'uomo, e di sapere con certezza che nessun tribunale potrà mai condannarlo... A meno che lui stesso non confessi, cosa che di certo non succederà mai... Insomma soltanto lei ha la possibilità di pareggiare i conti, e nessun altro. Lascerebbe le cose come sono, oppure...»

«Oppure?»

«Se uccidesse quell'uomo, si sentirebbe un assassino?» concluse Bordelli, fissandolo. Dante tirò dal sigaro ormai spento, lo riaccese e soffiò il fumo in alto. Rimase a lungo in silenzio, con aria ispirata, e finalmente si decise a parlare.

«La risposta ipocrita sarebbe: *Spero di non trovarmi mai in una situazione simile*. Se vuole una risposta eroica: *lo ucci-*

derei e sopporterei il peso del mio sacrosanto delitto. Se invece preferisce l'uomo tutto di un pezzo: *lo ammazzo come un cane senza nessun rimorso*. Le risparmio le altre. Ma la verità è che non so cosa rispondere, e devo dire che la cosa non mi dispiace... »

« In che senso? »

« Più invecchio, più mi piace non avere risposte. »

« Ci dovrò riflettere... »

« Adesso non vuole dirmi cosa si nasconde dietro alla sua storiella? »

« Lasci perdere, era solo una curiosità... »

« Non ci crede nemmeno il mio sigaro. »

« Faccia conto di aver ascoltato una fiaba... »

« Le fiabe finiscono tutte con l'irreale vittoria del Bene, ma contengono sempre grandi verità. Non sarà mai vero che Biancaneve risusciterà per il bacio di un principe azzurro, ma l'invidia della Regina la possiamo toccare con mano tutti i giorni. Nessun cacciatore ammazzerà il lupo per salvare Cappuccetto Rosso e sua nonna, ma è pur vero che se sei ingenuo il lupo cattivo ti mangia... Qual è la verità della sua fiaba? Chi è quest'uomo malvagio di cui parla? » disse Dante, allungato sulla poltrona come un ragazzino svogliato. Bordelli si rimise a sedere con calma e accese una sigaretta. Doveva essere appena la quarta della giornata.

« In guerra ho ucciso personalmente ventisette nazisti, e ogni volta ho inciso una tacca sul calcio del mitra per non perdere il conto. Li ho uccisi in vari modi, con il mitra, con il coltello, un paio di volte a mani nude, guardandoli negli occhi. Non mi sono mai sentito un assassino. Purtroppo in guerra la divisa costringe a generalizzare... Una volta mi è capitato di ammazzare un ragazzino tedesco, che a giudicare da quello che aveva dipinto sull'elmetto aveva rinnegato il nazismo... Ma avevo visto con i miei occhi le SS trucidare con ferocia persone indifese, anche bambini. La sola cosa che volevo era toglierli di mezzo. Per qualcuno esiste il perdono... A me in certi casi non è concesso... »

«E questa abitudine le è rimasta appiccicata addosso...» commentò Dante, mettendo una gamba sopra il bracciolo.

«Diciamo che sento un gran bisogno di rispettare il classico finale delle fiabe, dove il cattivo viene sconfitto.»

«Il suo eterno animo infantile mi commuove» disse Dante, scoppiando in una poderosa risata. Anche Bordelli si lasciò scappare un sorriso.

«Purtroppo tutto il resto è invecchiato» disse, e vuotò il bicchiere alla russa.

«Che sarà mai? La vecchiaia è nulla di fronte alla morte.»

«Ora mi sento meglio...»

«Un'altra grappa?»

«Grazie...»

«*In verità in verità vi dico, porgete il bicchiere e vi sarà riempito*» recitò Dante, versando la grappa. Si vedeva bene che era curioso di saperne di più sulla *fiaba*, ma la sua discrezione lo costringeva a non insistere.

Si misero a parlare d'altro, saltando da antichi ricordi d'infanzia alla fatica di zappare l'orto, passando con disinvoltura dalla magica bellezza della luna al fondamento della morale secondo Schopenhauer...

«La compassione, caro commissario... Altro che un imperativo categorico campato per aria... La compassione è la prima radice della morale... Nessuno come il simpatico Arthur ha saputo capirlo...»

«Ci facciamo l'ultimo giro?»

«Certo... Brindiamo alla compassione... L'unica forza capace di combattere l'egoismo umano...» Dante versò la grappa e fecero scontrare i bicchieri. Continuarono a chiacchierare a ruota libera, liberi come l'aria soffiata dal vento, senza curarsi della clessidra...

Alle tre passate Bordelli si alzò per andare a dormire e vacillò appena sulle gambe. Una leggerissima euforia alcolica gli faceva vedere il mondo meno cupo.

«Prima o poi deve venire a vedere i miei possedimenti...»

«Quando vuole, commissario... Dorma bene...»

Si salutarono con una stretta di mano, e Bordelli uscì a riveder le stelle. Una luna immensa e tonda spandeva una peluria violacea sulle colline boscose. Faceva un gran freddo, il sedile del Maggiolino era gelido. Guidando verso Impruneta si mise a canticchiare una canzoncina del Trio Lescano, cercando invano di ricordarsi tutte le parole. Attraversò il paese immerso nel buio e proseguì oltre.

Sullo sterrato che portava a casa apparve una grossa lepre impaurita. Bordelli si fermò e accese gli abbaglianti, e la lepre rimase immobile in mezzo al sentiero per quasi un minuto, a fissare incantata la luce dei fari. A un tratto scappò via e sparì nell'oscurità. Bordelli ingranò la prima e partì, sorridendo. Anche per quelle piccole cose era piacevole vivere in campagna.

Parcheggiò nell'aia, e scendendo si voltò a guardare il castello sulla collina di fronte. La solita finestra accesa. Un rettangolo luminoso che sembrava tremolare leggermente.

Dopo un minuto era sotto le coperte. Spense la luce e si sdraiò sulla schiena. Pensava ancora al macellaio, alla fucilata che gli aveva sfondato la testa, al corpo grasso che cadeva sulle foglie... e decise che doveva essere l'ultima volta. Nel buio tracciò in aria un segno della croce, pronunciando la formula dell'assoluzione che aveva imparato a messa da bambino: *Ego te absolvo a peccatis tuis in nomine Patris...*

Si svegliò verso le nove, e tra uno sbadiglio e l'altro mise il caffè sul fuoco. Il sole entrava con forza dalla finestra, frugando negli angoli polverosi. Sentiva il vento che frusciava tra i rami degli alberi, e gli venne in mente il mare. Il mare di quando era bambino, liscio e caldo, luccicante sotto il sole. Il mare che durante la guerra guardava dal ponte di una nave o dalla torretta di un sommergibile, misterioso e affascinante, capace di nascondere insidie mortali... Ogni tanto sentiva il bisogno di vedere il mare, di seguire con lo sguardo la linea piatta dell'orizzonte...

Lanciando un'occhiata distratta fuori dalla finestra di cucina, si stupì di scorgere una signora con un cappotto scuro e un cappellino nero che scendeva lungo il sentiero. Era la prima volta che gli capitava di vedere un essere umano camminare in quella stradina sterrata. Rimase a osservare la donna che si avvicinava. Doveva essere una signora molto anziana, anche se stava dritta come un bastone. Non gli sembrava di conoscerla, e si aspettava di vederla proseguire oltre. Invece la donna attraversò l'aia e bussò alla sua porta. Andò ad aprire, assai meravigliato.

«Buongiorno...»

«Mi scusi il disturbo, sono la contessa Gori Roversi.»

«Piacere, Franco Bordelli.»

«So bene come si chiama. Posso entrare?» Sembrava che cercasse di dominare una certa ansia.

«La prego, si accomodi.»

«Gentilissimo» disse lei, entrando in casa con aria principesca.

«Non faccia caso al disordine, abito qui da poco e non ho ancora avuto il tempo di...»

«Non si preoccupi» lo interruppe la signora.

«Per l'appunto stavo preparando il caffè, ne gradisce una tazzina?» Cercava di trovare le parole giuste da usare con una contessa, per metterla a suo agio.

«Molto gentile, grazie.»

«Non vuole sedersi? Le consiglio la poltrona, è certamente più comoda.»

«Preferisco una sedia, se non le spiace.»

«Si senta a casa sua» disse Bordelli, premuroso. Mentre la contessa si sedeva sopra una sedia di paglia, andò a spegnere il fornello sotto la caffettiera che sputacchiava. Servì il caffè in due belle tazzine di porcellana che non usava mai, ereditate da una zia di suo padre, e mise sulla tavola una zuccheriera d'argento che aveva riempito sul momento. Si sedette di fronte alla donna. La osservava pensando che non era poi così vecchia, non quanto aveva immaginato vedendola da lontano. Poteva avere qualche anno più di lui. Sembrava piuttosto che il suo viso fosse invecchiato precocemente per via di qualche profonda sofferenza. Le rughe erano concentrate soprattutto intorno agli occhi, e su quella pelle che doveva essere stata di seta sembravano scolpite in un morbido legno. Due magnifici orecchini di perle pendevano dalle sue piccole orecchie.

La contessa ignorò lo zucchero, bevve un minuscolo sorso di caffè e posò di nuovo la tazzina.

«Abito nel castello che può vedere dalla sua dimora, sulla collina di fronte.»

«Lo ammiro ogni giorno» disse Bordelli, chiedendosi cosa potesse aver spinto la contessa a bussare alla sua porta.

«Non voglio farle perdere tempo... Ho sentito dire in paese che lei è un commissario della questura.»

«Adesso non più, lo sono stato fino a qualche mese fa.» Sorseggiava il caffè nel modo più raffinato possibile.

«Si occupava di omicidi...»

«Questo è vero.»
«Sono venuta da lei per darle un incarico.»
«Se posso, volentieri... Mi dica...»
«Deve scoprire chi ha ucciso mio figlio» disse la contessa, improvvisamente autoritaria. Ci mancava solo che sbattesse un pugno sul tavolo. Bordelli rimase con la tazzina a mez-z'aria per qualche secondo, poi si alzò.
«La cosa migliore è telefonare subito in questura, mi creda.»
«Si sieda, la prego» disse la donna, di nuovo gentile. Che fosse un po' matta?
«Come le dicevo non sono più in servizio, e non posso in nessun modo...»
«Le chiedo la cortesia di ascoltarmi» disse la contessa, invitandolo a rimettersi a sedere con un leggero movimento della testa. Bordelli obbedì.
«Non crede che sarebbe meglio...»
«Mio figlio è stato ucciso quattordici anni fa, precisamente la notte del sei giugno 1953.»
«Mi scusi, credevo che fosse accaduto adesso...»
«È lei che deve scusarmi, sono stata troppo impulsiva» disse la donna, di nuovo gentile.
«La prego, continui.» Adesso era davvero curioso. La contessa bevve un'altra goccia di caffè.
«Ho trovato mio figlio impiccato nel suo studio. Tutti hanno detto che si trattava di un suicidio, ma io so che non è così.»
«Ne è convinta o lo sa? Capisce che non è la stessa cosa...»
«Lo so e basta» disse la donna, nuovamente indurita.
«Può dirmi il perché?»
«Mio figlio non si sarebbe mai ucciso.»
«Mi perdoni... Come fa a dirlo con questa sicurezza?»
«Sono sua madre, e so che è così» disse la contessa, vibrando sulla sedia. Bordelli la guardava con rispetto, pensando che per il momento era meglio assecondarla.
«Ha qualche idea su chi potrebbe averlo ucciso?»

«Non ho nessuna idea. So che è stato ucciso e basta. Non mi crede nemmeno lei?»

«Non voglio dire questo, ma senza conoscere i particolari è difficile farsi un'idea.» Forse era davvero una povera malata di mente.

«Le darò tutto il denaro che vuole, ma deve scoprire chi ha ucciso mio figlio.»

«Mi racconti come sono andate le cose» disse Bordelli, armandosi di pazienza. Aveva una gran voglia di fumare una sigaretta, ma non voleva essere scortese. La contessa sembrò calmarsi. Dopo un lungo silenzio carico di pensieri finalmente cominciò a raccontare, senza risparmiare certi particolari che avevano scavato un solco nella sua memoria...

Orlando era figlio unico. In quel periodo abitava da solo al castello. Il conte Rodolfo era mancato due anni prima, e la contessa si era trasferita nella villa di Castiglioncello. Madre e figlio si sentivano spesso al telefono. Quasi sempre la sera tardi, a volte anche dopo la mezzanotte. Orlando stava bene, non gli mancava nulla. La notte di sabato sei giugno la contessa lo chiamò verso le undici, ma Orlando non rispose. Provò a richiamare ogni mezz'ora, e ogni volta lasciava squillare a lungo il telefono. Orlando poteva essere andato a una festa, visto che era sabato, oppure si era attardato a casa di un amico, o magari aveva bucato una ruota della macchina... O più semplicemente si era addormentato e non sentiva il telefono... Forse lo aveva staccato, o forse la linea era guasta... Allora come mai lei si sentiva così inquieta? Provò a chiamare un'ultima volta verso le quattro, e alla fine si decise a svegliare l'autista per farsi portare al castello di Impruneta. Arrivarono che già albeggiava. Dalle tende tirate dello studio di suo figlio filtrava un po' di luce. La contessa aveva le chiavi, ma il portone era chiuso dall'interno con i paletti. Bussò con forza, tirò l'anello più volte, ma a parte la campana che risuonava all'interno non si sentiva alcun rumore. Allora ordinò all'autista di girare intorno al castello e di chiamare suo figlio a voce alta. Ma Orlando non rispondeva. A quel punto non rimaneva che andare dai carabinieri di Impruneta. La contessa suonò a lungo il campanello della caserma, e alla fine aprì un giovane carabiniere assonnato dicendo che il maresciallo non c'era. La contessa disse che era molto preoccupata per suo figlio. Era successo qualcosa di brutto, se lo sentiva. Il ragazzo sembrava indeciso sul da farsi, e cercò di tranquillizzarla. Lei non gli diede il tempo di prendere una decisione, lo coprì di ingiurie e se ne andò imbestialita a cercare un telefono. Svegliò un'amica che abitava in una grande villa subito fuori dal paese, chiedendole il favore di usare il suo apparecchio. Chiamò la questura e in poche parole spiegò la situazione. La guardia le passò un giovane brigadiere, e la contessa gli raccontò il motivo della sua angoscia. Anche il brigadiere all'inizio cercò di minimizzare, ma di fronte all'insistenza della donna decise di accontentarla. Furono chiamati i pompieri, e per entrare nel castello facendo meno danni possibile dovettero rompere qualche stecca di una persiana del piano terra, tagliare il vetro e sfondare uno degli scuri. La contessa insisté per entrare da sola, e fu aiutata a scavalcare il davanzale. Salì al primo piano con il cuore in gola, entrò nello studio e vide suo figlio sospeso a mezz'aria, con la faccia livida e la lingua nera fuori dalla bocca... Dal primo istante aveva pensato quello che pensava tuttora...

«Lo hanno ammazzato, altro che suicidio» concluse la contessa, con un lieve scatto della testa che fece oscillare i suoi magnifici orecchini. Bordelli cercava di nascondere la sua perplessità, per non mortificarla.

«Posso farle qualche domanda?» chiese.

«Certo.»

«Che tipo di corda era?»

«Chi lo ha ucciso ha strappato il cordone della tenda.»

«E dove hanno... Sì, insomma... A cosa era stata fissata la corda?»

«Al centro dello studio c'è un grande lampadario in ferro battuto.»

«Suo figlio ha lasciato una lettera? Un biglietto?»

«Sopra la scrivania c'era un foglio da lettera, con scritto soltanto: *Perdonatemi*. Orlando non avrebbe mai scritto una cosa del genere, e poi la calligrafia era strana...»

«Non era la sua?»

«Sembrava la sua, ma aveva ugualmente qualcosa di strano.»

«In che senso?»

«Non era elegante come al solito, era un po' disordinata... Di certo è stato obbligato a scrivere quella parola sotto minaccia.»

«Non potrebbe essere stata l'agitazione del momento?» azzardò Bordelli.

«Glielo ripeto un'altra volta, commissario. Mio figlio è stato ucciso.»

«Sa di qualcuno che potesse avercela con lui per qualche motivo?»

«Non ne ho idea, gliel'ho già detto. Orlando non mi raccontava molto della sua vita privata» disse la contessa, amara. Bordelli sentiva un leggero formicolio sotto la pelle, e si rese conto che il suo lavoro gli mancava. Insomma cominciava a prenderci gusto. Ormai sapeva che nonostante tutto avrebbe indagato sulla morte di quel ragazzo, anche se le convinzioni di una mamma spezzata dal dolore non erano da prendere sul serio.

«Se vuole che mi occupi della faccenda deve dirmi tutto quello che si ricorda, anche i particolari che a prima vista possono sembrarle poco importanti...»

Dopo pranzo si mise a zappettare l'orto come gli aveva insegnato Ennio, per seminare... anzi no, per piantare i carciofi. L'idea di avere una carciofaia lo riempiva di soddisfazione, anche se Ennio lo aveva avvertito che i carciofi erano piante strane. Bisognava trovare il posto giusto per piantarli, altrimenti si seccavano al primo freddo, ma se attecchivano diventavano robusti e duravano moltissimi anni. Dipendeva tutto dall'esposizione al vento e dalla capacità del terreno di trattenere la giusta quantità di acqua. Prima di tutto doveva chiedere a qualche contadino se gli regalava dei ributti di carciofo, poi doveva piantarli dentro buche più piccole di quelle dei pomodori e sperare che la stagione fosse propizia. Il rosmarino invece era di un'altra razza, quasi sempre dove lo mettevi cresceva rigoglioso. Bastava prendere dei rametti e ficcarli nel terreno...

«Se vuole una bella siepe intorno all'orto può staccarli da questa pianta» aveva detto Ennio, carezzando le punte ispide di un grande cespuglio di rosmarino... Non aveva resistito ed era passato all'azione. Aveva stroncato diversi rametti dal rosmarino e li aveva infilati nel terreno, lungo il perimetro dell'orto, continuando la sua lezione di botanica...

La salvia invece era capricciosa. Bisognava cogliere delle piantine novelle cresciute intorno a una grande pianta e infilarle nel terreno dopo averlo un po' lavorato. Non tutte avrebbero attecchito, o magari sarebbero seccate dalla prima all'ultima. Dipendeva soprattutto dall'umidità del terreno...

Insomma nessun mestiere era facile, competenza e passione non dovevano mai mancare. Lui a fare il commissario ce l'aveva messa tutta, e in fondo non gli sembrava di aver fatto un cattivo lavoro. Poteva essere una passione quella di scovare gli assassini?

Ai piedi di un albero trovò un uccellino morto, con le zampette rigide e il becco pieno di terra. Aveva le ali cortissime, doveva essere caduto dal nido. Scavò una buca nel terreno, lo seppellì e ci mise sopra una pietra. Povera bestiola, era nata e morta nel giro di pochi giorni... senza sapere il perché.

Si asciugò il sudore e continuò a zappare. Intanto ripensava al racconto della contessa Gori Roversi, che parlando di suo figlio cambiava umore ogni minuto, passando dalla nostalgia alla stizza, dalla gelosia alla malcelata commozione, anche se il sentimento dominante restava una smisurata ammirazione...

Orlando si era laureato in Legge con il massimo dei voti e all'età giusta, perché durante la guerra aveva continuato a studiare. Dopo l'università aveva deciso di esercitare la professione, anche se non ne aveva alcun bisogno. Nessuno dei Gori Roversi aveva mai guadagnato denaro con lavori di quel genere, nemmeno suo padre, il conte Rodolfo. Gestire le terre e le proprietà immobiliari sparse in tutta Italia era stata da sempre l'unica occupazione della famiglia. Ma lui invece...

«Questa maledetta epoca moderna lo aveva contagiato con la sua stupida frenesia...»

Orlando voleva dimostrare che i figli dei nobili erano capaci di affrontare la vita come tutti gli altri. Non ne poteva più, diceva, di essere guardato come un buono a nulla, un cocco di mamma. Sembrava quasi che si vergognasse di avere origini illustri. Si era dato molto da fare, e dopo qualche tempo era diventato l'assistente di due vecchi avvocati che avevano lo studio nel centro di Fi-

renze. Orlando diceva che il lavoro gli piaceva sempre di più, anche se lo pagavano una miseria. Lo studio Manetti & Torrigiani aveva clienti importanti tra i grandi industriali e i politici, e soprattutto gestiva enormi patrimoni di famiglie dell'alta nobiltà cittadina. A quell'epoca Orlando aveva una fidanzata, la figlia di un notaio, una bellissima ragazza senza grilli per la testa. La vedeva spesso, soprattutto la sera dopo cena a casa dei suoi genitori. Ma ogni tanto andavano da soli al cinema o a teatro. Orlando lavorava moltissimo, e quando riusciva a trovare il tempo andava a cavallo, giocava a tennis e suonava il pianoforte. Passava anche piacevoli serate con gli amici... Insomma aveva una vita tranquilla, piena di soddisfazioni.

Dopo aver ascoltato il racconto della contessa, Bordelli le aveva chiesto i nomi delle persone che all'epoca erano le più vicine a Orlando, e li aveva scritti su un taccuino: l'avvocato Giulio Manetti, l'avvocato Rolando Torrigiani. Gli amici più cari di Orlando, rigorosamente con due cognomi, Gianfranco Cecconi Marini e Neri Bargioni Tozzi. E per finire l'antica fidanzata Ortensia Vannoni, che a quell'epoca abitava con i genitori in via San Leonardo, una delle strade più belle di Firenze.

La contessa gli aveva fatto scrivere il suo numero di telefono e gli aveva detto che poteva chiamarla a qualsiasi ora del giorno e della notte. Se n'era andata rifiutando l'invito di Bordelli, che si era offerto di accompagnarla con la macchina, e uscendo aveva lanciato al Maggiolino un'occhiata di sufficienza. Si era avviata su per il sentiero con il suo passo sicuro, dritta come un corazziere, e lui aveva aspettato di vederla sparire dietro la curva... Era solo una povera matta? Avrebbe cercato di scoprirlo...

Quando il cielo cominciò a scurirsi, posò la zappa e tornò in casa. Dopo un lungo bagno caldo accese il fuoco, e si sedette in poltrona con il libro in mano. Andò avanti a leggere per quasi due ore, dimenticandosi di tutto.

Verso le sette telefonò in questura.

«Ciao Mugnai...»

«Commissario, che piacere. Come sta? Com'è che non passa mai a trovarci?»

«Che ve ne fate di un vecchio pensionato? E te come stai?»

«Non c'è male, commissario. Anche se qua sono arrivati due nuovi acquisti che non mi piacciono per niente. Si danno un sacco di arie, non ti salutano nemmeno. Quando c'era lei...»

«Lascia perdere, Mugnai. Ora faccio il contadino.»

«Ancora non ci credo che lei non sia nel suo ufficio a...»

«Oggi ho fatto le buche per i carciofi» lo interruppe Bordelli.

«Mi sembra finita un'epoca...»

«Se non la smetti mi metto a piangere.»

«Dico sul serio.»

«Anche io... Puoi cercarmi Piras, per favore?»

«Subito, commissario. Si faccia vivo, eh?» disse la guardia, e per lungo tempo non si sentirono che fruscii.

«Buonasera, commissario» disse finalmente il sardo.

«Dovresti farmi un favore, Piras.»

«Mi dica...»

«Ce la fai a trovarmi un elenco del telefono? Non me lo hanno ancora portato.» Poi gli chiese un favore più delicato: trovare in archivio il fascicolo sul suicidio di Orlando Gori Roversi e prenderlo in prestito.

«Faccio il possibile, commissario» disse Piras, con un'incrinatura di gioia nella voce.

«Magari potresti venire a cena, così mi porti tutto.»

«Sento che ha fretta. È sulle tracce di un assassino?» L'idea che Bordelli stesse indagando su qualche fattaccio lo emozionava.

«Nulla di concreto, Piras... Poi ti racconto...»
«Lo sapevo che non poteva stare con le mani in mano.»
«Infatti oggi ho zappato l'orto... Allora ti aspetto a cena?»
«Prima delle nove non ce la faccio.»
«Vieni quando vuoi...»

Fu svegliato da due uccellini che litigavano furiosamente davanti alla sua finestra, e ne approfittò per alzarsi. Erano appena le otto meno un quarto. Barcollò fino al bagno per lavarsi la faccia, con l'ansia di cominciare la giornata. La sera prima aveva cenato con Piras e gli aveva raccontato l'incontro con la contessa. Il sardo gli aveva portato il fascicolo sulla morte di Orlando e l'elenco del telefono di casa sua.

Dopo il caffè si sedette comodo in poltrona, e aprì il fascicolo. C'erano solo due documenti. Lesse il brevissimo verbale, firmato *Brigadiere Carlo Bacci*. Si diceva appunto che si trattava di un suicidio, e si riportavano alcuni particolari. Orlando era stato trovato appeso al robusto lampadario del suo studio, con la corda della tenda. Sulla scrivania era stato trovato un biglietto con scritto *Perdonatemi*. La dinamica del suicidio era chiara, ma su insistenza della madre, che continuava a ripetere con ostinazione che suo figlio era stato ucciso, erano stati fatti ulteriori controlli. Le impronte di scarpe trovate sul piano della scrivania erano con certezza quelle del morto, e nessun elemento faceva pensare che qualcun altro fosse entrato nella stanza. Inoltre erano state controllate con molta attenzione le finestre e le porte, che erano risultate tutte ben chiuse dall'interno: il portone principale e quello sul retro con grandi paletti, le persiane e le finestre con chiavistelli e spranghe impossibili da richiudere dall'esterno. Nessuno poteva essere uscito dal castello dopo il « presunto » omicidio. Non vi erano dubbi che Orlando si fosse ucciso. Il certificato di Medicina Legale attestava che la morte era avvenuta per asfissia, tra l'una e le due nella notte di domenica sette giugno. Nessuna traccia di colluttazione, nessuna anomalia riscontrata. Il certificato era firmato da Diotivede, dunque non era da mettere in dubbio.

Bordelli chiuse la cartella e aggiunse il nome del brigadiere Carlo Bacci alla lista del taccuino. Aprì l'elenco del telefono. Lo studio Manetti & Torrigiani non c'era, ma trovò il numero di casa dell'avvocato Giulio Manetti, in viale Augusto Righi. Di Torrigiani ce n'erano diversi, e nessuno che si chiamasse Rolando. Scrisse comunque tutti i numeri dei vari Torrigiani e proseguì nella ricerca. Trovò Gianfranco Cecconi Marini, via Pian dei Giullari. Scrisse i numeri degli unici due Bargioni Tozzi, che abitavano in Costa San Giorgio a un numero civico di distanza. Cercò il cognome dell'antica fidanzata di Orlando, e scoprì con sollievo che in via San Leonardo c'era un solo Vannoni. Abitavano tutti in zone che non erano state nemmeno sfiorate dall'alluvione. Mancava il brigadiere Bacci, che avrebbe fatto cercare negli elenchi della Pubblica Sicurezza.

Bevve un'altra tazzina di caffè, e in piedi davanti al telefono cominciò a chiamare i numeri scritti sul taccuino. Avrebbe barato, presentandosi come *commissario Bordelli*.

Riuscì a trovare un vecchio cugino dell'avvocato Torrigiani, che però non sapeva *assolutamente* dove fosse Rolando, e dal tono gelido della sua voce si capiva che non ci teneva per niente a saperlo. Bordelli insistette per cercare di avere altre informazioni, ma il cugino dell'avvocato aggiunse soltanto che Rolando se n'era andato dall'Italia molti anni prima e non si era più visto. In quale paese? Nessuno lo sapeva.

Al numero dell'avvocato Giulio Manetti rispose la moglie, e disse in un sussurro che suo marito era deceduto qualche anno prima. Bordelli le presentò le sue tardive condoglianze e la salutò con estrema gentilezza.

I due Bargioni Tozzi erano parenti dell'amico di Orlando, e quasi con le stesse parole dissero che Neri era andato a vivere a Parigi da quasi dieci anni.

Continuò a telefonare, ritrovando le emozioni di quando

ancora era in servizio. Cercare di svelare un enigma gli piaceva, non poteva farci nulla. Al posto del suo ufficio in questura aveva una grande cucina di campagna con un camino che aveva visto bruciare molta legna, ma era l'unica differenza. Forse aveva ragione Piras... Il lupo perde solo il pelo... E nonostante tutto non aveva la sensazione di perdere il suo tempo, come sarebbe stato normale. Possibile che fosse soltanto la voglia di giocare al commissario?

A casa di Gianfranco Cecconi Marini rispose la governante, e disse con voce altera che il *signorino* sarebbe rientrato verso le sette di sera. Finalmente ne aveva trovato uno.

La telefonata a casa Vannoni l'aveva lasciata per ultima. Rispose la madre di Ortensia, che all'inizio si spaventò talmente all'idea di parlare con un commissario che per poco non le mancarono i sensi. Bordelli cercò di tranquillizzarla, assicurandole che non si trattava di nulla di grave. Dopo una lunga pausa, con una vocina da oltretomba la signora annunciò che sua figlia si era sposata nel '60 con l'architetto Giampiero Falli. Abitavano a Fiesole, aggiunse, e ansimando gli dettò il numero di telefono. Bordelli la ringraziò e la salutò cortesemente, e appena riattaccò fece il numero dell'architetto.

Dopo molti squilli rispose proprio lei, Ortensia. Aveva una voce dolce. Anche lei sul momento rimase alquanto turbata, e si agitò ancora di più quando sentì nominare Orlando. Abbassò la voce, come se temesse di essere spiata. Bordelli le chiese la cortesia di poterla incontrare, assicurandole che le avrebbe rubato al massimo mezz'ora. Dopo qualche balbettio incomprensibile Ortensia lo pregò di lasciarle il numero di telefono. Avrebbe richiamato lei in mattinata, o forse l'indomani. Dopo un mormorio di saluto riattaccò...

Bordelli si stirò la schiena, lasciandosi scappare un lamento. Non aveva ancora finito con le telefonate. Chiamò la questura, e dopo i soliti commenti carichi di nostalgia Mugnai gli disse che Piras era uscito di corsa in macchina con il giovane vicecommissario Anselmi.

«Un omicidio?» chiese Bordelli, curioso. Mugnai disse che a quanto aveva capito si trattava di un uomo morto nella vasca da bagno, fulminato da un rasoio elettrico ancora attaccato alla presa. Il vicecommissario era andato sul posto per verificare.

Bordelli si fece passare Porcinai, il grassone che si occupava dell'archivio. Scambiò due chiacchiere con lui, sentendolo masticare, e alla fine gli chiese se poteva cercargli un certo Carlo Bacci sugli elenchi della Pubblica Sicurezza. Dopo aver scartabellato per qualche minuto, Porcinai disse che Bacci era diventato commissario e lavorava alla questura di Verona. Gli dettò anche il numero. Bordelli lo ringraziò e chiamò subito Verona. Dopo un po' riuscì a trovare Bacci, che si ricordava molto bene della morte di Orlando.

«Mi dispiace dirlo, ma la contessa non ci sta con la testa. Continuava a ripetere che suo figlio era stato assassinato...»

«Non ha mai smesso di pensarlo, a quanto sembra» disse Bordelli.

«È una pazza, ti dico. Non ne potevo più delle sue lagne, e la portai con me a esaminare ogni porta e ogni finestra del castello... anche al primo e al secondo piano, per non lasciarle il minimo dubbio. Spranghe e paletti dappertutto. Insomma, le feci toccare con mano che nessuno avrebbe potuto uscire dal castello. Ma lei non voleva saperne, e continuava come un disco rotto a ripetere che suo figlio era stato ammazzato. Capisco che in una situazione del genere una povera mamma possa... Ma di fronte all'evidenza...»

«Avete parlato con gli abitanti della zona per sapere se avevano visto o sentito qualcosa? Così per scrupolo...»

«Qualcosa è stato fatto, sempre per accontentare quella povera pazza che ci tormentava... Ma ti ripeto che è un suicidio, ci metto la mano sul fuoco.»

«Ti ringrazio, Bacci.»

«Di niente... Ti saluto.»

«Buon lavoro...» Bordelli mise giù, e rimase qualche istante a fissare il muro. Si stava impelagando sempre di più in quella faccenda, e la cosa non gli dispiaceva. Per andare fino in fondo decise di dare un colpo di telefono al suo amico del SID, l'ammiraglio Agostinelli, detto Carnera per la sua poderosa stazza. Per fortuna questa volta non fu difficile farselo passare.

«Caro Franco, che piacere sentirti... Lasciami indovinare... Finalmente ti sei deciso a lavorare con noi...»

«Preferisco fare il contadino, Pietro. Mi sono trasferito in campagna.»

«Appunto... Ora che hai lasciato la questura potresti venire a lavorare con noi...»

«Ah, l'hai saputo?»

«Stai parlando con il SID...»

«Giusto.»

«Ma il vero motivo della tua decisione puoi dirmelo solo tu.»

«Diciamo che fare il commissario era diventato incompatibile con altre faccende.»

«Sei misterioso...»

«Magari un giorno te lo dirò, Pietro. Prima però devo aspettare che la favola arrivi all'ultima frase... *E tutti vissero felici e contenti...*» Da un po' di tempo ce l'aveva con le favole, chissà come mai.

«Aspetterò con pazienza che la nonna finisca di raccontartela» disse l'ammiraglio, ma il suo tono era serio.

«Mia nonna è vecchia, parla molto lentamente...»

«Ho sempre avuto molta pazienza, caro Franco.» Agostinelli era davvero curioso e non lo nascondeva, ma non cercò di insistere.

«E giù da voi come va?» chiese Bordelli.

«Sempre sul filo del rasoio... Ti assicuro che piacerebbe anche a te...»

«Non credo, Pietro... Non ci sono portato. A ognuno il suo mestiere.»

«Secondo me te la caveresti a meraviglia» disse Agostinelli, convinto.

«Non credo, è una questione di carattere... Non mi ci vedo a tramare nell'ombra per schedare i possibili nemici dello Stato, e magari per conto di nemici anche peggiori...»

«Non esageriamo...»

«Sai bene che non sto esagerando.»

«Però quando ti servono informazioni su qualcuno, è a me che telefoni...» rise l'ammiraglio.

«Vado anche dal fornaio, ma il pane non lo so fare.»

«In caso di emergenza ce la faresti eccome.»

«Di sicuro mi verrebbe una porcheria... Comunque hai indovinato, Pietro, ti chiamavo proprio per questo.»

«Non avevi smesso di fare il commissario?»

«Devo dire che non è facile smettere del tutto, un po' come le sigarette... E alla prima occasione ho ceduto...»

«C'entra con la favola di prima?» lo stuzzicò l'ammiraglio.

«No, questa è un'altra storia.»

«Cosa vuoi sapere?»

«Se avete qualche notizia su un certo avvocato Rolando Torrigiani, che a quanto sembra non è più in Italia da un pezzo.»

«Per quando ti serve?»

«Non ho fretta» disse Bordelli, ma non era del tutto sincero. Chissà come mai quella faccenda lo stava invischiando sempre di più.

«Dammi il tuo numero, ti telefono appena so qualcosa.»

«Forse è meglio se ti richiamo io, sono spesso fuori e rischi di non trovarmi.»

«Come vuoi. Prova domani in tarda mattinata, per oggi non credo di farcela.»

«Senti, già che ci sei puoi guardare se avete qualcosa anche su un certo avvocato Giulio Manetti?»

«Bene, ho scritto anche lui.»

«Grazie, Pietro... Ti lascio comunque il mio telefono... Se una volta hai voglia di fare due chiacchiere...» Gli dettò il nuovo numero, che in quella zona aveva solo cinque cifre.

Quando riattaccò erano quasi le undici. Aveva voglia di cambiarsi la testa, e uscì per fare due passi nei dintorni, senza portarsi dietro le sigarette.

S'incamminò lungo il sentiero che portava al Ferrone, costeggiando campi di olivi e chiazze di bosco. Passando accanto a una casa colonica fatiscente vide sotto il loggiato un vecchio contadino seduto sopra una sedia, che lo fissava.

«Buongiorno» disse, avvicinandosi.

«Buongiorno un cazzo...» borbottò il contadino.

«Qualcosa che non va?»

«Te chi saresti?»

«Abito qua sopra, ho comprato da poco.»

«Faresti meglio a tornare da dove sei venuto, te lo dico io... Qui c'è gentaccia... Maledetti comunisti... Gli sembra di essere i padroni del mondo, accidenti alle loro mamme... Sono tutti pidocchi rivestiti, te lo dico io... Lasciamo stare, sennò... Lo so io, vai... Porca maiala... Comunque, contento te... Ma a me nessuno me lo 'nfila nel tapanaro... Non sono mica un contadinaccio, sai... Io stavo con i cavalli... Ero un palafreniere... Sono stato dieci anni nella Legione Straniera...»

Mentre il palafreniere continuava a parlare, Bordelli alzò gli occhi e vide un'aringa impiccata a una trave, con un cartello appeso alla coda: L'OSPITE PUZZA.

«Se una di quelle merde si azzarda a passare di qua gli sparo nei coglioni, altro che... E mica con le cartucce da uccellini, ci metto quelle da cinghiale... Poi lo vedi che lavori... Non ci metto due volte, te lo dico io... Non ho mica paura... Ne ho ammazzati tanti di pidocchi, uno più uno meno... Maledetti comunisti... Sono loro che devono avere paura...»

«È una bella giornata» provò a dire Bordelli, ma nessuno poteva fermare la galoppata del vecchio.

«Io faccio pochi discorsi, te lo dico io... A casa mia c'è la legge marziale... Se un gatto ammazza una gallina c'è la fucilazione...»

«La saluto...» disse Bordelli, alzando una mano. Si avviò

verso casa, mentre il contadino continuava a borbottare, e finalmente dopo un po' non lo sentì più. In cielo non si vedeva una nuvola. Faceva meno freddo del giorno prima, e nell'aria sembrava già di sentire il brivido della primavera.

Pensava alla contessa, alla sua testardaggine... Una pazza, aveva detto il commissario Bacci. Anche lui era tentato di pensare la stessa cosa, ma con una certa compassione. Ormai erano quasi quindici anni che quella povera donna si ostinava a credere che suo figlio fosse stato ucciso, e il desiderio di scoprire l'assassino doveva essere per lei il solo modo di sopravvivere a quel dolore, la spinta che la mandava avanti... E se un giorno avesse finalmente scoperto la verità, quale che fosse? Era probabile che la sua vita non avrebbe avuto più alcun senso...

Prima però ci si doveva arrivare, a quella verità. Gli sfuggì un sorriso, ma era rivolto a se stesso. Si era lasciato trascinare volentieri in un'avventura che non avrebbe portato a niente, lo sapeva bene... Allora come mai continuava ad avere la sensazione di non sprecare il suo tempo?

La sera verso le nove montò sul Maggiolino, con una sigaretta spenta in bocca. Guidando senza fretta oltrepassò il paese e scese giù per l'Imprunetana di Pozzolatico. Continuava a pensare alla sua indagine sul suicidio di Orlando, alla sua voglia bambinesca e forse un po' malsana di giocare al poliziotto.

Alle sette in punto aveva telefonato a casa Cecconi Marini, e la governante gli aveva passato il *signorino*. Gianfranco aveva una voce squillante, quasi da donna. Bordelli si era presentato, e dopo avergli spiegato più o meno il motivo del disturbo gli chiese se potevano vedersi. Dopo un attimo di nobilissima perplessità, Gianfranco gli aveva proposto un appuntamento per lunedì a mezzogiorno, nella Sala Rossa del circolo Borghese. Bordelli non aveva nessuna voglia di camminare su soffici e preziosi tappeti e di sedersi su scomodissime sedie dorate, e aveva persuaso il *signorino* Gianfranco a pranzare con lui in una trattoria vicino al mercato di Sant'Ambrogio, assicurandogli che sarebbe stata una magnifica esperienza...

Appena aveva riattaccato si era sentito un povero ex commissario quasi sessantenne che non voleva rassegnarsi a tirare i remi in barca... Eppure sapeva bene che non si sarebbe fermato. Forse era solo un modo per tenersi in allenamento, nella speranza di invecchiare più lentamente. Comunque fosse, prima di stabilire una volta per tutte che la contessa era una povera pazza voleva aspettare di avere qualche elemento in più... Anche se immaginava di non riuscire a cavare un ragno dal buco...

Ma non capitava a volte che una vicenda apparentemente chiara e limpida venisse sbugiardata da un particolare rimasto sepolto per anni? Però si doveva anche stare attenti a non lasciarsi ingannare dalla smania di scoprire per forza una verità nascosta... Così come era bene non farsi scoraggiare dalla paura di cadere in congetture assurde, ben sapendo che a volte l'intuizione poteva rivelarsi un abbaglio... Insomma non era per niente facile districarsi in quella faccenda, ma forse era proprio per questo che non si sarebbe arreso... Anche se in fin dei conti...

Scosse il capo e gli scappò da ridere. Stava girando a vuoto come un coglione, saltando da un dubbio all'altro e compiacendosi dei propri ragionamenti contorti. Doveva smettere di baloccarsi. La cosa più sensata era rimandare tutto al giorno dopo e cercare di passare una serata tranquilla. Una bella cena alla trattoria di Cesare, vino buono e due chiacchiere con Totò... Magari sul tardi poteva passare da Rosa e sdraiarsi sul suo divano senza scarpe, come ai tempi della questura...

All'incrocio di Poggio Imperiale due giovanotti in Lambretta gli tagliarono la strada, e quando lui suonò il clacson si affiancarono al Maggiolino imprecando e battendo i pugni sul vetro.

«Cazzo vuoi, vecchio di merda!»

«Esci fuori, stronzo!»

Bordelli cercava di ignorarli. Non aveva nessuna voglia di perdere tempo in stupidaggini, ma i due ragazzi continuavano a minacciare gridandogli di fermarsi. Avevano l'aria dei rampolli di buona famiglia, con le facce pulite e i capelli un po' lunghi. Uno era moro, l'altro biondo. Di sicuro piacevano molto alle ragazze.

A Porta Romana Bordelli decise di fermarsi, e scese di macchina. I due misero la Lambretta sul cavalletto e gli si avventarono addosso, senza sapere che in gioventù il *vecchio di merda* aveva fatto pugilato per diversi anni nella palestra di Mazzinghi. Bordelli schivò senza difficoltà il pugno sgangherato del biondo e gli sferrò un destro allo stomaco, facendolo crollare in ginocchio senza respiro. L'altro esitò un attimo, poi si lanciò in avanti vomitando insulti. Bordelli schivò anche il suo cazzotto e gli tirò un diretto in piena faccia, mandandolo a rotoloni per terra con il naso che buttava sangue.

« Bisogna avere rispetto per i vecchi... » disse, rimontando in macchina. Partì facendosi largo tra i passanti che si erano fermati a guardare. Non gli piaceva dare voce ai pugni, ma purtroppo a volte era difficile farne a meno... Forse aveva esagerato? Aveva approfittato di quella occasione per scaricare un po' di nervosismo? Comunque da ora in poi quei due ragazzotti ci avrebbero pensato due volte prima di fare gli spacconi con un povero pensionato...

Si rimise in bocca la sigaretta di prima, senza accenderla. Avrebbe smesso volentieri di pensare al macellaio e ai suoi amici, ma non era facile togliersi dalla testa quella faccenda. Era come una nebbiolina grigia che avvolgeva ogni cosa, e non vedeva l'ora di riuscire a dissolverla...

Attraversò il Ponte alla Vittoria e sui viali trovò un po' di traffico. Vedeva i giovani sfrecciare sulle motorette, con il cappello calato sugli occhi e le ragazze abbarbicate alla schiena, e provava una sottile invidia... Ma forse era soltanto nostalgia per i suoi vent'anni.

In viale Strozzi si avanzava a passo d'uomo, e come sempre c'era chi suonava inutilmente il clacson. Lui era nato e cresciuto a Firenze, ma dopo appena qualche settimana che abitava in campagna gli sembrava di essere un forestiero venuto da lontano. Non era più abituato alla confusione, sentiva che non faceva per lui. Sapere che prima o poi sarebbe tornato nella sua casa silenziosa gli dava un senso di serenità... Dopo aver caricato la stufa si sarebbe infilato a letto, sotto la trapunta che piano piano si sarebbe scaldata, e leggendo un libro avrebbe sentito nella notte il verso di qualche animale...

Parcheggiò in viale Lavagnini davanti alla trattoria Da Cesare, e scendendo dal Maggiolino si voltò un istante a guardare la strada che portava verso la questura. Gli sembravano passati mille anni dai tempi in cui la percorreva quasi ogni giorno.

Entrò nella trattoria. Dopo più di un mese che non si faceva vedere lo accolsero come un resuscitato. Scambiò qualche parola con Cesare e con i camerieri, e s'infilò in cucina, dove aveva l'abitudine di mangiare seduto sopra uno sgabello. Quando il cuoco lo vide, cacciò un urlo pugliese e corse a stringergli la mano.

«Dove vi eravate cacciato, commissario?»

«Non sono più commissario, Totò...»

«Giù al paese mio, dopo due giorni che non vediamo qualcuno pensiamo che è morto.»

«Forse anche io sono morto, ma il mio fantasma ha una gran fame» disse Bordelli, mettendosi a sedere. Totò gli servì subito un bicchiere di vino.

«Cosa volete mangiare, commissario?»

«Qualcosa di leggero...»

«Di leggero abbiamo i tovaglioli e i tappi di sughero...»

«Una semplice pasta al pomodoro è possibile?»

«State scherzando, commissario?» disse Totò, tornando ai fornelli. Continuando a chiacchierare e a cucinare per i clienti della trattoria, preparò per Bordelli una gigantesca scodella di *semplici* penne al pomodoro... anche se nel pomodoro galleggiavano enormi pezzi di salsiccia. Bordelli accolse la sorpresa con rassegnazione e si mise a mangiare di gusto, mentre Totò gli raccontava storielle lugubri del suo paese... Un ragazzo, per fare il coraggioso con gli amici, una notte d'estate si era incamminato da solo verso il cimitero giurando che ci avrebbe dormito, e quando all'alba lo avevano trovato a vagare nella campagna, aveva i capelli completamente bianchi... Una giovane donna che nessuno aveva mai visto era stata trovata annegata in un fiumiciattolo, completamente nuda, con un serpente attorcigliato intorno al collo, e c'era chi giurava che fosse una strega... Un ricco possidente di quasi cinquant'anni, che dopo la morte della moglie viveva tutto solo in un grande appartamento nel centro del paese, una domenica mattina si era affacciato alla finestra con la doppietta in mano e aveva cominciato a sparare alla gente che usciva dalla messa. Aveva ammazzato tre o quattro persone, prima di venir abbattuto come un cinghiale dai carabinieri. Nessuno riusciva a capire cosa gli fosse successo, e quando si venne a sapere che aveva lasciato il suo enorme patrimonio a una bellissima ragazza di appena sedici anni, figlia di un suo contadino, era successo il finimondo...

«Ne succedono di cose, al tuo paese...» commentò Bordelli. Aveva finito la pasta a fatica, e dopo aver rifiutato l'osso buco con i fagioli mandò giù l'ultimo sorso di vino. La cosa più saggia era andarsene prima che Totò tirasse fuori la grappa. Si alzò in piedi con la voglia di andare a dormire, e salutò il cuoco dicendo che sarebbe tornato presto. Totò cercò di corrompere la sua anima con una fetta di torta alla crema, ma lui riuscì a resistere alla tentazione e uscì da quel luogo di perdizione orgoglioso di se stesso.

L'aria fresca della notte lo costrinse a svegliarsi. Invece di salire sul Maggiolino accese una sigaretta e andò a piedi fino alla questura, per digerire la cena. Guardando l'edificio dove aveva passato due decenni della sua vita gli sembrò di fare un salto nel tempo, eppure solo pochi mesi prima...

Si avvicinò all'ingresso di via Duca d'Aosta e sbirciò nella guardiola. Vide Mugnai intento come al solito a fare le parole crociate.

«Serve aiuto?» disse, affacciandosi dentro. Mugnai sussultò, poi sorrise accennando il saluto militare.

«Commissario! Mi ha fatto paura...»

«Vedo che sei impegnato» disse Bordelli, accennando alla «Settimana Enigmistica».

«Mi manca pochissimo a finire... Ma ci sono due o tre parole che...»

«Fammi vedere... Cinque verticale... Cinque lettere... *Il foscoliano Jacopo*... Ortis.»

«Che?»

«Scrivi... O... R... T... I... S...»

«Sì sì, ci sta... Ora c'è il quattro orizzontale, se trovo questa è quasi fatta...»

«Fammi vedere... Sette lettere... *Uccise Ettore*... Achille.»

Una pantera uscì sgommando dalla questura, e Bordelli fece appena in tempo a salutare le due guardie che conosceva bene, Rinaldi e Tapinassi. Dopo qualche secondo si alzò in aria il lamento della sirena... Chissà cos'era successo? Si sentiva curioso come una vecchia zia, e gli tornavano in mente i momenti di emergenza che aveva vissuto fino a pochi mesi prima, quando dopo giorni di buio assoluto saltava fuori qualcosa di inaspettato...

«Commissario, mi sente?»

«Eh? Dimmi...»

«Dodici verticale... *La legge del taglione*... Otto lettere... Che è questo *taglione*?»

«Vendetta» disse Bordelli, sentendo un brivido sulla nuca... E ancora una volta vide il macellaio Panerai che crollava a terra tra le foglie marce, con il cranio sfondato dalla fucilata.

«Abbiamo quasi finito» disse la guardia, fissando il reticolato di parole.

Bordelli rimase nella guardiola fino alla fine del cruciverba, poi salutò Mugnai con una pacca sulla spalla e se ne andò nel freddo della notte, giocherellando con i fiammiferi nella tasca.

«C'è una stanza tutta per te, con un grande letto» disse Bordelli. Era sdraiato sul divano di Rosa, nella penombra riposante del salottino.

«Non mi piace la campagna, sarà perché ci sono nata» disse lei, accarezzando Briciola. La gattina si era accovacciata sulle sue ginocchia, e osservava il mondo con il suo occhio ammaccato. Era cresciuta, ma non troppo. Si vedeva bene che sarebbe rimasta piccolina. Gedeone invece sembrava ogni volta più grosso. Stava sonnecchiando in cima alla spalliera di una poltrona e con un occhio mezzo aperto teneva sotto controllo la situazione.

«Ogni uomo dovrebbe avere un po' di terra» disse Bordelli, allungandosi per schiacciare la sigaretta nel posacenere.

«Oh, ce l'avremo tutti un po' di terra... Intorno alla cassa da morto.»

«Che allegria...» borbottò Bordelli, immaginandosi per un attimo il suo funerale. Ci sarebbe stata molta gente? O solo pochi amici con il muso lungo? Rosa stava strapazzando la pancia alla Briciola.

«Guarda com'è grassa, sembra un maialino» disse, strusciando il naso sulla testa della gattina.

«Nelle tue mani chiunque diventerebbe grasso» disse Bordelli, tirandosi su e mettendosi seduto. Passò un dito sulla testa della Briciola e si beccò un morso. Rosa scoppiò a ridere.

«Non ci sai proprio fare con le femmine...»

«Non sempre è colpa mia» si difese Bordelli, pensando tristemente a Eleonora. La notte in cui era stata violentata, prima di tornare a casa lui aveva passato la serata da Rosa a farsi massaggiare il collo... e quando era entrato in camera da letto... Ogni volta che ci pensava si sentiva opprimere dalla colpa... Se quella sera fosse arrivato prima... O forse no, non sarebbe cambiato nulla... Ma a che serviva pensarci, ormai...

«Ora me lo puoi dire cosa è successo con la tua bella mora?» chiese Rosa, che sembrava avergli letto nel pensiero.

«Parliamo d'altro, Rosa...»

«Dai bruttone, a me puoi dire tutto.»

«Non ora, ti prego...»

«Come sei cupo...»

«Sono solo un po' stanco.»

«Quando rincorrevi gli assassini eri stanco, ora che non fai più nulla sei stanco... Forse sei solo un gran pigrone.»

«Vuoi venire da me a zappare la terra? Oppure a spaccare la legna?» disse Bordelli, e sorrise immaginando Rosa che zampettava nell'orto con i tacchi a spillo.

«Per un omaccione come te cosa vuoi che sia...»

«È più dura di quanto pensassi.»

«Se non volevi spaccare la legna potevi rimanere in città. Hanno inventato le caldaie a carbone... Si chiama progresso...» disse Rosa, e scoppiò a ridere come una scema. A un tratto Briciola si divincolò e scappò via correndo, come se fosse inseguita da un mostro.

«Che le succede?» chiese Bordelli.

«Lo fa sempre, mi sa che è un po' pazzerella... Vuoi un altro cognac?»

«Solo una lacrima» disse Bordelli, ma lasciò che Rosa gli riempisse il bicchierino fino all'orlo.

«Un cioccolatino?»

«Si vive una volta sola...» disse Bordelli, allungando una mano.

Briciola stava camminando lungo il muro, agitando la testa come un leone e rizzandosi ogni tanto sulle zampine di dietro come se combattesse contro un nemico invisibile. Forse era davvero pazza. A un tratto cominciò a girare in tondo cercando di acchiapparsi la coda...

«Comunque anche io ho spalato fango per giorni interi, cosa credi?» disse Rosa di punto in bianco, riprendendo il discorso di prima.

«Vedo già una lapide di marmo... *In queste strade, nel novembre del 1966, la paladina dell'amore Rosa Stracuzzi si impegnò con abnegazione e spirito di sacrificio a rimuovere con le sue stesse manine tonnellate di fango...*»

«Stupido!» disse Rosa, ridendo.

«Dicevo sul serio...»

«A volte lo sento ancora, il tanfo dell'alluvione» disse lei, annusando l'aria.

«Lo sentiremo ancora per molto.»

«Briciola! Lascia stare le tende!» Rosa si alzò di scatto, e la gattina corse a rintanarsi sotto la credenza.

«Sai che sulla collina di fronte a casa mia c'è un castello? Ci abita una contessa» disse Bordelli.

«Come lo sai?»

«È venuta a trovarmi.»

«Mi sarebbe piaciuto da morire nascere contessa...» disse Rosa sognante, lasciandosi andare di nuovo sulla poltrona.

«La contessina Rosa... Suona bene...»

«Prima della guerra, al villino sul Lungarno ci lavorava la figlia di una baronessa siciliana...»

«Ah, sì?»

«Vedessi com'era bellina... E forse era anche la più puttana di tutte...» fece Rosa, ridacchiando.

«Magari adesso ha sposato un principe.»

«Dicevi che la contessa è venuta a trovarti?» disse lei, curiosa.

«Una quindicina di anni fa, proprio in quel castello il suo unico figlio si è appeso a una corda.»

«Oh, poverina...»

«Lei è convinta che sia stato ammazzato, e vuole che scopra gli assassini.»

«Come si chiama questa contessa?»

«Gori Roversi...»

«Nooo!»

«Che ti prende?»

«Un uomo che si chiamava così era un mio cliente fisso...»

«Si chiamava Rodolfo?»

«Proprio lui! Era un uomo meraviglioso. Aveva certi baffoni... Un gran signore. Mi faceva un sacco di regalini.»

«Un vero gentiluomo...»

«A letto era tenero e insolente come un bambino. Dopo mi si rannicchiava addosso, e sussurrando si metteva a raccontare della sua bella moglie e del suo amatissimo figlio... Mi faceva una gran tristezza, poverino... Briciola! Ora basta!»

Quando uscì dal portone di Rosa erano quasi le due. I lampioni fiochi di via dei Neri stentavano a vincere il buio. Tirava un vento freddo, un tempo da lupi. Nella strada non si vedeva nessuno. Sulle facciate dei palazzi i segni dell'alluvione erano ancora evidenti, e a momenti si sentiva nel naso una lieve zaffata di nafta.

Il sedile del Maggiolino gli gelò il sedere. Mise in moto e partì con un sospiro. Imboccò il Lungarno, sapendo già quello che stava per fare. Invece di voltare sul ponte tirò dritto, con il cuore che gli batteva forte. Prese via Lungo l'Affrico, e dopo il cavalcavia voltò in via D'Annunzio. Si fermò sotto casa di Eleonora e si sporse in avanti per guardare la facciata del palazzo. Al secondo piano si vedeva filtrare luce da una finestra... Che fosse proprio quella di Eleonora? Cosa ci faceva sveglia a quell'ora? Non riusciva a dormire? O magari stava scrivendo una lettera al suo fidanzato...

Fece inversione e se ne andò, sentendosi un idiota. Accese una sigaretta giurando che sarebbe stata l'ultima. Non era ancora il momento di cercare Eleonora. Prima doveva sistemare *alcune cose*. Se mai avesse trovato il coraggio di bussare alla sua porta, voleva poterle dire che... Insomma, doveva aspettare...

La via Imprunetana era deserta, e ai lati della strada si vedevano gli olivi scossi da violente raffiche di vento. Gli venne in mente che Ortensia non aveva richiamato. Avrebbe aspettato ancora qualche giorno, poi le avrebbe telefonato di nuovo. Come mai al telefono era così agitata? Era davvero curioso di scoprirlo, così come era curioso di capire se la contessa era solo una povera mamma che aveva perso il senno. Forse *curiosità* non era la parola giusta. Ormai gli sembrava di non poter più tornare indietro. Magari avrebbe fatto un buco nell'acqua, ma sapeva che non poteva fare a meno di arrivare fino in fondo... e ancora una volta si chiese come mai. Forse stava solo invecchiando male.

Passando davanti alla stradina sterrata che portava alla cascina di Dante fu tentato di andare a disturbarlo. Di sicuro lo avrebbe trovato sveglio. Rallentò, ma poi cambiò idea e tirò dritto. Si sentiva troppo stanco.

Attraversò il paese, e scendendo lungo il sentiero che portava a casa vide di nuovo una lepre ferma in mezzo alla strada. La riconobbe. Era la stessa, non aveva dubbi. Ancora per un giorno era sopravvissuta ai cacciatori. Aspettò di vederla scomparire nel buio e continuò fino a casa. Il vento soffiava sempre più forte, e le punte dei cipressi ondeggiavano come fiamme.

Al primo piano faceva meno freddo. Si sentiva sbattere una persiana, e andò a chiuderla. Tolse un po' di cenere dalla stufa e la caricò di legna, con la calma dell'abitudine. Non poteva più rinunciare a quella pace, ai pensieri che si muovevano in libertà nell'immenso palazzo della memoria. I versi degli animali, gli scricchiolii dei vecchi mobili, le fronde che si agitavano al vento... non facevano che dare più forza al silenzio.

Scese in cucina a prendere la bottiglia d'acqua per la notte, non poteva dormire senza averla a portata di mano. A volte gli capitava di svegliarsi a notte fonda con la gola riarsa, e di bere a garganella mezza bottiglia.

Andò a letto e si mise a leggere Lermontov. Da un po' di tempo vedeva i caratteri leggermente sfocati, e doveva allontanare il libro dagli occhi. Forse era arrivato il momento di farsi un paio di occhiali, porca miseria. La storia era appassionante, e posò il libro solo quando si accorse che continuava a rileggere la stessa riga senza capire nulla. Erano le quattro passate. Spense la luce e affondò il viso nel cuscino. Quando era bambino i suoi ultimi pensieri prima di addormentarsi erano tumultuosi e confusi, i ricordi della giornata appena vissuta si mescolavano a fantasie avventurose. A volte invece non riusciva a prendere sonno, perché nel buio gli sembrava di vedere l'ombra di un orco o di una strega avanzare verso di lui. Altre volte si addormentava immaginando di essere un gigante alto come una montagna e di sdraiarsi sopra il cielo, a spiare Firenze dall'alto. Si rannicchiava sotto le coperte e si perdeva in quelle avventure. Vedeva tutto quello che succedeva nelle strade, ma soprattutto poteva intervenire a piacimento. Se ad esempio una donna veniva assalita da un ladro, ecco che le sue dita enormi sbucavano dalle nuvole e sollevavano in aria il cattivo. Oppure vedeva un uomo cadere dall'ultimo piano di un palazzo e lo salvava facendolo atterrare sul palmo della sua mano. Altre volte spegneva un incendio immergendo un dito nell'Arno e facendo cadere sulle fiamme enormi gocce d'acqua...

Quella notte si lasciò andare alla stessa fantasia, provando le identiche emozioni di allora. Si trasformò in un gigante e si affacciò sopra la città distesa nel buio, percorrendo con lo sguardo le strade deserte, le file dei lampioni sui viali, soffermandosi a osservare le macchie scure dei parchi e dei giardini nascosti nelle corti dei palazzi, giocando a riconoscere i monumenti, le piazze, la sua casa di quando era bambino. Poi arrivò il momento che aspettava... Dal cielo nero sbucò la sua mano enorme, si allungò sopra la città e senza nessuna fatica scoperchiò il tetto di una grande villa sulla collina di Marignolle. Con due dita sollevò dal letto uno degli assassini di Giacomo Pellissari, e lo stritolò come una mosca. Tra i polpastrelli gli rimase solo una macchiolina di sangue. Ora toccava al quarto, l'ultimo, il peggiore di tutti. Sbarbò il tetto della sua villa di viale Michelangelo e lo vide alzarsi dal letto, terrorizzato. Lo sollevò delicatamente per un braccio, sentendolo urlare, e dopo averlo tenuto sospeso in aria per un po', lo immerse lentamente nell'Arno, tenendolo sott'acqua per qualche minuto. Poi lo tirò su e lo gettò sulle colline di Cintoia, rimanendo a guardare i cinghiali che si contendevano il suo cadavere.

Dopo una camminata nel bosco dietro casa, si lasciò andare sulla poltrona e si mise a sfogliare «La Nazione». Nella cronaca cittadina c'era un titolo a caratteri cubitali: UCCIDE IL MARITO PER L'EREDITÀ. Il catenaccio diceva: *Ha confessato tra le lacrime. La giovane moglie aveva un amante e ha premeditato l'omicidio organizzando una finta disgrazia*. Nell'articolo si raccontava dei dubbi emersi fin dal primo momento, dubbi che si erano presto trasformati in validi sospetti. Si trattava di una lieve traccia lasciata sul muro da un tavolino da bagno, che evidentemente era stato spostato dall'altra parte del lavandino, proprio accanto alla vasca da bagno, in modo che il rasoio attaccato alla presa potesse cadere dentro l'acqua. La moglie era stata interrogata a lungo, finché era crollata e aveva confessato.

Bordelli chiuse il giornale, pensando che forse a notare quel particolare del tavolino era stato proprio Piras. Era nel suo stile osservare i dettagli, partendo dal presupposto che l'apparenza inganna e dunque una disgrazia poteva nascondere un omicidio...

Guardò l'ora, mezzogiorno passato. Era arrivato il momento di telefonare agli uffici del SID. Agostinelli era impegnato in una riunione e richiamò dopo quasi un'ora. Bordelli stava cucinando, e appoggiò il telefono il più vicino possibile ai fornelli.

«Devi scusarmi, Franco, ma qui sta scoppiando un casino...»

«Ci siete abituati, no?»

«Questa è grossa... Di sicuro tra qualche tempo la leggerai sui giornali.»

«A questo punto sono curioso, Pietro...» disse Bordelli, girando con un mestolo il tritato di cipolle nella padella.

«Non posso dirti nulla.»

«Non ci sente nessuno... E poi se uscirà sui giornali lo saprò comunque.»

«Lasciamo perdere, è la solita schifezza italica... Cos'è questo rumore?»

«Nulla, sto cucinando...»

«Ti ci vuole una donna, Franco.»

«Parliamone un'altra volta... Hai scoperto qualcosa su quei due?»

«Nulla di speciale...»

«Sono tutto orecchi.»

«Non sto a leggerti tutto... Rolando Torrigiani se n'è andato dall'Italia nel 1955 e se ne sono perse le tracce. Si presume che sia in Brasile, ma non c'è nulla di sicuro. Non se n'è andato da solo, si è portato dietro un immenso patrimonio sottratto alle famiglie nobili di Firenze di cui era amministratore.»

«Non so se chiamarlo ladro o eroe della Repubblica» disse Bordelli, sorridendo. In attesa dei suoi pomodori stava aprendo un barattolo di pelati, reggendo il telefono tra il mento e la spalla.

«In realtà i soldi lo hanno preceduto. Prima di andarsene Torrigiani li ha spostati in Brasile, con abili manovre bancarie.»

«Gli italiani in queste cose bisogna lasciarli stare, sono i migliori.»

«Una degenerazione della famosa arte di arrangiarsi...»

«Sull'altro avvocato hai trovato qualcosa?»

«Quasi nulla... Era socio di Torrigiani, anche nel malaffare... Appassionato di opere d'arte e di armi antiche... Morto nel febbraio del '63... Non ho altro d'importante...»

«Grazie lo stesso.»

«Come mai volevi queste informazioni? Anche io sono curioso...»

«Facciamo così. Te mi racconti cosa bolle in pentola lì da voi e io ti dico quello che vuoi sapere.»

«Non credo che le due rivelazioni abbiano lo stesso peso... Ma in fondo hai ragione, tra qualche settimana lo saprai comunque... Comincia tu...»

«Non mi fido del SID, comincia te» disse Bordelli, girando il pomodoro con un mestolo. Agostinelli fece un sospiro, e si rassegnò a essere il primo.

«Nell'estate del '64, prima di sentirsi male, il presidente Segni mise in piedi una specie di colpo di Stato sotto la direzione del generale De Lorenzo, anche se qualcuno afferma che era solo un'operazione di ordine pubblico, in previsione di possibili disordini... Sai, per la caduta del governo di centrosinistra... Quando si vociferava di un governo tecnico guidato da Merzagora...»

«Tutto qui?»

«Tutto qui.»

«Le solite cose italiane...»

«Te lo avevo detto. Ora però tocca a te.»

«Non ho molto da dire... *La questura brancola nel buio*, come scrivono sempre i giornali...»

«Dimmelo lo stesso, sono curioso.»

«Be', una contessa che abita sulla collina di fronte a casa mia...» Gli raccontò la faccenda in poche parole, e concluse dicendo che all'epoca Orlando lavorava appunto nello studio Manetti & Torrigiani.

«E se avesse ragione la contessa?» disse Agostinelli.

«Ne dubito, ma ormai voglio arrivare fino in fondo.»

«Torrigiani si è volatilizzato e nessuno lo troverà mai più, ma adesso hai un movente. Il ragazzo ha scoperto che i due avvocati rubavano soldi ai loro amministrati e lo hanno ammazzato. Non fa una grinza...»

«Potrebbe anche essere, ma non dimenticare che il castello era chiuso dall'interno... I pompieri hanno dovuto forzare una finestra.»

«Caro Franco, ora che sei a riposo hai tutto il tempo di giocare con i misteri.»

«Devo occuparmi anche dell'orto...»

«Ti vuoi divertire? Prova a dare per scontato che il figlio della contessa sia stato ucciso, e cerca di scoprire come sia possibile farlo nonostante ogni apparenza. Qualsiasi problema ha una soluzione, te lo dice il SID.»

«Ho capito, vuoi farmi stare sveglio la notte.»

«Questo è il metodo che spesso usiamo noi... Se non altro ha il merito di allenare la mente e lo spirito...»

«Una bella palestra... Ora devo salutarti, sto per buttare la pasta. Grazie, Pietro.»

«Vado a mangiare anch'io, salutami le galline» disse l'ammiraglio.

Bordelli buttò nella pentola una bella manciata di spaghetti, e dopo averli girati per quasi un minuto si mise ad apparecchiare la tavola. Dentro di sé aveva già accettato la sfida di Agostinelli, e cercò d'immaginare come fosse possibile uccidere qualcuno in casa sua simulando un perfetto suicidio... E a un tratto capì come mai si accaniva in quel modo dietro alla morte di Orlando... Adesso gli sembrava chiaro come il sole...

Ripensò sorridendo alla sua fantasia notturna... Non tanto all'onnipotenza onirica, quanto alla volontà che si nascondeva dietro a quella fantasia. I responsabili della morte di Giacomo Pellissari erano quattro. Uno si era suicidato sul serio. Un altro si era suicidato per mano di un ex commissario. Ne rimanevano due. Doveva ucciderli. Non era colpa sua, doveva ucciderli. Era come se Dio stesso gli chiedesse di farlo. *Ego te absolvo...*

Corse ad assaggiare gli spaghetti, e arrivò appena in tempo. Ancora un minuto e avrebbe dovuto buttarli. Li scolò, li rovesciò nella scodella e ci versò sopra il pomodoro. Si riempì un bicchiere di vino e cominciò a mangiare.

Si sentiva diviso in due. Uno era il Franco che più o meno conosceva, con i suoi ricordi, le sue fissazioni... L'altro camminava lungo un sentiero già tracciato che non poteva fare a meno di percorrere. Li avrebbe uccisi, era già scritto. Ma non poteva certo sperare di incontrare nel bosco l'avvocato Moreno Beccaroni o magari monsignor Sercambi, serviti su un piatto d'argento dal destino, come era successo con il macellaio. Adesso doveva darsi da fare, e di nuovo aveva bisogno di un suicidio. Era meglio occuparsi dell'avvocato Beccaroni, che sembrava il più vulnerabile dei due. Oltre a questo, preferiva lasciarsi monsignore per ultimo. Era deciso, ora toccava a Beccaroni. Ma doveva assolutamente sembrare un suicidio. Non poteva rischiare che monsignor Sercambi si sentisse in pericolo e scatenasse di nuovo il braccio secolare della massoneria. Eleonora aveva già pagato per questo, senza nessuna colpa. Non doveva succedere un'altra volta...

Se il figlio della contessa si era ucciso o era stato ammazzato, quasi certamente nessuno lo avrebbe mai scoperto... Lui ci avrebbe almeno provato, se non altro per convincersi che valeva la pena trovare una soluzione al mistero. Il movente in effetti poteva esserci, come gli aveva suggerito il suo amico dei Servizi. Ma la cosa importante era un'altra: se lui avesse scoperto il modo di uccidere qualcuno nella sua stessa casa e di andarsene lasciando porte e finestre chiuse dall'interno, avrebbe avuto un esempio da seguire per mettere in scena un suicidio che non lasciava dubbi. Era questa la prossima mossa proposta dal destino. Ora aveva capito... Non era stato inutile occuparsi delle paturnie di una vecchia contessa...

La mattina alle otto spalancò la finestra di camera e scese in cucina a fare il caffè. Preparò lo zaino senza fretta, continuando a riflettere su quello che gli aveva detto il suo amico del SID... *Prova a dare per scontato che...*

Una mezz'ora dopo parcheggiò il Maggiolino alla Panca e attaccò il sentiero ripido che portava a Monte Scalari, pensando che quelle colline ne avevano viste di tutti i colori, e non solo al tempo della guerra. La salita lo faceva sudare, e il cuore gli batteva forte. Ormai gli sembrava di stare bene solo nei boschi. Camminando in mezzo agli alberi riusciva a pensare meglio. Quella mattina gli girava in testa sempre la stessa domanda... Com'era possibile uccidere qualcuno e andarsene via lasciando porte e finestre chiuse dall'interno? Era proprio vero che per ogni mistero esisteva una soluzione? Non ne era del tutto convinto. Una cosa del genere non era possibile nemmeno per lo scimmione del racconto di Poe...

Come ogni domenica le fucilate dei cacciatori non si facevano desiderare. Era passata appena una settimana dal suo piacevole incontro con Panerai, eppure gli sembrava un ricordo lontano. Dopo un po' decise di godersi la camminata senza pensare a quella brutta storia, anche se non era facile. Quei luoghi ormai erano marchiati a fuoco da avvenimenti difficili da ignorare.

Passò davanti all'antica abbazia di Monte Scalari e scese giù per il sentiero che portava a Celle. Lo zaino che pesava sulle spalle, il silenzio rotto soltanto dai colpi di fucile... gli fecero venire in mente un'altra mattina, quella del quattro agosto del '44, quando arrivò la notizia che i ponti di Firenze erano stati distrutti dalle mine dei tedeschi, tranne Ponte Vecchio. Aveva cercato di immaginare l'Arno senza il Ponte alle Grazie, Ponte Santa Trinita, Ponte alla Carraia... ma non ci era riuscito. Aveva visto lo sfacelo qualche mese dopo la fine della guerra, quando era tornato a casa. Anche le bombe alleate si erano accanite sulla città, radendo al suolo interi quartieri. Dai suoi genitori e da altre persone che erano rimaste in città durante il conflitto aveva sentito raccontare mille storie... La banda Carità... Le torture a Villa Triste... La paura delle spie... Il console tedesco di Firenze che per una sorta di conversione si era adoperato per salvare opere d'arte e gente di ogni tipo, perfino ebrei e partigiani, spalleggiato dal console svizzero... E poi i colpi di artiglieria dei nazisti in ritirata, gli Alleati che avanzavano, i cecchini che sparavano dai tetti... I partigiani scesi dalle colline, gli interminabili e sanguinosi combattimenti nelle strade...

I suoi pensieri furono interrotti da una macchia di pelo rossastro che avvistò di lontano sul sentiero. Era certamente un animale, ma non si muoveva. Avvicinandosi si accorse che era una volpe morta. Si fermò davanti al cadavere, e lo sfiorò con una scarpa aspettandosi che la volpe scattasse in piedi per fuggire. Sembrava viva. Aveva gli occhi mezzi aperti, e dalla bocca spuntavano i dentini aguzzi. La spinse un po' più forte con il piede, e sentì che non era ancora rigida. Si chinò per appoggiare una mano sulla pelliccia morbida. Era tiepida, doveva essere morta da poco. La voltò sull'altro fianco, ma non trovò nessuna traccia di sangue. Non era stata ammazzata da una fucilata. Semplicemente era arrivata la sua ora. Passò le dita sulla testa della volpe per salutarla, e riprese a camminare. Povera bestia... Chissà se aveva avuto il tempo per un ultimo pensiero, prima di stramazzare in terra. Lui non avrebbe mai voluto morire all'improvviso, magari addirittura nel sonno. Solo a pensarci si sentiva avvilire. Pregava il cielo di fargli assaporare il momento della sua morte con la massima consapevolezza, come era capitato a qualche suo compagno di guerra a cui poi aveva chiuso gli occhi... Altri invece non avevano fatto in tempo a rendersi conto di niente, il buio era arrivato in un istante... E dov'erano finiti i loro pensieri, la loro coscienza, le immagini che riempivano il loro sguardo fino a un secondo prima?

Dopo un lungo giro nei boschi e caotiche scorribande nella memoria tornò alla macchina, piacevolmente stanco. Appena arrivò a casa accese un bel fuoco, e si sedette in poltrona a leggere. Finì il romanzo di Lermontov, e con il libro sulle ginocchia rimase a fissare le fiamme ripensando alle avventure dell'ufficiale Pečorin. Non si sarebbe mai più scordato di lui. Come ogni volta dopo aver letto un bel romanzo, gli sembrava di aver conosciuto realmente i personaggi della storia. Sapeva che di tanto in tanto avrebbe ripensato a loro, mescolandoli ai ricordi delle persone che aveva incontrato nella vita. Don Abbondio, Raskolnikov, Madame Bovary, Hans Castorp, Gregor Samsa... Anche Ulisse faceva ormai parte della sua memoria, come i suoi compagni di guerra rimasti uccisi e le donne che gli avevano fatto perdere la testa...

Aveva ancora voglia di rimanere in Russia. Salì al primo piano, e dopo aver rimesso Lermontov nella libreria della camera da letto prese Dostoevskij. Tornò in cucina, mise un bel ciocco di legna nel fuoco e si sdraiò di nuovo in poltrona. Aprì il libro e cominciò a leggere *Memorie del sottosuolo*, senza avere la minima idea dell'avventura che lo aspettava... *Sono un uomo cattivo, sono un uomo malato...*

Rimase affascinato dai pensieri del protagonista, che si addentrava nei labirinti mentali con amaro compiacimento, precipitando in consapevolezze dolorose, affondando nel disprezzo per l'uomo e prima di tutto per se stesso, incapace di vivere degnamente per colpa di una maniacale analisi della realtà e della propria coscienza. A momenti gli sembrava di riconoscersi nella lucida confusione di quei pensieri, riuscendo finalmente a dipanare ragionamenti e a capire emozioni che da sempre erano rimaste ingarbugliate nella sua mente.

Ogni tanto doveva smettere di leggere, e guardando il fuoco affondava nei propri labirinti, spingendosi in profondità che fino ad allora aveva solo immaginato, scavando come un verme nella terra...

A un tratto sentì un rumore che sembrava provenire dalla canna fumaria, e insieme a una cascata di fuliggine apparvero sopra il fuoco due piedini di donna calzati in scarpette eleganti. Un attimo dopo una giovane donna sbucò tutta intera e rimase in piedi sopra le fiamme. Aveva un vestito bianchissimo tutto sporco di fuliggine, e lo fissava con occhi severi. Bordelli la osservava senza meraviglia, aspettando di capire il motivo della sua visita. Lentamente la donna alzò un braccio, e guardandolo minacciosa gli puntò addosso un indice accusatore come l'angelo che cacciò Adamo ed Eva...

«Tu sei mio» sussurrò.

«Chi sei?» chiese Bordelli, affascinato dalla sua bellezza.

«Tu sei mio» ripeté la donna. Dopo qualche secondo fu avvolta da una grande fiammata e scomparve... Bordelli aprì gli occhi, deluso che fosse stato solo un sogno. Aveva ancora in mente il dito puntato contro di lui... Chi era quella donna? Il destino in persona? Solo adesso si rendeva conto che aveva il viso di Eleonora, e il desiderio di rivederla diventò ancora più doloroso.

Erano quasi le otto. Raccolse il libro, che gli era caduto dalle mani. Mise il segnalibro tra le pagine e si alzò per prendere l'elenco del telefono. Cercò il numero di Eleonora, e con un brivido lesse le sei cifre che lo separavano dalla possibilità di parlare con lei. Bastava alzare il telefono, far girare il disco con un dito... Cosa sarebbe successo? Cosa gli avrebbe detto Eleonora? Sarebbe stata contenta o avrebbe riattaccato?

Il trillo del telefono lo fece sobbalzare, e per un attimo immaginò... Che stupido, doveva smettere di pensare ogni volta che lei... Con la dama bianca ancora negli occhi andò a rispondere.

«Pronto?»

«Dormivi?» disse Diotivede, a cui non sfuggiva nulla.

«Mi ero appisolato davanti al fuoco.»

«È così che si scopre di essere vecchi.»

«A te non succede mai?»

«Molti anni fa, quando ero vecchio come te.»

«Ti sento allegro. Hai squartato un cadavere simpatico?»

«Tutti i cadaveri sono simpatici, perché non dicono coglionate» disse Diotivede.

«Marianna come sta?» Marianna era la bella fidanzata del medico legale, trent'anni più giovane di lui.

«Non c'è male, grazie. Per cena hai qualche impegno importante?»

«Dopo un uovo al padellino pensavo di addomesticare un ragno...»

«Hai voglia di calare da quelle terre selvagge e di venire nella civiltà?»

«Scommetto che non è un'idea tua...»

«Ti sbagli. Ho dovuto litigare con Marianna per invitarti, lei non sopporta gli uomini primitivi» disse il medico. Bordelli sentì in lontananza la voce di Marianna che protestava... *Non è vero... Non è vero...*

«Le donne sono tutte bugiarde» dichiarò Diotivede.

«Non è che cucini tu?» chiese Bordelli.

«È una domanda tendenziosa...»

«Non vorrei trovarmi nel piatto una bistecca umana.»

«Dopo questa divertentissima battuta, puoi gentilmente dirmi se vieni a cena o resti a parlare con il ragno?»

«Vengo, vengo... Ma solo perché c'è Marianna.»

«Com'è che non hai portato una gallina?» disse Diotivede, mentre Bordelli varcava la soglia.

«Le avevo invitate tutte, ma hanno rifiutato.»

«Non ci sai fare nemmeno con le galline...»

«Me la cavo meglio con le oche» disse Bordelli, togliendosi il cappotto. Marianna apparve nell'ingresso con un grembiule da cuoca, bella e sorridente.

«Sempre a parlare di femmine, voi due» disse, stringendo la mano all'ospite.

«Ha cominciato prima lui» fece Bordelli, come i bambini esosi.

«Sono sicuro che a scuola eri il primo a fare la spia» disse il medico, squadrandolo da dietro le lenti.

Si accomodarono in salotto, dove li aspettava una bottiglia di vino rosso e dei cubetti di parmigiano infilzati con uno stecchino. Marianna era davvero una donna eccezionale. Anche il grembiule le donava. Poteva fare qualunque cosa senza perdere la sua eleganza, come una regina. Aveva forme abbondanti, da scultura greca. Gli occhi neri spiccavano come pietre luccicanti nel suo bel viso dai tratti fini, e i lunghi capelli castani le avvolgevano un ovale da attrice. Bordelli era sinceramente affascinato. Se non avesse avuto in testa Eleonora, avrebbe rischiato di innamorarsi. Diotivede lo sbirciava divertito, intuendo i suoi pensieri. A un tratto si alzò dal divano e si avviò verso la porta.

«Vado a dare la buonanotte alla mia nipotina. Ti lascio solo con la mia fidanzata, comportati bene» disse, e uscì dalla stanza con il suo passo da giovanotto. Li portava bene i suoi settantaquattro anni, quel frugabudella. Bordelli si avvicinò a Giunone e abbassò la voce.

«Scappa con me, Marianna...» disse. Lei lo guardò un secondo con aria stupita, poi scoppiò a ridere. Bordelli fece l'offeso.

«Dico sul serio. Ho una bella casa in campagna, e tra qualche giorno avrò anche un orto...» sussurrò. Marianna rise di nuovo e si alzò per andare in cucina, seguita dallo sguardo ammirato di Bordelli. Dopo qualche minuto il medico apparve sulla soglia, e lo sbirciò con diffidenza.

«Chissà cosa le hai detto, per farla ridere in quel modo.»

«Nulla che ti riguardi...» disse Bordelli. In quel momento entrò Marianna, e posò sul tavolo una zuppiera che fumava.

«Mi ha proposto di fuggire con lui» disse, ancora sorridendo.

«Non ti fidare, lo fa con tutte» fece il medico.

«Non gli nascondi proprio nulla...» protestò Bordelli.

«Che male c'è?» disse lei, invitando i due rivali a sedersi a tavola nel tinello. Servì il primo e cominciarono a mangiare. Oltre a essere bella simpatica e intelligente, Marianna era una brava cuoca. Un miracolo di donna. Bordelli non perdeva occasione per stuzzicare Diotivede, manifestando il suo infinito stupore per quella sbilanciata combinazione umana. Il medico rideva sotto i baffi, assaporando la sottile invidia che trapelava da quelle provocazioni.

Dopo cena si spostarono di nuovo in salotto. Diotivede servì dell'ottimo vin santo e si sedette accanto alla sua donna. I suoi capelli bianchissimi, tagliati a spazzola, sembravano emanare luce propria. Nessuno parlava, e Bordelli avvertiva nell'aria una lieve tensione. Si accorse che Marianna e il medico si scambiavano occhiate d'intesa, con un accenno di sorriso sulle labbra.

«Che succede?» disse, scrutandoli. Diotivede alzò le spalle.

«Nulla... Volevamo dirti che ci sposiamo.»

«State scherzando, vero?» borbottò incredulo, saltando con lo sguardo da uno all'altra.

«Niente affatto» dichiarò il medico, sereno.

«Non farlo, Marianna... Quest'uomo passa le giornate a rovistare nelle interiora umane...» disse Bordelli, serio. Lei guardò il suo uomo con un dolcissimo sorriso.

«Lo so che Peppino è un bruto» disse, carezzandogli la nuca.

«Non lo fare, Marianna. Puoi conquistare tutti gli uomini che vuoi, belli e giovani. Ti basta uno sguardo per farli cadere ai tuoi piedi... Cosa te ne fai di un vecchio squartacadaveri?» continuò Bordelli, sempre serio. Il medico si era lasciato andare contro lo schienale del divano e aveva accavallato le gambe, con una faccia da schiaffi.

«Te lo dicevo, cara, che Franco era un vero amico» disse, sereno come un imperatore dopo una vittoria in battaglia. Bordelli non aveva ancora finito.

«Pensaci bene, Marianna. È un sacrilegio... Estetico e addirittura etico.»

«Ti ringrazio» disse lei, senza ironia.

«Ti ho convinta?»

«No, anzi. Mi hai dato la possibilità di dare un senso più alto ai miei sentimenti.»

«Va bene, mi arrendo...» disse Bordelli, allargando le braccia. Diotivede sorrideva come un bambino antipatico.

«Ora che hai finito il teatrino, posso chiederti di farmi da testimone alle nozze?»

«Dopo quello che ho detto?»

«Proprio per quello.»

«È una vendetta...»

«Scegli tu la parola» disse il medico, guardandolo con compassione. Marianna indirizzò a Bordelli un sorriso luminoso.

«Dobbiamo dirti un'altra cosa... La mia famiglia non sa niente, ci sposiamo di nascosto.»

«Addirittura...»

«Preferisco evitare discussioni inutili.»

«Allora non sono il solo a essere contrario...»

«Forse lo annuncerò a cose fatte, o forse mai...» spiegò Marianna.

«I miei parenti invece lo sapranno presto» disse il medico.

«Lo ripeto... Questo matrimonio non s'ha da fare...» insisté Bordelli. Ma sembrava tutto inutile.

«Hai un'amica fidata che possa farmi da testimone?» gli chiese la futura sposa.

«Potrei domandare a Rosa.»

«Che bel nome...»

«È una carissima amica, ma preferisco dirvelo subito... Fino alla legge Merlin lavorava nelle case chiuse.»

«Per me non c'è alcun problema» disse Marianna, guardando Peppino.

«Io ne sono addirittura felice» disse Diotivede.

«Bene. Quando vi sposate?»

«Il quattordici luglio... La presa della Bastiglia.»

«Lo so, sono stato anch'io a scuola.»

«Non si sa mai» disse il medico.

«Questa data ha qualche altro significato recondito?» chiese Bordelli.

«Tutti quelli che riesci a trovare» disse Marianna, accennando un sorriso.

«E dove avrà luogo questa insana cerimonia?»

«Nella chiesetta di Luiano» disse il medico.

«E dove sarebbe?»

«Vicino alla tua nuova casa.»

«Ah, sì?»

«Lungo una specie di mulattiera che va dal Ferrone a Mercatale.»

«Come mai proprio in quella chiesa?»

«Perché dopo veniamo a festeggiare a casa tua» disse Diotivede, come se fosse ovvio.

«Ah, ecco...»

«È il tuo regalo di nozze.»

«Scusa, me ne ero dimenticato...»

«Non serve granché, saremo in pochi, al massimo una

ventina. Bastano tre o quattro salami, un prosciutto, due o tre forme di pecorino, un bel po' di frutta, pane e vino in abbondanza. Se poi ti va di comprare qualche bottiglia di champagne... »

« Meno male che mancano più di quattro mesi, avrò tutto il tempo di prepararmi spiritualmente per assistere al più grande errore mai commesso da una donna. »

« Non ricominciare, potresti diventare ridicolo... » disse Diotivede, mentre la sua futura moglie gli accarezzava una guancia ispida di barba. Non c'era niente da fare, sembravano due adolescenti alla prima cotta. Verso mezzanotte Bordelli decise di lasciare soli i due innamorati. Salutò Marianna con un elegantissimo baciamano... Chissà cosa avrebbe detto Marianna se avesse saputo che una settimana prima l'amico del suo futuro marito aveva sparato in bocca a un uomo... Scambiò un cenno del capo con Diotivede e si avviò sul vialetto del giardino.

« Non lo fare, Marianna... Sei ancora in tempo... » disse a voce alta. Li sentì ridere, e il portone si richiuse. Montò sul Maggiolino e scese giù per l'Erta Canina, scivolando in mezzo a una nebbia leggera che avvolgeva i tronchi neri degli alberi.

Salendo lungo l'Imprunetana pensava che lui non si sarebbe mai sposato, nemmeno se avesse trovato la donna della sua vita. Non avrebbe saputo dire con precisione come mai, ma sapeva che non lo avrebbe mai fatto... Anche se in effetti gli era capitato non poche volte di contraddirsi, e la cosa in fondo non gli dispiaceva. Era il solo modo di avere delle sorprese. E poi l'importante era essere coerenti sul momento, non nel tempo... Come gli aveva detto una donna qualche anno prima, al momento di lasciarlo.

Attraversando la piazza di Impruneta lanciò come sempre un'occhiata alla basilica, dove con ogni probabilità sarebbe stato celebrato il suo funerale... Porca miseria, doveva sempre avere in mente faccende così allegre? Appena oltrepassò il paese pensò che se quella sera avesse visto di nuovo la lepre, il destino era dalla sua parte... Uno stupido gioco, ma forse non del tutto...

Poco dopo imboccò il sentiero che portava a casa e rallentò, sperando di vedere apparire il Destino. Avanzava a passo d'uomo, con gli occhi fissi sul fascio di luce dei fari... A un tratto la vide, e con un brivido fermò la macchina. Era sempre la stessa lepre, non aveva dubbi. Si era bloccata in mezzo alla stradina con le orecchie dritte e gli occhi sbarrati, accecata dagli abbaglianti. Rimase immobile più a lungo del solito, come se sapesse... Poi all'improvviso scappò via.

All'una era seduto da solo in una piccola trattoria di via de' Macci, al tavolino più lontano dalla porta. Gli altri tavoli erano occupati da carrettieri e artigiani del quartiere. Parlavano a voce alta di calcio, di donne, e ogni tanto anche dell'alluvione che aveva ridotto in miseria diverse famiglie...

Chissà se Gianfranco Cecconi Marini sapeva dov'era via de' Macci. Bordelli ordinò mezzo litro di rosso, aggiungendo che doveva arrivare un'altra persona. Aveva passato la mattina a camminare nei sentieri intorno a casa, evitando il *palafreniere*, e adesso sentiva un buco nello stomaco.

Aspettando il signorino Gianfranco pensava a Ortensia. Se lei non avesse ritelefonato entro un giorno, l'avrebbe richiamata lui. Era anche curioso di vedere che tipo fosse, e cercava di darle un volto. Al telefono aveva una voce vellutata, che invitava a immaginare una bella donna...

Gianfranco arrivò con venti minuti di ritardo e i suoi due cognomi, scusandosi infinitamente. Alto, magro, elegante, gli occhi verdi e acquosi che facevano pensare a un agnello. Doveva avere più o meno una quarantina d'anni, ma la sua faccia sembrava quella di un bambino. Finse di non accorgersi che tutti lo stavano guardando. Con mosse aggraziate si tolse il cappotto di loden, lo piegò sulla spalliera di una sedia e ci lasciò cadere sopra la sciarpa, soffice e bianca. Si mise a sedere guardando le stoviglie con aria leggermente schifata, e in quel momento il padrone della trattoria si avvicinò al tavolo.

«Icché vi porto? Una bella bistecca al sangue?»

«Dio, che orrore...» disse Gianfranco, in falsetto. L'oste lo guardò di sbieco, scambiando un'occhiata con Bordelli.

«Icchéttucciai contro la bistecca, biondo?»

«Detesto il sangue.»

«Allora te la còcio bene...»

«Per carità... No no no, niente bistecca...»

«Salsicce e rosticciana?»

«Mamma mia!» strillò educatamente Gianfranco, disgustato. Sembrava proprio uno di quei tipi che Bordelli avrebbe preso volentieri a schiaffi. Finalmente trovò qualcosa che non gli facesse ribrezzo, spaghetti all'olio e insalata. Bordelli cedette al sangue, e ordinò un filetto alla brace. Appena l'oste si allontanò, chiese a Gianfranco Cecconi Marini di parlargli del suo amico Orlando.

«Come mai vuole sapere di Orlando? È successo qualcosa?» chiese Gianfranco, sospettoso.

«Preferisco dirglielo dopo, se non le dispiace.»

«Aspetterò con pazienza...»

«Eravate molto amici?»

«Amici per la pelle» disse Gianfranco. Si erano conosciuti al liceo Dante, avevano legato subito e non avevano più smesso di frequentarsi. Si vedevano quasi tutti i giorni. Con Neri Bargioni Tozzi formavano un trio molto affiatato. Quando Orlando si era tolto la vita, lui e Neri erano sprofondati nella disperazione...

«Non le ha mai confidato di essere in pericolo, o di avere paura di qualcuno?» chiese Bordelli.

«No...»

«Il lavoro allo studio legale andava bene?»

«Sembrava molto contento.»

«Le parlava mai dei due avvocati?»

«Ogni tanto... Li considerava due animali preistorici» disse Gianfranco. Annusò il vino senza berlo, e arricciando il naso posò il bicchiere il più lontano possibile. Bordelli lo osservava con curiosità. Contro ogni previsione, cominciava a stargli simpatico.

«Ricorda l'ultima volta che lo ha visto?»

«Due giorni prima della tragedia. Era un giovedì, mi pare... Con la mia Jaguar andammo tutti e tre a Settignano, a una festa di amici.»

«Orlando era tranquillo?»

«Era come sempre.»

«E cioè?»

«Poco loquace, un po' cupo...» disse Gianfranco, cercando altre parole senza trovarle. Al tavolo accanto, un tipo con il naso da pugile sparò una battuta volgare sulle donne e scoppiò a ridere, con i denti infangati di sugo. Gianfranco lo guardò con un misto di meraviglia e paura, come se avesse visto uno scimmione agitarsi in una gabbia poco resistente. Bordelli si riempì di nuovo il bicchiere.

«So che Orlando aveva una fidanzata. Lei non era con voi alla festa?»

«Ortensia non veniva mai alle feste, i suoi genitori non volevano. Comunque sia a quell'epoca non stavano più insieme, lei lo aveva lasciato qualche settimana prima...»

«Orlando come l'aveva presa?»

«Molto male, ma riusciva a scherzarci. Non era certo il tipo da lasciarsi andare ai piagnistei» disse Gianfranco, fiero del suo amico.

«Lei conosceva bene Ortensia?»

«L'ho vista pochissime volte...»

«Sa come mai lo aveva lasciato?»

«Orlando non ne parlava... Posso dire soltanto che aveva l'aria di essere molto gelosa.»

L'oste arrivò con i piatti, e prima di allontanarsi dedicò alla pasta all'olio uno sguardo di commiserazione. Bordelli cominciò a divorare il filetto come un lupo, accompagnandolo con molto pane. Gianfranco ci mise un po' a prendere confidenza con gli spaghetti, ma alla fine si lasciò andare. Si portava la forchetta alla bocca con gesti delicati, sporgendosi appena in avanti. Bordelli lo lasciò in pace solo qualche minuto.

«Tornando alla sera di giovedì... Orlando sembrava normale? Non le ha detto niente? Non so, un'allusione, una frase amara... Qualsiasi cosa...»

«Non mi pare.»

«Aveva l'aria di divertirsi? Lo ha visto ballare?»

«Orlando non ballava mai. Alle feste girellava in mezzo alla gente con il bicchiere in mano, e guardava le ragazze che si dimenavano...»

«Insomma non è successo nulla di strano...»

«Ricordo solo che quella sera aveva esagerato con gli alcolici, e mentre tornavamo in città si era addormentato in macchina.»

«Era una cosa insolita?»

«Gli capitava di rado.»

«Ha mai provato a spiegarsi il motivo del suo suicidio?»

«Mi capita di pensarci ancora, ma non riesco a capirlo» disse Gianfranco, con la forchetta a mezz'aria.

«Non potrebbe averlo fatto per Ortensia?»

«Non mi pare possibile, ma chi può saperlo... Adesso può dirmi cosa è successo?»

«Se le dicessi che Orlando è stato ucciso?»

«Ucciso?» bisbigliò Gianfranco, sconvolto.

«Sto facendo solo un'ipotesi. Ammettiamo per un attimo che sia stato un omicidio... Chi è che poteva volerlo morto?»

«Nessuno! Era un ragazzo d'oro!» affermò Gianfranco, sempre più stupito.

«Non si è mai messo nei guai?»

«Non che io sappia, e comunque non era da lui.»

«Il suo amico Neri lo vede ancora?»

«Vive a Parigi da anni. Ci sentiamo ogni tanto al telefono, e due o tre volte l'anno ci vediamo.»

«Potrebbe darmi il suo numero?»

«Le dirà le stesse cose che le ho detto io...»

«Vorrei solo scambiarci due parole» disse Bordelli. Frugò nella tasca della giacca per prendere la penna, e scrisse il numero di Neri sulla scatola dei fiammiferi.

Continuarono a parlare di Orlando, senza che venisse fuori nulla d'importante. Gianfranco raccontava volentieri aneddoti divertenti sul suo amico scomparso, e a volte gli scappava un sorriso.

Quando Bordelli chiese il conto, la trattoria era già vuota da un pezzo. Volle offrire lui, ignorando le delicate proteste di Gianfranco. Uscirono sul marciapiede e si strinsero la mano.

«Mi ha fatto molto piacere parlare di Orlando» disse Gianfranco con gli occhi lucidi, e se ne andò verso Santa Croce incespicando sulle pietre sconnesse di via de' Macci. Bordelli rimase a guardarlo, pensando che non lo avrebbe mai più rivisto.

Non aveva voglia di tornare subito a casa, e s'incamminò verso il centro imponendosi di non fumare. Faceva piuttosto freddo. La spessa riga nera che correva a varie altezze sulle facciate dei palazzi era ormai familiare a tutti i fiorentini, e nessuno sembrava farci più caso. Ma diversi negozi e laboratori artigiani avevano ancora le saracinesche sfondate dalla piena, e chissà se avrebbero mai riaperto. Solo i commercianti più ricchi erano riusciti a resuscitare...

Sui marciapiedi incrociava soprattutto giovani, e ovviamente non mancavano belle ragazze che sembravano create apposta per tormentarlo. Lungo le strade, macchine lussuose e utilitarie si mescolavano a moto e biciclette. Aveva l'impressione che il traffico aumentasse ogni anno di più.

Sbirciando le vetrine dei rari negozi rimessi a nuovo non poteva fare a meno di ricordare la prima volta che aveva visto Eleonora, un pomeriggio di pioggia, pochi giorni prima dell'alluvione... Bella come la luna, i capelli neri neri, i piedini scalzi... mentre sistemava dei vestiti in una vetrina di via Pacinotti...

S'infilò in un bar di Borgo San Lorenzo per bere un caffè. Il mercato stava finendo e per la strada si vedevano i barrocciai che tiravano a mano i carretti verso i depositi, facendo un gran rumore. Entrò una donna con i capelli troppo biondi e un neo finto disegnato sopra il labbro. Bordelli le lanciò appena un'occhiata, cercando di capire quanti anni avesse, e lei subito si avvicinò.

«Ti senti solo, bello?» disse, con un sorriso infernale.

«Stare solo mi piace...» rispose Bordelli. Il barista sorrise.

«Il solito bianchino, Fedora?»

«Grazie Nanni, te sì che sei gentile» disse lei, smorfiosa. Bordelli ignorò l'occhiata offesa della donna, pagò il caffè e se ne andò.

Aveva lasciato il Maggiolino in piazza Sant'Ambrogio, ma quando arrivò in fondo a via Sant'Egidio voltò in via Verdi. Gli era venuto in mente di passare da San Niccolò per salutare don Baldesi. Lo aveva conosciuto nei giorni dell'alluvione, spalando fango per riuscire ad avvicinare Eleonora, che abitava nel quartiere. Don Baldesi si era dato un gran da fare, senza mai perdere il buon umore, raccontando ogni tanto una barzelletta sui preti o sul papa.

In mezzo a piazza Santa Croce la statua di Dante sembrava appena uscita dal liquame. Bordelli sorrise, pensando che il povero nasone non poteva aspettarsi altro da una città come Firenze. Proseguì in via de' Benci, e attraversando il ponte guardò l'Arno limaccioso che scorreva veloce e tranquillo.

Arrivò in San Niccolò, dove il quattro novembre l'acqua aveva raggiunto i sei metri. Sulla facciata liscia della chiesa spiccava più che altrove la spessa riga nera che aveva marchiato mezza città. Il portone era spalancato, e si affacciò dentro. La chiesa era vuota. Le panche erano state bruciate nei giorni successivi all'alluvione, e non erano state rimpiazzate. Nell'aria umida si sentiva ancora il puzzo del fango e della nafta.

Uscì sul sagrato, e andò a suonare il campanello alla porticina nell'angolo. Dopo un tempo infinito gli aprì il sagrestano, un uomo magrissimo, con la testa tremolante, che Bordelli si ricordava di aver visto gironzolare là intorno nei giorni successivi all'alluvione.

«Desidera?»

«Don Baldesi è in cas... Cioè in chiesa?»

«Chi devo dire?»

«Commissario Bordelli...» Lo disse solo per farsi riconoscere meglio, ma a dire il vero nemmeno lui si era abituato all'idea di non essere più in servizio.

«Riferisco» disse il sagrestano, e richiuse la porta. Bordelli rimase ad aspettare sul sagrato. Dopo diversi minuti che aspettava pensò di andarsene, ma in quel momento si aprì la porta.

«Si accomodi» disse il tremolante. Bordelli lo seguì lungo un corridoio umido che puzzava di muffa e su per una scala. Arrivarono in una grande stanza con gli scaffali carichi di libri antichi e una scrivania immensa ricoperta di carte.

«Don Baldesi viene subito» mormorò il sagrestano, e tossendo sparì dietro una porta. Bordelli si mise a girellare per la stanza, pensando alla sigaretta che avrebbe acceso tornando verso casa. Dalla finestra si vedeva una corte con dei bambini che giocavano...

Sentì aprire la porta e si voltò.

«Che piacere, commissario...» Don Baldesi gli andò incontro e gli strinse la mano, con il suo eterno sorriso ironico, un sorriso che era assai difficile vedere sulla bocca di un prete.

«Passavo da queste parti e mi sono detto...»

«Ha fatto benissimo. Come sta? Tutto bene?»

«Non esageriamo... E lei?»

«Non me ne parli, è meglio cambiare discorso... Le va una tazza di tè?» Senza aspettare la risposta, don Baldesi si affacciò alla porta.

«Artimio, ce lo fai un tè per favore?» disse a voce alta, e in lontananza si sentì una specie di grugnito.

Si accomodarono sulle sedie. Aspettando il tè si misero a rievocare le interminabili giornate passate con la pala in mano, le montagne di detriti accumulate davanti alle botteghe... E anche i panini con il prosciutto che non erano mai stati così buoni come in quei giorni.

Entrò il sagrestano, tenendo con le due mani un vassoio che tintinnava pericolosamente. Lo appoggiò sul tavolo e se ne andò senza una parola. Bordelli osservava distrattamente il vapore che usciva dalla teiera...

«Ha più visto quella ragazza mora che abitava qua davanti? Mi sembra che si chiamasse Elena, o qualcosa di simile» buttò lì, come se parlasse di cose da nulla.

«Eleonora...» disse don Baldesi, sorridendo, ma nei suoi occhi era passato un lampo drammatico.

«È vero... Eleonora.»

«È venuta a trovarmi poco prima di Natale.»

«Ah, e come stava?» chiese Bordelli, cercando di restare calmo. Sentir parlare di Eleonora lo turbava più di quanto avesse immaginato.

«È una cara ragazza» disse il sacerdote, vago.

«Ne sono convinto...»

«Forse è un po' giovane per lei.»

«Come dice? No... Guardi che...»

«Ma è anche vero che l'amore non ha confini» disse don Baldesi, versando il tè nelle tazzine. Dopo un lunghissimo silenzio Bordelli guardò il sacerdote negli occhi.

«Non le sfugge nulla...»

«Non le cose evidenti.»

«È dalla metà di novembre che non la vedo» mormorò Bordelli, con aria triste. Don Baldesi non disse nulla, limitandosi a un'occhiata carica di comprensione. Bordelli era indeciso, non sapeva se continuare a chiedere di lei o lasciar perdere. Alla fine riuscì a vincere l'imbarazzo.

«Vorrei solo sapere se sta bene... Ha vissuto un brutto momento, e...»

«Ha un carattere forte» lo interruppe don Baldesi, facendogli intendere che era a conoscenza di quello che aveva subito la ragazza. Di certo non poteva sapere che il mandante dello stupro era un ministro di Dio, un monsignore della Curia, e Bordelli pensò che magari prima o poi glielo avrebbe detto... Ma non prima di aver portato a termine il disegno del destino. Sorseggiando il tè immaginò di confessare a don Baldesi l'omicidio del macellaio. Cosa sarebbe successo? Lo avrebbe assolto, sapendo che non si era pentito? Gli avrebbe consigliato di costituirsi?

«Se dovesse rivederla, le dica da parte mia che... No, mi scusi... Non le dica niente...»

«Se sono rose fioriranno» disse don Baldesi, tenero come un bambino. Bordelli aveva quasi voglia di dargli un bacio in fronte. Finì il tè e mise giù la tazzina.

«Non voglio farle perdere altro tempo...» disse, alzandosi. Il sacerdote lo accompagnò alla porta, e sulla soglia lo prese per un braccio.

«La sa quella della prostituta che va dal papa?»

Spalancò gli occhi dopo un lungo dormiveglia agitato, e si rese conto che da fuori arrivava lo strepito di una miriade di uccellini che gridavano come impazziti. Scese dal letto con lentezza, sfregandosi il viso con le dita. Andò ad aprire la finestra e si affacciò. Era una bellissima giornata di sole. Centinaia di uccellini roteavano intorno alla cima dei cipressi, entrando e uscendo di continuo dalle chiome fitte. La primavera stava avanzando a strattoni.

« Basta! » urlò, agitando le braccia. Calò il silenzio, mentre una nuvola di uccelli si agitava intorno agli alberi... ma dopo qualche secondo i pazzi tornarono al loro posto e continuarono a gridare più di prima. Bordelli scosse il capo, sorridendo. Lasciò i vetri aperti e scese in cucina a fare il caffè, pensando che a volte il silenzio della campagna era solo immaginario.

Aveva ancora in testa il delirio tortuoso di *Memorie del sottosuolo*. Leggendo quel libro era costretto a guardarsi dentro... Era strano... In fin dei conti non gli sembrava di somigliare troppo al protagonista della storia, eppure quell'uomo cattivo e malato parlava anche di lui, lo obbligava a conoscersi più a fondo...

Bevve il caffè in piedi e andò a vestirsi. Era arrivato il momento di occuparsi seriamente dell'orto. Fuori dalla porta trovò come sempre il pane e « La Nazione ». Appoggiò il sacchetto sul tavolo di cucina, e partì con il Maggiolino.

La sera prima verso le otto aveva chiamato Parigi e aveva parlato con Neri Bargioni Tozzi, ma come aveva previsto

Gianfranco non era venuto fuori nulla di nuovo. Adesso mancava solo Ortensia, e chissà se lei...

Appena arrivò in paese accostò al marciapiede e chiese a una donnina grinzosa dov'era il consorzio agrario.

«È lassù davanti al forno del Manni» disse la vecchia.

«Mi scusi, il forno del Manni dov'è?»

«Ce l'ha presente il Troia?»

«Chi?»

«Il fabbro, no?»

«Mi scusi, abito qui da poco» disse Bordelli, paziente.

«Giri lassù a destra, nella via che porta al Desco. Dopo un po' lo trova.»

«Grazie...» Bordelli ripartì con un sospiro e si mise a cercare nelle stradine intorno alla piazza, finché non vide una porta a vetri con scritto sopra CONSORZIO AGRARIO. Lungo il marciapiede erano parcheggiate un paio di giardinette e una 500, e c'era addirittura un carro attaccato a un cavallo dall'aria stanca.

Lasciò la macchina più avanti e varcò la soglia del consorzio, uno stanzone pieno di attrezzi, grandi balle di concime e qualche gallina dentro le gabbie. A dieci chilometri da lì c'era Firenze, con i suoi bar lussuosi, le donne eleganti, gli studenti pieni di voglia di vivere, gli artigiani piegati sui tavoli da lavoro, la povera gente che tirava a campare, le macchine costose, le motorette, le biciclette, i ladri, le puttane... Un mondo lontanissimo, movimentato e rumoroso...

Il tipo del consorzio era grasso e tranquillo, e parlava poco. Finì di servire un paio di contadini e guardò quello strano cliente che aveva l'aria di essere entrato nel negozio per sbaglio.

«Cosa voleva?»

«Sto cercando di fare l'orto» disse Bordelli, facendo sorridere il ciccione. Comprò quattro balle di terriccio, due rotoli di rete, del filo di ferro, qualche palo di legno, un annaffiatoio, una paletta da giardino e una bustina di semi di peperoncino. Gli restavano da trovare soltanto i semi di pomodoro e i ributti di carciofo. Riempì il bagagliaio e sistemò la rete sul sedile posteriore. Il Maggiolino era carico come un camion.

Alla fornace di via della Fonte comprò tre grandi vasi di terracotta che pesavano come pietroni, e riuscì a sistemarli sul sedile accanto al guidatore. Tornando verso casa si fermò nell'aia di una cascina. Scese dalla macchina e chiamò a voce alta. Dopo un po' apparve una vecchia con gli occhi penetranti e un cappotto nero più grande di lei. Bordelli le chiese se per favore poteva dargli un po' di pollina. La donna mise una mano accanto alla bocca, urlò un richiamo e si allontanò, borbottando che doveva *governare i coniglioli*. Dopo qualche minuto arrivò un vecchio ricurvo, con il viso striato di rughe e un cappello rattoppato.

«Voleva l'olio o i' vino?»

«Cercavo la pollina... Può vendermene un po'?» chiese Bordelli.

«Macché vendere, la cacca mica si vende... Che ce l'ha un secchio?»

«Purtroppo no...» Ecco cosa aveva dimenticato di comprare.

«Non gliela posso mica dare in mano... E anche in tasca si porta male...» disse il vecchio. Andò a prendere un secchio arrugginito, e lo riempì per un terzo di quel nettare degli dei.

«Eccola servita...»

«Avrebbe anche qualche seme di pomodoro? Abito qua da poco e non so dove trovarli.»

«Io glieli do, ma se non l'ha mai fatto non è mica facile farli crescere.»

«Ho un amico che mi dà una mano.»

«Non gliene posso dare molti...»

Gli regalò una manciata di semi, chiusi dentro un foglio di carta gialla. Bordelli lo ringraziò della gentilezza, e gli chiese se conosceva qualcuno che potesse occuparsi di un centinaio di olivi, spiegandogli che erano stati abbandonati da diversi anni.

«Mi basta avere un po' d'olio per me, il resto lo lascio a chi si prende cura del campo» concluse. Il contadino ci pensò un attimo.

«Sa a chi può chiedere? A Tonio... Lui ce n'ha pochi di olivi da governare per il padrone.»

«Dove abita?»

«In quella casa laggiù, dove vede quei cipressi... Ora devo andare... Mi stia bene...» disse il vecchio, e si avviò verso il campo facendo ciondolare le braccia. Bordelli rimontò sul Maggiolino e aprì i finestrini per via del tanfo che esalava dal secchio di pollina.

Andò subito a cercare Tonio, e lo trovò che stava spaccando la legna a torso nudo. Era un pezzo d'uomo di sessant'anni, con la barba lunga e le dita grandi come carote. Tonio lo fece accomodare in cucina, una grande stanza misera e oscura dove la modernità era entrata nel più triste dei modi: la vecchia madia era stata sostituita con una credenza di formica azzurra. I mobilieri raggiravano i contadini, vendendo orrore industriale e offrendosi di buttare via vecchi mobili che invece restauravano e vendevano a caro prezzo ai commendatori milanesi. I contadini erano sempre stati famosi per la loro diffidenza, ma a questo giro erano caduti nella rete come pere cotte...

«Quanti sono gli olivi?»

«Più o meno un centinaio.»

«Per me va bene.» Si misero d'accordo con una vigorosa stretta di mano. Tonio si sarebbe occupato dell'oliveto, le spese vive erano tutte a carico di Bordelli e in cambio avrebbe avuto il quaranta per cento dell'olio. Il contratto più semplice della storia.

«Si deve rifare gli alberi da capo. Vengo a segarli a fine aprile, prima non posso.»

«Ormai è lei a decidere.»

«Il primo olio lo vede fra due o tre anni, e sarà pochissimo.»

«Va bene, aspetterò.»

«Lo conosco quel podere, quando non piove la terra è come la pietra, e quando piove ci si affonda.»

«Me ne sono accorto... Senta, non è che per caso ha dei ributti di carciofo? Sono disposto a pagare.»

«Eh no, l'ho già usati tutti per me.»

«Grazie lo stesso.» Si salutarono, e Bordelli continuò il suo giro contento di aver risolto la faccenda degli olivi. Si fermò in altre cascine a elemosinare. Quando tornò a casa aveva anche una cassetta di legno con una ventina di ributti di carciofo e qualche ciuffo di salvia.

Si mise al lavoro sotto il sole, cercando di ricordarsi le direttive di Ennio. Voleva fare le cose per bene. Per prima cosa recintò l'orto, sudando più di quando zappava. Riuscì anche a fare una specie di cancellino, con assi di legno inchiodate e un filo di ferro come chiusura. Il risultato era accettabile. Cinque anni di guerra non erano stati inutili. Mise un po' di terriccio nelle buche dei carciofi e ci infilò i ributti. Sparpagliò i semi di pomodoro nel fazzoletto di terra che aveva preparato insieme a Ennio, e li ricoprì passandoci sopra la mano. Seguendo l'istinto piantò i ciuffi di salvia qua e là, immaginando i maestosi cespugli che sarebbero cresciuti. Con il terriccio rimasto riempì i vasi e seminò i peperoncini. Non rimaneva che dare da bere a tutte quelle speranze. Riempì l'annaffiatoio più volte e fece piovere l'acqua nelle buche, intorno alle piantine e nei vasi. Pensava di essere arrivato in fondo al lavoro, ma poi si ricordò che aveva ancora una cosa da fare. Riempì d'acqua il secchio della pollina, lo rimestò con un bastone e lo appoggiò in un angolo dell'orto. Adesso aveva finito per davvero, almeno per quel giorno. Era stanco e sudato, ma contento. Immaginava le radici delle piantine che cominciavano a muoversi sottoterra, i semi che si svegliavano dopo un lungo sonno... La natura era già in movimento, un perfetto congegno chimico a cui ogni religione aveva cercato di dare un senso.

Si stupì che fossero già le due passate. Aveva una fame da lupi. Entrò in casa e si lavò a lungo le mani, faticando a togliersi la terra da sotto le unghie. Mise l'acqua per la pasta e salì a fare una bella doccia calda.

Quando buttò le penne i telegiornali erano già finiti da un pezzo, e lasciò il televisore spento. Mentre apparecchiava squillò il telefono... Con sua grande meraviglia era Ortensia...

Giovedì pomeriggio alle quattro parcheggiò in fondo a via Martelli di fronte al bar Motta, che i fiorentini continuavano a chiamare il Bottegone. Scese dal Maggiolino e lanciò un'occhiata al palazzo della Curia, immaginando monsignor Sercambi seduto alla sua scrivania, con la pia testa pelata e gli occhialini d'oro sul naso. Anche lui sarebbe stato raggiunto dal destino, prima o poi...

Spinse la porta del bar, dove una musica a basso volume avvolgeva i clienti che conversavano tra nuvolette di fumo. Cercò con lo sguardo una donna sui trentacinque anni, e ne vide una seduta nell'angolo opposto della sala, accanto a una signora più anziana. Tutte e due lo stavano fissando con aria ansiosa, e capì che la più giovane era Ortensia. Si avvicinò al tavolo e fece un lieve inchino. Ortensia ricambiò con timidezza e si affrettò a presentargli sua madre, una donna dall'aspetto popolano vestita come una riccona, che porse allo sconosciuto una mano ricoperta di grandi anelli luccicanti. Bordelli accennò un baciamano, e si accomodò davanti alle due donne. Ortensia era bionda, graziosa, leggermente sfiorita, con gli occhi luccicanti da cerbiatto impaurito. Apparve un ragazzino con la divisa da cameriere.

«Desidera ordinare, signore?»

«Un caffè, grazie.»

«Subito, signore» disse il ragazzino ammaestrato, e sparì all'istante. Bordelli ringraziò Ortensia di aver accettato di incontrarlo, e per non perdere tempo le chiese subito di Orlando. La donna arrossì e si voltò verso sua madre.

«Mamma, puoi lasciarci soli?» sussurrò.

«Come sarebbe?»

«Ti prego, mamma... Solo mezz'ora...» la supplicò Ortensia, sfiorandole un braccio. La donna storse la bocca, ma alla fine obbedì e prese la borsa. Bordelli si alzò insieme a lei con un sorriso di circostanza, aspettò che si fosse allontanata e si rimise a sedere. Ortensia stava per parlare, ma in quel momento arrivò il cameriere con il caffè e lei richiuse le labbra, con aria impaziente.

«Cosa voleva dirmi?» chiese Bordelli, appena furono di nuovo soli.

«Mi scusi se sono venuta con mia madre... Non volevo che... Mio marito è gelosissimo... Non sa nulla del mio fidanzamento con Orlando... E insomma ho preferito...»

«Non si preoccupi» la interruppe Bordelli. La donna fece un sorriso imbarazzato, poi si sporse leggermente in avanti fissandolo negli occhi.

«Non mi stupirei se Orlando fosse stato assassinato» sussurrò, e subito dopo si coprì la bocca con una mano, come se avesse detto un'enormità. Bordelli sentì un brivido sul collo. In una frazione di secondo una catena di pensieri gli attraversò la mente... Se Ortensia era a conoscenza di un movente concreto su cui basare la teoria dell'omicidio, con un po' di fortuna lui avrebbe potuto trovare... Forse non le prove giudiziarie, ma almeno... Insomma sarebbe stato costretto a cercare di scoprire il meccanismo di un delitto, e una volta scoperto avrebbe avuto su un piatto d'argento la soluzione per il *suicidio* di Beccaroni...

«Mi dica tutto quello che sa, la prego.»

«Ecco... Io... Quando Orlando è mancato... Non eravamo più fidanzati...»

«Questo lo sapevo.»

«Ah...» fece Ortensia, stupita e un po' allarmata.

«Me lo hanno detto i suoi amici di allora, Neri e Gianfranco.»

«Buoni, quelli...» disse Ortensia, senza cattiveria.

«In che senso?»

«Non pensavano che a divertirsi.»

«Mi stava dicendo di Orlando...» la incalzò Bordelli, con dolcezza.

«Ma lei... Come mai vuole sapere queste cose?»

«Per lo stesso dubbio che ha lei sulla morte di Orlando.»

«Forse io mi sbaglio, ma...» Si fermò.

«Continui, la prego» disse Bordelli, appoggiando i gomiti sul tavolo per avvicinarsi a lei.

«Come le dicevo... Non eravamo più fidanzati...»

«Se non sono troppo indiscreto, posso chiederle come mai lo aveva lasciato?» la interruppe Bordelli.

«Per diversi motivi...»

«Potrebbe dirmi quali? Ovviamente non è obbligata...»

«Avevamo un modo diverso di vedere le cose... A volte mi sembrava che nascondesse qualcosa... E poi non ero più sicura di essere innamorata...» disse Ortensia, sfuggendo lo sguardo. Bordelli sorrise. Di solito chi aveva *diversi motivi* cercava di nasconderne uno solo, l'unico vero. Rimase in silenzio a guardarla, e lei arrossì. Frugò nella borsetta finché non trovò il portasigarette d'oro. Bordelli le offrì il fuoco, e ne approfittò per accenderne una per sé. Ortensia soffiò il fumo e accennò un'impercettibile alzata di spalle.

«Ero convinta che avesse un'altra donna» disse, con un lampo di antica gelosia negli occhi.

«Lo pensa ancora?»

«Non so... Lui mi ha sempre giurato che non era vero...»

«Dopo che lo ha lasciato non vi siete più visti?»

«Continuavamo a sentirci per telefono, e spesso litigavamo... Cioè, ero io che litigavo... Lui diceva di amarmi, che dovevamo tornare insieme... Che mi avrebbe sposata...»

«Ma lei non gli credeva...»

«Confesso di no... Ero confusa... C'erano alcune cose che non capivo...»

«Vada avanti...»

«La sera della tragedia Orlando mi telefonò poco dopo le nove... Era agitato, e mi chiese con insistenza di vedermi...

Non per parlare di noi... Doveva dirmi una cosa molto importante e non poteva rimandare. Per telefono non voleva dirmi nulla, ma giurava che fosse una cosa della massima gravità. Mi disse di mettere da parte il mio orgoglio... Non era una scusa per cercare di strapparmi un bacio, non mi avrebbe sfiorata nemmeno con un dito...»

«E lei accettò?»

«Sembrava molto turbato, e alla fine riuscì a convincermi. Chiesi il permesso ai miei genitori, poi dissi a Orlando che poteva venire a trovarmi... Arrivò pochi minuti dopo... Mi aveva telefonato da un bar non lontano da casa mia... I miei lo accolsero con gentilezza, senza riuscire a nascondere l'imbarazzo. Sarebbero stati molto contenti se lo avessi sposato, e quando lo avevo lasciato...»

«Cosa le disse Orlando?» chiese Bordelli, impaziente.

«Ci appartammo nel salottino... Mi prese le mani e mi disse di aver scoperto una cosa terribile... Sentiva il bisogno di sfogarsi... Ma poteva essere pericoloso, disse, e mi fece giurare di non parlare a nessuno di quello che stava per rivelarmi...» Ortensia si fermò, guardandosi in giro.

«Adesso può dirmelo?» sussurrò Bordelli. La donna si muoveva nervosamente sulla sedia, come se fosse indecisa. A un tratto s'irrigidì, fissando qualcosa oltre le spalle di Bordelli.

«Chi è quello? Che ha da guardare?» bisbigliò con un fremito. Bordelli si voltò e vide un ragazzo pallido e magro, con gli occhiali, che distolse subito lo sguardo.

«Si meraviglia che qualcuno ammiri una bella donna?» disse, sorridendo. Nonostante il momento poco adatto, Ortensia arrossì per la lusinga. Lanciò un'altra occhiata furtiva al ragazzo, e dal suo disagio si capiva che aveva incontrato di nuovo il suo sguardo. Bordelli la fissava, aspettando che si decidesse a continuare.

«Mi scusi... Sono un po' nervosa...» Sbatteva le ciglia, cercando di riprendere il filo del discorso. Schiacciò nel posacenere la sigaretta ancora a metà.

«Ha tutto il tempo che vuole» disse Bordelli, per metterla a suo agio. La donna si mordeva le labbra, ma ormai si capiva che era sul punto di parlare. Bastava solo avere pazienza. Passò un lungo minuto di silenzio, con sottofondo di musica allegra e di risate. A un tratto Ortensia gli piantò gli occhi addosso e si sporse in avanti.

«Non ho mai raccontato a nessuno cosa mi ha detto Orlando.»

«Forse ha sbagliato.»

«Mi aveva fatto giurare di non dire nulla... E quando ho saputo che lui si era... Mi sembrò di impazzire... Ero disperata... Capii che lo amavo ancora... Ripensavo agli occhi che aveva quella sera... E poi avevo paura... Ho paura anche adesso...» Lanciò un'altra occhiata al ragazzo di prima e abbassò subito lo sguardo.

«Cosa le disse Orlando?» insisté Bordelli.

«Mi giura che non dirà a nessuno quello che sto per raccontarle?»

«Ha la mia parola» la rassicurò Bordelli, sperando che fosse davvero qualcosa di importante. Ortensia si concesse ancora qualche secondo di riflessione, poi si decise.

«Da quasi due anni Orlando lavorava nello studio legale di due avvocati importanti... e qualche giorno prima aveva scoperto per caso che i due soci sottraevano enormi somme di denaro dai patrimoni che amministravano...»

«Non c'è da meravigliarsi» disse Bordelli, deluso, evitando di dirle che lo sapeva già. Ortensia si tormentava l'anello nuziale, e le mancava un po' il respiro.

«Aveva scoperto anche un'altra cosa... Sempre per caso, mi disse... La mattina del giorno prima era rientrato prima del previsto allo studio, dopo una commissione in tribunale... Dietro una porta chiusa aveva sentito uno degli avvocati parlare animatamente al telefono... Aveva scoperto da poche settimane che i due soci truffavano i loro clienti più ricchi, e aveva deciso di spiarli... Voleva raccogliere più informazioni possibili, per poi denunciarli... Entrò nel suo ufficio in punta di piedi, e sollevò il ricevitore cercando di non fare alcun rumore... Si mise ad ascoltare la conversazione... L'avvocato parlava con un uomo chiamandolo spesso *generale*... Dopo un po' riuscì a capire che una parte dei soldi rubati serviva a finanziare... un complotto contro lo Stato... o qualcosa di simile...»

«Interessante...» disse Bordelli, frenando la voglia di cominciare subito a mettere insieme i pezzi. Finalmente aveva scoperto una cosa che non sapeva. E a quanto sembrava non la sapevano nemmeno al SID, a meno che non la tenessero ben nascosta. Ma Ortensia non aveva finito.

«Poi era successa una cosa, mi disse... Mi ricordo benissimo il racconto di Orlando, il suo sguardo terrorizzato... Mentre ascoltava la conversazione gli era caduta una moneta dalla tasca dei pantaloni... L'avvocato e il generale smisero di parlare di colpo, e dopo un lungo silenzio riattaccarono senza dire altro... Orlando si affrettò a rimettere a posto il ricevitore, si precipitò davanti alla libreria e prese in mano il Codice Penale, fingendo di leggerlo... Fece appena in tempo... La porta del suo ufficio si aprì lentamente, e l'avvocato lo guardò con un sorriso gelido... *Ah, lei è qui? Aveva bisogno del telefono?* Orlando rispose di no, fingendosi stupito della domanda... Era appena tornato, disse, e si era messo a ripassare un articolo del Codice... *E di quale articolo si tratta?*, gli aveva chiesto l'avvocato, con una calma che non aveva nulla di naturale. Mentre Orlando rispondeva confusamente, l'avvocato si era avvicinato alla scrivania e si era chinato a raccogliere la moneta... *Le sono cadute cinquanta lire*, disse sorridendo... Appoggiò la moneta sulla scrivania e se ne andò senza dire altro... Orlando aveva paura, ma per tutto il resto della giornata aveva fatto finta di nulla... A fine giornata i due avvocati lo invitarono a cena... Era la prima volta che succedeva... Dovevano fargli una proposta, dicevano... Orlando accettò fingendosi contento, per non destare sospetti... Lo portarono in un bel ristorante, e gli versavano di continuo da bere... Erano fin troppo cordiali, non la smettevano di scherzare... Passava il tempo, ma gli avvocati non dicevano nulla di importante... Orlando si sforzava di apparire tranquillo e anche un po' ubriaco, ma in realtà reggeva bene l'alcol ed era lucidissimo... A un certo punto chiese di sapere quale fosse la proposta, e i due uomini gli dissero vagamente che avrebbe potuto guadagnare molti soldi... Magari poteva entrare in società con loro, far parte dello studio a tutti gli effetti... E poi si trattava solo di barare un po' con il fisco... Come facevano tutti, del resto... Ma ne avrebbero parlato con comodo lunedì, non c'era nessuna fretta... Orlando disse con allegria che non vedeva l'ora di entrare in società, e propose addirittura un brindisi... Anche se dentro si sentiva morire di paura... I due avvocati continuavano a sorridere... Orlando fingeva di essere sempre più stordito dal vino, ma si accorgeva che ogni tanto i due si scambiavano un'occhiata silenziosa... Finalmente uscirono dal ristorante... Sul marciapiede i due uomini accennarono ancora al loro accordo imminente, gli fecero i complimenti e lo salutarono con aria molto amichevole... Troppo amichevole, disse Orlando... Mi confessò che aveva una brutta sensazione, che si sentiva in pericolo... E quella stessa notte... è morto... Adesso capisce come mai ho paura? Solo a me aveva detto queste cose... Ho pensato da subito che Orlando fosse stato ucciso, ma ormai che potevo fare? Quando si era sfogato con me aveva l'aria impaurita, è vero, ma ho anche pensato che facesse un po' la commedia per commuovermi... Non gli credevo fino in fondo... Mi sento così in colpa...» Ortensia smaniava sulla sedia cercando di contenersi, e per un attimo sembrò pentita di aver raccontato quella storia.

«Comunque sia, se si trattasse davvero di un omicidio non ha più nulla da temere. Uno dei due avvocati è morto, l'altro è fuggito all'estero da molti anni e nessuno lo ha più visto.»

«Oddio, dice davvero?» Sembrava un po' sollevata. Bordelli annuì, con aria rassicurante.

«Orlando non le ha raccontato altro?»

«No...»

«Le viene in mente qualcos'altro che possa essermi utile?»

«Non so... Aveva una cassaforte... Nessuno lo sapeva, nemmeno sua madre... Lo aveva detto solo a me... So soltanto che è nel suo studio... Lui diceva che era nascosta molto bene...»

«Cercherò di trovarla» disse Bordelli, continuando a pensare alla telefonata tra l'avvocato e il generale... *Un complotto contro lo Stato*. Che avesse a che fare con la faccenda di cui aveva parlato Agostinelli? Quella cosa del presidente Segni e del generale De Lorenzo? Ma no, erano passati troppi anni, era certamente un'altra congiura... L'Italia non se le faceva certo mancare...

«Conosco la combinazione...» disse Ortensia, con aria ingenua.

«Come?» fece Bordelli, svegliandosi.

«La combinazione della cassaforte... Le interessa?»

«Certo...»

«Sono le ultime tre lettere del mio nome lette al contrario... A... I... S... e trasformate in numeri...» sussurrò Ortensia, controllando che nessuno stesse ascoltando. Bordelli si mise a contare mentalmente... A... I... S... diventavano... 1... 9... 17...

«Ne è sicura?»

«A meno che non l'abbia cambiata dopo che ci siamo lasciati...» disse Ortensia. Si era messa di nuovo a sbirciare il ragazzo con gli occhiali. Un po' le piaceva? O era solo così insicura che non poteva fare a meno degli sguardi degli uomini?

Appena entrò in casa accese il fuoco, bruciando il giornale del giorno prima che aveva appena sfogliato. Ormai leggeva solo i titoli e i catenacci, e a volte scorreva in fretta qualche articolo. Ogni riga letta sul giornale gli sembrava una riga rubata ai romanzi. Sentiva di conoscere le cose più profondamente leggendo Omero o Dostoevskij, piuttosto che i quotidiani. Le motivazioni che spingevano l'uomo a dedicarsi al bene o al male erano le stesse oggi come un secolo fa, come nel Cinquecento o all'epoca di Eschilo. Nel tempo e nella storia si manifestavano solo delle varianti, modalità diverse delle stesse identiche cose... Insomma non avrebbe mai acceso il fuoco bruciando un libro...

Aspettò che le fiamme prendessero forza, e appoggiò un bel ciocco tra gli alari. Accese una sigaretta e si lasciò andare sulla poltrona, tornando con il pensiero al racconto di Ortensia. Sembrava tutto fin troppo chiaro. Orlando aveva scoperto qualcosa che non doveva scoprire, e lo avevano assassinato simulando un suicidio. Facile come bere un bicchier d'acqua... Ma come diavolo avevano fatto? E poi, era andata davvero così? Il movente poteva anche esserci, anzi era evidente... Ma dov'erano le prove? Dopo tutti quegli anni dove andava a cercarle, ammesso che esistessero? Non tutti quelli che avevano un motivo per uccidere lo facevano per davvero, altrimenti il mondo sarebbe stato un cimitero... Era per quello che esistevano i tribunali, per valutare le prove e comminare le pene... Anche se con il macellaio lui aveva fatto diversamente... Nessun tribunale, solo una fucilata... *Ego te absolvo...*

Dopo aver messo una pentola d'acqua sul fuoco telefonò alla contessa. Le disse che era andato avanti nelle ricerche, e le chiese se la mattina successiva poteva visitare il castello. La contessa insisteva per sapere se avesse già scoperto qualcosa, ma Bordelli la invitò gentilmente ad avere pazienza e la salutò.

Cominciò a mangiare davanti al telegiornale, senza seguirlo, e dopo aver guardato con piacere le scenette di Carosello spense il televisore.

Passò la serata a leggere davanti al fuoco, sentendo in lontananza il verso delle civette. Finì di leggere *Memorie del sottosuolo*, con la sensazione di aver seminato un altro pomodoro nel terreno della sua ignoranza. In fondo era fortunato, aveva ancora moltissimi libri da scoprire, e anche il tempo per leggerli. Bastava lasciarsi guidare dal giovane commesso della Seeber.

Rimase a guardare il fuoco con il libro sulle ginocchia, camminando ancora sotto la neve bagnata nelle strade di Pietroburgo, infilandosi nei postriboli e parlando con giovani puttane...

Si svegliò per colpa di un rumore, stupito di essersi addormentato. Quel che rimaneva del ciocco si era sbriciolato ed era caduto fuori dagli alari. Radunò la brace con la paletta e salì al primo piano. Dopo aver caricato la stufa si trascinò a letto. Spense subito la luce. Si sentiva stanco, ma i suoi pensieri non volevano saperne di addormentarsi, e gli giravano dolcemente in testa come una giostra. Mentre i gufi e le civette amoreggiavano nella notte, sentiva la voce di Mussolini che gracchiava nella radio... Vedeva Ennio alzare il bicchiere per brindare... Gli appariva il viso di Eleonora pieno di lividi... Accarezzava la mano rugosa di sua madre che stava morendo... Immaginava Orlando che oscillava sotto il lampadario di ferro battuto...

Si rannicchiò sotto le coperte, come faceva da bambino quando sentiva in lontananza il rumore di un treno che passava sotto il cavalcavia del Pino, e un brivido sconosciuto gli faceva muovere i piedi.

Lentamente il girotondo rallentò la sua corsa, e lui affondò in pensieri meno confusi... Mancava meno di un mese al suo compleanno. Non che ci tenesse particolarmente a festeggiare i suoi cinquantasette anni, ma poteva essere l'occasione per mettere in piedi una cena con gli amici. Voleva cucinare tutto da solo, e pensò di chiedere a Ennio di scrivergli qualche ricetta. Alla cena avrebbe invitato le solite persone... Dante... Ennio... Piras... Diotivede... Una tranquilla serata tra uomini... E dopo cena, davanti a una bottiglia di grappa ognuno avrebbe raccontato una storia, come le altre volte...

Mentre si stava addormentando, un uccellino si piazzò su un albero davanti alla sua finestra e cominciò a cantare. Faceva mille versi differenti, cambiando registro ogni due o tre secondi... Cip cip... Zzzzzz... Fiuùùùù... Trrrrr... Chiù chiù chiù... Cicicicici... E altre giravolte vocali che sembravano musica... Nel dormiveglia immaginò che quell'uccellino fosse sua madre... Veniva a salutarlo... A dirgli che i vivi e i morti erano vicini... *Corrispondenza d'amorosi sensi...*

Mentre sprofondava nell'incoscienza cominciò a passare in rassegna tutte le donne di cui si era innamorato... Partendo da Rachele, una bambina bellissima che senza saperlo gli aveva fatto perdere un anno di scuola...

Parcheggiò davanti al castello della contessa, accanto a una vecchia Mercedes nera. Appena scese si aprì il portone, e sulla soglia apparve una vecchia governante con uno spolverino di piume in mano. Le andò incontro dicendo che aveva un appuntamento con la contessa. La vecchia annuì senza dire una parola e lo invitò a entrare. Bordelli si trovò in un enorme ingresso monumentale, con arazzi alle pareti, armature antiche, vasi preziosi e specchiere con cornici dorate e svolazzanti. Nella penombra, una scala immensa di pietra serena saliva ai piani superiori. La governante gli fece cenno di seguirla, e s'incamminò zoppicando in un lungo corridoio che passava al lato della scala. Aprì una porta per farlo entrare, e gliela chiuse dietro senza complimenti. Nell'attesa Bordelli si mise a passeggiare sui tappeti del salotto, guardandosi in giro e annusando l'aria che sapeva di libri antichi. Sulle pareti non occupate dalle librerie erano appesi grandi ritratti a olio, uomini anziani con baffi monumentali seduti sopra uno scranno, donne corpulente dallo sguardo magnanimo con un animaletto in braccio, giovanotti e fanciulle dall'aria candida e altezzosa. In fondo alla sala, un grande camino di pietra con lo stemma di famiglia scolpito sul frontone: un lupo a due teste con l'aria assai arrabbiata. Qua e là sui mobili erano nobilmente poggiati oggetti di valore, sculture in bronzo, candelieri raffinati, un magnifico orologio da tavolo sotto una campana di vetro.

Dalle grandi finestre si vedevano le colline, e più in basso riuscì a riconoscere la sua casa, che in quel momento gli sembrava piccolissima. Sbirciò dietro gli scuri, e come si aspettava trovò la spranga di ferro che pendeva da un anello di ferro.

Andò a sedersi sopra una poltroncina foderata di raso, e la sentì scricchiolare. Si sporse in avanti per accarezzare con le dita il piano di un grazioso tavolino di legno, con una scacchiera intarsiata... In quel momento si aprì la porta e apparve la contessa, con un vestito da casa elegante ma sobrio. Bordelli si alzò, e per farla sentire a proprio agio accennò un baciamano.

«Buongiorno, contessa.»

«Posso offrirle qualcosa?»

«Non si disturbi.»

«Prego, si accomodi.»

«Grazie...» Si sedettero uno di fronte all'altra, e la contessa gli piantò gli occhi addosso come se volesse leggergli nel pensiero.

«Ha scoperto qualcosa?»

«Mi deve scusare, ma per il momento preferirei non parlarne» disse Bordelli. La contessa fu scossa da un leggero brivido.

«Voleva visitare il castello, mi ha detto.»

«Se non è un disturbo...»

«Venga.» Uscirono dalla stanza, e la contessa gli fece da guida. Saloni, salotti, salottini, la sala del biliardo, dipinti con scene di caccia e figure mitologiche, un grande guardaroba che sapeva di chiuso, le più che dignitose stanze della servitù, una cucina immensa dove la vecchia governante stava già trafficando con pentole e padelle.

Bordelli continuava a osservare le chiusure delle finestre, e vide che avevano tutte gli scuri massicci ed erano munite di spranga. Forse l'assassino era uscito dal camino, come la Befana?

Lungo un corridoio la contessa accennò a una porta chiusa, dicendo che quella non si poteva aprire. Aveva perso la chiave.

«Dentro cosa c'è?» chiese Bordelli.

«È vuota.» Si fermò davanti a una porticina mimetizzata nel muro, chiedendogli se voleva vedere le cantine.

«Non importa, grazie.»

Salirono al primo piano, dove si camminava sui tappeti e l'arredamento era più austero. Una sala di lettura foderata di scaffali ricolmi di volumi. Un grandioso salone vuoto dove appeso al muro campeggiava un immenso dipinto del Seicento, raffigurante la conversione di san Paolo sulla via di Damasco. Altre sale con mobili antichi e dipinti di varie epoche...

«Questo è lo studio di Orlando» disse la contessa, spingendo una porta. Era buio, la finestra era chiusa. Appena si accese la luce Bordelli guardò il lampadario di ferro battuto, e non poté fare a meno di immaginare Orlando con la corda al collo. La scrivania era quasi sotto il lampadario, e per impiccarsi bastava salirci sopra.

Lo studio non era grande, e aveva un'aria vissuta. L'ennesima libreria, alta fino al soffitto e stracolma di libri. Sul pavimento di cotto, al centro della stanza, un bellissimo tappeto in cui predominava l'azzurro. Sulla scrivania di Orlando c'erano dei fascicoli, carte sparse, una vecchia Olivetti tutta nera, un pacchetto di sigarette quasi vuoto, un accendino d'oro e pochi altri oggetti. Dalla spalliera della sedia pendeva una giacca scura. Chissà dov'era la cassaforte...

«È rimasto tutto come allora. Ho fatto soltanto togliere la corda e dare una riordinata. Una volta alla settimana faccio pulire la polvere» disse la contessa, ferma accanto alla porta. Lo studio di Orlando era diventato un tempio del ricordo.

Bordelli girò dietro alla scrivania, e sul ripiano vide il biglietto che aveva lasciato Orlando: *Perdonatemi*. Il commissario Bacci doveva esser davvero convinto che si trattasse di un suicidio, se lo aveva lasciato dov'era, altrimenti lo avrebbe catalogato e messo a disposizione del giudice.

Cercò con lo sguardo un altro foglio scritto a mano, per confrontare la calligrafia. In effetti la scrittura era la stessa, anche se sul biglietto appariva più indecisa. Era colpa della tensione nervosa, oppure come diceva sua madre era stato obbligato a scrivere sotto la minaccia di una pistola? Andò a scostare la tenda, e vide che mancava ancora la corda.

«La corda la custodisco di sopra. Le interessa vederla?» disse la contessa, che aveva intuito il suo pensiero.

«Non occorre, grazie.»

«L'accompagno di sopra.»

«Molto gentile...» Uscendo dalla porta dietro alla contessa, Bordelli cercava ancora di immaginare dove potesse essere nascosta la cassaforte.

Al secondo e al terzo piano c'erano le camere da letto, di varie misure e arredate con stili differenti. Baldacchini sopravvissuti ai secoli, testate in ferro battuto provate dal tempo, letti e armadi monumentali, comò con il piano di marmo, e ancora quadri, tappeti, porcellane... Bordelli non ne poteva più, gli sembrava di essere in un museo. Era tutto molto bello, ma non avrebbe potuto viverci.

La contessa aveva lasciato per ultima la camera di Orlando, la più sobria e piacevole di tutte. Era al terzo piano e occupava un angolo del castello. Non troppo grande, con pochi mobili eleganti ma semplici. Anche quella stanza era rimasta come allora, come quattordici anni prima.

«Faccio soltanto spolverare» disse la contessa.

Vestiti gettati sopra la spalliera di una poltroncina, due paia di scarpe in un angolo, vecchi giornali ingialliti ammucchiati sul tavolo, libri sul comodino... Dalla finestra si poteva vedere in lontananza il campanile di Impruneta, e poco più a sinistra, montata in cima a un altissimo traliccio, svettava contro il cielo la stella rossa della Casa del Popolo, che la notte si illuminava per ricordare agli ultimi del mondo che esisteva una speranza.

Uscirono nel corridoio, e la contessa si fermò ai piedi di una stretta scala di legno che saliva ripida perdendosi nell'oscurità.

«Le interessa visitare le soffitte?»

«Per adesso può bastare, grazie.»

«Se vuole vedere la torre deve andarci da solo, la scala a chiocciola ha settantadue scalini» disse la contessa, accennando a una porta con le borchie.

«Magari un'altra volta...»

«Non vuole dirmi ancora nulla?» chiese la contessa, impaziente.

«Mi lasci ancora un po' di tempo.»

«Le serve altro?»

«Se non le dispiace... Vorrei stare un po' da solo nello studio di suo figlio» disse Bordelli. La contessa si accigliò, ma soltanto per un secondo. Lo accompagnò al primo piano, davanti alla porta dello studio.

«Faccia con comodo.»

«La ringrazio...»

«Se ha bisogno di me, può trovarmi nel salotto dove ha avuto la pazienza di attendermi» disse la contessa, e si avviò giù per la scala. Bordelli entrò nello studio, pensando che Orlando aveva abitato da solo in quel grande e tetro castello. Magari c'erano anche i fantasmi...

Cominciò a ispezionare la stanza palmo a palmo. Sbirciò dietro i quadri, spostò i mobili più leggeri, sfilò i libri dagli scaffali passando le dita sul fondo di legno, ma non trovò niente. Esisteva davvero la cassaforte? Si mise in bocca una sigaretta spenta e ripartì da capo a ispezionare lo studio con maggiore attenzione. Si chinava a guardare dappertutto, controllava ogni particolare, perfino il pavimento di terracotta... E finalmente la sua perseveranza fu premiata. Passando la mano dietro una zampa della libreria scoprì un piccolissimo interruttore. Appena lo spinse sentì un lieve ronzio e cercando con lo sguardo vide che il fondo di legno di uno scaffale stava scorrendo di lato, scoprendo una piccola cassaforte murata nella parete. Tre manopole numerate... A... I... S... cioè... 1... 9... 17... Da sinistra a destra o al contrario? Provò da sinistra a destra, ma non successe nulla. Invertì l'ordine e si sentì uno scatto... La combinazione non era stata cambiata. Aprì lo sportello con la sensazione di profanare l'intimità di

Orlando, ma era per lui che lo faceva. Per lui e per sua madre. Prese tutto quello che c'era dentro e si accomodò alla scrivania. Una scatolina, due buste e un quaderno. Nella busta più grande c'erano alcune foto: un uomo dall'aria austera con un bambino in braccio, altre dello stesso bambino da solo in età diverse, una di Ortensia in posa davanti a una fontana, giovane e bellissima, con un sorriso felice... Dietro c'era una dedica: *Al mio amato Orlando, la tua Ortensia.* Nell'altra busta, più piccola, c'erano delle lettere chiazzate di muffa, firmate da Ortensia. Le scorse velocemente, erano lettere d'amore. Dentro la scatolina trovò dei gioielli: un grosso anello d'oro con lo stemma di famiglia, un paio di orecchini antichi, una medaglietta con la Madonna e una data incisa sul dietro: *12-10-1928*... Doveva essere la sua data di nascita. A quanto sembrava la cassaforte serviva per custodire i ricordi.

Aprì il quaderno e cominciò a leggere. Nella prima pagina c'era una poesia...

27 ottobre 1951

A mio padre

Non ho potuto avere
dentro le mie mani
la tua mano
mentre morivi
sentire dalla stretta
che te ne andavi
ad aspettarmi altrove.

Non ho potuto
e avrei voluto almeno
sentire dentro me
l'onda del sangue
il movimento nuovo

rincorrere le vene tue
già ferme
e ricordare sempre
il tuo ultimo respiro di saluto.

E non lo saprò mai
se in quel secondo estremo
hai aperto ancora gli occhi
cercando
e non trovando
se ti è rimasta dentro
l'ultima goccia di luce per il viaggio.

Forse uno sconosciuto
nel guardarti
e sospirando appena
– un altro morto –
ti ha chiuso gli occhi
e mi ha privato
dell'ultima visione
del tuo sguardo.

A pochi metri
di là da due pareti
di là dalla distanza
di un divieto
guardando il cielo
attendere sperando
la tua attesa
immaginando il dopo
in ogni modo.

Sei morto solo
e non ti ho visto
e non mi hai visto.

Almeno nella vita
esiste il sogno
che senza mai divieti
ignora le distanze
riporta accanto a ognuno
amanti e morti.

Bordelli si commosse. Pensava a suo padre, morto all'improvviso. E pensava a sua madre, che invece aveva visto morire...

Continuò a sfogliare il quaderno. Pensieri sparsi, riflessioni sui grandi argomenti della vita, qualche ingarbugliato sonetto d'amore dedicato a Ortensia. Poi trovò quello che cercava...

5 giugno 1953
Qualche giorno fa, per puro caso, ho scoperto che gli avvocati Giulio Manetti e Rolando Torrigiani, titolari dello studio legale dove lavoro come assistente, avvalendosi del loro ruolo di amministratori di patrimoni sottraggono ingenti somme di denaro con operazioni illecite e raffinate. Somme sottratte nell'anno 1952: Famiglia Budini Gattai, sette milioni e duecentomila. Famiglia Magnolfi Bianchi Camaiani, dodici milioni e ottocentomila. Famiglia Baldovinetti della Torre, cinque milioni e...

Orlando aveva scritto ogni cosa nei particolari. A parte gli argomenti, sembrava il diario di un ragazzino... Raccontava la scoperta delle truffe commesse dai due avvocati, la telefonata che aveva ascoltato di nascosto, il finanziamento destinato ad attività eversive, la misteriosa proposta che avrebbero dovuto fargli il lunedì successivo... L'ultima frase faceva un certo effetto... *Temo per la mia vita...* Non sembravano le parole di una persona che aveva deciso di impiccarsi, anche se nessuno poteva sapere cosa passasse nella testa di un suicida...

Nella pagina dopo c'erano soltanto due endecasillabi, dedicati a Ortensia...

Amore, nei tuoi occhi il tempo mio
si annulla nell'eternità di Dio

Tutte le altre pagine erano vuote. Evidentemente Ortensia si sbagliava, non c'era nessun'altra donna nella vita del suo fidanzato.

Rimise tutto a posto nella cassaforte. Era probabile che nessuno l'avrebbe mai trovata. Premette l'interruttore sotto la libreria, e il fondo di legno si richiuse con il solito ronzio. Rimise nel pacchetto la sigaretta mai accesa e uscì dallo studio per andare a cercare la contessa. Sentì la sua voce autoritaria provenire dalla cucina, e si affacciò alla porta.

«Io ho finito, grazie.»

«La invito a pranzo» disse la contessa.

«La ringrazio, ma pensavo di...»

«Non accetto scuse» lo interruppe la contessa, e dopo aver bisbigliato qualcosa alla zoppa gli fece strada. Bordelli la seguì in sala da pranzo, dove un lungo tavolo era già stato apparecchiato per due. Una tovaglia bianca ricamata, posate d'argento, stoviglie di fine porcellana e calici di cristallo che scintillavano sotto il lampadario. Nel centro del tavolo, una bottiglia di vino rosso e una caraffa d'acqua.

«Prego» disse la contessa, sedendosi. Bordelli si accomodò all'altro capo del tavolo, incapace di rifiutare un invito così perentorio. La contessa agitò in aria un campanello, e dopo qualche secondo entrò un uomo magrissimo in livrea, con un lungo viso bianco e uno sguardo fiero che strideva con il suo ruolo di cameriere. Salutò Bordelli con un lieve inchino rispettoso, si avvicinò alla contessa e le servì una nobilissima minestra di verdura. Riempì anche la scodella dell'ospite, e dopo aver versato il vino nei calici e l'acqua nei bicchieri se ne andò con passo elegante.

Cominciarono a mangiare in silenzio. Si sentiva soltanto il

ticchettio della pendola, che diventava ogni secondo più forte. La minestra era ottima, e Bordelli pensò che gli sarebbe piaciuto farsi dare la ricetta dalla zoppa.

La contessa posò il cucchiaio, e appoggiò le mani sui braccioli di velluto della sedia.

«Se lei mi dirà che mio figlio si è ucciso, le giuro che ci crederò.»

«Posso chiederle come mai?» disse Bordelli, sinceramente stupito.

«No.»

«Be', la ringrazio per la fiducia...»

«So leggere negli occhi delle persone» disse la contessa, enigmatica.

Mentre scendeva con il Maggiolino lungo il sentiero del castello, ripensava al pranzo con la contessa. Si era sentito un po' a disagio a farsi servire da un cameriere in divisa con i bottoni dorati e i guanti bianchi, ma il roast beef con le patate era magnifico, il Barolo valeva secoli di purgatorio e il dessert era insuperabile. Per un pranzo così poteva anche sopportare...

Erano quasi le tre, e finalmente accese la prima sigaretta della giornata. Rimaneva ancora qualcosa da fare, prima di chiudere la sua indagine privata. Si fermò davanti alla prima fattoria che incontrò, a qualche centinaio di metri dal castello. In lontananza si sentiva il rumore di un trattore. Bussò alla porta, ma non rispose nessuno. Girò dietro la cascina e prese un sentiero che scendeva tra gli olivi, in direzione del trattore. Per giorni aveva pensato che la contessa fosse una povera pazza, adesso invece cominciava ad avere dei dubbi. Forse la pazza aveva ragione. Comunque sia, di motivi per uccidere Orlando ce n'erano eccome...

Arrivò vicino al trattore. Un vecchio contadino stava arando la terra con un cingolato. Era uno dei pochi fortunati, ce n'erano ancora molti che l'aratro lo attaccavano dietro ai buoi, come nei quadri del Fattori.

Bordelli agitò una mano per farsi vedere. Dopo avergli lanciato un'occhiata, il vecchio spense il motore. Rimase muto a fissare l'intruso, e Bordelli si avvicinò.

«Posso parlarle un minuto?»

«Di cosa?»

«Si ricorda della tragedia successa al castello, nel '53? Il figlio della contessa...»

«Figuriamoci se non me lo ricordo.»

«Volevo chiederle se quel giorno ha visto qualcosa di... Non so... Qualcosa di insolito... Qualsiasi cosa...»

«Perché?»

«Sto cercando di capire alcune cose... Diciamo che lavoro per la contessa.»

«Ah...»

«Ha visto nulla di strano quel giorno?»

«Di cose se ne vedono tante...»

«Dunque ha visto qualcosa?»

«Che gli devo dire? Mi sembra di no...»

«Ci pensi bene... Non è che ha visto passare una macchina che non conosceva, lungo la strada che porta al castello?»

«Non me lo rammento, però ci avrei fatto caso.»

«Insomma non ha visto nulla» insisté Bordelli, che non aveva capito bene.

«Nulla...» disse il vecchio, stringendosi nelle spalle.

«Questo terreno è della contessa?»

«Dalla parte di qua è tutto della contessa, fino a quel bosco laggiù.» Era una tenuta immensa.

«La ringrazio, mi scusi il disturbo.»

«Di nulla...» borbottò il contadino, e dopo un cenno di saluto rimise in moto il trattore. Bordelli risalì il sentiero e tornò al Maggiolino. Non che parlando con i contadini della zona sperasse di scoprire chissà cosa, ma non voleva tralasciare nulla. Anche perché a suo tempo non era stata fatta alcuna indagine, e magari adesso... con un po' di fortuna...

Fece il giro delle cascine, parlando anche con gli stessi contadini che gli avevano regalato la pollina e tutto il resto, ma nessuno ricordava di aver visto qualcosa di insolito il giorno della morte di Orlando. Solo una vecchia sdentata gli parlò di una luce che aveva visto di notte in mezzo al bosco, ma non era la notte della tragedia, era quella dopo. Se lo ricordava bene perché per un attimo aveva pensato, così per suggestione... *È la povera anima del conte Orlando che non trova pace, poveretto...* Però lo sapeva bene che poteva essere un cacciatore di cinghiali. Allora capitava spesso che andassero in giro di notte con la torcia, e succedeva ancora.

Bordelli arrivò a casa stanco, mentre il sole si stava abbassando sull'orizzonte. Quando abitava in San Frediano non era così piacevole ritornare nella sua tana.

Dopo aver annaffiato l'orto in fretta si dedicò al rituale del fuoco. Guardando le fiamme che diventavano sempre più alte pensò che gli sarebbe piaciuto rileggere la poesia di Orlando dedicata a suo padre. Come mai non si era tenuto il quaderno? Tanto la cassaforte non l'avrebbe mai trovata nessuno...

Prima di sedersi in poltrona a leggere telefonò al bar di piazza Tasso.

«Ciao Fosco... Per caso Ennio è lì?»

«Oggi non s'è visto, commissario... Di solito fa un salto verso le otto...»

«Gli dici per favore di chiamarmi?»

«Senz'altro...»

«Non te lo scordare, è importante.»

«Stia sicuro, commissario.»

«Grazie Fosco, ti saluto» disse Bordelli, e mise giù. Si accomodò davanti al fuoco, con il libro in mano. Non voleva mettersi a pensare a Orlando, era meglio aspettare il giorno dopo e ragionare a mente fresca. Non era nemmeno il caso di pensare a Eleonora. Voleva solo trovare un po' di pace, farsi catturare dal romanzo e sgombrare la mente da tutto il resto... Dopo una decina di pagine chiuse gli occhi, e cominciò a russare.

Fu il trillo del telefono a svegliarlo, strappandolo via da un sogno ossessivo dove la stessa scena si ripeteva di continuo. Rimase per qualche secondo imbambolato a guardare nel vuoto, mentre il telefono continuava a suonare. Alla fine si alzò barcollando e andò a rispondere.

«Pronto...»

«È uscito dall'oltretomba, commissario?» disse il Botta, con un sottofondo di voci e di biliardo.

«Ciao Ennio... Mi ero addormentato...»

«Fosco ha detto che mi cercava.»

«Sì...»

«È successo qualcosa? Qualche serratura da aprire?»

«Niente del genere, mi dispiace... Volevo solo chiederti se... Per il mio compleanno mi piacerebbe fare una cena...»

«Tutto qui?»

«È un avvenimento di grande importanza...»

«Quando è il suo compleanno?»

«Il due aprile.»

«Allora c'è tempo, commissario...» fece il Botta, come se parlasse a un bambino impaziente.

«Certo, ma volevo cucinare io... Mi piacerebbe esercitarmi un po'... Ce la faresti a scrivermi qualche ricetta?»

«Oddio, ma è sicuro di quello che dice?»

«Perché?»

«A cucinare non s'impara leggendo le ricette, è una questione di sensibilità.»

«Sono l'uomo più sensibile del mondo» disse Bordelli, serio.

«Come vuole, commissario... Le porto qualche ricetta semplice semplice...»

«Non mi sottovalutare, Ennio. Va bene anche qualche piatto difficile, ce la posso fare.»

«Per quando le servono?» disse il Botta, sospirando.

«Prima è, meglio è.»

«Vedo cosa posso fare...»

«Il cielo ti ricompenserà.»

«Domenica mattina la trovo a casa?»

«Penso di sì.»

«A proposito, commissario... Dimenticavo...» bisbigliò il Botta, avvicinando la bocca al microfono.

«Che c'è?»

«Per quella cosa... Si tenga pronto... Sempre che non abbia cambiato idea...»

«L'ho detto e lo faccio.»

«Bene...»

«Milano?»

«Sì...»

«Quando?»

«Ancora non lo so.»

«Basta che non sia il due aprile. Anche te sei invitato.»

«Vorrei vedere se non m'invitava... Ora vado, commissario... Un pivello del Ponte di Mezzo mi vuole sfidare a boccette...»

«Fatti valere.»

«Lo faccio piangere e lo rimando a casa in mutande» disse il Botta, e se ne andò a fare il suo dovere.

Erano quasi le nove. Bordelli accese il televisore e si mise a cucinare, guardando distrattamente quel che restava del telegiornale. Penne al pomodoro, bistecca di maiale alla brace, insalata... Cose semplici che sapeva fare chiunque. Per il suo compleanno voleva una cena speciale, e confidava nelle ricette di Ennio. Chissà come mai gli era presa quella mania della cucina. Forse mangiare per anni nella cucina di Totò e vederlo all'opera gli aveva trasmesso il fuoco sacro... Per chissà quale associazione gli venne in mente Eleonora, ma riuscì a scacciarla...

Sbirciando Carosello continuò a darsi da fare, canticchiando un ritornello della Pavone. Apparecchiò la tavola e buttò la pasta. Aspettando che cuocesse uscì fuori, e fece un giro intorno alla casa per guardare la campagna immersa nella notte. Il cielo era nero, forato da milioni di stelle. I crinali si distinguevano a malapena, e la sagoma scura del castello sembrava ondeggiare nel buio. A un tratto nel silenzio esplose in lontananza il furore di due cinghiali che litigavano... Sembravano diavoli...

Tornò a casa a metà del pomeriggio, dopo una lunga camminata sulle colline di Cintoia. La temperatura si era alzata, e aveva sudato come un ciclista. Non si era ancora tolto il giubbotto che squillò il telefono.

« Ciao, brutto scimmione. »

« Non sono brutto, Rosa. »

« Ciao, scimmione... Quando vieni a trovarmi? »

« Presto, Rosa... »

« Perché non adesso? »

« Sono a pezzi, ho camminato tutto il giorno. »

« Dai, mi sento triste... » disse Rosa, con la voce da bambina.

« Perché triste? »

« Non lo so... Perché non mi porti al cinema? »

« È sabato, ci sarà un sacco di gente... » disse Bordelli, che non vedeva l'ora di mettersi a leggere davanti al fuoco.

« Allora ti aspetto, sei un tesoro... Non metterci un secolo, eh? » disse Rosa, e riattaccò senza dargli il tempo di parlare. Bordelli rimase con la bocca aperta e il telefono in mano... Gli scappò da ridere... Si era fatto fregare, come sempre.

Andò a riempire la vasca, e s'immerse nell'acqua bollente. Non aveva nessuna voglia di scendere in città, di camminare in mezzo alla gente, ma non voleva deludere Rosa. E poi in fondo vedere un bel film faceva piacere anche a lui. Ormai poteva avere tutta la solitudine che voleva, e se ogni tanto vedeva un po' di gente non poteva essere un gran danno. Ma sapere che a fine giornata sarebbe tornato nel silenzio della sua grande casa era un sollievo.

Rimase a mollo nella vasca meno del solito, per non fare tardi. Mentre si asciugava si guardò nello specchio. Quella mattina non si era fatto la barba, e non ne aveva voglia nemmeno adesso. Continuò a guardarsi. Era uno dei rari giorni in cui non si dispiaceva. Nonostante i pisolini pomeridiani e le rughe non si sentiva un povero vecchio, come gli succedeva quando abitava in città. Non immaginava più di finire i suoi giorni mangiando brodini tiepidi con una coperta sulle ginocchia, o di passare i pomeriggi della domenica a giocare a tombola in qualche circolo. Era merito della campagna? O era la primavera, che da milioni di anni svegliava il sangue di tutti gli esseri viventi? Si vestì canticchiando e scese in cucina. Il bagno caldo lo aveva rimesso in sesto. Aprì «La Nazione» sopra il tavolo, e dopo aver dato un'occhiata alla pagina dei cinema uscì di casa.

La giornata era bella, e rimaneva ancora più di un'ora di luce. Attraversando la piazza di Impruneta vide soltanto vecchi contadini vestiti a festa. Chiacchieravano sotto i portici della basilica, intorno al pozzo, davanti al bar. Donne non ce n'erano. Di giovani nemmeno l'ombra.

Scese a Firenze, e parcheggiò in via dei Neri con le ruote sul marciapiede. In quella zona il passaggio dell'alluvione era ancora così evidente che l'Arno sembrava essere straripato il giorno prima.

Suonò il campanello e si affacciò alla tromba delle scale, per dire a Rosa che aspettava di sotto. Passeggiando davanti al portone accese una sigaretta, rassegnato ad aspettare chissà quanto. Rosa lo sorprese, arrivando dopo pochi minuti. Era truccata e addobbata in modo vistoso, in bilico sui trampoli, e spandeva in aria un profumo piccante.

«Mi sono vestita da puttana» disse sorridendo.

«Non è da te.»

«Stupidone...» fece Rosa. Lo prese a braccetto e cercò di trascinarlo verso il centro, ma Bordelli puntò i piedi come un mulo.

«All'Ideale danno *Il più grande colpo del secolo* con Jean Gabin... Mi piacciono i film con i ladri.»

«Non se ne parla nemmeno... Sei tu che mi hai invitata, e allora il film lo decido io...»

«Veramente...» provò a dire Bordelli.

«Si va al Gambrinus.»

«A vedere?»

«*A piedi nudi nel parco*... Non fare quella faccia... Una mia amica ha detto che è molto carino... E poi c'è un attore bellissimo...»

«Ti pareva...»

«Geloso?»

«E di cosa? Nessuno è più bello di me.»

«Oddio... Hai visto quella poverina?» disse Rosa, accennando a una donna che passava sul marciapiede opposto.

«No, che ha fatto?»

«Per guardarti ha sbattuto contro un palo...» E scoppiò a ridere.

«Un tempo succedeva davvero» disse Bordelli, fissando l'infinito con aria nostalgica.

«Dici quando si andava a cavallo?» Rise ancora, con una mano sulla bocca.

«Non avevi detto che eri triste?»

«Sono tristissima, ma non è un buon motivo per smettere di divertirsi.»

«Per questo ridi come una gallina?» disse Bordelli, per continuare la schermaglia.

«Ma io *soono* una gallina... Coccodè... Coccodeeè...» Non la finiva più di ridere, e si attaccava a lui per non cadere dai tacchi. La gente si girava a guardarli, e Bordelli si divertiva a recitare la parte del pappone che porta a spasso una delle sue donne...

«Comunque non ti lamentare... Hai avuto più donne di Casanova...» disse Rosa, cercando di strizzargli il naso.

«E tutte mi hanno lasciato.»

«Un motivo ci sarà...» E dopo avergli lanciato un'occhiata allusiva scoppiò di nuovo a ridere. Attraversarono piazza Signoria nuotando tra la gente... Giovani schiamazzanti, famigliole venute dalla provincia, coppie di ogni età. Rosa continuava a ridere, sembrava ubriaca.

«Hai le mani rovinate, sembri davvero un contadino. *Che me lo porta un mazzo di cipolle*?» E giù risate.

«L'altro giorno ho recintato l'orto» disse Bordelli, guardandosi le mani.

Arrivarono al Gambrinus in tempo per lo spettacolo delle sei. Un fiume di gente stava uscendo dal cinema, e un fiume di gente si era messo in coda per entrare.

«Rosa, non è che ti metterai a ridere in mezzo alla sala...» le sussurrò all'orecchio.

«Ora mi passa» disse Rosa, cercando di rimanere seria. Finalmente riuscirono ad arrivare davanti alla cassiera, una donna enorme con lunghi capelli neri che sembravano strozzarla. Bordelli chiese due biglietti, mentre Rosa gli solleticava un orecchio con le unghie smaltate. La cassiera li guardava con insistenza, come se cercasse di capire chi fossero nella vita quei due strani tipi. Se faceva così con tutti, a fine giornata doveva essere stanca morta.

La sala era già quasi piena, e trovarono a malapena due posti in galleria. Dalla platea saliva lento il fumo delle sigarette. Si spensero le luci e calò il silenzio. Dopo un interminabile cinegiornale in bianco e nero apparvero i titoli di testa, finalmente cominciò il film...

Era una commedia molto divertente, in effetti... Bordelli avrebbe preferito Gabin e il colpo del secolo, anche se Jane Fonda non era niente male.

Rosa non aveva più la risarola. Seguiva la storia con le labbra socchiuse e un leggiadro sorriso negli occhi.

«Vedi com'è carino lui? È innamorato...» disse a un tratto, credendo di parlare a bassa voce. Nella sala fumosa si alzarono dei sibili di protesta.

«Rosa, non si parla al cinema» sussurrò Bordelli.

«Mica parlavo» gridò quasi, e una voce stizzita disse di

fare silenzio. Bordelli le appoggiò quasi la bocca sull'orecchio.

«Non dire più nulla, ti prego. Guardiamo il film.»

La storia entrò nel vivo, con scambi di battute sempre più serrati. Quando c'erano i primi piani di Redford si sentivano le donne agitarsi nel silenzio della sala. Rosa ogni tanto gli strizzava un braccio, ma serrava le labbra per fargli capire che non avrebbe fiatato.

Dopo il lieto fine tanto atteso, sui titoli di coda si accesero le luci. Nella nebbia delle sigarette il fiume di gente si avviò verso l'uscita con aria soddisfatta, scontrandosi con il fiume di gente che entrava con il desiderio di essere soddisfatta.

Si misero a passeggiare nelle vie del centro, sotto un immenso cielo nero con poche stelle. I marciapiedi erano affollati, nelle strade passavano fiumi di macchine e di motorette, e ogni tanto si vedeva un vecchio in bicicletta. Era meno freddo dei giorni passati, ma Rosa non faceva che rabbrividire. Camminava dritta sui tacchi a spillo, attaccata al braccio di Bordelli, e i suoi capelli biondi splendevano sotto i lampioni.

«È strano entrare al cinema con la luce e uscire col buio» disse, con il candore di una bambina.

«A me è sempre piaciuto.»

«Guarda quella là... Secondo me ti potresti innamorare...» bisbigliò lei, indicandogli con gli occhi una morettina che sbatteva i tacchi con molta convinzione.

«Molto carina» ammise Bordelli.

«Potresti essere suo padre» disse Rosa, dandogli un pizzicotto sul braccio.

«Sei stata te a... E poi ho solo detto che è carina» si difese lui, pensando che quella bella ragazza doveva avere più o meno l'età di Eleonora.

«E quella signora bionda laggiù?»

«È bella, ma non è il mio tipo...»

«Secondo me ti piacciono tutte» disse Rosa, ridendo. Continuò a indicargli le belle donne che passavano, ficcandogli il gomito nelle costole. In effetti c'era da farsi venire il torcicollo.

«Hai fame?» disse Bordelli.

«Solo se m'inviti in un ristorante di lusso.»

«Non è meglio un bel panino dal vinaio di Porta Rossa?»

«Il solito pidocchio...»

«Non è vero... Solo che stasera non mi va proprio di stare due ore a masticare in mezzo a degli sconosciuti» si giustificò Bordelli, tirandola verso il vinaio.

Dopo un panino con il prosciutto e un bicchiere di Chianti, continuarono a camminare nelle strade piene di gente. Passando sul Ponte Vecchio, Bordelli alzò come sempre lo sguardo per ammirare il corridoio vasariano, soffermandosi sulle tre enormi finestre che proprio in mezzo al ponte interrompevano il ritmo degli «oblò» cinquecenteschi. C'era chi diceva che fosse stato Mussolini a far aprire quei finestroni, nel '38, in occasione della visita di Hitler a Firenze, per dare al suo compare tedesco la possibilità di gettare uno sguardo sulla fuga dei ponti sull'Arno, e che fosse proprio per questo che il Führer aveva ordinato di non minare Ponte Vecchio. Certamente Hitler non sapeva che il ponte più bello di Firenze era un altro.

«Sai Rosa? Quei finestroni sono stati aperti nella ricostruzione del dopoguerra...»

«Ah sì?» disse Rosa, svogliata.

«Anche se una prima modifica era stata fatta nel 1860, quando Vittorio Emanuele II venne a vedere la futura e provvisoria capitale di 'avvicinamento' in attesa di prendere Roma, che in quel periodo era protetta da Napoleone III.»

«Perché non andiamo a ballare?» disse lei, con la voce squillante.

«Preferirei fare a pugni con Godzilla.»

«Perché?»

«Domani vieni allo stadio a vedere la partita?»

«Piuttosto la morte.»

«Per me è lo stesso con le balere» disse Bordelli, soffiando il fumo dalla bocca.

«Ma te non ci vai mica alla partita...»

«Era solo un esempio.»

«Mi sarebbe piaciuto, vederti ballare...»

«Ti va se ti faccio un indovinello?» disse Bordelli, serio.

«Un indovinello?»

«Ascolta bene... Tu vuoi uccidere qualcuno, ma vuoi che sembri un suicidio...»

«Che allegria.»

«La persona che vuoi uccidere abita in un castello...»

«Lo sposo, altro che ucciderlo.»

«Aspetta... Forse è meglio se te lo dico in un altro modo... Una persona viene trovata appesa a una corda nel suo castello... Le porte e le finestre sono chiuse dall'interno, e tutti sono convinti che si tratti di un suicidio... Ma tu sai con certezza che quella persona è stata ammazzata...»

«Perché dovrei saperlo?»

«Non è importante... La domanda è: come hanno fatto?» concluse Bordelli, sentendosi un po' scemo.

«Non era meglio andare a ballare?» disse Rosa.

«Vedi? Non sai rispondere...»

«Guarda... Quelle due ti piacciono di sicuro...» bisbigliò Rosa, indicandogli sul marciapiede opposto due ragazze che avanzavano chiacchierando... Bordelli si bloccò. Una delle due sembrava Eleonora. Aveva i capelli corti ed era un po' più magra, ma sembrava proprio lei.

«Aspettami qui...»

«Dove vai?»

«Non ti muovere, torno subito...»

«Che vuoi fare?» disse Rosa, ma Bordelli era già lontano...

Era proprio lei? O una che le somigliava? Il cuore gli batteva forte, e aveva un po' di affanno. Seguiva le due ragazze dal marciapiede opposto, guadagnando terreno, pronto a nascondersi nel caso che si voltassero. Arrivò quasi alla loro altezza, e quella che sembrava Eleonora si girò distrattamente dalla sua parte... Bordelli nascose il viso, arrossendo.

Ma aveva fatto in tempo a vederla... Era proprio lei, non aveva più dubbi. Eleonora era a pochi passi da lui, dall'altra parte della strada... Cosa doveva fare? Andarle incontro e salutarla? Non era un altro segno del destino, averla incontrata? E lei? Lo aveva riconosciuto? Tra un secondo lo avrebbe chiamato agitando una manina? Non sapeva se averne paura...

Rallentò il passo, fingendo di guardare una vetrina. Nel riflesso del vetro cercò Eleonora, e la vide camminare tranquillamente con la sua amica. Quando si voltò di nuovo, le ragazze stavano svoltando l'angolo. Per un attimo pensò di fare di corsa il giro dell'isolato e di apparirle davanti, ma dopo un'impresa del genere avrebbe avuto il fiatone e l'aria stravolta. Era meglio rinunciare. Sapeva che se ne sarebbe pentito, ma non ce la faceva a farsi avanti. Non era ancora pronto, se lo era già detto molte volte... Avrebbe cercato di rivederla soltanto dopo aver...

Tornò da Rosa, che lo aspettava con impazienza spiando i marciapiedi. Appena lo vide agitò una mano e gli andò incontro.

«Mi dici che è successo?»

«Nulla...» Si avviò sul marciapiede, e Rosa gli andò dietro.

«Come nulla? Non ti ho mai visto così strano.»

«Lascia perdere, Rosa... Fai conto che abbia visto un fantasma...»

«Un fantasma? Che bello...» disse lei, prendendolo di nuovo a braccetto.

«Dicevo così per dire.»

«Secondo me c'è di mezzo una donna... Non sai pensare ad altro...»

«Possiamo cambiare discorso?»

«Ho capito. È quella ragazza che ti ha lasciato...»

«Te l'ho detto, Rosa... Tutte mi hanno lasciato.»

«Io parlo dell'ultima.»

«Ti va un gelato?» disse Bordelli, per troncare il discorso. Rosa alzò le spalle, rassegnata a non sapere nulla.

«Preferisco andare a casa.»

«Come vuoi.»

«Quella ti piace di sicuro...» sussurrò lei, tirandolo per un braccio. Non ne perdeva una.

«Rosa, ti prego... Ma non guardi mai gli uomini?»

«Sono più belle le donne.»

«Questo è sicuro...»

«Perché non ti sposi?»

«A proposito... Dovresti fare da testimone di nozze a una donna che sposa un mio amico...»

«Stai scherzando?»

«Dico sul serio.»

«Chi sono?»

«Lui è un medico legale... Uno di quelli che apre i cadaveri per vedere come sono morti...»

«Simpatico...»

«Lei è una bellissima donna che si sposa di nascosto.»

«Allora ci sto, mi piacciono un sacco queste cose clandestine...»

«Si sposano il quattordici luglio, non te lo dimenticare.»

«No davvero... Lo scrivo nella mia agenda...»

«Hai un'agenda? Anche adesso che non lavori più nelle case allegre?»

«Che ne sai te delle donne...»

Continuando a chiacchierare arrivarono in via dei Neri. Salirono lentamente le scale, con le gambe affaticate dalla serata. Quando Rosa aprì la porta Briciola corse miagolando verso di loro, con la codina dritta e vibrante. Il suo occhio malconcio era tutto nero, più piccolo dell'altro.

«Ciao, bellina...» Entrando in salotto Rosa lanciò via le scarpe con un gemito di sollievo. Gedeone dormiva placidamente sopra una poltrona.

«Cos'è questo casino? Ancora con questa storia!» disse Rosa, accorgendosi che sul tappeto c'erano delle cicche di sigaretta. Era stata la Briciola, che si divertiva a svuotare i posacenere per giocare con i mozziconi.

Aprì gli occhi dopo un lungo sonno tranquillo. Senza alzare il capo dal cuscino sbirciò la finestra, che lasciava sempre con gli scuri aperti. Dalle stecche delle persiane filtrava una luce abbagliante. Un'altra bella mattina di sole, e tra poco più di una settimana era primavera. Uno di quei giorni gli sarebbe piaciuto andare a Marina di Massa dal suo amico Nessuno, l'ex partigiano che aveva messo in piedi una trattoria di pesce. E magari avrebbe chiesto a Rosa di accompagnarlo.

Si alzò, bevve in fretta un caffè e uscì per annaffiare l'orto. Non vedeva l'ora di assaggiare un pomodoro che aveva visto crescere. Per avere i carciofi doveva aspettare almeno un anno, aveva detto Ennio. Dette una girata alla pollina nel secchio, allontanando il viso per via del puzzo. Non era ancora arrivato il momento di usarla. Riempì l'annaffiatoio per dare da bere alle piantine e ai semi. Chi abitava in città aveva smarrito il senso di quella magia... un piccolo seme, al contatto con la terra si trasformava in una pianta o addirittura in un albero.

Ripensò a Eleonora che camminava sul marciapiede, bella e sorridente. Ce l'aveva fatta a dimenticare l'umiliazione di quella notte? Era di nuovo capace di innamorarsi? Aveva una gran voglia di chiederglielo, ma non era ancora il momento...

Mentre annaffiava sentì un respiro affannato alle sue spalle, si voltò di scatto e si trovò davanti un cagnolone giallastro a pelo corto che scodinzolava al di là della rete.

«E te chi sei?» disse, avvicinandosi. Il cane fece un lieve guaito, e si lasciò accarezzare sulla testa. Respirava con la lingua di fuori, come se avesse corso a lungo. Bordelli uscì dal recinto e si chinò sulle ginocchia, continuando a coccolarlo. Era un maschio. Non aveva nessun collare, e sembrava molto affamato.

«Vieni con me» disse avviandosi verso la porta, e il cane lo seguì con calma. Bordelli lo fece entrare in casa e gli mise del pane e una crosta di formaggio in un vecchio pentolino. Il cane divorò tutto in un secondo, poi lo guardò.

«Hai ancora fame? Vediamo cosa ti posso dare.» Si mise a preparare una zuppa. Pasta scotta, pane, formaggio, ritagli di carne, foglie di insalata. Rimestò a lungo nella pentola con un grosso cucchiaio, mentre il cane aspettava con pazienza, seduto accanto a lui.

Quando la zuppa si raffreddò la posò in terra, e il cane ci tuffò dentro il muso. Dopo meno di un minuto aveva finito, ma finalmente sembrava sazio.

«Adesso avrai sete.» Trovò una ciotola di plastica e gliela riempì di acqua fresca. Il cane si mise subito a bere, agitando lentamente la coda e alzando ogni tanto il testone per prendere fiato. Con il muso gocciolante ciondolò verso un angolo della cucina e si distese per terra. Fece un lungo sbadiglio, con la chiara intenzione di mettersi a dormire.

«Andiamo a cercare il tuo padrone.» Riuscì a fatica a convincere il cane ad alzarsi, lo accompagnò fuori e lo fece salire sul sedile posteriore del Maggiolino.

Arrivò a Impruneta e parcheggiò in piazza Nova. Si mise a camminare per il paese con il cane accanto, chiedendo a tutti quelli che incontrava se sapevano di chi fosse quel bastardone. Ma nessuno lo aveva mai visto, e alla fine pensò di tenerselo.

«Ti ci vuole un nome» disse, guardando il cane. Era domenica, non poteva comprargli da mangiare. Per quella sera doveva arrangiarsi. Tornò a prendere la macchina, e mentre guidava verso casa decise che lo avrebbe chiamato Blisk, come l'enorme cane lupo che si era portato a casa tornando dalla guerra.

«È un nome importante, devi rendergli onore...» Si metteva anche a parlare con i cani, adesso. Ma quella specie di orso delle nevi gli stava simpatico.

Arrivando a casa vide la Lambretta di Ennio parcheggiata nell'aia. Scese dalla macchina seguito dal cane e girò dietro la cascina. Ennio stava passeggiando nell'orto, per controllare il lavoro del novello contadino.

«Non c'è male, commissario...»

«Ho un buon maestro.»

«E quel bestione chi è?» disse Ennio, quando apparve il cane.

«Si chiama Blisk, è il nuovo inquilino.»

«Dove l'ha trovato?»

«Mi ha bussato alla porta.»

«Mangerà come un convento... Guarda che testone...» disse il Botta, uscendo dall'orto.

«Cosa ne dici del recinto? E il cancellino?»

«Si poteva fare di meglio.»

«Non ti accontenti mai, Ennio.»

«Bisogna sempre migliorarsi» disse il Botta, chinandosi ad accarezzare il cane.

«È la mia prima volta» si giustificò Bordelli, guardando con soddisfazione il proprio lavoro.

«Mamma quanto è grosso... Ma sei un cane o un orso?» Il bestione gli si strusciava addosso, e se fosse stato un gatto avrebbe fatto le fusa.

«Blisk, non si fa così con gli estranei... Devi abbaiare...» disse Bordelli, bussandogli sulla testa con le dita. Entrarono in casa, e l'orso bianco andò a sdraiarsi nel suo angolo. Si sedettero a bere un bicchiere di vino.

«Le ho portato un po' di ricette, commissario» disse il Botta, passandogli sopra il tavolo un quaderno con la copertina azzurra.

«Ah, grazie...» Si mise a sfogliarlo e vide che era scritto con una calligrafia molto elegante, fino all'ultima pagina.

«Hai fatto un lavorone, Ennio...»

«Spero che non sia tempo perso.»

«Abbi fiducia...»

«Non è che adesso devo scrivere anche le ricette per il cane?»

«Sarebbe molto gentile da parte tua... Vero, Blisk?» Ma il cane stava già dormendo, e Bordelli continuò a sfogliare il quaderno... *Zuppa lombarda... Peposo... Spezzatino 'mamma li turchi'...* Le ricette non erano scritte come nei normali libri di cucina, avevano il tono del racconto. Sembrava di sentir parlare Ennio.

«Non so come ringraziarti...»

«Aspetti a dirlo, magari se ne pente» disse il Botta, alzando le spalle. Bordelli stava tornando con la mente alla morte di Orlando, e si alzò in piedi.

«Ennio, hai voglia di risolvere un indovinello?»

«Perché no...»

«Ascoltami bene. Un ragazzo abita da solo in un grande castello, e un giorno viene trovato nel suo studio appeso a una corda...» Gli espose la situazione nei dettagli, invitandolo a dare per scontato che fosse un omicidio. Alla fine gli propose l'indovinello... Come si poteva impiccare qualcuno simulando un suicidio, e poi sparire nel nulla lasciandosi dietro porte e finestre ben chiuse dall'interno?

«Facile...» disse il Botta, senza nemmeno rifletterci. Bordelli sorrise, aspettandosi una battuta.

«E sarebbe?»

«Basta non uscire.»

«Cioè?» disse Bordelli, bloccandosi. Non aveva ancora capito bene, ma sentiva di essere vicino alla soluzione. Il Botta fece una faccia da saputello, e si mise a spiegare con pazienza la sua teoria...

«Si impicca chi si deve impiccare, e ci si nasconde in casa con dei viveri di fortuna... Non ha detto che è un castello? Allora non dovrebbe essere difficile. Prima o poi qualcuno sfonderà una finestra e troverà il morto, questo è sicuro. Si aspetta con pazienza che il cadavere venga portato via, e appena cala il buio si esce dalla porta, che non potrà avere i paletti tirati dall'interno. E chi s'è visto s'è visto.»

«L'uovo di Colombo...» disse Bordelli, a bocca aperta.

«L'uovo di Ennio, se permette.»

«Avevi già sentito raccontare una storia del genere?»

«No, mi è venuta così.»

«Sei un genio...»

«L'ha scoperto solo adesso?»

«Era così facile...» disse Bordelli, ancora un po' stordito. Era una settimana che pensava a quella faccenda, cercando i sistemi più complicati... Ma sempre con l'idea che l'assassino avesse trovato il modo di andarsene lasciandosi dietro i paletti chiusi dall'interno. E invece era facilissimo, bastava fare un passo indietro e spazzare via ogni preconcetto.

«C'è solo un inconveniente» disse il Botta, accigliato.

«Quale?»

«Per i portoni d'ingresso delle case ci sono due tipi di serrature. Quelle più moderne, che di solito si possono aprire dall'interno girando un pomello, e quelle più vecchie, con la chiave grossa, che da fuori e da dentro hanno bisogno della chiave...» disse il Botta, con l'aria da professore.

«Continua...»

«Nel primo caso, anche se la porta è stata chiusa con le mandate si può uscire senza problemi... Ma ovviamente se non si ha la chiave non è possibile dare di nuovo le mandate, a meno di non essere dei maghi della serratura...»

«E nel secondo caso si resta fregati» concluse Bordelli.

«Mi ha tolto le parole di bocca.»

«Dunque è meglio controllare prima.»

«Per lei sarebbe meglio avere una copia delle chiavi...»

«Che c'entro io? Era solo un indovinello.»

«Dicevo così per dire... Ora devo andare, commissario... Ho un sacco di cose da fare...» disse il Botta, alzandosi. Bordelli lo accompagnò sull'aia e gli batté una mano sulla spalla.

«Fammi sapere di Milano.»

«È questione di giorni.» Il Botta mise in moto la Lambretta, e dopo un cenno del capo se ne andò su per la salita alzando un polverone. Bordelli rimase a guardarlo, con un sorriso riconoscente. Ormai le possibilità che Orlando fosse stato ucciso erano vicine al cento per cento. Quando Ennio sparì dietro la curva tornò in casa, prese una penna e sulla copertina del quaderno di ricette scrisse... *Il Vangelo secondo Ennio.*

«Mi scusi l'intrusione» disse Bordelli, varcando la porta del castello. Era venuta ad aprire la contessa in persona, con una vestaglia da camera.

«Venga...» disse lei, richiudendo il portone. Bordelli sbirciò la serratura. Era del tipo *antico*, di quelle che anche dall'interno si potevano aprire solo con la chiave, e se veniva chiusa con le mandate... Ma non era necessariamente un problema, l'assassino di Orlando poteva essere riuscito a procurarsene una copia...

Entrarono nel salotto e si accomodarono sulle poltrone, esattamente come due giorni prima.

«Ha qualcosa di importante da dirmi?»

«Non ancora... Sono venuto per chiederle di raccontarmi con precisione tutto quello che è successo dopo che i pompieri hanno sfondato la finestra» disse Bordelli, sperando nella pazienza della contessa.

«Mi ricordo tutto come se lo vedessi...» disse lei. Dopo una lunga pausa cominciò a raccontare, con una calma che faceva gelare il sangue...

La mattina stessa il corpo di suo figlio era stato portato via con un'ambulanza, e i pompieri avevano richiuso la finestra alla meglio inchiodandola da dentro con delle assi. Orlando era stato lavato, vestito, sistemato nella cassa ed esposto nella sala d'armi della chiesa di Impruneta. La contessa aveva deciso di restare da sola a vegliare suo figlio tutto il giorno e tutta la notte, e davanti alla bara aveva giurato di scoprire chi lo aveva ucciso. La mattina di lunedì era stato celebrato il funerale nella basilica quasi vuota. C'erano solo alcuni parenti, qualche amico di Orlando, i due avvocati dello studio dove lavorava suo figlio e qualche vecchia del paese, di quelle che non perdevano una messa. L'omelia del prete era stata mielosa e retorica, con lunghi giri di parole per cercare di nascondere il biasimo per il suicidio dietro una cattolica compassione. Al momento dei saluti al defunto la contessa aveva preso la parola. Senza una lacrima aveva detto soltanto che Orlando non si era suicidato, che si trattava di un omicidio, e tra le panche della chiesa si era sentito un brusio di meraviglia. La contessa aveva aggiunto che dopo la funzione preferiva accompagnare da sola suo figlio al cimitero. Il suo tono perentorio non ammetteva repliche. Alla fine della messa erano usciti tutti sotto il loggiato, ed erano rimasti a guardare la lunga macchina nera che si allontanava. Orlando era stato seppellito nel cimitero delle Sante Marie. Un paio di giorni dopo la contessa era tornata a Castiglioncello, ma ci era rimasta solo il tempo necessario per sbrigare qualche faccenda burocratica e per fare i bagagli, poi si era stabilita definitivamente a Impruneta, per stare vicina a suo figlio...

« Vuole sapere altro? » chiese la contessa, guardandolo dritto negli occhi. Bordelli aveva seguito il racconto con molta attenzione. Prima di suonare alla porta del castello aveva ispezionato i dintorni, scoprendo diversi sentieri che s'inoltravano nel bosco.

« Quando è tornata al castello? »

« Lunedì a fine mattina, dopo aver seppellito mio figlio. »

« Nessun altro è entrato nel castello prima di lei? »

« Nessuno. »

« Durante la veglia, il suo autista dov'era? »

« Ha dormito sopra una panca in sagrestia » disse la contessa. Dunque nella villa non era tornato nessuno per un giorno intero, e se le cose erano andate come diceva Ennio...

Insomma l'assassino poteva essersi nascosto all'interno del castello, poi aveva aspettato la notte e se n'era andato indisturbato...

«Il suo autista è la stessa persona che venerdì ci ha servito il pranzo?» chiese Bordelli, solo per curiosità.

«Mario è con me da venticinque anni. È anche il mio autista.»

«E la signora?»

«Fedora ha la mia stessa età, da bambine giocavamo insieme. Lei era rimasta a Castiglioncello.»

«Ha qualche altra persona a servizio?»

«No» disse la contessa, con una ruga sulla fronte. Non capiva il motivo di quelle domande.

«Le chiederei un ultimo favore...» disse Bordelli.

«Mi dica.»

«Vorrei visitare le cantine e le soffitte.»

«Ci vada da solo, ormai conosce la strada.»

«Grazie...» disse Bordelli, alzandosi. Dopo aver accennato un inchino uscì dal salotto, percorse i lunghi corridoi del piano terra e aprì la porticina che portava alle cantine. Premette un interruttore, e si accese una lampadina appesa a un filo elettrico che spuntava dal muro. Scese la scala facendo attenzione a non scivolare. Arrivò in fondo e cominciò ad affacciarsi nelle varie stanze, facendosi luce con i fiammiferi. Grandi botti ricoperte di ragnatele, orci di cotto verdi di muffa, vecchi mobili lasciati a marcire. L'umidità entrava nelle ossa, ed era quasi impossibile sentire i rumori che provenivano dal primo piano. Non era il posto giusto per nascondersi.

Tornò di sopra e imboccò lo scalone che conduceva ai piani superiori. Salì al terzo piano senza nessuna fatica, pensando che era tutto merito delle camminate nei boschi. Nemmeno arrivare in cima alla ripida scala di legno delle soffitte fu un problema. La porta si aprì a fatica, cigolando sui cardini. Cercò l'interruttore della luce, e appena lo girò si accesero alcune lampadine avviluppate da spesse ragnatele. Si trovò davanti un enorme vano con il pavimento di malta grezza, il soffitto non troppo alto e alcuni tozzi pilastri di pietra dai quali si diramavano le travi principali. Si mise a passeggiare lungo le pareti. Qualche cassapanca polverosa, enormi tappeti arrotolati, vecchie cornici protette da teli ormai a brandelli. Da lassù, socchiudendo la porta, quasi certamente si potevano sentire i rumori che provenivano dal basso. Sembrava proprio il luogo ideale per nascondersi... L'assassino aveva aspettato il momento buono per uscire dal castello e se n'era andato seguendo uno dei sentieri che passavano dal bosco, magari con un fucile da caccia agganciato alla spalla per non dare nell'occhio. Si sedette sopra una vecchia cassapanca per ricostruire il possibile omicidio nei dettagli, per non lasciare nulla di irrisolto. Le chiavi del portone? Forse l'assassino si era procurato una chiave, o addirittura aveva dimestichezza con le serrature come Ennio. Le impronte delle scarpe di Orlando sulla scrivania sembravano la prova che lui ci era salito da solo per impiccarsi, ma anche quel particolare poteva far parte della messa in scena: l'assassino aveva strangolato Orlando con la corda delle tende, poi si era infilato le sue scarpe, lo aveva appeso al lampadario e per finire gli aveva rimesso le scarpe ai piedi... Almeno nel mondo delle possibilità, sembrava tutto chiaro...

Scese al terzo piano. Già che c'era aprì la porta borchiata e affrontò i settantadue scalini della scala a chiocciola. Conquistò la torre senza fermarsi, ma quando arrivò in cima aveva il fiato grosso. Spinse una porticina e si affacciò sul mondo. Il panorama era magnifico, da qualunque parte ci si voltasse si vedevano i crinali delle colline che si inseguivano sotto il cielo. Rimase a contemplare lo spettacolo del sole che tramontava, fumando una sigaretta. Orlando era stato ammazzato? Se era andata veramente così, era il delitto perfetto. Un suicidio non rischiava di scatenare un vespaio. Gli assassini, o magari i mandanti, erano i due avvocati? Uno era morto e l'altro era fuggito chissà dove. Ormai era impossibile scoprire la verità, a meno che Rolando Torrigiani non avesse deciso di confessare...

La sua indagine non poteva andare oltre, ma le conseguenze delle sue illazioni erano un grande risultato: grazie a quella storia, lui adesso sapeva con certezza come poteva *sistemare* la faccenda dell'avvocato Beccaroni senza destare sospetti. Bastava un po' di fortuna e ce l'avrebbe fatta. Sì, ce l'avrebbe fatta... Come poteva dubitarne? Non era forse stato ancora una volta il destino a metterlo sulla strada giusta? Se non fosse andato a vivere in campagna... Se non avesse mai conosciuto quella contessa testarda... Se non avesse giocato con il Botta agli indovinelli... Le coincidenze erano troppe, per pensare al puro caso...

Tornare a piano terra fu una specie di viaggio. La contessa lo aveva aspettato in salotto, bevendo un tè con aria tranquilla. C'era anche una tazza per l'ospite, coperta con il piattino. Nel silenzio della sala Bordelli si sedette di fronte a lei e sorseggiò il tè ormai tiepido. Cosa doveva dire alla contessa? Le sue ricerche erano finite, non c'era altro da sapere... Aveva già tirato le somme: non si poteva escludere che Orlando fosse stato ucciso, anzi era assai probabile. Ma di prove non ce n'erano e non ce ne sarebbero mai state. Era passato troppo tempo. Si potevano solo fare delle inutili supposizioni... Doveva dire la verità a quella povera donna? O era meglio mentire?

«Ho fatto del mio meglio, e sono giunto alla conclusione che...» Si fermò per riflettere ancora, e la contessa staccò la schiena dalla poltrona.

«Vada avanti» disse, cupa. Bordelli fece un sospiro.

«Suo figlio si è tolto la vita.» Aveva deciso di mentire.

«Ah...» fece lei. Sembrava smarrita, e con una mano cercava di afferrare qualcosa di invisibile. Quindici anni di amare speranze erano stati spazzati via da una sola frase. Ma era una donna forte, temprata dal dolore, e dopo nemmeno un minuto sembrò già più calma.

«Non ho trovato nulla che possa far supporre il contrario» aggiunse Bordelli.

«Ne è proprio sicuro?» chiese la contessa, senza troppa convinzione.

«Non ne ho alcun dubbio.» A che sarebbe servito dirle che forse, invece... Quella povera donna si sarebbe scatenata per cercare di dimostrare che aveva ragione, incoraggiata dalle supposizioni di un ex commissario, e si sarebbe scontrata con ostacoli insormontabili, avrebbe sofferto ancora inseguendo inutilmente la sua fissazione, non avrebbe avuto pace... Anche se ormai era troppo tardi per qualsiasi cosa, e nessuno poteva fare più nulla...

Ma Bordelli sapeva di avere anche un motivo personale per mentire... Voleva evitare a ogni costo che qualcuno conoscesse il metodo che lui avrebbe usato per uccidere Beccaroni...

A un tratto si accorse che gli occhi della contessa luccicavano di lacrime, e che il suo sguardo si era leggermente addolcito. La madre del suicida fissava la finestra con un fazzolettino ricamato tra le dita, e lasciava alle lacrime la libertà di scenderle lungo le guance.

«La ringrazio...» sussurrò.

«Nessuno può conoscere i motivi di certe decisioni.»

«Non dica altro, la prego.»

«Mi scusi.»

«L'accompagno alla porta» disse la contessa, alzandosi. Bordelli scattò in piedi e la seguì fuori dal salotto, guardando quelle spalle curve che avevano sopportato anni di dolore. Erano già davanti al portone, quando si sentì una specie di gemito animale provenire dal fondo di un corridoio. La contessa si fermò ad ascoltare. Non si sentiva più nulla.

«Venga con me» disse la donna, e con grande meraviglia di Bordelli lo prese dolcemente per la mano. Si fermarono davanti alla porta *che non si poteva aprire*. La contessa fece scorrere un minuscolo sportellino, e con un cenno lo invitò a guardare. Bordelli si affacciò, e rimase a bocca aperta. Sopra un grande letto con i lenzuoli arruffati, si agitava debolmente un essere umano con il viso nascosto tra le braccia, raggomitolato su se stesso come se volesse diventare una palla. Si poteva vedere soltanto una grande massa di capelli scuri, e si sentivano dei lamenti.

«È mia figlia Isadora» disse la contessa, affettuosa come non l'aveva mai sentita. Aprì la porta, e varcando la soglia lo pregò di entrare senza paura. Anche lei aveva mentito, Orlando non era il suo unico figlio...

Nell'aria aleggiava un forte odore di orina, di fiato stantio, di pelle sudata. La contessa si sedette sul bordo del letto e si mise ad accarezzare la schiena di quella povera creatura, riuscendo piano piano a calmarla. Bordelli stava immobile in mezzo alla stanza, e non osava parlare.

A un tratto la creatura alzò la testa... Faceva paura, il suo viso sembrava quello di una bambina invecchiata. Guardò sua madre con occhi dementi, si aggrappò a lei e gemendo cominciò a strusciarle il viso sulla pancia. Bordelli era impietrito, non sapeva cosa dire, e osservava quella scena tenerissima che sembrava l'immagine della pietà.

Finalmente la creatura si addormentò, e il suo respiro diventò tranquillo. La contessa le adagiò con delicatezza il capo sul cuscino e le tirò sopra una coperta. Uscirono dalla stanza, senza fare rumore. La contessa girò la chiave nella serratura e accompagnò di nuovo Bordelli alla porta.

«Non dica a nessuno di Isadora» mormorò. Bordelli la rassicurò con un lieve inchino.

«I miei ossequi, contessa.»

«Addio, commissario...»

Quando aprì la porta di casa si stupì di non trovarsi davanti Blisk che scodinzolava. Entrò in cucina e lo vide sdraiato dove lo aveva lasciato. Il cane alzò appena la testa per salutarlo, poi si rimise giù e continuò a dormire.

«Potevi almeno lavare i piatti» disse Bordelli, guardando l'acquaio pieno. Si mise a sistemare con calma la legna tra gli alari, sopra le palle di carta. La sua indagine su Orlando era finita, e ne sentiva quasi la mancanza. Diede fuoco alla carta e rimase in piedi davanti al camino, a guardare le fiamme che prendevano forza. Aveva ancora davanti agli occhi l'immagine della povera Isadora, e non poté fare a meno di pensare che la vita della ricca contessa Gori Roversi era stata un calvario... *Non chiamare mai fortunato un uomo prima di averlo visto morire...*

Quando la legna cominciò a crepitare si mise a lavare i piatti, pensando a Beccaroni. Adesso aveva capito come fare, doveva solo organizzare la cosa e decidere il giorno. Si sentiva tranquillo. Lo avrebbe fatto e basta... Per Giacomo stuprato e ucciso, per i suoi genitori, e anche per se stesso. Forse non era giusto, ma doveva farlo.

Finì di lavare l'ultima tazzina e preparò la zuppa per il cane, sacrificando una mezza bistecca. Quando gliela mise accanto, Blisk aprì gli occhi, annusò l'aria e si alzò con uno sbadiglio. Vuotò la pentola in pochi minuti, poi si avvicinò alla porta di casa e ci grattò sopra con la zampa.

«Non parli molto, ma ti fai capire.» Bordelli aprì la porta, e uscì insieme al cane. Lo vide trotterellare verso il bosco e sparire nel buio. Aspettò qualche minuto, poi lo chiamò con un fischio.

«Blisk!» Fischiò ancora per un po', ma il cane non si vedeva. Tornò in casa per preparare la cena, lasciando la porta accostata... E se Blisk non fosse più tornato? Forse si era fermato da lui solo per riempirsi la pancia e per riposare un po', prima di continuare il suo viaggio, come i pellegrini di una volta. Be', gli sarebbe dispiaciuto, ormai si era affezionato a quell'orso bianco.

Aprì il vangelo del Botta e cominciò a sfogliare le pagine, alla ricerca di una ricetta semplice da fare con quello che aveva in casa. Dopo una lunga riflessione decise di provare gli *Spaghetti cacio e pepe*, un piatto romano. Le indicazioni di Ennio erano molto divertenti... *Questa è una ricetta che può essere una buona soluzione quando non ha niente nel frigo... La difficoltà di questa ricetta sta tutta nella cottura della pasta... Non ha niente da invidiare alle ricette più elaborate... Si ricordi di prendere un bicchiere di acqua di cottura prima di scolarla (che servirà alla fine, per mescolare il pecorino). Nel malaugurato caso se ne dovesse scordare, sarà meglio ribattezzare la ricetta: «spaghetti al calcestruzzo»...*

Si mise a cucinare sorridendo, con il televisore acceso, seguendo distrattamente il telegiornale. Il macinino del pepe lo aveva comprato, ma dove lo aveva messo? Lo cercò a lungo, prima di trovarlo in fondo alla madia. Aspettando che cuocesse la pasta aprì la finestra e si mise a guardare fuori, con i gomiti appoggiati al davanzale. La sagoma del castello era più nera della notte, e come sempre la solita finestra brillava nel buio. L'aria fresca entrava leggera nella stanza, diffondendo un vago odore di cipresso e di terra. Mentre vagava libero in tortuosi e inutili pensieri esplose nel silenzio il verso straziante di un animale, una specie di grido rauco che s'interruppe all'improvviso, e un secondo dopo in lontananza si sentì lo stesso grido. Poi ci fu di nuovo un botta e risposta. Non riusciva a capire di quale uccello notturno si trattasse. Cominciò un dialogo serrato e doloroso, e si accorse che l'animale più vicino a lui si stava avvicinando... A un tratto nell'oscurità vide apparire un grande capriolo, che si fermò a una ventina di metri dalla casa. Con il muso alzato annusava l'aria con avidità, poi cacciò un altro grido che ebbe subito risposta. Altro che uccello notturno... Non avrebbe mai immaginato che i caprioli facessero dei versi del genere. Dopo un altro urlo rauco, subito corrisposto, il maestoso innamorato scattò agilmente verso il bosco, e qualche secondo dopo scomparve nella notte. Chissà come mai era così emozionante vedere un animale selvatico... Forse per il senso di libertà che suscitava, o forse perché costringeva a immaginare quell'esistenza misteriosa di cui si era riusciti a cogliere soltanto un attimo... Come quando lui aveva visto Eleonora passeggiare nelle vie del centro...

«La pasta...» disse a voce alta, chiudendo la finestra. La scolò appena in tempo, aveva rischiato di farla scuocere... Gli succedeva troppo spesso negli ultimi tempi. Se voleva diventare un bravo cuoco doveva fare attenzione.

Quando si sedette a tavola stava cominciando Carosello, che ormai da qualche tempo era il suo programma preferito. La pasta non era niente male, doveva ricordarsi di dirlo a quel pessimista di Ennio.

Se non aveva mai cucinato era solo per mancanza di tempo, ma aveva sempre saputo di esserci portato. Per il suo compleanno avrebbe fatto un figurone... Gli venne da ridere, forse quell'orgoglio da cuoco era un altro segno di vecchiaia, come il desiderio di avere un orto. Ma che poteva farci? Il tempo non guardava in faccia a nessuno...

Si versò un altro bicchiere di vino. In quel momento vide la porta che si apriva e apparve Blisk, con la lingua penzoloni fuori dalla bocca. Forse aveva inseguito il capriolo innamorato...

«È questa l'ora di tornare?» Si alzò per andare a chiudere la porta. Il cane lo guardò con aria perplessa, e Bordelli gli passò una mano sulla testa. Grosso com'era e con quei denti poteva far paura a chiunque, e invece sembrava un agnello. Chissà se la bontà e la cattiveria erano qualità innate, o se invece dipendevano dalla vita vissuta... La cosa più probabile era che fossero la combinazione di tutte e due le cose, e forse valeva anche per gli animali.

Si sedette di nuovo a tavola per finire la pasta, guardando l'ultima scenetta di Carosello. Blisk si era accucciato davanti al fuoco, e sonnecchiava sbirciando le fiamme. Aveva tutta l'aria di sentirsi a casa.

Sparecchiò con calma, fumando una sigaretta, poi salì al primo piano per prendere le due pistole della guerra che aveva ritrovato durante il trasloco. Una Beretta calibro 9 e una Guernica 7,65. Tornò in cucina, stese sul tavolo un foglio di giornale e ci appoggiò sopra le pistole. All'apparenza sembravano malconce, ma in realtà non era nulla di grave. Passò dalla cantina a prendere un paio di cacciaviti e il barattolo di olio per fucili che il vecchio proprietario aveva lasciato. Si sedette con un bicchiere di vino accanto, e cominciò a smontare le pistole. Via via puliva ogni pezzo con uno straccio imbevuto d'olio, strusciando bene, con pazienza. Quando le rimontò erano come nuove. Le impugnò una dopo l'altra, mirando alla lampadina. Si ricordava ancora bene il rumore che facevano, quello della Beretta era piuttosto secco, la Guernica invece aveva una voce più potente.

Avvolse le pistole in un panno e andò a metterle in camera, in un cassetto del comò. Tornò in cucina portandosi dietro una scatola di vecchie foto di famiglia. Svegliò il fuoco con la paletta, si sedette in poltrona e si mise a guardare le fotografie. Erano messe alla rinfusa, e ogni immagine gli faceva fare un salto nel tempo, anche in epoche in cui non era ancora nato... Suo padre vestito da bersagliere prima di partire per la Grande Guerra... Le vecchie zie di Bologna sedute intorno a un tavolino, vestite come nei romanzi dell'Ottocento... Sua mamma da neonata, nuda sopra un cuscino... Lui stesso a dodici anni, con i pantaloni corti e il solito broncio...

Continuò a lungo a navigare nel tempo, sorridendo e soffrendo, trovandosi in mano ogni tanto una fotografia che conosceva benissimo, capace di riportarlo in un attimo in epoche lontane... Una gita a San Gimignano, un giorno d'estate sul pontile di legno di Marina di Massa, un triste pomeriggio domenicale dopo un pranzo con i parenti... Erano davvero spietate, le immagini fotografiche. Mostravano momenti perduti per sempre, persone che non c'erano più da molti anni. Erano un tentativo di furto ai danni della morte, un'illusione dolorosa, e guardandole si capiva ancora meglio che il tempo era un mistero.

Dopo averle guardate tutte, una per una, richiuse la scatola della memoria con un sospiro. Si sedette in poltrona con una sigaretta in bocca, e si mise a guardare il fuoco senza nemmeno vederlo. Blisk ogni tanto sussultava nel sonno, facendo dei versi da cagnolino impaurito. Stava sognando. Chissà da dove arrivava quel bestione bianco, dove aveva vissuto, come mai si era messo in viaggio...

Quando la testa gli cadde sul petto per la seconda volta pensò che era meglio andare a dormire. Si alzò con le gambe appesantite, salutò il cane con una pacca sulla testa e salì in camera. Si mise a letto, spegnendo subito la luce. Con gli occhi aperti nel buio si mise a camminare mentalmente nel castello della contessa, aprendo porte, percorrendo corridoi, salendo e scendendo scale... Il verso lontano di un gufo lo accompagnò fino al sonno.

Si svegliò di soprassalto sentendosi toccare un braccio... e dal fiato che gli arrivava in faccia capì che era il cane.

«Blisk... Così mi fai morire...» Accese la luce, e vide che erano appena le sette. Aveva dormito bene, si sentiva riposato. Se il tempo era buono valeva la pena di approfittarne. Era lunedì, il giorno migliore per camminare nei boschi, come diceva Ennio. Pochi cacciatori e niente famigliole in cerca di avventura. Si alzò per andare in bagno, seguito dal cane, e sbirciando dalla finestra vide che il cielo era pulito.

«Oggi ti porto nella foresta.»

Si vestì, si mise gli scarponi e scese a preparare il caffè. Nell'aria si sentiva un buon odore di cenere. Preparò lo zaino, mettendoci dentro delle croste di formaggio per il cane e una ciotola per dargli da bere.

Uscì per annaffiare l'orto, ma si accorse che durante la notte aveva piovuto e non ce ne fu bisogno. I carciofi avevano una bella cera, anche se non sembravano troppo cresciuti. Nei vasi di peperoncino regnava il deserto, mentre i pomodori erano finalmente spuntati... Gli sembrava quasi impossibile.

Continuò l'ispezione, e strappò dal terreno due piantine di salvia che erano già marcite. Dopo il duro lavoro del contadino, poteva concedersi la camminata. Fece accomodare il principino Blisk sul Maggiolino e imboccò la salita. Sentiva il bisogno di fare un po' di ordine nei pensieri, e ormai solo nei boschi riusciva a trovare la serenità per riflettere con la dovuta calma.

«Ehi, quando arriviamo non aspettarti che ti prenda in braccio...» Blisk se ne stava sdraiato sul sedile posteriore, occupandolo tutto. Chissà se oltre a dormire e a mangiare sapeva fare qualche altra cosa...

Arrivarono alla Panca. L'orso bianco scese dalla macchina guardandosi intorno, annusò l'aria e si animò come se avesse tuffato il muso nell'acqua fredda. Attaccò la salita correndo e sventolando la coda, dimenticando la pigrizia dei giorni passati. Bordelli arrancava dietro di lui con il respiro grosso, soffiando vapore dalla bocca. Dopo una ventina di minuti arrivò sudato in cima alla collina, dove il sentiero diventava più o meno pianeggiante. Tutto intorno, la distesa di tronchi nudi e neri dei castagni faceva pensare a un cimitero di guerra.

Blisk continuava a scorrazzare più avanti, ogni tanto fiutava qualcosa e si lanciava in mezzo agli alberi, scomparendo in cima a un poggio o in fondo a un pendio scosceso.

Bordelli avanzava con passo tranquillo, riflettendo sulla mossa successiva della sua partita a scacchi: il suicidio di Beccaroni. Doveva fare le cose con calma. Aveva a disposizione un solo tentativo, e non poteva permettersi di fallire. Era l'unico modo di fare giustizia. Poi sarebbe toccato a monsignore, il più pericoloso... Sempre che tutto fosse filato liscio...

Passò sotto i grandi rami della quercia degli impiccati, scacciando i fantasmi della guerra, e poco dopo arrivò all'antica abbazia. Come ogni volta pensò che gli sarebbe piaciuto abitarci. Immaginava di muoversi in quelle stanze, di camminare lungo i corridoi, di sedersi a leggere in un chiostro... Chissà quale atmosfera si respirava dietro quelle mura... Prima o poi doveva trovare la faccia tosta di bussare al portone per chiedere di poterla visitare.

Al trivio della Cappella dei Boschi prese il sentiero per Pian d'Albero, che ormai conosceva meglio del suo orto. Intanto continuava a riflettere... Regolare i conti con il macellaio era stato facile, ma adesso la faccenda si faceva assai più complicata. Pensare di essere guidato dal destino era solo una stupida e pericolosa illusione? In effetti non aveva mai creduto al destino, adesso invece...

Blisk apparve sul sentiero, felice come un cucciolo, ma si lanciò di nuovo giù per il pendio, scomparendo dietro un macchione di rovi. Subito dopo si sentì il grugnito diavolesco di un cinghiale e il cane che abbaiava, poi tornò il silenzio.

«Blisk... Bliiisk...» gridò Bordelli, fermo sul bordo del sentiero. Chiamò ancora, ma il cane non tornava. Magari si era lanciato all'inseguimento del cinghiale...

Riprese a camminare ascoltando i rumori del bosco, continuando a pensare a Beccaroni. Non poteva fare altro che osare fino in fondo, fidandosi delle proprie sensazioni. Non avrebbe controllato la casa dell'avvocato, non avrebbe verificato i suoi orari... Non avrebbe fatto nulla... Doveva soltanto scegliere il giorno in cui... Forse era una pazzia, o meglio ancora una coglionata... Ma si sentiva di rischiare. Del resto, anche con mille cautele poteva andare tutto per il verso sbagliato. Si domandò ancora una volta se fosse il Destino o il Caso a governare il mondo...

L'orso bianco apparve dal nulla e gli si avvicinò ansimando, con la lingua gocciolante. Bordelli si accorse che aveva una macchiolina rossa sul petto, frugò tra i peli e vide che non era nulla di grave. Forse il cinghiale lo aveva caricato, riuscendo a sfiorarlo con una zanna.

«Ti è andata bene...» Gli diede una pacca sul testone, e Blisk ricominciò a girellare. Non si allontanava come prima, sembrava un po' stanco.

Quando arrivarono a Pian d'Albero erano passate da poco le undici. Troppo presto per mangiare. Proseguì lungo il sentiero, e verso mezzogiorno arrivarono al piccolo cimitero di Ponte agli Stolli, dove non era ancora entrato. Spinse il cancello arrugginito, e passeggiando in mezzo alle croci si mise a leggere le iscrizioni delle lapidi... *Adalgisa Cencioni, 4 ottobre 1845, 7 dicembre 1923*... Era morta quando lui aveva tredici anni e mezzo... *Costante Baciocchi, 22 febbraio 1862, 24 luglio 1922*... Ecco uno che non sapeva nulla della marcia su Roma... *Norina Macelloni, 7 novembre 1912, 28 febbraio 1919*... Nemmeno sette anni, povera bimba, quasi certamente era morta di spagnola...

All'una si fermò a mangiare seduto sopra un sasso, lungo il sentiero che portava verso Celle. Il cane rosicchiava le croste di formaggio, accucciato davanti a lui. Il sole ce la metteva tutta, e riusciva a intiepidire l'aria.

Dopo aver mangiato la mela si frugò in tasca per prendere una moneta da cento lire, con l'intenzione di stuzzicare la sorte fino in fondo. Prima di lanciarla in aria stabilì i termini della scommessa: se usciva testa si sarebbe occupato di Beccaroni martedì ventuno marzo, il primo giorno di primavera. Se invece usciva croce avrebbe anticipato a lunedì. La moneta volteggiò in aria e ricadde sulla sua mano... Croce...

Aveva appena finito di pranzare, stava guardando la fine del telegiornale sul Nazionale, mentre il cane sonnecchiava sul pavimento. Squillò il telefono, e andando a rispondere cercò come sempre di immaginare chi fosse...

«Pronto?»

«Commissario, sono Ortensia...»

«Buongiorno, signora.» Era l'ultima persona che si aspettava di sentire.

«Mi scusi se la disturbo...»

«Prego, mi dica.»

«Volevo chiederle se aveva scoperto qualcosa... Parlo di Orlando...» disse Ortensia, in un sussurro frettoloso.

«Ho terminato le indagini, e sono giunto alla conclusione che Orlando si è tolto la vita» mentì Bordelli, come aveva fatto con la contessa.

«Oh, non so cosa avrei preferito... Non voglio nemmeno pensare che lo abbia fatto per me... Ma se Orlando fosse stato ucciso, non mi sarei mai perdonata di non avergli creduto fino in fondo... di non averlo saputo proteggere...»

«Nessuno poteva fare niente, mi creda.»

«Le confesso che continuo a domandarmi se Orlando avesse un'altra donna, o magari più di una... Mi sento una stupida, ma non posso farci niente...» disse Ortensia, imbarazzata dalla propria franchezza. Bordelli sentì un brivido lungo le braccia, ricordando le ultime parole del quaderno di Orlando. Pensò di regalare a Ortensia un sano dolore su cui piangere, ripetendole i due romantici endecasillabi che il suo antico fidanzato le aveva dedicato la sera stessa in cui era morto... *Amore nei tuoi occhi il tempo mio, si annulla nell'eternità di Dio...*

Dopo un lungo silenzio sepolcrale Ortensia si lasciò sfuggire un singhiozzo, piagnucolando qualcosa di incomprensibile, ma si capiva che le parole del *commissario* le avevano tolto un macigno dal cuore. Farfugliò un ringraziamento e chiuse la telefonata con un drammatico *Addio*.

Bordelli rimase qualche secondo con il telefono in mano, immaginando il conturbante dolore che avrebbe sconquassato Ortensia fino alla notte... Non la stava prendendo in giro. La memoria era una materia in continuo movimento, e trasformare il passato era doloroso. Costringeva a spianare intere catene montuose e a ricostruirle con la roccia delle nuove consapevolezze. Cosa sarebbe successo a lui, se avesse scoperto che la famosa Mariella di cui si era innamorato da ragazzino senza alcun successo, credendola irraggiungibile, si era invece innamorata alla follia di quel bambino sempre cupo che non smetteva di guardarla? Se avesse saputo che Anna, o Rosalba, o Matilde, lo avevano tradito? O se avesse scoperto che Eleonora...

«Te che ne pensi, Blisk?» Il cane aprì un occhio, senza muoversi, e lo guardò con una certa compassione. Bordelli scosse la testa e andò a fare il caffè. Lo bevve in piedi con la voglia di uscire, di andare un po' in città in mezzo alla gente. La telefonata con Ortensia lo aveva sprofondato nella malinconia.

«Vieni con me, orso delle campagne?» Blisk non si mosse, nemmeno quando Bordelli lo chiamò di nuovo dalla soglia di casa.

«Come vuoi...» Lo lasciò perdere, e si chiuse dietro il portone. Montò sul Maggiolino e imboccò la salita piena di sassi, accendendo la prima sigaretta della giornata. Il cielo era una tavola grigia, e sui campi deserti cadeva una pioggerella leggera.

Guidava lentamente, soffiando il fumo verso il deflettore aperto. In cima alla salita sterrata vide una 500 parcheggiata sul bordo della strada, all'altezza di un tabernacolo quasi nascosto tra i cipressi dove era rinchiusa una Madonnina di terracotta. Passandoci davanti scorse dietro gli alberi, proprio davanti alla Madonnina, una bella ragazza che guardava verso il cielo, con le mani giunte e l'aria implorante. Pregava per un esame difficile? Per sua nonna che stava male? O forse era soltanto una faccenda di cuore?

«In ogni caso, spero che la Madonnina ti ascolti» disse a voce alta, aspirando forte. Maledette sigarette. Forse era arrivato il momento di darci un taglio, a quel vizio idiota. Avrebbe fatto contento anche Piras, che detestava il fumo quanto le zitelle disprezzavano le maritate. Dopo tre lunghe boccate gettò la maledetta dal finestrino, e prese una grande decisione: da ora in poi avrebbe cercato di fumarne solo cinque, saltando la mattina e cominciando al massimo a metà pomeriggio... Parola del Battaglione San Marco.

Arrivò in città e parcheggiò a San Frediano, dove aveva abitato per quasi vent'anni. In città non era piovuto, e le nuvole si stavano diradando. Passeggiando per i vicoli si fermava ogni tanto a salutare i negozianti e gli artigiani che erano riusciti a riaprire bottega dopo la visita dell'Arno, e tutti gli chiedevano che fine avesse fatto... *Sono andato a vivere in campagna*, rispondeva lui, e le reazioni erano sempre le stesse...

«Non ci posso credere...»

«Piuttosto la galera...»

«Ma che ci fa in culo al mondo?»

«Si è fatto vedere da un dottore, commissario?»

«Non sono più commissario...»

Capitò davanti al bar di piazza Tasso, dove Ennio andava a giocare a biliardo. Entrò e salutò Fosco, un colosso che aveva passato più tempo alle Murate che a casa sua.

«Beve qualcosa, commissario?»

«No, ti ringrazio... Ennio si è visto?»

«Di solito si fa vivo a fine pomeriggio, commissario. Per una partita a boccette.»

«Ripasso dopo, Fosco... Comunque non sono più commissario...»

«Allora è vero che si può guarire da tutto» disse il colosso, con una smorfia che nella sua fantasia doveva essere un sorriso.

«Non dalla coglionaggine, Fosco. Quella te la porti nella tomba» disse Bordelli, e dopo un cenno di saluto se ne andò.

Attraversò l'Arno e approdò nella parte ricca del centro, dove i tetri palazzi di pietra scura sembravano assorbire la luce del sole. Le macchine e le motorette correvano nelle strade, lasciandosi dietro nuvole di fumo amaro. Donne eleganti controllavano con la coda dell'occhio l'effetto del loro fascino sugli uomini...

Da quando stava in campagna, fare ogni tanto due passi in centro era diventato quasi piacevole. Quella confusione era soltanto una parentesi. Il suo grande letto immerso nel silenzio era sempre nei suoi pensieri... Un letto vuoto, scaldato solo dai ricordi... Ci mancava solo una contorta poesiola sulla solitudine, scritta a tarda notte davanti al caminetto che languiva...

Passeggiò a lungo per le strade, voltandosi a guardare le signore altezzose e le ragazze in minigonna, e alla fine si sedette da Gilli per bere un caffè. Forse era la prima volta in vita sua che entrava in quel bar lussuoso, ma ormai si divertiva a sentirsi un turista nella città dov'era nato.

Dalla vetrina osservava distrattamente la gente che camminava nella brutta piazza della Repubblica, sorta sulla demolizione di uno dei quartieri più antichi e popolari di Firenze. Uomini incravattati con la valigetta in mano, signore che andavano a spendere i soldi dei mariti con la serietà di un ambasciatore, giovanotti che pedinavano belle ragazze, mamme con i figlioletti per mano, turisti con il naso per aria e i piedi spellati... Tra cento anni, di tutte le persone che gli passavano davanti in quel momento non sarebbe rimasto che un mucchio di ossa... Valeva anche per i bambini, anche per le belle ragazze che coloravano il mondo...

« Franco! » Una bella donna sui quarant'anni si era seduta di fronte a lui. Mora, elegante, capelli corti alla moda, occhi neri come il carbone. Ci mise qualche secondo a riconoscerla.

« Adele... »

« Passavo qua davanti e ti ho visto... Come stai? »

« Non c'è male, e te? »

« Bene, sì... Ma quanti anni sono passati? Non sei cambiato per niente... »

« Di solito queste bugie le dicono gli uomini. »

« Mille grazie! Mi trovi così invecchiata? »

« Sei bellissima. »

« Ormai non ti credo più » disse Adele, felice del complimento. Bordelli cercava di ricordare... Quando era stato? Nel '50? Nel '51? Adele era la figlia di un falegname di San Frediano, e aveva vent'anni meno di lui... Possibile che s'innamorasse sempre di donne così giovani? Per lei aveva preso una sbandata da non dormirci la notte, e quando la incontrava per strada cercava con impaccio di farle capire che... Ma lei sfuggiva come un'anguilla...

« Sei più bella di prima » disse Bordelli, frenando il desiderio di prenderle una mano. Era davvero bella, con gli occhi pieni di vita che mandavano luce.

Lei per un attimo distolse lo sguardo, con un sorriso imbarazzato.

« Basta bugie... Dimmi di te... Cosa hai fatto in tutto questo tempo? Ti sei sposato? Hai dei figli? »

« Purtroppo no, niente figli... Invece scommetto che tu hai preso marito... »

« Purtroppo sì. Credevo di aver trovato il grande amore, e invece dopo tre figli è scappato con una troia di vent'anni... Oh, scusa... Ho detto una parolaccia... »

« Imperdonabile... »

« Comunque è acqua passata. Meno male che il bastardo mi ha lasciato la casa e mi passa un bel po' di soldi per i bimbi » disse Adele, sorridendo.

« Allora non è proprio un mostro... »

«Certo che no! Anche io scapperei con un ragazzo di vent'anni» disse Adele, e scoppiò a ridere.

«Una pugnalata mi avrebbe fatto meno male» mormorò Bordelli, facendo l'offeso. Lei rise.

«Ma dai...»

«Le donne sono crudeli.» Rise anche lui. Intanto pensava all'unica volta in cui era riuscito a invitare Adele a cena, in un bel ristorante a Fiesole, un secolo prima. Lei aveva mentito ai suoi genitori inventando che andava a studiare da un'amica. Si era fatta corteggiare tutta la sera, ma aveva saputo mantenere le distanze. Non era successo nulla, nemmeno un bacio. Allora come mai gli sembrava di avere davanti un'antica fidanzata?

«Insomma, stai con qualcuno?» chiese Adele, a sorpresa.

«Per il momento no.»

«A volte è bello stare da soli...»

«Posso invitarti a cena, una delle prossime sere?» disse Bordelli a bruciapelo, attenuando dietro a un sorriso il suo desiderio di rivederla.

«Ma certo» disse lei, contenta.

«Con i figli come fai?»

«Li lascio da mia madre, come adesso. Ogni tanto ho bisogno di stare da sola... Purtroppo adesso devo andare.» Si alzò, e Bordelli scattò in piedi.

«Come faccio a trovarti?»

«Sull'elenco... Goffredo Bini... C'è ancora il nome di mio marito.»

«A che ora posso chiamarti?»

«Quando vuoi, ma all'ora di pranzo mi trovi di sicuro.»

«Bene...»

«Non farmi aspettare troppo» disse Adele, senza civetteria, e un attimo dopo scomparve in una nuvoletta di fumo.

Bordelli si rimise a sedere, un po' stordito. Era stato molto innamorato di lei, e rivederla gli aveva fatto l'effetto di un pugno in faccia... Che fosse proprio la donna che...? Si ricordava ancora le parole di Amelia, una maga amica di Rosa che una sera gli aveva letto i tarocchi. Dopo avergli annunciato la storia d'amore con una *bella signorina bruna*, cioè Eleonora, e aver detto che sarebbe finita presto e male, come poi era stato, gli aveva fatto un'ultima profezia... *Tra qualche anno... Una bellissima donna, straniera... molto ricca... divorziata... con due figli...* Che fosse proprio Adele? In realtà non corrispondeva del tutto alla profezia dei tarocchi. Adele era bellissima, separata dal marito... Però aveva tre figli, non doveva essere troppo ricca e soprattutto non era straniera. Forse ogni tanto anche i tarocchi sbagliavano qualcosa...

Quei pensieri lo facevano sentire quasi in colpa verso Eleonora, e capì che Adele aveva lasciato il segno. Pagò il caffè e tornò verso San Frediano, continuando a pensare alla sua antica fiamma. Non riusciva a togliersela dalla testa.

A fine pomeriggio entrò nel bar di piazza Tasso, scambiò un cenno di saluto con Fosco e s'infilò nella stanza del biliardo. Il Botta era di spalle, stava sfidando a boccette un ragazzo magrissimo con la faccia ricoperta di grosse bolle rosse. Sei o sette persone seguivano la sfida, commentando i colpi. Bordelli rimase a distanza, per non disturbare la concentrazione dei giocatori. Appena Ennio lo vide gli andò incontro.

«Commissario, la stavo cercando anch'io...» Se fosse successo in un altro quartiere, alla parola *commissario* sarebbe calato il silenzio. Ma a San Frediano lo conoscevano tutti, e lo salutarono tranquillamente. Solo il ragazzo pieno di bolle non sapeva chi fosse, e si guardava intorno un po' stupito.

«Ti offro un bicchiere, Ennio?»

«Mi dia un minuto, do una strigliata a questo povero ragazzo e sono da lei» disse il Botta a voce alta. Il ragazzo brufoloso gli lanciò un'occhiata cupa, ignorando le risate dei presenti. Ennio mantenne la promessa. Vinse la partita in poco tempo e intascò i soldi, dando una pacca sulla spalla allo sconfitto.

«Lo hai umiliato» disse Bordelli, sedendosi al bancone insieme al Botta.

«A mio modo lo sto educando alle avversità della vita...»

«Ci dai due rossi, Fosco?» L'ex galeotto afferrò il collo di un fiasco e riempì i bicchieri fino all'orlo. Ennio aspettò che il barista si fosse allontanato.

«Commissario, ci siamo...» sussurrò, più carbonaro che mai.

«Milano?»

«Ssst... Parli piano... Non lo deve sapere nessuno... È per giovedì a mezzanotte...»

«A che ora dobbiamo partire?» disse Bordelli, cancellando mentalmente quel giovedì dai giorni possibili per invitare Adele a cena.

«Direi a metà pomeriggio... Meglio non rischiare...»

«Come vuoi, sei tu il capo banda» disse Bordelli, sorridendo. Non si sarebbe mai immaginato di trovarsi in una situazione del genere, ma aveva dato la sua parola e non si sarebbe tirato indietro.

«Andiamo con la sua macchina o devo cercarne una?»

«Non cercare nulla» disse Bordelli, che aveva già in mente un'idea per fare il viaggio in tutta serenità.

«Grazie, commissario. Con questa impresa lei cambierà la vita del grande Ennio Bottarini» disse Ennio, mascherando con l'ironia un'autentica commozione.

«Lo spero con tutto il cuore...»

«Non deve sperare, ci deve credere.»

«Non dobbiamo sottovalutare gli inconvenienti.»

«Non ce ne saranno» disse il Botta, e fece scontrare il bicchiere con quello di Bordelli.

«Anche io devo chiederti un favore.» Pensava al suo impegno di lunedì con il destino.

«Qualsiasi cosa, commissario...»

«Dovresti occuparti del cane per un paio di giorni, forse tre.»

«Quando?»

«Lunedì prossimo.»

«Nessun problema...»

«Grazie. Ti lascio una copia delle chiavi» disse Bordelli, frugandosi in tasca.

«Non ne ho bisogno, ormai dovrebbe saperlo.»

«Ah, già...»

«Una fuga d'amore, commissario?» disse il Botta, strizzando l'occhio.

«Purtroppo no.»

« Allora dove va? Non si può sapere? »

« Magari un giorno te lo dirò. »

« Come vuole. Certo che per essere un contadino è piuttosto misterioso » disse il Botta, curioso come una portinaia.

« Ogni cosa a suo tempo, diceva mio nonno. »

« Di fronte ai nonni mi arrendo... Ci facciamo un altro giro? »

« Perché no. » Bevvero un altro gotto di rosso, parlando degli ultimi dettagli per il viaggio a Milano. Fissarono di vedersi giovedì alle cinque davanti al bar di Fosco, e dopo una stretta di mano carica di significati Bordelli se ne andò.

Appena imboccò l'Imprunetana la città gli sembrò lontanissima. Fumando una sigaretta pensava all'affare milanese del Botta. Soldi falsi in cambio di una bassa percentuale in soldi veri. E se tutto andava bene... Ma non era il momento di preoccuparsi...

Non vedeva l'ora di accendere il fuoco e di farsi un piatto di pasta davanti al televisore. Dopo cena avrebbe letto qualche pagina seduto in poltrona... A tarda notte una passeggiata nei dintorni insieme a Blisk e poi a nanna. Adele poteva invitarla a cena venerdì... o magari sabato...

Dopo pranzo uscì a piedi con il cane, senza portarsi dietro le sigarette, e s'incamminò su per la salita. Voleva arrivare fino al castello della contessa. La notte precedente, per la prima volta, non aveva visto la finestra accesa sotto la torre. Era curioso di capire se fosse successo qualcosa. Blisk scorrazzava più avanti, e ogni tanto si fermava per aspettarlo.

Ci mise più di mezz'ora ad arrivare al castello. La Mercedes non c'era, e le persiane erano tutte sprangate. Tirò l'anello della campana, ma non rispose nessuno. Possibile che la contessa se ne fosse andata?

Tornando verso casa incontrò sul sentiero uno dei vecchi contadini che lavoravano nel podere del castello, e gli chiese della contessa.

«Baracca e burattini...» disse il vecchio, facendo ondeggiare la testa.

«Ah, è partita?»

«La macchina era piena come un ovo, anche sul tetto.»

«Sa dov'è andata?»

«Dice laggiù nelle Puglie. Pare che ciàbbia un castello il doppio di questo quassù.»

«Non torna?»

«Ah, non lo so davvero... A me non me lo viene mica a dire...» Il contadino alzò le spalle e proseguì per la sua strada. Bordelli continuò a scendere giù per il sentiero, con il cane che adesso gli trottava accanto. Insomma la contessa se n'era andata, era partita per la Puglia subito dopo aver *saputo* che suo figlio non era stato assassinato. Era difficile pensare a una coincidenza...

Arrivò al bivio, e invece di andare verso casa prese la strada per il paese. Dopo il campo sportivo voltò nella stradina ripida che portava al cimitero delle Sante Marie, senza rallentare il passo. Arrivò in cima alla collina con il respiro grosso.

«Aspettami qui...» disse al cane, e s'infilò nel cimitero chiudendosi dietro il cancellino. Si mise a camminare fra le tombe, finché non trovò quella di Orlando. In un ovale c'era la foto. Un ragazzo bruno, bello, con lo sguardo cupo da poeta maledetto. Non sembrava né un conte né un avvocato. Solo un ragazzo. Sotto il ritratto erano incise sul marmo le date e due parole soltanto: *Figlio mio.*

Uscì dal cimitero e imboccò la discesa insieme a Blisk, cercando di immaginare le parole che avrebbe voluto sulla sua tomba. Di sicuro non una cosa come... *Qui riposa in pace...* E nemmeno... *La vita sua consacrò alla...* Magari una frase stupida, tipo... *Chi l'avrebbe mai detto...* Oppure... *Guarda chi si vede...* O magari... *Mi sarebbe piaciuto rimanere...*

In ogni secondo della sua vita aveva pensato alla morte, fin da quando era bambino. Da sempre cercava di immaginare il nulla dopo la morte... Un nulla consapevole o il nulla assoluto? Gli sarebbe piaciuto incontrare un fantasma, farci due chiacchiere per chiedergli spiegazioni. Si ricordò di una cosa che gli era successa una decina di anni prima...

Una mattina gli telefonò la moglie di un suo caro amico, Gilberto, che da mesi aspettava la morte sdraiato nel letto di casa.

«Franco, devi venire subito... Gilberto vuole vederti...» Aveva una voce drammatica.

«È successo qualcosa?»

«Ha detto che vuole vederti subito.»

«Arrivo...» Saltò in macchina e attraversò la città. Quando entrò nella camera del suo amico lo trovò seduto al centro del letto, con gli occhi sbalorditi ma sereni. La moglie era uscita dalla stanza, su richiesta di Gilberto.

«Devo raccontarti una cosa, Franco.»

«Ti ascolto...» Era rimasto in piedi in fondo al letto, cercando di immaginare cosa fosse accaduto. Gilberto aveva aspettato qualche secondo, prima di parlare...

«Io sono morto» aveva detto, con naturalezza.

«Come dici?»

«Sono morto... Leggi qua...» Gli aveva passato il certificato del medico, dove si attestava il decesso.

«Non capisco...»

«Il dottore se n'è andato da un'ora, e mi crede morto... Anzi, ha ragione... Io sono morto sul serio...»

«Ti prego, Gilberto...»

«Mi devi credere... Sono morto e sono tornato indietro... Ho visto una luce abbagliante, meravigliosa... Sapevo di essere morto... Non ho nessun dubbio... Ero felice... Ora so quello che mi aspetta, e non ho più nessuna paura... Morirò tra poco, lo so... Magari tra mezz'ora... Ma non ho più paura... Anzi non vedo l'ora di andare dall'altra parte... Volevo dirtelo... Volevo dirlo a qualcuno, e ho pensato a te...»

Gilberto era morto la notte stessa, questa volta sul serio. Durante la messa funebre Bordelli non fece che pensare a quel viaggio di andata e ritorno nell'aldilà, cercando di immaginarselo. Possibile che fosse tutto vero? E se invece era stata soltanto...

La bara venne calata nella fossa e ricoperta di terra, alla presenza di parenti e amici. Prima di andarsene Bordelli avvicinò il prete, don Serafino, e in disparte gli raccontò la passeggiata di Gilberto nell'oltretomba. Il prete gli afferrò un polso.

«Ha detto proprio così? Fa ben sperare...»

«Ma i preti non hanno già la fede?»

«Non si sa mai...» disse don Serafino, stringendosi nelle spalle.

Mentre Bordelli cucinava, Blisk si alzò in piedi e si avvicinò alla porta con aria guardinga, come se avesse fiutato un animale.

«Che succede?» Qualche secondo dopo, si sentì il rumore di una macchina che si fermava nell'aia.

«Stai calmo, sono amici.» Andò ad aprire la porta a Piras, e quando il sardo vide il cane si bloccò.

«Quello chi è?»

«Ti presento Blisk.»

«Morde?»

«Lo conosco da poco, ma per adesso non ha mai azzannato nessuno» disse Bordelli. Il sardo entrò in casa con apprensione, tenendo per il collo una bottiglia di vino. Il cane lo annusò a lungo, poi tornò nel suo angolo e si sdraiò di nuovo.

«Non poteva scegliere un cane più piccolo?»

«Non l'ho scelto io, ha deciso il destino... Metti un altro ciocco sul fuoco, per favore...» Bordelli riempì due bicchieri di vino e continuò a cucinare, seguendo sul vangelo di Ennio le istruzioni per le bistecche di maiale «a modo mio»... *Adesso potrà togliere la padella dal fuoco, ma deve osservare un'ultima regola: prima di portare le bistecche in tavola le copra con un coperchio e aspetti un paio di minuti, anche tre... Magari non ci crederà, commissario, ma c'è la sua santa differenza.*

Durante la cena Bordelli chiese al sardo di raccontargli nei dettagli com'era andata la faccenda del tipo fulminato nella vasca da bagno, anche se aveva già letto la notizia sul giornale. Piras non aveva molta voglia di parlarne, ma su insistenza di Bordelli alla fine si decise: appena era entrato nel bagno dove c'era il morto aveva notato una traccia orizzontale sul muro, a destra del lavandino, il classico segno di un tavolino rimasto per anni nello stesso posto. Ma adesso il tavolino si trovava magicamente a sinistra, e questo particolare giustificava la caduta del rasoio elettrico direttamente nella vasca. Ne aveva parlato con Anselmi, che gli aveva dato ragione. Il giorno dopo era stata convocata la vedova. Lui e il tenente avevano condotto insieme un interrogatorio delicato e al tempo stesso ossessivo, finché la donna era crollata e aveva confessato. Lei aveva un amante che non aveva il becco di un quattrino, e aveva pensato bene di ereditare dal ricco marito.

«Nulla di nuovo, commissario...» concluse il sardo. Ormai Bordelli aveva smesso di puntualizzare che *non era più commissario*, tanto era inutile.

«Devo chiederti un altro favore, Piras» disse, a sorpresa.

«Mi dica...»

«Domani dovresti portarmi una Pantera della questura.»

«A cosa le serve?» disse il sardo, stupito.

«Non me lo chiedere.»

«Va bene, commissario. Sarà sicuramente una buona azione.»

«Ti ringrazio della fiducia.»

«Immagino che nessuno debba saperlo...»

«Esatto.»

«Vedrò di barare con l'officina. A che ora devo portare la macchina?»

«Dopo pranzo va bene. Ovviamente ti lascio il Maggiolino.»

«Per quanto tempo le serve?»

«Solo una notte. La mattina dopo dovresti venire quassù a riprenderla... Ah, ricordati che il due aprile sei a cena qui da me, è il mio compleanno.»

«Grazie, commissario.»

«È una cena tra uomini, fai le mie scuse a Sonia.»

«Non si preoccupi, lei adesso pensa solo a studiare.»

«Dalle un bacio da parte mia. Una volta dovete venire insieme, magari una domenica. Vi porto a camminare nei boschi e poi ci mangiamo una bella bistecca alla brace...»

«Faccio fatica a vederla in pensione, commissario.»

«Anche io, caro Pietrino... Ma che ci si può fare?»

«Non mi ha più detto niente della contessa...»

«Non c'è molto da dire. Non ho trovato nulla che faccia pensare a un omicidio.»

«Però scommetto che indagare le è piaciuto» disse il sardo, e Bordelli sorrise.

Dopo cena si sedettero in poltrona davanti al camino, con il bicchiere in mano, mentre l'orso bianco continuava a dormire. Le fiamme avvolgevano la legna con amore, e ogni tanto si sentiva uno scoppiettio.

«Forse hai ragione, Piras. Il mio lavoro mi manca.»

«Allora come mai se n'è andato?» disse il sardo. Era la prima volta che glielo chiedeva, e dal suo sguardo si capiva che moriva dalla voglia di saperlo. Bordelli mandò giù un sorso di vino. Aveva deciso a malincuore di rinunciare alla sigaretta, per non disturbare l'olfatto di Piras.

«Quando un generale perde una guerra importante, deve ritirarsi.»

«Giacomo Pellissari?»

«Già...»

«Noi sappiamo chi sono gli assassini, commissario.»

«Ma non possiamo fare niente...»

«Solo sperare che si uccidano uno a uno, ossessionati dalla colpa» disse Piras, allusivo.

«Non vedo altra soluzione.» Bordelli sorrise. Aveva una gran voglia di raccontare a Piras come stavano le cose, ma non era ancora il momento. Prima doveva concludere *la faccenda*, e doveva farlo da solo. Preferiva essere l'unico a rischiare...

«Il prossimo a suicidarsi sarà l'avvocato Beccaroni?» Piras non era più solo allusivo, sembrava che sapesse già tutto.

Bordelli l'aveva sempre detto che il sardo era un ragazzo sveglio. Nella Pubblica Sicurezza avrebbe fatto carriera.

«Le vie del Signore sono infinite...» disse, sicuro che Piras avrebbe capito.

«Se ha bisogno di me, io sono con lei» dichiarò il sardo, e si vedeva bene che non scherzava.

«Per adesso no.»

«Come vuole, commissario.»

«Tuo padre come sta? Quando viene?» disse Bordelli, per cambiare discorso.

«Non viene più.»

«Perché?»

«Ha detto che deve stare dietro al campo...»

«Lasciami il suo numero, uno di questi giorni gli telefono.»

Dopo aver fatto il pieno di benzina, alle cinque meno un minuto si fermò davanti al bar di Fosco con la Giulia della polizia, sotto lo sguardo curioso e diffidente della gente del quartiere. Per ogni evenienza aveva portato una delle sue pistole, la Beretta. L'aveva infilata nella fondina sotto l'ascella. Per lui era una cosa strana, quando era in servizio la lasciava quasi sempre in ufficio dentro un cassetto.

Alle cinque in punto Ennio uscì dal bar con una borsa di pelle in mano, e appena vide la Pantera si bloccò. Bordelli suonò il clacson per farsi riconoscere... Il Botta si passò una mano sulla faccia, per riprendersi dallo spavento.

«Mi ha fatto prendere un colpo, commissario» disse aprendo la portiera.

«Si vede che hai la coscienza sporca... Dai, sali.»

«Però devo ammettere che lei è un genio.» Ennio salì in macchina e si mise la borsa tra i piedi, come se avesse paura che gliela rubassero.

«Così viaggiamo tranquilli» disse Bordelli, partendo.

«È la prima volta che salgo su una macchina del genere da libero cittadino» disse Ennio, contento di quella trovata.

Andarono fino alla Certosa e imboccarono l'Autostrada del Sole, sotto un cielo cupo che minacciava pioggia. La Giulia era truccata, e macinava i chilometri senza fatica.

Attraversarono l'Appennino superando decine di camion che arrancavano nelle salite, discutendo di donne e di truffe, di politica e di cucina.... E ovviamente finirono per parlare delle ricette che Bordelli aveva in mente per il suo compleanno. Lo scetticismo di Ennio fu davvero antipatico. Consigliava al novello cuoco di ripiegare su piatti semplici, mentre Bordelli voleva lanciarsi in lavorazioni complicate...

« Il menu è già deciso... Crostini di fegatini, Zuppa lombarda, Peposo alla fornacina, 'Conigliolo' alla Tex e per finire la torta di mele... Che ne pensi? »

« Mi dia retta, commissario... Una bella pasta al pomodoro e rìzzati... Lo dico soprattutto per me, sono invitato anche io... »

« Abbi fiducia, Ennio, sarà una cena indimenticabile... Se riuscirò a farla. »

« In che senso? »

« Magari stasera finiamo in galera tutti e due » disse Bordelli, accennando con gli occhi alla borsa con i soldi falsi.

« Non lo dica nemmeno per scherzo, commissario. Andrà tutto bene, e per il suo compleanno le porterò una cassa di champagne. »

« Non ti ci vedo ricco, Ennio... Che te ne farai di tutti quei soldi? »

« Gliel'ho detto, metto su una trattoria. »

« Non ti ci vedo nemmeno a stare tutto il giorno in cucina. »

« E perché? »

« Sei abituato alla vita avventurosa, al rischio... Non si rinuncia facilmente a certi brividi... » disse Bordelli, pensando anche a se stesso.

« Io ci provo. Se non ce la faccio vendo tutto e spendo i soldi in macchine e donne. »

« Bravo. Così li finisci e ti toccherà abbandonare di nuovo la retta via. »

« Lei è come mia nonna, commissario... In qualunque situazione faceva l'elenco delle disgrazie possibili, e ovviamente ogni tanto ci azzeccava. »

« Cerco solo di valutare ogni possibilità. »

« Solo quelle brutte, mi pare. »

« Sarà la forza dell'abitudine... »

«Non sempre le cose vanno male, commissario. Esistono anche le belle sorprese.»

«Amen...»

Lungo la strada diritta che dopo Bologna si stendeva tra le pianure coltivate, ognuno si perse nei propri pensieri. La mattina presto Bordelli aveva telefonato a Gavino Piras, e dopo i saluti commossi si erano messi a ricordare il periodo della guerra, quella vera, quella dopo l'8 settembre. La comunicazione si era interrotta un paio di volte, ma non avevano perso il filo della memoria... I compagni saltati sulle mine, i bombardamenti di Cassino, i combattimenti feroci contro i tedeschi... Dopo il maggio del '45 non si erano più visti, era inevitabile che finissero a parlare della guerra. Nonostante tutto sentivano una puntura di nostalgia per quegli anni, e non soltanto perché erano più giovani. Le situazioni estreme lasciavano sempre il segno. Era bello che tutto fosse finito, ma era anche bello poter ricordare di aver vissuto certe cose...

All'ora di pranzo aveva telefonato a Adele, e lei era stata felice di sentirlo. L'aveva invitata a cena per venerdì. Adele aveva ironizzato sul fatto che era venerdì diciassette, e Bordelli le aveva detto che a lui quel numero aveva sempre portato fortuna. Avevano fissato alle otto sotto casa di lei, in viale Don Minzoni. Cosa sarebbe successo? Non riusciva a immaginarlo, ma se pensava a Eleonora provava per lei le stesse emozioni di sempre... E soprattutto continuava a sentirsi in colpa, gli sembrava quasi di tradirla... Ma per cosa? Non stavano mica insieme. Passare ad altre domande fu quasi ovvio... Eleonora aveva qualcuno? Era innamorata? Lo aveva dimenticato, o pensava ancora a lui? E se fosse andato a cercarla? Magari gli avrebbe sbattuto la porta in faccia... O ancora peggio, gli avrebbe fatto una carezza sulla guancia augurandogli con dolcezza una vita felice...

«Ancora trenta chilometri» disse il Botta, liberando Bordelli dalla matassa di pensieri in cui era finito.

«Abbiamo tutto il tempo di andare a cena.»

«Prima è meglio trovare il posto dell'appuntamento, poi andiamo a mangiare» disse Ennio, che cominciava a sentirsi un po' agitato.

«Quanti soldi hai nella borsa?»

«Sessanta milioni» sussurrò il Botta, come se qualcuno potesse sentirlo.

«Mica male...» fece Bordelli. In cambio il Botta avrebbe ricevuto il venti per cento in soldi veri. Dodici milioni. Una fortuna, soprattutto per uno come lui. Erano mesi che stava dietro a quell'affare, e a quanto diceva lo aveva organizzato nei dettagli... Ma non sempre tutte le ciambelle...

«O mia bela Madunina, fai che vada tutto bene» disse Ennio, a mani giunte.

«Ti ho attaccato un po' di pessimismo?»

«Non si sa mai.»

«Se mi avessero detto che un giorno avrei fatto una cosa del genere...»

«Sta solo dando una mano a un amico» minimizzò Ennio.

«Prova a dirlo al pubblico ministero...» disse Bordelli, pensando che in fondo uno come il Botta si meritava di avere finalmente un po' di soldi. Qualche banconota falsa in più non avrebbe mandato l'Italia in bancarotta, e per una via non troppo ortodossa sarebbe stata fatta giustizia... Un eterno povero sarebbe diventato ricco... Forse...

Arrivarono a Milano poco prima delle nove, e seguendo le indicazioni che il Botta aveva scritto sopra un foglietto riuscirono a individuare il portone giusto. Un palazzo brutto, in una strada brutta di una zona brutta. La vera Milano era molto lontana.

Adesso che sapevano dove si sarebbe svolto l'incontro, potevano andare a cena. Si avvicinarono al centro e s'infilarono in un bel ristorante. Il Botta si mise la borsa tra le gambe, sbirciando gli altri clienti per individuare un possibile pericolo. Ma c'erano solo commendatori pelati con la moglie, commendatori pelati con l'amante e giovani coppie che si guardavano negli occhi.

«Cena milanese, commissario?»

«Come preferisci.»

«Stasera offro io...»

«Ne hai tutto il diritto.»

«Però deve anticipare lei... Glieli rendo tra poco...»

«Ma i soldi dell'ultima truffa? Il falso Guttuso... Li hai già finiti?»

«No... Cioè... Ho prestato qualcosa a un amico... E ancora non me li ha resi» disse il Botta, per giustificarsi.

«Forse non li vedrai mai più.»

«Dovrei fare come mio nonno. Se qualcuno gli chiedeva dei soldi in prestito, diceva: *Non te li do davvero, sei troppo amico mio...*»

«Ci dovrebbero scrivere un libro, sui detti dei nonni.»

«I giovani di oggi se ne fregano dei nonni. Gli basta una Vespa sotto il culo, una bella ragazza e un po' di musica...»

«Riesci a dargli torto?»

«E soprattutto guai a parlare della guerra, con queste teste vuote... *Che palle con questa guerra, è stata cent'anni fa...* Vogliono solo divertirsi...»

«In fondo li capisco. Perché dovrebbero portarsi addosso il peso della guerra, se non l'hanno vissuta? È un bene che si sentano leggeri...»

«Non sono mica tanto d'accordo, commissario. Quei ragazzi possono permettersi di divertirsi perché qualcuno è morto per loro... Questo almeno non dovrebbero dimenticarlo...» disse Ennio, facendo un cenno al cameriere. Erano già le dieci e mezzo. Ordinarono risotto allo zafferano, cotoletta alla milanese, patate fritte e una bottiglia di Barolo.

Ennio era nervoso, anche se cercava di non darlo a vedere. Si sforzava di mangiare, ma lasciò quasi tutto, scusandosi con il cameriere. Nel piatto di Bordelli invece non era rimasto più nulla. La bottiglia l'avevano bevuta tutti e due, in parti uguali, e il Botta aveva gli occhi lucidi.

Dopo il caffè Bordelli pagò il conto, mentre Ennio continuava a bofonchiare che *tra poco* gli avrebbe reso i soldi.

Montarono sulla Giulia, e senza dire una parola tornarono nella zona dello scambio. Lasciarono la Pantera in una stradina a qualche isolato di distanza e proseguirono a piedi. Il quartiere era poco illuminato, e dalle finestre chiuse arrivava a ondate il suono dei televisori. Ennio teneva la borsa a tracolla, stringendosela addosso con un braccio. Erano in anticipo, potevano camminare senza fretta. Ogni tanto si vedeva una figura umana sfilare sul marciapiede, e il Botta borbottava qualcosa tra i denti.

Quando si fermarono davanti al portone mancavano tre minuti a mezzanotte. Individuarono il campanello, e prima di suonare il Botta alzò una mano.

«Meglio se vado da solo...»

«Non ho fatto trecento chilometri per stare qua sotto ad aspettare, Ennio.»

«Non voglio metterla nei guai.»

«Se è per questo, nei guai ci sono già... Non ti pare?»

«Avevamo detto solo il viaggio...»

«I favori si fanno fino in fondo» disse Bordelli, aprendo la giacca per fargli vedere la pistola.

«Oddio, spero che non ce ne sia bisogno...»

«Dai, suona.»

«Ci prenderanno per svizzeri» disse il Botta, guardando l'orologio. Quando premette il campanello era mezzanotte in punto. Dopo qualche secondo la serratura elettrica scattò, e s'infilarono nel palazzo.

«A che piano?» sussurrò Bordelli, mentre imboccavano le scale.

«Terzo.»

«È gente fidata o possono farci qualche scherzo?»

«Be', non stiamo andando in pellegrinaggio dalle carmelitane...»

«Qualunque cosa succeda, cerca di restare calmo.»

«Sono calmissimo, ho solo un po' voglia di vomitare.»

«Poi passa...»

«Certo.»

«Spero che non salti fuori il mio istinto da poliziotto, sennò vi arresto tutti.»

«La prego, commissario...»

«Dai, scherzavo.»

«Siamo arrivati.» Al terzo piano c'era una porta accostata, e nella fessura si vedeva un occhio. Appena si avvicinarono, la porta si aprì e apparve un uomo grassoccio, con la faccia allegra, vestito con eleganza trasandata. Tutto il contrario del tipo che si aspettavano.

«Seguitemi» disse l'uomo, con un forte accento del Sud. Siciliano? Calabrese? La sua aria sicura faceva capire con chiarezza che non immaginava neppure di essere fregato, non poteva esistere un pazzo che ci provasse. Non aveva nemmeno bisogno di una guardia del corpo. Li guidò attraverso un corridoio puzzolente, senza preoccuparsi di dare le spalle ai due sconosciuti. Entrarono in una stanza dove c'erano solo un tavolo e quattro sedie mezze rotte. Fu lo scambio più semplice della storia del mondo. Nel silenzio assoluto il Botta appoggiò la borsa sul tavolo, il tipo tirò fuori le banconote false e dopo aver controllato la qualità della fattura contò le sessanta mazzette da un milione. Annuì con soddisfazione guardando negli occhi i due fiorentini, e con un mezzo sorriso uscì dalla stanza. Tornò poco dopo con un fagotto di carta legato con lo spago, lo aprì e mise i soldi sul tavolo. Ennio sfilò due o tre banconote a caso, e con le mani che gli tremavano le guardò contro luce. Scambiò uno sguardo con Bordelli, per dire che andava tutto bene, poi contò le dodici mazzette e le infilò nella borsa.

«Non ci siamo mai visti» disse il tipo accompagnandoli alla porta, e sulla soglia li salutò con un cenno del capo. Appena i fiorentini imboccarono le scale, la porta si richiuse senza rumore. Il Botta non stava nella pelle.

«Non ci posso credere...» continuava a mormorare, stringendosi addosso la borsa.

«Ora viene il momento più difficile» disse Bordelli.

«In che senso?»

«Magari davanti al portone troviamo due scimmioni ad aspettarci, e ci chiederanno gentilmente di restituire i soldi.»

«Nessuno mi porterà via questa borsa» disse Ennio, pronto a tutto.

«Nel caso, lascia fare a me.» Bordelli sfilò la pistola dalla fondina, e continuando a impugnarla la fece sparire nella tasca della giacca. Prima di uscire dal palazzo socchiusero il portone per spiare la strada. Non c'era anima viva. In lontananza si sentiva un bambino che si lagnava.

«Andiamo...»

«La macchina è di là, giusto?» disse Ennio, più teso che mai.

«Mi sembra...» scherzò Bordelli, per stuzzicarlo. Camminavano in fretta, e dopo qualche minuto avvistarono la Giulia in fondo alla via. Sembrava lontanissima.

«Alle quattro siamo a casa» disse Ennio, con il fiatone.

«Sull'autostrada prendiamo un altro caffè» sussurrò Bordelli, rimettendo la pistola nella fondina. Quando arrivarono a una ventina di metri dalla Giulia, dall'angolo della strada sbucò una FIAT della Pubblica Sicurezza che avanzava a passo d'uomo.

«Cazzo...» disse il Botta.

«Stai calmo.» Quando la FIAT si fermò accanto a loro, Bordelli stava infilando la chiave nella portiera della Giulia. Fece appena un cenno d'intesa, e dopo un saluto militare le due guardie ripartirono.

«Cristo...» disse il Botta, lasciandosi andare sul sedile. Bordelli mise in moto e partì con calma.

«Tutto merito della Giulia.»

«Io me la sposerei, questa Giulia...»

«Insomma dovrò abituarmi all'idea che adesso sei ricco, Ennio.»

«Chi li ha mai visti dodici milioni tutti insieme, porca puttana...»

«Dovrai farci il callo.»

«Ancora non riesco a crederci... E se non c'era lei... Sto

ancora sudando...» disse il Botta, asciugandosi la fronte con la mano.

«Abbiamo avuto fortuna.» Il miracolo sembrava avvenuto: un povero era diventato ricco. Non importava come, era comunque una bella notizia...

«Commissario, deve avere la sua parte.» Ennio aprì la borsa, tirò fuori una mazzetta da un milione e gliela posò sulle ginocchia.

«Non esagerare, Ennio. Devo già digerire di averti retto il sacco.»

«Ma se li è meritati...»

«Metti via questa roba o ti arresto» disse Bordelli, rendendogli i soldi.

«Prenda almeno diecimila lire, per la benzina e per la cena.»

«Solo per non offenderti.»

«Ecco qua...» disse il Botta, passandogli una banconota. Bordelli se la mise in tasca, sapendo che non l'avrebbe mai spesa. Voleva tenerla come ricordo, con la data scritta sopra.

«E adesso come farai?»

«In che senso?»

«Non credo che tu possa andare in banca con dodici milioni in una borsa ad aprire un conto, con la fedina che hai.»

«Nessun problema, ho già sistemato la faccenda» disse Ennio, con un sorriso da grande malvivente.

«E cioè?»

«La figlia di un mio caro amico ha sposato un tipo che lavora in banca.»

«Hai previsto tutto...»

«Glielo avevo detto, no?»

«Secondo me ti compri subito una Porsche.»

«So quel che faccio, commissario.»

Imboccarono l'autostrada e Bordelli schiacciò l'acceleratore. A quell'ora c'erano soprattutto lunghe file di camion, e per fortuna non pioveva. Ennio continuava a borbottare, sprizzando gioia dagli occhi. Gli sembrava impossibile che fosse andato tutto bene. Non era solo una questione di vil denaro, somigliava piuttosto a una vera e propria rivincita sulla vita. Bordelli lo ascoltava distrattamente, e intanto pensava alla cena con Adele...

La mattina, quando aprì gli occhi, gli venne in mente la notte che aveva appena passato. Quasi non ci credeva. Gli ronzavano le orecchie. Aveva guidato per più di seicento chilometri in poche ore, e quando si era infilato sotto le coperte erano le quattro passate. Era stato tutto molto facile, una passeggiata... Ma se qualcosa fosse andato storto? Immaginò le locandine della «Nazione»:

Arrestato ex commissario
Con una macchina della questura
scorta un falsario fino a Milano

Lo aveva fatto per un amico, certo, per non fargli correre troppi rischi, per non far morire un sogno... Una cosa assai commovente, ma tra una lacrima e l'altra qualsiasi giudice lo avrebbe condannato a dieci anni. Chissà cosa avrebbe detto Diotivede, se avesse saputo... Rosa magari avrebbe fatto una risatina, ma Adele? Eleonora? Era meglio smettere di pensarci. Anzi, quella notte non era mai esistita...

Erano quasi le undici. Aveva chiuso la porta della camera, per non farsi svegliare da Blisk alle sette di mattina. Dalle persiane filtrava una luce quasi grigia, e capì che il cielo era coperto. Chissà come sarebbe diventato Ennio con tutti quei soldi... Avrebbe perso la testa? Li avrebbe sperperati in poco tempo? O avrebbe fatto la formichina? Scese dal letto, e quando aprì la porta trovò il cane accucciato sul pavimento.

«Se ti chiedono qualcosa, ieri sera non mi sono mosso da casa... Non te lo dimenticare...» Si ricordò della banconota da diecimila lire che aveva in tasca. Ci scrisse sopra la data, *16/03/1967*, e la infilò nel cassetto del comodino... a eterna memoria.

Scese in cucina per fare il caffè, e guardando dalla finestra vide con piacere che Piras era già venuto a fare lo scambio. Al posto della Giulia c'era il Maggiolino. Era tornato tutto come prima. Bastava un piccolo sforzo, e il ricordo di quella notte diventava pura fantasia. Non era mai stato a Milano, non aveva partecipato allo scambio, era stato solo un sogno... A un tratto gli venne quasi da sorridere. Si preoccupava tanto per qualche banconota falsa, quando lui invece...

Mandò giù una tazza intera di caffè. Dopo una lunga doccia calda uscì dal retro per andare ad annaffiare l'orto, e trovò una sorpresa: lungo il muro erano allineati alcuni vasetti con le erbe aromatiche. Ormai se ne era dimenticato, ma come sempre Ennio aveva mantenuto la sua parola. Le annusò una per una, strappando delle foglioline e sfregandole sotto il naso. Non vedeva l'ora di provarle, un vero cuoco non poteva fare a meno di quegli aromi.

Entrò nell'orto, e vide che le piantine di pomodoro erano cresciute non poco, puntando con orgoglio verso il cielo. I peperoncini invece non erano ancora spuntati, ma a sentire Ennio non c'era da preoccuparsi, a volte ci mettevano tre settimane a farsi vedere.

Il cane gironzolava intorno al recinto, a testa bassa. Sembrava quasi offeso di non avere il permesso di entrare, e ogni tanto grattava la rete con una zampa. Bordelli continuava ad annaffiare, pensando che mancavano poche ore alla cena con Adele... Ma pensava anche a Eleonora... Nella sua testa la faccenda si faceva complicata...

Provò a immaginare che Eleonora gli telefonasse per chiedergli di cenare insieme quella sera stessa. Le avrebbe detto di sì? Avrebbe inventato una scusa per annullare l'appuntamento con Adele? O le avrebbe detto che aveva già un impegno? Se gli fosse apparso davanti Aladino, gli avrebbe chiesto di potersi sdoppiare per cenare con tutte e due...

Gli venne da ridere, non senza una punta di amarezza. Stava fantasticando a ruota libera, si perdeva dietro ai sogni per compiacersi, per sentirsi affascinante... Non solo Eleonora non lo avrebbe cercato, ma forse Adele voleva soltanto passare una piacevole serata con un amico... Però sognare era bello, faceva bene alla salute... e continuò a farlo...

La mattinata passò in fretta. Dopo pranzo uscì con il cane a fare due passi nei dintorni, per digerire. Dopo molte giornate di sole, adesso il cielo era diventato un materasso sporco. Ma non sembrava che dovesse piovere.

Il suo umore cambiava di continuo. Passava dalla malinconia a improvvisi sprazzi di euforia adolescenziale, dall'indifferenza verso ogni cosa a una sorta di speranza indefinita. Doveva essere la primavera, ormai alle porte. S'inoltrò nel bosco, seguendo le peripezie di Blisk che correva tra gli alberi. Quando era ragazzino, a primavera gli capitava di passare momenti in cui le voci gli arrivavano con una specie di eco, come quando si fanno lunghi respiri, e sentiva nella pancia degli strani brividi. La nuova luce di fine marzo contribuiva a farlo vivere in uno stato di ebbrezza che non riusciva a capire. L'adolescenza era un'età difficile, dolorosa, il primo pauroso tuffo nella solitudine. Era la scoperta inconsapevole di essere unico e irripetibile, e se più avanti questa condizione sarebbe diventata un punto di forza, in quei momenti era soltanto smarrimento... Come mai si metteva a pensare cose del genere? Forse perché si sentiva come allora? Incapace di governare la barca?

Tornò a casa a metà pomeriggio, e con uno sforzo di volontà si decise a riparare una persiana che chiudeva male, osservato da Blisk che seguiva i lavori con aria polemica. Ci mise poco più di mezz'ora, e provò una grande soddisfazione. Abitare in campagna voleva dire anche sapersi arrangiare con le mani. Suo padre gli avrebbe detto che aveva risparmiato due o tremila lire di falegname...

Accese il fuoco e si sedette in poltrona con un libro in mano. Adesso toccava a Bulgakov. Leggere gli piaceva sempre di più, forse perché adesso aveva molto più tempo. Dopo aver finito *Memorie del sottosuolo* non si sentiva più lo stesso. Non avrebbe saputo dire con precisione come mai e in che modo, ma il suo sguardo sulle cose era cambiato. La sensazione era piacevole. Nulla restava al suo posto per sempre, i cambiamenti erano sempre in agguato... Dopo un po' si accorse che stava contando i minuti che lo separavano dalla cena con Adele... Anche Adele era un *cambiamento*? Quella sera lui sarebbe andato incontro al suo destino? Continuava a pensare anche a Eleonora, ricordando i momenti più belli che aveva passato con lei... E nonostante tutto continuava a leggere, si perdeva nella storia, provava sulla sua pelle i sentimenti dei personaggi...

«Eri davvero così innamorato di me?» disse Adele con un mezzo sorriso, mentre Bordelli le serviva il terzo bicchiere di vino. Avevano scelto un piccolo ristorante in un vicolo del centro, e si erano seduti nell'ultimo tavolino libero. Per fortuna nessuno alzava troppo la voce, e il brusio aveva il solo effetto di rendere più intima la conversazione.

«Me lo chiedi per ridere di me, come allora?» disse Bordelli.

«Non ho mai riso di te.»

«Ti si è allungato il naso...»

«Vuoi sapere la verità?» disse Adele, leggermente euforica per via del vino.

«Sono pronto.»

«Mi facevi paura...»

«Paura?»

«Avevo quasi vent'anni, ma ero ancora una bambina... Non avevo... Sì, insomma... Non avevo ancora chiavato con nessuno.»

«Ah...» fece Bordelli, imbarazzato.

«Che succede?»

«Scusa, non mi aspettavo questa franchezza.»

«Che male c'è?»

«Nulla, figurati...» Non ebbe il coraggio di dirle che si era un po' scandalizzato.

«Insomma avevo una gran paura di te... Ti vedevo un *uomo*... Avevi l'età di mio padre...»

«Se è per questo, ce l'ho ancora.»

«Sai bene che non è la stessa cosa» disse Adele, sorridendo. Aveva un sorriso bellissimo.

«Comunque sia, non avevi l'aria di una ragazzina impaurita» disse Bordelli, ricordando quanto si sentiva impacciato di fronte alla sua naturalezza.

«Ti giuro che ero terrorizzata...» Dal suo sguardo si capiva che non stava mentendo. Il cameriere si avvicinò al tavolo, e mentre toglieva i piatti chiese se gradivano un dolce. Bordelli alzò una mano.

«Non per me, grazie.»

«Cosa avete?» chiese Adele, con un'aria da civetta che fece ingelosire Bordelli. Il cameriere si mise a elencare i dolci, sfoderando un odioso sguardo da Don Giovanni. In effetti era un bel ragazzo, e magari pensava di avere davanti un padre con la sua bella figlia. In quel momento Bordelli lo avrebbe volentieri arrestato.

«Prendo la torta della nonna» disse Adele, e finalmente Don Giovanni se ne andò.

«Se fai così, lo uccidi» mormorò Bordelli, sforzandosi di sorridere.

«Oh, sopravviverà» disse Adele, contenta del complimento.

«Non è detto...»

«Sei un tesoro, vuoi farmi sentire bella.»

«Sai benissimo di essere bella, te lo leggo negli occhi.» In quel momento gli venne in mente che mancavano solo tre giorni al suo *incontro* con l'avvocato Beccaroni. Chissà cosa avrebbe detto Adele, se avesse saputo che lunedì...

«Anche tu sei bello... Non fare quella faccia, dico davvero. E se proprio lo vuoi sapere, sembri più giovane adesso di allora.»

«Addirittura...» disse Bordelli. Apparve il cameriere, sorridente, e depositò con delicatezza la fetta di torta davanti alla bella figlia del vecchione. Lei ricambiò il sorriso, e il ragazzo se ne andò con il passo da pistolero.

«È carino...» disse lei, continuando a guardarlo.

«Sono sicuro che non ti piacerebbe.»

«Lo so bene. Ho detto solo che è carino... Sei geloso?» Le sbocciò sulla bocca il sorriso della Gioconda.

«Ammetto di sì, ma è solo vanità» disse Bordelli, incantato dal sorriso di Adele.

«Non basta essere carini, per piacermi» disse lei, e appena gustò la torta chiuse gli occhi mugolando di piacere.

«Così uccidi me...»

«Che ho fatto di male?»

«Nulla...»

«È buonissima... La vuoi assaggiare?» Gli avvicinò il cucchiaino alla bocca, e lui si lasciò imboccare come un bambino. La torta era davvero buona, ma la cosa importante era soprattutto un'altra: lei non aveva avuto nessun problema a farlo mangiare dal proprio cucchiaio. Chissà se si sarebbe anche lavata i denti con il suo spazzolino...

Adele finì il dolce, e dopo due bicchierini di vin santo Bordelli chiese il conto. Lasciò una bella mancia per il cameriere *carino*, contento di abbandonarlo. Aiutò Adele a mettersi il cappotto, e con cavalleria ottocentesca la guidò fuori dal ristorante.

«Facciamo due passi?» disse lei.

«Non chiedo di meglio...»

Nelle vie del centro si vedeva qualche coppietta mano nella mano, vecchi solitari che fumavano, gruppi di universitari rumorosi...

«Non potrò fare molto tardi» disse Adele, con un filo di tristezza.

«Sia fatta la volontà di Cenerentola.»

«Mi piace parlare con te, mi sento libera.»

«Ne sono felice.»

«Potrei raccontarti tutto di me, anche le cose più intime.»

«Non devi fidarti degli sconosciuti...»

Continuarono a chiacchierare sul filo del rasoio, con il sorriso sulle labbra. Camminavano vicini, e spesso si sfioravano il gomito. E se avessero incrociato Eleonora? Bordelli pregava che non succedesse...

Verso mezzanotte Adele disse che purtroppo la sua serata era finita. Tornarono a prendere il Maggiolino, e guidando senza fretta Bordelli la riaccompagnò sotto casa.

« Ho passato una bellissima serata » disse lei, guardandolo negli occhi.

« Anch'io sono stato bene. » Che risposta originale...

« Adesso mi lasci qui e vai da un'altra... »

« Sono in tre ad aspettarmi... Un cane, il mio letto e un libro » disse Bordelli, con aria sconsolata. Scesero insieme dalla macchina, e Bordelli la scortò fino al portone. Lei aveva già la chiave in mano. Dovevano salutarsi. Bordelli si avvicinò, le prese il viso tra le mani e le sfiorò le labbra con un leggerissimo bacio. Fu una cosa naturale per tutti e due, senza il minimo imbarazzo... Come se in fondo non avesse nessun significato.

« Dormi bene, mammina... » sussurrò.

« Sogni d'oro » disse Adele con un sorriso, bella più che mai, e un attimo dopo sparì dentro il portone. Solo in quel momento Bordelli si accorse del traffico che passava sul viale. Rimontò sul Maggiolino e accese la prima sigaretta della serata. Guidando verso casa si sentiva bello, e anche giovane... Solo le donne potevano compiere miracoli del genere...

Stava scendendo sull'Imprunetana diretto a Firenze, mentre Blisk dormicchiava sul sedile posteriore. Era tornato il sole, finalmente. Alle dieci aveva telefonato a Rosa per invitarla al mare, e lei aveva strillato di gioia.

Si era svegliato presto con una vaga sensazione di nausea che conosceva bene, una specie di rifiuto per Adele, e questo gli aveva fatto capire che lei gli piaceva sul serio. Gli succedeva sempre così, quando si stava innamorando. Eppure, se qualcuno gli avesse chiesto se era ancora innamorato di Eleonora, non avrebbe fatto nessuna fatica a rispondere di sì. Era la prima volta che gli capitava una cosa del genere, a parte la confusione della giovinezza...

Attraversò il centro e parcheggiò in via dei Neri, sotto casa di Rosa. Suonò il campanello tre volte per farsi riconoscere. Mentre aspettava fece scendere il cane e lo accompagnò nei vicoli, per dargli modo di lasciare la sua traccia sul mondo. Chissà se a quell'orso bianco piaceva il mare...

Gli venne in mente il Botta. Non lo aveva ancora ringraziato per i vasetti di erbe che gli aveva portato. Cercò di immaginarlo vestito elegante, con tanto di cravatta... Si era già comprato una macchina sportiva? Forse anche una motocicletta? Sarebbe andato a vivere all'ultimo piano di un palazzo del centro? Avrebbe mangiato nei ristoranti di lusso, invitando donne su donne? Magari una sera avrebbe cenato al tavolo accanto a uno dei molti giudici che lo avevano condannato, e lo avrebbe salutato con un sorriso...

Rosa arrivò con cinque minuti di anticipo sulla canonica mezz'ora di ritardo, camminando sicura sui tacchi a spillo, vestita di azzurro come i fiori di rosmarino. Intorno al viso truccato fluttuavano onde di capelli biondi, e il rossetto sembrava mandare luce. Appena vide il cane aprì la bocca dalla meraviglia, come una bambina davanti al suo primo elefante.

«Quant'è bello... È tuo?»

«Sono io a essere suo.»

«Che tenero...» Si piegò sulle ginocchia e prese il testone di Blisk tra le mani, e lui per ricambiare le passò la lingua sulla faccia.

«Ora devi rifarti il trucco» disse Bordelli.

«Che carino... Mi vuole bene... Vero, Polpetta?»

«Si chiama Blisk.»

«Macché... Si chiama Polpetta... Vero, Polpetta?» Il cane scodinzolava, e strusciandosi a Rosa per poco non la fece rotolare per terra.

«Meglio se andiamo, è quasi mezzogiorno» disse Bordelli.

«Mi porti a mangiare dal tuo amico simpatico?»

«Guarda che è sposato...»

«Oh, la mia vita è piena di uomini sposati» disse Rosa, ridacchiando. Salirono tutti e tre in macchina e partirono.

Sull'autostrada Rosa si tolse le scarpe e appoggiò i piedi sul cruscotto. Si mise a cantare una canzone di Mina, storpiandola come solo lei sapeva fare. Ogni tanto si voltava per dare una carezza a Polpetta, e l'orso ricambiava leccandole la mano.

«Sento puzzo di femmina» disse lei, a un tratto.

«Che dici?»

«Ti conosco bene, scimmione. Quando hai quella faccia da eterno innamorato stai pensando a una donna.»

«Ti sbagli...»

«Io non mi sbaglio mai, dovresti saperlo.»

«Questa volta ti sbagli... Le donne sono due...» si lasciò sfuggire Bordelli.

«Ma sei un porco!»

«Non è come pensi...»

«Voi uomini dite sempre così, anche quando vi trovano

tra le braccia dell'amante... Anzi, tra le gambe... » E scoppiò a ridere.

« Niente gambe, per adesso. Solo pensieri. »

« Dai, racconta... Chi sono le poverette? »

« Un'altra volta, Rosa... » Si era già pentito di aver detto troppo.

« No no no, ora mi dici tutto. »

« Non saprei cosa dire, sono un po' confuso. »

« Sei sempre confuso... Perché sei sempre innamorato... »

« Non esagerare. »

« Pensi solo alle donne... »

« Esistono altre cose? »

« Le donne non sono *cose*... »

« Dimostrami il contrario. » Continuarono a provocarsi fino a Migliarino, come due ragazzini scemi. Sul lungomare Rosa aprì il finestrino e cantò un'altra canzone, con il vento che le muoveva i capelli. Era così stonata che riusciva a creare nuove melodie.

Arrivarono a Marina di Massa, dove Bordelli aveva passato le sue estati da bambino, da ragazzino e anche un po' da giovanotto. Ogni villa, ogni pineta, ogni strada, gli riportava alla mente qualcosa. Conosceva a memoria il profilo delle Apuane, dove era andato spesso a camminare...

La stagione balneare era ancora lontana, le spiagge erano vuote, senza ombrelloni, senza cabine, e dalla strada si vedeva il mare... Ma Bordelli vedeva le donne distese sulle sedie a sdraio, con i costumi a righe che arrivavano fino al ginocchio... I bambini che giocavano sul bagnasciuga, sorvegliati dai genitori... Gruppi di ragazzi e ragazze che schiamazzavano nell'acqua... Fra quei ragazzi c'era anche lui, con il suo broncio, che cercava di divertirsi come gli altri senza riuscirci...

« Che muso lungo... » disse Rosa.

« Scusa, mi ero distratto. »

« Che bello il mare... Vero, Polpetta? »

Bordelli parcheggiò accanto alla trattoria del suo amico Nessuno, in mezzo a molte altre macchine. Era sabato, era normale che ci fosse un sacco di gente. Polpetta scese di malavoglia, alzò una zampa contro un vaso di piante e poi li seguì ciondolando. Prima di entrare, Rosa indicò l'insegna.

«Riccà vuol dire Riccardo...»

«Rosa, sei un genio.»

«Stronzo, non era una domanda» disse lei, dandogli una gomitata.

La trattoria era piena di clienti affamati, e la sala risuonava di voci e di risate. A prima vista i tavoli erano tutti pieni. Bordelli si affacciò alla cucina, e appena Riccà lo vide cacciò un urlo di saluto. Lasciò le padelle nelle mani di un altro cuoco, si pulì le mani sul grembiule e gli andò incontro. Era un bestione più largo che alto, con gli occhi azzurri e penetranti che brillavano sotto due sopracciglia da demonio, ma il suo sguardo era buono come quello di un cerbiatto.

«*Chi a ne more i s'arvede...*» Gli stritolò la mano.

«Ora mi vedrai più spesso, non lavoro più in questura.»

«*Anti vede in penzion... A dar da magnare ale galine...*» Salutò Rosa e stritolò la mano anche a lei.

«*Oh bela donna... Assacompagna anchamo con questo qui?*»

«Mi faranno santa» ridacchiò Rosa, civetta come non mai.

«*Che ale staghe attenta a lu qui... Ighé pericoloso...*» disse Riccà, strizzando l'occhio. Sua moglie emerse dai fumi della cucina, e dopo un saluto frettoloso tornò di corsa ai fornelli. Era un momento infernale, i camerieri non si fermavano un secondo.

«Oggi siamo in tre» avvertì Bordelli, indicando Polpetta.

«*Qui i magnene tutti...*» disse Riccà, accarezzando la capoccia all'orso.

«Mi sa che non c'è posto... Vuoi che torniamo più tardi?»

«*Un minuto e a ve sisteme.*» Riccà fece il giro della sala, salutando i clienti, e vide un tavolo che si stava liberando. Tornò da Bordelli e gli disse che c'era da aspettare solo qualche minuto.

«*A vaghe in cucina, appena vi assetate arvenghe.*»

«A tra poco» disse Rosa, agitando in aria le unghie di un rosso abbagliante. Si spostarono in un angolo per non disturbare, e il cane si sdraiò per terra di schianto facendo ridere tutti.

Appena il tavolo si liberò andarono a sedersi, senza aspettare che il cameriere sparecchiasse. Il cane ciondolò dietro di loro e si accucciò per metà sotto il tavolo. Bordelli aveva una gran fame, e sbirciava nei piatti dei tavoli accanto con una sottile invidia. Nell'aria si sentiva un buon odore di pesce, e ogni tanto arrivava una zaffata di sigaretta.

«Mangerei un elefante» disse Rosa, con gli occhi felici.

«Qui hanno solo pesce, mi dispiace.»

«Quanto sei scemo...»

«L'ultimo che mi ha chiamato così riposa sotto un metro di terra fredda» disse Bordelli, con la faccia da duro.

«Non fai paura nemmeno a una gallina...»

«L'ultima gallina che ha osato dirlo ha dovuto ricredersi, e adesso non fa più le uova.»

«Dura molto questo gioco, stupidone?»

«L'ultimo che ha detto così, adesso mangia solo brodini e frullati...» Aveva voglia di fare il coglione, di sentirsi leggero. Per un po' voleva dimenticarsi Eleonora, Adele, e anche il suo *appuntamento* di lunedì con Beccaroni...

Immaginò di dire a Rosa: *lunedì vado ad ammazzare uno dei gentiluomini che hanno violentato Giacomo*. Che avrebbe fatto, lei? Sarebbe rimasta a bocca aperta? Avrebbe battuto le mani? O avrebbe sorriso pensando che fosse solo una battuta amara?

Il cameriere li salutò con un sorriso, sparecchiò velocemente il tavolino, cambiò la tovaglia e portò le stoviglie pulite. Era un ragazzo magro, alto, con gli occhi fuori dalle orbite e i denti sporgenti. Gentile quanto basta, mai ruffiano... il cameriere perfetto.

Poco dopo Riccà attraversò la sala con il vapore che gli usciva dal grembiule, e si fermò al loro tavolo. Aveva portato una ciotola per il cane, una zuppa di pesce che faceva gola. Polpetta annusò l'aria, tirò su la testa, e senza nemmeno alzarsi si mise a mangiare.

«*Alora, toscani, cose magnate?*»

«Anche voi massesi siete toscani, secondo la cartina geografica» obiettò Bordelli.

«*Quela roba a ne vale niente...*»

«Allora siete liguri» disse Rosa.

«*Meglio morti che liguri... Noialtri a sian massesi e basta.*»

«Secondo me siete pirati» disse Bordelli.

«Che bello...» sospirò Rosa, con la boccuccia a cuore. Riccà le lanciò un'occhiata di traverso, fingendosi offeso.

«*Alora cosa a ve porte? Un bel piatto di spaghetti coi calcinelli... Un frittino di totanetti, di gamberi, e ai mette qualche pescetto... Una boccia di Candia... Complimenti, avete scelto ben...*» E se ne andò senza aspettare.

«Ha fatto tutto da solo» disse Bordelli.

«Non è mica un polentone come te.»

«L'ultima volta che una donna ha osato...»

«No, ti prego! Se lo dici un'altra volta me ne vado!»

«La penultima volta che una donna...»

«Oddio! Di solito non sei così cretino!»

«Va bene, smetto.»

«Dio sia lodato...» disse Rosa, giungendo le mani. Il cameriere con gli occhi sporgenti portò il vino in tavola, e nell'attesa si misero a bere.

Dopo un quarto d'ora arrivarono finalmente gli spaghetti, che scomparvero dai piatti in breve tempo. Subito dopo apparve il fritto, e ci fu bisogno di aprire un'altra bottiglia di vino.

«Quando ci torniamo?» disse Rosa un po' brilla, con il bicchiere in mano.

«Sei peggio di una bambina viziata...»

«Perché?»

«Non possiamo gustarci questo momento senza pensare ai piaceri che verranno?»

«Sempre con i tuoi odiosi ragionamenti complicati...»

«Complicati?»

«L'ultimo uomo che mi ha detto così... è morto di sonno...» disse Rosa, e scoppiò a ridere così forte che per un attimo nella sala calò il silenzio. Anche il cane alzò la testa, poi si ributtò giù.

«Sei ubriaca...»

«E se fosse? Mi sento benissimo... E te sembri una mummia...» Non la finiva più di ridere, ma non sarebbe durata ancora per molto. Bordelli conosceva bene gli effetti che il vino bianco aveva su Rosa. Dopo la leggerezza e il riso sarebbe arrivata la malinconia, e per concludere un brevissimo pianto liberatore. Finito il ciclo, tutto sarebbe tornato alla normalità.

Verso le tre i primi clienti cominciarono ad alzarsi. Rosa era già nella fase malinconica, e stava rievocando vecchie storie di famiglia con la voce un po' tremante.

«Zia Bettina morì all'improvviso... e non ho fatto in tempo a dirle che...» Puntualmente arrivò il pianto, brevissimo, accompagnato da un singhiozzo che poteva quasi sembrare uno scoppio di risa.

«Vuoi un dolce?» le chiese Bordelli, come se nulla fosse.

«Non ce la faccio, ho mangiato come una vacca» disse lei, tirando su con il naso. Si asciugò il viso con un fazzolettino rosa, e le sfuggì un sorriso. Stava di nuovo scivolando verso la leggerezza. Aveva solo gli occhi un po' arrossati. Bordelli accese una sigaretta, soffiando il fumo in alto. Guardava Rosa, intenerito, pensando che non aveva mai conosciuto una donna candida come lei.

Quando la sala fu completamente vuota Riccà andò a sedersi al loro tavolo, riuscendo a non pestare il cane, e si riempì un bicchiere di Candia.

«*Ale donne...*» disse alzando il bicchiere, e si gustò un bel sorso di vino.

«Alle donne? Non vedo perché...» disse Bordelli, e si beccò un calcio di Rosa sotto il tavolo. Riccà si voltò all'indietro.

«*Domenico, porte tre caffè*» gridò. Dopo nemmeno un minuto, un ragazzino moro con gli occhi azzurri portò i caffè sopra un vassoio. Dietro di lui era apparsa una bimba bellissima, con gli stessi colori del fratello. Erano i figli di Riccà...

e Bordelli pensò con amarezza che invecchiare senza figli era triste...

«Quando andiamo a casa?» disse la bimba, annoiata.

«*Mo a venghe... Tu va da to ma'...*»

«Uffa...» La bimba se ne andò insieme al fratello, e Riccà li accompagnò con uno sguardo tenero. Dopo aver mandato giù il caffè si mise a raccontare di un suo amico bagnino, Azelio, che un paio di giorni prima aveva rischiato di affogare nel mare in burrasca, per colpa di una mezza congestione...

Bordelli guardava il suo amico Nessuno, l'ex partigiano della Divisione Garibaldi, e pensava alla guerra... Quell'uomo tranquillo che adesso cucinava pesce per decine di persone, dopo l'8 settembre era andato sulle montagne...

L'attacco dei tedeschi alla Brugiana fu sferrato il due dicembre 1944, e subito le formazioni partigiane si schierarono in difesa tra il Monte Penna e Bergiola Foscalina. Più o meno come gli altri, Nessuno aveva un fucile modello 91, con un solo caricatore. All'interno della divisione formava un terzetto con suo fratello, detto «Torero», e Alessandro Rocca, detto «Vipera».

A un tratto videro avanzare su un costone dei militari tedeschi in fila indiana, e cominciò uno scontro a fuoco. Si sentiva soprattutto il crepitio delle armi automatiche dei tedeschi. Temendo di essere accerchiati, i partigiani si ritirarono. I nazisti continuavano a sparare all'impazzata, e Nessuno fu colpito alla spalla. La pallottola era arrivata dritta al torace, ma era stata deviata da una torcia tedesca che teneva nella tasca alta della giubba. Grondando sangue riuscì a seguire i suoi compagni fino alle Cave di Gioia, dove incontrarono altri partigiani e un gruppo di sfollati. Tutti insieme trovarono riparo nella cava, ma nessuno sapeva cosa fare. Le notizie si accavallavano. Erano circondati? Era meglio andarsene dalla cava? Nel frattempo più in basso, al Poggio Piastrone, si sparava senza sosta.

Per fortuna i tedeschi non salirono fino alla cava, e lentamente se ne andarono. La ferita di Nessuno continuava a buttare sangue, ma soltanto verso il tramonto suo fratello riuscì a partire a piedi per Carrara alla ricerca di un medico, insieme a Vipera. Tornarono a notte fonda, e quando il medico guardò la ferita disse a Nessuno che era stato molto fortunato. Se il proiettile non fosse stato deviato dalla torcia gli avrebbe trapassato un polmone. In una situazione come quella sarebbe stata morte sicura... e Amen.

A mezzanotte passarono il casello di Montecatini, sotto una pioggerella del tutto inaspettata. Il cane sonnecchiava sul sedile posteriore, Rosa dormiva con la testa bionda appoggiata al vetro. Bordelli pensava a Nessuno, alla pallottola che avrebbe potuto ucciderlo. Anche lui in guerra aveva rischiato di morire in diverse occasioni, e ogni volta aveva immaginato che dall'alto qualcuno lo proteggesse...

Era stata una giornata lunga e piacevole. Nel pomeriggio avevano fatto una lenta passeggiata sulla spiaggia con le scarpe in mano, di fronte a un mare calmo color dell'acciaio, mentre Polpetta si tuffava di continuo nell'acqua, felice come quando correva nei boschi. Avevano osservato in silenzio il sole che scompariva dietro la linea dell'orizzonte, e Bordelli si era ricordato di tutte le volte che aveva assistito allo stesso spettacolo dal ponte di una nave. Sotto una luna leopardiana, cadaverica e indifferente, apparsa nel cielo dal nulla, aveva ripensato alle lunghe estati della sua giovinezza, al sole abbagliante che incendiava la distesa del mare, ai gabbiani che si tuffavano nell'acqua, alle prime cotte che avevano il misterioso potere di non farlo dormire... Una volta da bambino aveva anche rischiato di affogare, trascinato via dalla risacca del mare in burrasca mentre giocava sul bagnasciuga, e suo padre lo aveva salvato ripescandolo mezzo svenuto e facendogli vomitare l'acqua che aveva ingurgitato... Sembravano passati mille anni...

Continuando a camminare a piedi nudi sulla sabbia si era sentito sommergere da una malinconia profonda, e lentamente era scivolato in una specie di rancore verso il tempo, colpevole di trasformare ogni cosa...

Senza rendersene conto erano arrivati fino ai Ronchi. Vista l'ora avevano deciso di rimanere anche per cena, ed erano tornati indietro senza fretta. Prima delle otto si erano presentati di nuovo da Riccà, e si erano seduti allo stesso tavolo. La trattoria era ancora mezza vuota, ma in poco tempo si era riempita di gente.

Dopo cena si erano fermati fino a tardi a chiacchierare con Nessuno, con una bottiglia in mezzo. Non avevano parlato solo del tempo di guerra, si erano anche svagati con discorsi più leggeri. Rosa aveva continuato a scolare bicchieri di Candia e a ridere, sempre più ubriaca, rovesciando la testa all'indietro e soffocando fino alle lacrime. Quando era salita in macchina aveva pianto, premendosi il fazzolettino sul naso, poi si era addormentata.

«Rosa, siamo arrivati» disse Bordelli, voltando in via dei Neri. La risposta di Rosa fu una specie di grugnito infantile. Quando la macchina si fermò aprì appena gli occhi, senza nemmeno alzare la testa.

«Dove siamo?» farfugliò, e richiuse gli occhi.

«Rosa... Ehi... Rosa...» disse Bordelli, stringendole delicatamente una spalla.

«Dormire...» mugolò lei, e fece un lungo sbadiglio.

«Devo portarti in collo?»

Rosa non rispose, si era riaddormentata. Bordelli le carezzò il viso per toglierle i capelli dagli occhi, ma non riuscì a svegliarla. Doveva rassegnarsi. Meno male che non pioveva. Scese dalla macchina con un sospiro, aprì la portiera di Rosa e dopo qualche tentativo riuscì a metterla in piedi, sotto lo sguardo assonnato di Polpetta.

«Dove mi porti?» disse lei, con la voce ubriaca. Stava per lasciarsi cadere in terra, ma Bordelli le passò un braccio intorno alla vita. Recuperò la borsetta e ci frugò dentro per prendere le chiavi di casa. Con una contorsione riuscì anche ad afferrare le scarpine rosse di Rosa, domandandosi come fosse possibile camminare su tacchi del genere. Lasciò il cane in macchina, per non creare confusione con i gatti, e s'infilò nel portone. Cominciò a trascinare Rosa su per le scale, mentre lei farfugliava parole incomprensibili, e ogni tanto ridacchiava. Non era certo un fuscello, e arrivare in cima non fu uno scherzo. Appena Bordelli aprì la porta, si trovò davanti Briciola che miagolava disperata. Gedeone, più dignitoso, li guardava da lontano.

«Ora penso anche a voi...» Si liberò della borsetta e delle scarpe di Rosa, la prese in braccio e la portò in camera. La distese sul letto e cominciò a spogliarla, ricordando com'era bello quando da bambino sua mamma gli toglieva i vestiti per metterlo a nanna, senza che lui muovesse un dito.

«Che mi fai?» borbottò Rosa con un sorriso ebete, senza nemmeno aprire gli occhi.

«Se non fossi un gentiluomo, saprei io cosa fare.»

«Bruto... Sei un bruto...» Sembrava che stesse sognando. Bordelli le tolse anche il reggiseno, constatando che Rosa non aveva perso tutta la sua freschezza nelle case chiuse, e alzandole le gambe riuscì a infilarla sotto le coperte.

«Sogni d'oro, regina del Candia.» Spense la luce e andò in cucina a dare da mangiare ai gatti. Briciola si avventò sulla ciotola divorando la carne come una leonessa, mentre il gigantesco Gedeone la osservava a distanza aspettando con pazienza il suo turno.

Bordelli se ne andò, stanco e assonnato. Guidando verso casa si concesse una sigaretta, soffiando il fumo fuori dal finestrino. Si lasciava coccolare dalla malinconia, continuando a pensare al passato... Quando era bambino non immaginava come sarebbe stata la sua vita... Non sapeva che sarebbe andato in guerra, che avrebbe sparato ai nazisti... Non poteva sapere che sarebbe entrato nella Pubblica Sicurezza, e che un bel giorno avrebbe gettato il tesserino sulla scrivania del questore... Non sapeva nemmeno che il destino lo avrebbe costretto a uccidere per chiudere i conti con gli assassini di un ragazzino...

La mattina presto era già nei boschi di Cintoia con lo zaino sulle spalle, soffiando vapore dalla bocca, mentre Blisk si divertiva come sempre a correre tra gli alberi. Imboccò un sentiero ripido cosparso di pietroni rossastri che saliva fino al crinale, per poi discendere dolcemente fino alla Panca. L'aria umida sapeva di muschio e di erbe selvatiche. Era domenica, e si sentivano spesso degli spari. I cacciatori di solito evitavano i sentieri principali per inoltrarsi nella vegetazione, e con un po' di fortuna non ne avrebbe incontrato nemmeno uno. I castagni erano ancora nudi, a parte i boccioli turgidi e pieni di vita pronti a scoppiare. Anche sulle piante basse si vedevano nuovi germogli, e gli uccelli sembravano più agitati che mai.

Ogni tanto un brivido di emozione gli attraversava la pancia all'improvviso, ricordandogli che mancavano solo due giorni a primavera. Ma forse non era solo la primavera... Adele... Eleonora... Ma non solo... Il giorno dopo aveva un appuntamento importante. Sarebbe andato tutto bene? Per l'ennesima volta si domandò se non era da incoscienti buttarsi in quella avventura confidando solo in un ipotetico disegno del destino... Ma ormai sapeva che sarebbe andato avanti. Non aveva organizzato nulla di preciso, consapevole che a volte anche i piani più studiati andavano a monte per un imprevisto. Non era la volontà umana a governare gli eventi, era bene metterselo in testa...

Sapeva soltanto alcune cose più o meno importanti, emerse a suo tempo durante le indagini sul ragazzino ucciso: l'avvocato abitava da solo, era separato, aveva una figlia, nel suo giardino teneva due dobermann e di solito tornava a casa verso le otto e mezzo. Questo doveva bastargli. Lunedì alle otto e un quarto si sarebbe appostato nei pressi della villa dell'avvocato, e avrebbe aspettato di vederlo rientrare dallo studio...

Quando camminava in solitudine nel bosco sentiva che i suoi pensieri si muovevano in modo diverso, seguendo ritmi più lenti... e ormai non poteva più fare a meno di quella sensazione. Mutatis mutandis, era un po' quello che succedeva a un pittore che aveva conosciuto poco prima della guerra, di cui non ricordava il nome. Una sera, davanti a una bottiglia di vino gli aveva confessato il motivo per cui dipingeva... Non gli interessava il risultato finale, anche se per mangiare si dava da fare per esporre le sue opere e per venderle. Quello che veramente cercava affrontando una tela era la sensazione che provava quando aveva in mano il pennello, lo spazio mentale che gli si apriva davanti, i lunghi viaggi senza direzione che lo invitavano a perdersi in mondi sconosciuti. Se non avesse vissuto questo, diceva, non avrebbe mai perso tempo a dipingere...

Al posto dei pennelli, Bordelli metteva il bosco. Non si trattava solo di muovere le gambe, si poteva quasi dire che fosse un'occupazione spirituale... Sorrise a quel pensiero... Forse era davvero colpa della vecchiaia, che avanzava senza scampo.

Dopo aver scorrazzato nei ricordi, senza fermarsi su nessuno in particolare, si ritrovò a fare mentalmente la lista delle cose che doveva portarsi dietro per regolare la faccenda con Beccaroni. Un paio di guanti di pelle, il passamontagna che usava in guerra, le due pistole, la torcia elettrica. Viveri per quanti giorni? Due? Tre? Magari quattro? E se fosse passato un mese, prima che qualcuno venisse a cercare l'avvocato? Ma no, era impossibile... Beccaroni aveva una figlia di diciotto anni, e magari si sentivano tutti i giorni al telefono... Di certo la sua segretaria si sarebbe insospettita, non vedendolo... Magari c'era una donna delle pulizie che aveva le chiavi di casa... Qualche parente apprensivo... La sua ex moglie che lo cercava per chiedergli altri soldi...

Fece un sospiro, e immaginò che con un po' di fortuna avrebbe aspettato al massimo tre giorni. Potevano bastare sei panini, sei mele, due tavolette di cioccolata e un bel po' di mandorle già sgusciate. In casi estremi poteva sempre frugare nella cucina di Beccaroni. Poteva bastare una sola bottiglia d'acqua, e via via che finiva l'avrebbe riempita con quella del rubinetto. Avrebbe portato anche un libro, per non annoiarsi durante l'attesa. A Blisk avrebbe pensato Ennio, come d'accordo. Sembrava tutto a posto.

Arrivò alla Panca, attraversò la strada e continuò a camminare lungo il sentiero che conosceva meglio... La grande quercia con il tabernacolo... L'abbazia di Monte Scalari... Il trivio della Cappella dei Boschi... Passò ancora una volta vicino al pianoro dove aveva aiutato il macellaio a suicidarsi, e non gli fece alcun effetto.

Verso mezzogiorno si fermò a Pian d'Albero, davanti alla cascina dell'eccidio nazista, e si lasciò andare sul pietrone piatto che dava sulla vallata di Figline. Non aveva incontrato nessun cacciatore, come aveva sperato. Si avvicinava l'ora del pranzo, e finalmente gli spari si erano diradati. I cacciatori tornavano a casa dalle mogli e dai figli, a strafogarsi di pasta al sugo e di arrosti.

Blisk era sparito da un pezzo, e si mise a chiamarlo gridando di continuo il suo nome. Alla fine si stancò e tirò fuori il suo panino dallo zaino. Fece appena in tempo a dare due morsi, e il cane arrivò di corsa. Si mise a girellare là intorno, ansimando. Bordelli capì che per farlo tornare non bisognava chiamarlo, ma ignorarlo. Il luogo comune voleva che la stessa cosa valesse anche in amore, ma lui non ci aveva mai creduto fino in fondo. Comunque fosse non gli era mai piaciuto usare strategie con le donne, si sentiva più a suo agio comportandosi con naturalezza... E succedesse quello che doveva succedere...

« Hai fame? » chiese a Blisk, offrendogli un pezzo di pane.

L'orso bianco lo prese delicatamente con le labbra e lo inghiottì in un secondo. Bordelli gli dette le croste di formaggio che aveva portato per lui, poi gli regalò anche il resto del panino e addentò la mela.

Gli venne in mente di giocare ancora una volta al destino, così per gioco. Prese in tasca una moneta da cento lire, e stringendola in mano pensò. Croce, Eleonora. Testa, Adele. Lanciò in aria la moneta e la riprese al volo. Testa. Sentì una puntura di dolore. Doveva dimenticarsi Eleonora? E se fosse uscita «croce», non avrebbe forse sofferto al pensiero di dover rinunciare alla bella Adele? Si sentiva uno scemo, ma in fondo si divertiva. Bastava non credere al verdetto di una moneta.

Nonostante il suo scetticismo, si preparò a lanciare di nuovo le cento lire, questa volta non per faccende d'amore. Croce, la faccenda di Beccaroni sarebbe andata bene. Testa, sarebbe andata male. Con una certa apprensione lanciò in aria la moneta, se la fece cadere in mano e la chiuse nel pugno. Non credeva minimamente a quelle cose, ma sapeva che se fosse uscita «testa» non si sarebbe sentito tranquillo. Una pura suggestione, certo, ma preferiva non doversela portare dietro. Fissò il pugno, lo aprì di colpo e sentì un brivido trapassargli il petto: croce. Anche quella stupida moneta era dalla sua parte... Ma se dava retta a quella profezia, doveva credere al verdetto su Eleonora, e di nuovo si sentì trapassare da una lama di dolore. Eppure Adele gli piaceva, e non poco. Cosa avrebbe fatto se fosse stato costretto a decidere? Se un bel giorno tutte e due insieme lo avessero messo alle corde intimandogli di scegliere una di loro? Non lo sapeva, porca miseria, non lo sapeva. Lanciò il torsolo di mela tra i cespugli, scuotendo la testa... Continuava a fantasticare come un ragazzino, immaginando di essere conteso come un osso tra due cani, godendosi quell'emozione.

Blisk si era allontanato di nuovo, e ogni tanto lo sentiva correre tra i cespugli là intorno. All'improvviso dal ciglio del burrone di fronte sbucò una grossa lucertola, e dopo essersi fermata un istante a guardarlo, con la testa quasi verticale, senza nessuna paura proseguì la sua corsa puntando dritto verso di lui. Preso alla sprovvista si alzò di scatto e si spostò da un lato, lasciando che la lucertola scavalcasse il pietrone e si perdesse tra l'erba alta che infestava il cortile della cascina. Si rimise a sedere, sorridendo. Provava una certa ammirazione per quel piccolo rettile, coraggioso al punto di sfidare un essere vivente mille volte più grande di lui. Era un po' come se un uomo corresse incontro a King Kong, convinto di spaventarlo... Ma in fondo non era tutta così, la vita?

A metà mattina si mise a preparare la borsa. Era già stato in paese a fare la spesa, e aveva messo nel frigo tre panini con il prosciutto e tre con il salame, incartati bene. Alle cose che aveva deciso di portare aggiunse un asciugamano, che avrebbe steso nella soffitta della villa di Beccaroni per non lasciare briciole sul pavimento. Anche gli aguzzini di Orlando avevano fatto la stessa cosa? Era la prima volta che si trovava a ripercorrere i pensieri di un assassino, e non era una bella sensazione. Lui di solito gli assassini li metteva in galera, o almeno ci provava. In effetti era sempre riuscito ad arrivare in fondo alle sue indagini, tranne una volta, nel '52. Una donna trovata uccisa in un bosco, completamente nuda, trafitta da decine di coltellate. Nessun indizio, nessun testimone, nemmeno un documento per risalire all'identità della morta, non un cane che fosse venuto a denunciare la sua scomparsa. Il caso era stato archiviato dopo tre settimane. Ogni tanto gli capitava di ripensarci, immaginando che forse un giorno si sarebbe imbattuto in qualcosa che lo avrebbe portato fino all'assassino... Apparentemente per caso...

Finì di riempire la borsa. Si sentiva come l'ingranaggio di un meccanismo complesso che non era possibile fermare... Poteva pensare e riflettere, ma non cambiare le cose. Non riusciva a evitare che pensieri già pensati molte volte gli attraversassero la mente: l'importante era far credere senza ombra di dubbio che Beccaroni si fosse suicidato... Nessuno doveva mettersi a indagare, tutto doveva essere chiaro come il sole fin dalla prima occhiata... Altrimenti qualcosa poteva sempre saltare fuori. Ma non doveva succedere. Se qualcosa andava storto, c'era il pericolo di scatenare di nuovo l'ira funesta di monsignor Sercambi... E magari questa volta il prelato della Curia sarebbe andato oltre lo stupro, ordinando di colpire a morte uno degli amici dell'ex commissario con la testa dura. Uno a caso, e poi forse tutti gli altri... No, non doveva succedere. Non se lo sarebbe mai perdonato. La mezz'ora d'inferno che aveva vissuto Eleonora doveva rimanere l'unica piaga. Non doveva succedere mai più. Era necessario che tutto filasse alla perfezione...

Forse sarebbe stato meglio occuparsi prima di monsignor Sercambi? Sembrava lui il più pericoloso, ma era anche il più difficile da colpire. Scosse il capo, pensando che andava bene così. Poteva darsi che anche Beccaroni appartenesse alla massoneria, e in quel caso il problema sarebbe stato lo stesso. Dunque era meglio cominciare da lui... Chissà cosa stava facendo in quel momento, il rispettabile avvocato. Era in tribunale a difendere la causa della Giustizia, lanciato in un'arringa appassionata che abbondava di citazioni di antichi filosofi e di massime latine? Stava studiando una pratica comodamente seduto in poltrona di fronte alla sua scrivania? O magari stava stilando una parcella da capogiro per qualche industriale che aveva salvato da una frode fiscale? Qualunque cosa stesse facendo, era ignaro del suo destino. Non poteva immaginare che tra poche ore...

Uscì di casa seguito dal cane, e passando accanto all'orto gettò un'occhiata alla sua opera. I pomodori crescevano, i ributti di carciofo avevano messo delle foglioline nuove, erano addirittura spuntati i primi peperoncini. Veder crescere le piante gli dava una grande soddisfazione. Chissà come doveva essere con un figlio...

Si mise a passeggiare tra gli olivi. Un venticello freddo portava via dalla pelle il calore del sole. A un tratto fu preso da un dubbio, per la prima volta. Non poteva esserci un altro modo per saldare il conto con Beccaroni? Obbligarlo a scrivere una confessione, ad esempio. Un ergastolo andava più che bene. Una bella confessione dove si nominava anche l'integerrimo monsignore della Curia... Ma che valore poteva avere una confessione estorta con una pistola alla tempia? Beccaroni avrebbe immediatamente ritrattato, magari facendo passare per pazzo il povero commissario che non era riuscito a venire a capo di un terribile omicidio. Era un avvocato, sapeva bene come fare. L'unico risultato sarebbe stato appunto quello di fare arrabbiare monsignor Sercambi... No, non poteva fare diversamente. Anche l'ultimo dubbio si era dissolto, nella sua mente non c'era più nessun ostacolo. Avanti tutta...

A pranzo si cucinò un piatto di spaghetti *secondo il Vangelo del Botta*, e li mangiò davanti al telegiornale bevendo soltanto mezzo bicchiere di vino. Come sempre, le notizie più noiose erano quelle sulla politica. Il governo Moro reggeva ancora, ma fino a quando?

Dopo il caffè andò a sedersi accanto al fuoco a leggere Bulgakov, fumando poco e divertendosi moltissimo. In certi momenti gli scappava addirittura da ridere. Sentì squillare il telefono più volte, ma non rispose. Aveva bisogno di solitudine e di silenzio. Continuò a sfogliare le pagine, preso dalla storia, senza accorgersi del tempo che passava.

Quando d'istinto guardò l'orologio mancavano dieci minuti alle sei. Era il momento di muoversi. Chiuse il libro e si alzò. Dopo aver fatto uscire Blisk, gli scaldò la zuppa e cambiò l'acqua nella ciotola. Controllò ancora una volta la borsa. Non mancava nulla... Guanti... Cioccolata... Libro... Torcia... Passamontagna... Mandorle... Ci mise dentro anche i panini, le mele e la bottiglia d'acqua. Provò a sollevarla, e si meravigliò di quanto fosse pesante.

Andò a cambiarsi, scegliendo dei vecchi vestiti che non usava da anni. Infilò le pistole cariche in due fondine legate sui fianchi, e si abbottonò la giacca. Si mise in tasca gli occhiali da vista di suo nonno, prese dall'armadio un vecchio cappello elegante e tornò in cucina. Il cane stava già grattando alla porta, e appena entrò in casa si diresse verso la zuppa annusando l'aria. Sembrava un po' stupito di trovare la cena così presto, ma dopo un attimo di esitazione tuffò il muso nella ciotola. Bordelli gli passò una mano sul testone.

« Domattina viene Ennio a farti uscire e a darti la pappa, ci vediamo tra qualche giorno. » Il cane si voltò a guardarlo, muovendo appena la coda, poi continuò a mangiare. Bordelli prese la borsa, si chiuse dietro la porta e montò sul Maggiolino con un sospiro. Il sole era tramontato da una mezz'ora, ma nonostante sulla terra fosse già notte il cielo era velato di luce sbiadita.

Quando parcheggiò in viale Petrarca mancavano dieci minuti alle otto. Prima di scendere dal Maggiolino si travestì alla meglio. Si mise il cappello in testa e inforcò gli occhiali di suo nonno, tenendoli sulla punta del naso per non dover guardare attraverso le lenti da miope. Era solo un piccolo espediente per apparire diverso, nel caso che qualcosa fosse andato storto. Chi lo avesse visto aggirarsi nei paraggi della villa di Beccaroni, avrebbe ricordato un tipo con gli occhiali e il cappello.

Per molti era il momento del ritorno a casa dopo una giornata di lavoro, e sul viale passavano un sacco di macchine e di motorette. Anche sui marciapiedi c'era gente, ma nessuno faceva caso a un tipo qualunque con una borsa in mano. Arrivò a Porta Romana e proseguì senza fretta su per via Senese. Aveva deciso di lasciare le sigarette a casa. Non poteva sapere quanto tempo sarebbe rimasto chiuso dentro la villa dell'avvocato, e non voleva rischiare di cedere alla tentazione di fumare. Sarebbe stata dura, lo sapeva, ma non poteva permettersi di lasciare una simile traccia.

Dopo un centinaio di metri imboccò la salita ripida di via Sant'Ilario, appena rischiarata dalla luce fioca dei rari lampioni. Ormai era abituato a camminare nei boschi, e non sentiva nessuna fatica. Aveva chiaro in testa cosa voleva fare, ma sarebbe stato possibile solo in un caso, cioè se Beccaroni fosse rientrato alla solita ora, se fosse arrivato da solo e non ci fosse stato nessuno ad aspettarlo, né davanti al cancello né dentro la villa. Si affidò ancora una volta al destino, e fece un giuramento: se quella sera per qualsiasi motivo non fosse stato possibile portare a termine la faccenda, avrebbe rinunciato per sempre. In altre parole, se il destino non era dalla sua parte come pensava, era meglio lasciar perdere.

Voltò in via delle Campora, più buia che mai, e vedendo arrivare una macchina nascose il viso dentro il bavero della giacca. Da quelle parti ci era venuto spesso qualche anno prima, indagando su un caso di bambine uccise, e guardando indietro scorse in lontananza la villa dell'assassino, immersa nel buio. Si ricordò di quando insieme a Piras era riuscito a risolvere il mistero. Dopo l'arresto, l'omicida era stato trovato misteriosamente impiccato nella sua cella... Un altro finto suicidio, a dire il vero assai grossolano. Lui doveva fare di meglio...

Ormai quasi ogni strada di Firenze gli ricordava qualcosa. Non solo morti ammazzati... anche donne, baci appassionati, vecchie storie d'amore, momenti desolanti in cui era stato scaricato, e molte altre cose ancora. Una foresta di ricordi di cui non era possibile liberarsi...

Appena imboccò via di Marignolle guardò l'orologio alla luce giallastra di un lampione. Le otto e quattordici. Di solito avrebbe detto le otto e un quarto, ma in quella situazione faceva caso anche ai secondi. Mancavano ancora tre o quattrocento metri alla villa. Se prima di arrivarci e di avere il tempo di appostarsi fosse passata la Jaguar di Beccaroni, o se affacciandosi al cancello si fosse accorto che l'avvocato era già in casa, non avrebbe potuto fare più nulla... e avrebbe rinunciato. La mattina dopo sarebbe andato al cimitero di San Domenico a chiedere scusa a Giacomo, dicendogli che certe cose si possono fare soltanto se il destino è dalla tua parte, altrimenti è tutto inutile, anzi si rischiava di fare peggio. Giacomo avrebbe capito?

La strada scorreva sotto le sue scarpe, i secondi passavano, la villa si avvicinava... Incrociò un ragazzo con i capelli lunghi che camminava con le mani affondate nelle tasche, ma non degnò di uno sguardo l'anziano signore con gli occhiali e il cappello. Passarono un paio di macchine, ma scorgendo in anticipo la luce dei fari fece in tempo a nascondersi nel vano di un cancello. Meno persone lo notavano e meglio era.

Alle otto e ventuno era davanti alla villa. Si affacciò alle sbarre del cancello per guardare il giardino. Una lampada murata all'angolo della villa spandeva sui fiori e sulla ghiaia un chiarore lunare. Dalle persiane sbarrate non filtrava nessuna luce. A un tratto vide due ombre basse avanzare silenziose nel giardino, e apparvero i due dobermann. Si fermarono a una certa distanza senza abbaiare, ringhiando leggermente. Dovevano essere addestrati.

Proseguì oltre per cercare il posto giusto dove appostarsi. Dopo appena una ventina di metri la strada faceva una curva morbida, ed era costeggiata da alti muri di pietra. Era quello che ci voleva. Stando addossato al muro poteva vedere comodamente arrivare la Jaguar, senza che l'avvocato si accorgesse di lui. Era il primo segno del destino. Se la strada fosse stata diritta non avrebbe potuto contare sull'effetto sorpresa, e sarebbe stato tutto più difficile.

Adesso i secondi non passavano mai. Avrebbe potuto portarsi dietro almeno una sigaretta, porca miseria... Otto e ventitré... S'infilò i guanti, tenendo pronto il passamontagna nella tasca della giacca... Otto e ventiquattro... Sentì arrivare una macchina alle sue spalle, e finse di camminare normalmente finché non la vide sparire dietro la curva. Tornò indietro in fretta e si appostò di nuovo dietro la curva... Otto e ventisei... Otto e ventisette... Otto e...

Nell'oscurità in fondo alla strada vide avanzare la luce bianca di due fari. Eccolo, pensò. Era sicuro che fosse lui. Si tolse in fretta gli occhiali e il cappello e s'infilò il passamontagna. Appiattito dietro il muro sentì un motore di grossa cilindrata che rallentava. Appena scorse la macchina fermarsi con il muso davanti al cancello della villa impugnò la Beretta. Doveva sperare che nei due minuti successivi non passasse nessuno: sarebbe stato il secondo «segno». Sbirciando la strada vide l'ombra di Beccaroni scendere dalla Jaguar, e pensò: *Adesso!* Si avvicinò quasi correndo, e raggiunse l'avvocato alle spalle nel momento in cui stava per aprire il cancello...

«Stai calmo e andrà tutto bene» sussurrò, appoggiandogli la pistola alla nuca. Beccaroni alzò le mani, tremando come una foglia.

«Non mi ammazzare...» I cani si erano avvicinati e ringhiavano più forte.

«Tira giù le mani e non alzare mai la voce.»

«Ti do tutto quello che vuoi» sussurrò l'avvocato.

«Ogni cosa a suo tempo.»

«Sì...»

«Manda via i cani e apri il cancello.»

«Sì... Sì... Adolfo! Benito!... A cuccia!» bisbigliò Beccaroni, rivelando ancora una volta la sua nostalgia per i bei tempi andati. I cani si allontanarono all'istante.

«Apri il cancello e monta in macchina» disse Bordelli, sempre in un sussurro, per non rischiare di farsi riconoscere dalla voce. L'avvocato spalancò il cancello, sbirciando la pistola puntata contro la sua testa. Salirono in macchina, Beccaroni alla guida e Bordelli sul sedile posteriore. Entrarono nel vialetto, e prima di scendere Bordelli lo avvertì.

«Se vedo apparire i cani, prima sparo a te e poi ammazzo loro.»

«Non verranno... Lo giuro... E se vengono... Li mando via...» Faceva fatica a parlare, aveva l'affanno.

«Andiamo.» Tornarono insieme a chiudere il cancello e si avviarono verso la villa, sempre affiancati. Bordelli scrutava nel buio per non avere sorprese, pronto a sparare, ma i cani non si fecero vedere. L'avvocato aveva il tremito alle mani, e solo dopo diversi tentativi riuscì a infilare la chiave nella serratura. Finalmente entrarono in casa. Beccaroni girò l'interruttore, e alcune lampade attaccate alle pareti illuminarono un ampio vestibolo. Bordelli richiuse subito il portone, facendo scorrere anche i due grandi paletti, poi si guardò intorno. Mobili di lusso di diverse epoche ma assai bene accostati, qualche quadro moderno, un magnifico pavimento di piastrelle esagonali rosse e nere, che formavano file alternate messe in tralice. Una bellissima casa, arredata con gusto, sontuosa ma accogliente. Se l'avesse vista senza conoscere Beccaroni, avrebbe pensato al frutto di una mente raffinata.

«Andiamo nel tuo studio.»

«Sì... è di qua...» farfugliò l'avvocato, avviandosi nel corridoio. Era sempre più terrorizzato, e si passava di continuo le mani sulla faccia per asciugare il sudore. Entrarono in una stanza grande, arredata in modo più classico, con librerie piene di volumi e una bellissima scrivania antica di legno scuro. Un tappeto immenso copriva quasi tutto il pavimento, lasciando intravedere soltanto ai lati le antiche mattonelle di cotto. In un angolo era distesa una pelle di tigre, con la testa imbalsamata e gli occhi di vetro.

«Dove tieni la pistola?» disse Bordelli, bluffando.

«Nel cassetto di sinistra...» Guardava lo sconosciuto con il passamontagna sulla testa, chiedendosi chi diavolo fosse e cosa volesse da lui. Bordelli appoggiò la borsa sul tappeto e girò dietro la scrivania. Aprì il cassetto, e trovò la pistola. Una Browning 7,65 con il caricatore pieno. Un altro segno del destino, pensò, mettendosela in tasca. Se Beccaroni non avesse avuto una pistola, avrebbe dovuto sacrificarne una delle sue.

«Siediti alla scrivania e tieni le mani bene in vista» ordinò. L'avvocato obbedì senza fiatare. Bordelli si sedette di fronte a lui puntandogli addosso la pistola, e si tolse il passamontagna.

«Lei...» disse Beccaroni, sbalordito. Gli scappò anche una specie di sorriso. Non si capiva se la scoperta lo atterrisse ancora di più o se lo facesse sentire meno in pericolo.

«Sono qui per ricordarle i suoi peccati» disse Bordelli, passando dal tu al lei per ritrovare la giusta distanza.

«Quali peccati?» borbottò Beccaroni, fingendosi disorientato.

«Adesso sono io la sua coscienza, visto che a quanto pare lei l'ha perduta.»

«La prego, mi faccia capire...»

«So tutto, e lei lo sa bene.»

«Tutto cosa?» Era un attore niente male, come tutti gli avvocati. Bordelli fece ondeggiare il capo in segno di disapprovazione.

«Se fa così sarò costretto ad arrabbiarmi, e quando mi arrabbio divento molto cattivo» disse, calmissimo. Beccaroni cercava la frase giusta, con lo sguardo disperato.

«Non è come pensa... Mi lasci solo il tempo di spiegare...» riuscì finalmente a dire.

«Se permette, le spiego io una cosa... Se quattro energumeni le strappassero i vestiti di dosso e le facessero a turno un bel servizio, forse riuscirebbe vagamente a immaginare cosa ha provato Giacomo Pellissari, quando lei e i suoi amici lo avete stuprato in quel seminterrato...»

«Sono infinitamente pentito» si affrettò a dire l'avvocato con una mano sul cuore, usando lo stesso linguaggio da chiesa che aveva inaugurato Bordelli.

«Bene, allora prenda carta e penna e scriva una bella confessione.»

«Mi lasci prima spiegare...»

«Sentiamo.»

«Quello che è successo...» Il trillo del telefono lo fece trasalire, e Bordelli gli fece segno di non rispondere. Dopo dieci interminabili squilli, finalmente tornò il silenzio.

«Mi stava dicendo?»

«È stato un terribile incidente... Una disgrazia... Nessuno di noi voleva che accadesse...»

«Oh, sono davvero commosso» disse Bordelli, con un sorriso.

«Glielo giuro... Non avevamo alcuna intenzione di...»

«Volevate solo divertirvi un po', non è così?»

«Non ci siamo resi conto... Eravamo come impazziti...»

«Aveva dodici anni...»

«Comunque non sono stato io a...»

«Lo so, è stato Panerai a strangolarlo... Ma quello che avete fatto tutti non era ucciderlo comunque?»

«Ecco... Io...» provò a dire Beccaroni, e quando Bordelli sbatté la mano sulla scrivania sussultò sulla sedia.

«Basta chiacchiere, prenda carta e penna e scriva una confessione.»

«Va bene... Sì...» Cercò la penna, prese un foglio bianco e se lo mise davanti.

«Cominci così, con le sue stesse parole: *Sono infinitamente pentito per il delitto che ho commesso...* Scriva...» Gli puntò la pistola in mezzo agli occhi, e l'avvocato cominciò a scrivere. Finita la frase, alzò la testa in attesa di nuove istruzioni.

«*Non posso perdonarmi, la coscienza non mi dà pace...* Scriva...»

«Sì...»

«*Confido nel perdono di Dio...*» Bordelli si alzò e andò a mettersi dietro di lui. Notò che Beccaroni teneva la penna nella mano destra, ma non si poteva escludere che fosse mancino. Forse alle elementari lo avevano obbligato a non usare la mano del diavolo. Era un particolare da non trascurare. Aspettò che l'avvocato avesse finito di scrivere, poi gli tolse il foglio e lo lesse. Le frasi erano giuste, scritte con una calligrafia molto ordinata. La confrontò con quella delle altre carte sparse sulla scrivania, e vide che erano perfettamente uguali.

«Non mi basta, meglio ricominciare da capo» disse, appoggiando il foglio sulla scrivania.

«Cosa devo scrivere?» chiese Beccaroni, docile come un agnello. Sembrava un po' più calmo, forse perché sapeva che una confessione del genere non poteva avere alcun valore.

«Racconti quello che è successo nel seminterrato di via Luna, la notte dell'omicidio. Una cosa ben fatta, mi raccomando. Lei è del mestiere e sa cosa intendo...»

«Sì...»

«Le consiglio di non mentire, Signorini mi ha rivelato ogni particolare. Se scrive qualcosa di diverso...»

«No...»

«Bene. Ci metta anche i nomi dei suoi amici... *Livio Panerai, Italo Signorini e monsignor Sercambi...*»

«Signorini e Panerai... Non ci sono più...» osservò timidamente l'avvocato.

«Come vede, ogni tanto la coscienza dà i suoi frutti. Ora si dia da fare» concluse Bordelli, appoggiandogli la canna della pistola alla nuca. Aspettò che l'avvocato trovasse l'ispirazione per l'incipit, e restando dietro le sue spalle si mise a leggere:

20 marzo 1967

Io sottoscritto, Moreno Beccaroni, nato a Firenze il 9 luglio 1922, confesso ciò che segue: la notte dell'11 ottobre 1966, insieme a Livio Panerai, Italo Signorini e monsignor Sercambi della Curia fiorentina, abbiamo...

Beccaroni si fermò, ansimando leggermente, come se la parola successiva gli costasse un'enorme fatica.

«Vada avanti...» disse Bordelli.

... abbiamo violentato un ragazzino, Giacomo Pellissari, che era stato rapito e drogato da Signorini. Disgraziatamente, nella concitazione del momento, Panerai ha strangolato il ragazzino. È stato un terribile incidente, nessuno di noi voleva che andasse in quel modo. La nostra intenzione era di liberarlo quella notte stessa. Eravamo disperati, non sapevamo cosa fare. Panerai propose una soluzione, e fummo tutti d'accordo. Sistemammo il cadavere nel frigorifero, per rallentare il processo naturale, e qualche giorno dopo, di sabato, approfittando del fatto che sul Nazionale trasmettevano Studio Uno, Panerai e Signorini caricarono il cadavere sulla macchina di Panerai e...

Ormai Beccaroni aveva imboccato il cammino e avanzava senza intoppi, chiamando le cose con il loro nome. Bordelli lo lasciò scrivere e si mise a passeggiare sul tappeto, senza mai perderlo d'occhio.

L'avvocato adesso appariva quasi tranquillo. Non era certo per l'occasione che aveva di liberarsi la coscienza. Ormai doveva essere convinto che la sua vita fosse salva, e probabilmente stava già pensando al momento in cui avrebbe ritrattato la sua confessione...

Arrivò in fondo al foglio, ne prese un altro e continuò a scrivere. Teneva le labbra leggermente all'infuori, come uno scolaro alle prese con il tema in classe. La stilografica d'oro galoppava sulla carta senza mai fermarsi. Nel silenzio della stanza si sentiva solo il fruscio del pennino che strusciava sulla carta, accompagnato dal lento tic tac della lunga pendola che occupava con eleganza un angolo dello studio. Bordelli lo guardava con pena, e di nuovo fu preso dal dubbio... Era giusto quello che stava per fare? Era davvero l'unica soluzione possibile? Si morse un labbro, scacciando quei pensieri...

Beccaroni finì di riempire il secondo foglio, e alzò la testa.

«Ho finito» disse, posando la penna. Bordelli si avvicinò per prendere i fogli, e continuando a camminare su e giù lesse la confessione per intero. Il racconto corrispondeva a quello assai più dettagliato che il giovane Italo Signorini aveva fatto a voce, prima di lanciarsi dalla finestra. In fondo c'era anche la firma.

«Molto bene...»

«Adesso che farà?» si azzardò a chiedere Beccaroni, che aveva ricominciato a sudare.

«Non abbia fretta.»

«Forse non ci crederà, ma sono contento di pagare per la mia colpa.»

«Poteva farlo prima, di sua spontanea volontà.»

«Lo so, lo so... Ha perfettamente ragione... Ma non è facile... È stato lei a...» Si fermò, con le lacrime agli occhi.

«Be', dovrebbe ringraziarmi. Le ho dato l'occasione di esaudire il suo desiderio di espiazione.»

«Sì... Infatti... La ringrazio immensamente... Non immagina quanto...» Gli tremava appena la voce, come se stesse per piangere. Sembrava addirittura sincero. Bordelli piegò i fogli e se li mise in tasca. Adesso doveva controllare una cosa importante. Prese un lapis dal portapenne e lo fece volare verso Beccaroni, che cercò di prenderlo al volo... con la mano sinistra. Era mancino. Per uccidersi avrebbe impugnato la pistola con la sinistra. L'avvocato non capiva il motivo di quella stranezza, e sorrideva con aria ebete.

Bordelli decise che era arrivato il momento. A passi lenti, con aria meditabonda, girò di nuovo dietro la scrivania e si fermò dietro alla sedia di Beccaroni.

«Non mi guardi.»

«Che succede?» disse l'avvocato, voltando la testa.

«Stia tranquillo...» Senza farsi vedere, Bordelli mise la Beretta nella fondina e impugnò la Browning. Per un attimo pensò di dire a Beccaroni che il suo amico macellaio non si era suicidato, ma poi lasciò perdere. A che sarebbe servito, se non a farlo agitare. Raccolse il primo foglio scritto dall'avvocato sotto dettatura, e glielo mise davanti.

«Che devo fare?» chiese Beccaroni, scorrendolo con gli occhi.

«Nulla...» disse Bordelli. Cogliendolo di sorpresa riuscì a fargli quasi impugnare la pistola con la mano sinistra, e gli sparò a bruciapelo in una tempia. La testa dell'avvocato scartò appena di lato e crollò di schianto sulla scrivania, proprio sopra la sua prima e brevissima confessione. I cani cominciarono ad abbaiare. Dal foro del proiettile usciva un filo di sangue, e negli occhi spalancati del morto era rimasta un'espressione stupita. La sua mano sinistra penzolava fino a sfiorare il tappeto. Bordelli la sollevò, strinse le dita dell'avvocato sull'impugnatura della Browning e lasciò ricadere la mano. Lui aveva i guanti, non avrebbe lasciato impronte, e se a qualcuno fosse saltato in mente di fare la prova della paraffina a un suicida, il risultato avrebbe confermato i fatti...

In quel momento suonò il campanello di casa, e Bordelli

trattenne il respiro. Le dieci e ventisette, il tempo era volato. Sentì suonare ancora, con più insistenza. I due dobermann avevano smesso di abbaiare. Senza fare rumore andò a prendere la torcia nella borsa, e mascherando la luce con le dita uscì dallo studio. Salì lentamente al primo piano, mentre il campanello continuava a suonare. S'infilò in una camera che dava verso la strada, e spiò dalle stecche delle persiane. Dietro le sbarre del cancello s'intravedeva l'ombra di una persona che sbirciava la villa... La guardia notturna al suo primo giro? La figlia di Beccaroni? O magari un vicino che aveva sentito lo sparo?

Ogni tanto l'ombra si staccava dalle sbarre e andava a suonare il campanello, poi tornava a osservare la villa. Rimase ancora un paio di minuti, poi sparì, e subito dopo i fari di una macchina si allontanarono lungo la strada.

Bordelli scese a piano terra aiutandosi con la torcia, per controllare se tutte le finestre erano ben chiuse e se esistevano altre porte. Scoprì due grandi sale e diverse stanze, ben arredate e accoglienti come tutto il resto. Gli scuri delle finestre erano serrati con la spranga, e la porta sul retro oltre alla sbarra aveva un grosso paletto tirato. Era la stessa identica situazione del castello della contessa, quando Orlando era stato impiccato...

Continuò la visita turistica, senza mai accendere le luci. Salì di nuovo al primo piano e si affacciò in tutte le camere. Letti a baldacchino, grandi armadi scuri, pochi quadri di varie epoche appesi nel posto giusto, anche di grandi pittori. Una delle ville più belle che avesse mai visto. Sembrava impossibile che tanta raffinatezza potesse convivere con la perversione, ma la Storia era disseminata di esempi del genere. Anche tra i nazisti e i fascisti esistevano uomini coltissimi, amanti dell'arte e delle lettere, capaci di parlare correntemente sei o sette lingue, di disquisire di filosofia, di musica sublime, di Rinascimento italiano... E mentre assaporavano cibi raffinati e sorseggiavano vino pregiato, il loro pensiero e le loro azioni producevano violenza e morte.

In fondo al corridoio aprì una porta più stretta delle altre e si trovò davanti una lunga scala che portava nelle soffitte. Salì fino in cima, spinse un'altra piccola porta e illuminò un grande vano quasi vuoto. A parte le ragnatele che pendevano dalle travi del soffitto, c'erano solo un paio di vecchi armadi e un letto smontato. L'aria sapeva di polvere e di secoli passati. Un posto dimenticato, ideale per nascondersi al momento opportuno. Ma per adesso non aveva nessuna voglia di chiudersi là dentro.

Tornò a piano terra, nello studio del « suicida », e si lasciò andare sopra una sedia di fronte al morto. Se avesse avuto le sigarette ne avrebbe accesa subito una. Adesso non rimaneva che aspettare...

Guardava gli occhi sbarrati di Beccaroni, pensando alle sue parole disperate... Si era veramente pentito? Sarebbe stato disposto a confessare davanti al giudice? E magari a trascinare in tribunale anche monsignor Sercambi? A un certo punto era sembrato davvero sincero, come se all'improvviso si fosse reso conto di ciò che aveva commesso... Era stato giusto ammazzarlo? Ormai era troppo tardi per tornare indietro...

Osservava le costole delle centinaia di volumi allineati sugli scaffali. Nemmeno tutti quei libri erano serviti a impedire a Beccaroni di diventare quel che era. Gli uomini potevano cambiare? Potevano trasformarsi come il bruco in farfalla? Durante una notte di grappa, Dante gli aveva detto che Platone non la pensava in quel modo: si è necessariamente come si nasce, e l'unica libertà di essere diversi è nascere « un altro »... Era veramente così? Dunque la colpa non esisteva? E nemmeno il merito? San Francesco e Hitler erano così come aveva deciso il destino, o avevano potuto scegliere? In quel momento era facile farsi cullare dai dubbi...

Lo squillo del telefono spezzò i suoi pensieri, riempiendo il silenzio della villa con un suono ansioso. Immaginò che fosse la stessa persona che si era attaccata al campanello. Il trillo non voleva saperne di smettere, e adesso sembrava isterico. A un tratto smise, ma ricominciò dopo pochi secondi e durò più di prima. Di nuovo si fermò, poi riprese, più volte, quasi rabbioso... Finché uno squillo si interruppe a metà e calò il silenzio. E adesso?

Si rese conto di avere una gran sete. Andò a prendere nella borsa la bottiglia dell'acqua, e ne bevve quasi metà, con la sensazione che poco a poco ogni cellula ricevesse la sua dose di liquidi. Non aveva per niente fame, ma era meglio mettere qualcosa sotto i denti. Senza togliersi i guanti aprì una tavoletta di cioccolata e ne mangiò qualche quadretto, lasciandolo sciogliere contro il palato. Tirò fuori il libro e si mise a leggere, sfogliando a fatica le pagine con i guanti.

Dopo una mezz'ora sentì una macchina fermarsi davanti alla villa, anzi dovevano essere due. Portandosi dietro la borsa uscì dallo studio, e mentre saliva le scale sentì suonare il campanello. Andò a spiare dalla stessa persiana. Una delle due macchine era della questura, con il lampeggiante acceso. Dietro le sbarre del cancello, illuminati a tratti dalla luce blu che girava, si vedevano due guardie e un altro uomo in divisa, certamente il vigile notturno che aveva sentito la detonazione. Il campanello suonò di nuovo, più a lungo. La terza volta durò quasi un minuto, poi finalmente il silenzio...

Alle tre e mezzo di notte parcheggiò il Maggiolino sull'aia di casa, e spegnendo il motore avvertì i muscoli rilassarsi. Guidando lungo l'Imprunetana aveva mangiato un panino e bevuto un po' d'acqua. Prima di entrare si voltò a guardare la macchia scura del castello, dove ormai da un pezzo non si vedeva più nessuna finestra illuminata. Con il pensiero mandò un ultimo ringraziamento a Orlando e alla contessa, che senza saperlo...

Appena aprì la porta si trovò davanti Blisk che scodinzolava con gli occhi cisposi, e gli accarezzò il muso.

«C'è stato un cambio di programma... Sono tornato prima...» Andò a mettere nel frigo i panini avanzati, poi si avvicinò al camino e con un fiammifero diede fuoco alla confessione completa di Beccaroni. Gli era servita soltanto per confrontarla con il racconto di Italo Signorini. Sparse la cenere con la paletta, per non lasciare la minima traccia. Prese il pacchetto di Nazionali e uscì con il cane a fare due passi tra gli olivi. Fumava una sigaretta dietro l'altra, soffiando il fumo verso il cielo pieno di stelle. Sentiva una lieve oppressione, un leggero peso sulla coscienza... ma sarebbe passato presto. Doveva essere soprattutto stanchezza. Comunque fosse, era andato tutto meglio del previsto...

Il vigile giurato si era fermato a lasciare i bigliettini nella cassetta della posta proprio nel momento in cui la Browning aveva sparato, e il meccanismo si era messo in moto... Non era anche quello un segno del destino?

Il vigile aveva suonato il campanello, aveva provato a telefonare, e alla fine si era rivolto alla questura. Una pantera

era andata sul posto, e mezz'ora dopo erano arrivati anche i pompieri con altre due macchine della Pubblica Sicurezza. Lui aveva continuato a spiare dalle stecche delle persiane del primo piano, e il riflettore piazzato per illuminare il giardino gli aveva permesso di riconoscere Piras. Questa scoperta lo aveva fatto quasi sorridere. Il sardo sapeva di Beccaroni e compagni, e si sarebbe perso dietro a mille domande... Il giorno dopo avrebbe sicuramente telefonato al suo ex superiore, nella speranza di farsi dire com'erano andate le cose.

I pompieri avevano preso al laccio i due cani, e li avevano rinchiusi nel loro recinto in fondo al giardino. Bordelli aveva seguito la difficile operazione spiando dalle persiane di varie stanze. Aveva visto arrivare anche un paio di giornalisti, con le macchine fotografiche. Quando le guardie avevano dato ordine di sfondare una finestra era salito fino alla soffitta, ed era rimasto con la porticina aperta ad ascoltare. Aveva sentito degli schianti, e poi le voci delle persone che entravano. Era impossibile capire le parole, ma aveva ugualmente percepito il momento in cui Beccaroni era stato trovato morto con la testa sulla scrivania...

La faccenda era stata piuttosto veloce, considerando la situazione. Dallo sfondamento della finestra al momento in cui il cadavere dell'avvocato era stato caricato sull'autoambulanza, erano passati poco più di quaranta minuti. Un'altra mezz'ora se n'era andata per inchiodare la finestra dall'interno e per gli ultimi dettagli burocratici. Finalmente se n'erano andati tutti, ed era tornato il silenzio... A un tratto lui aveva sudato freddo, rendendosi conto di essersi completamente dimenticato una cosa importantissima... Il portone della villa era stato semplicemente tirato, o si erano preoccupati di trovare le chiavi per dare le mandate? Non aveva nemmeno controllato se dall'interno la serratura si apriva con un pomello o se ci volevano comunque le chiavi. Un vero coglione, porca puttana. Con il cuore in gola era sceso subito a controllare, pensando inevitabilmente al destino. Si era avvicinato al portone mordendosi le labbra, e aveva tirato un sospiro di sollievo... Era una serratura moderna, di quelle con il pomello, e inoltre nessuno si era preoccupato di chiudere con le mandate. Poteva uscire indisturbato, senza lasciare la minima traccia del suo passaggio. Ma non voleva rischiare di rovinare tutto per la fretta di andarsene, e aveva aspettato ancora quasi un'ora seduto sui gradini della scala.

Il tempo non passava mai, e con il pensiero aveva fatto un viaggio nella memoria. Un viaggio sconclusionato, ma riposante, che lo aveva trasportato da un'epoca all'altra della sua vita... Gli era addirittura tornata in mente una gelida notte di febbraio del '44, a Cassino, quando non riuscendo a dormire aveva fabbricato un pugno di ferro, usando un pezzo d'elica di alluminio di un aereo inglese abbattuto. Alla fine della guerra se lo era portato a casa per ricordo, ma una mattina sua mamma era andata di nascosto a gettarlo nell'immondizia. Per lui fu come se avessero buttato via un pezzo della sua vita, ma riuscì a non arrabbiarsi, per non mortificare quella povera donna che ne aveva già passate tante...

Alle due e mezzo aveva deciso di andarsene. Aveva socchiuso il portone e dalla fessura aveva sbirciato il giardino buio, appena rischiarato dalla luce smorta della lampadina esterna. I due dobermann erano stati lasciati nel recinto, e li sentiva agitarsi dietro la rete. Probabilmente il giorno dopo qualcuno sarebbe venuto a portarli via, previo timbro del tribunale.

Si era chiuso dietro il portone, aveva attraversato con calma il giardino, aveva premuto il pulsante per aprire il cancellino di servizio e si era trovato nella strada. I cani non avevano abbaiato. Con gli occhiali sul naso e il cappello si era incamminato a passo tranquillo lungo lo stesso percorso dell'andata. Fino a via Senese non aveva incrociato nessuno, né a piedi né in macchina. Aveva raggiunto il Maggiolino e aveva guidato fino a casa, con la sensazione di essere uscito da un brutto sogno...

Rientrò in casa insieme a Blisk e se ne andò a letto. Spense la luce, era troppo stanco per mettersi a leggere. Era andato tutto come doveva andare, senza il minimo intoppo. Un suicidio in piena regola. Nessuno avrebbe mai dubitato del contrario, nemmeno monsignor Sercambi. Mentre si addormentava vedeva scorrere nella mente sempre la stessa scena, la testa di Beccaroni che cadeva di schianto sulla scrivania...

Una donna... bellissima... i capelli neri al vento, lo sguardo pieno d'amore... Gli si avvicinava con un sorriso gentile, guardandolo negli occhi con le labbra leggermente socchiuse... Gli prese la testa tra le mani... In quel momento si svegliò di soprassalto, con la sensazione di aver sentito un rumore a piano terra. Accese la luce e si tirò su, trattenendo il respiro. Sentì con chiarezza dei passi che salivano le scale...

«Dove sei? Ti porto a fare una bella giratina» disse una voce maschile, e Bordelli si ributtò giù con un sorriso. Aveva riconosciuto il Botta, che non si era certo dimenticato il suo impegno con il cane.

«Ciao, Ennio...» disse a voce alta. Dopo un secondo di silenzio assoluto la porta si socchiuse e apparvero gli occhi sgranati del Botta.

«Vuole farmi morire, commissario? Proprio ora che sono diventato ricco?»

«Non hai visto il Maggiolino?»

«Che c'entra? Poteva essere andato via con qualcun altro...»

«Hai ragione, scusa... Ho dimenticato di avvertirti...»

«Lo vedo...» disse Ennio, ancora un po' scosso. Il cane si era avvicinato al letto e aveva appoggiato il muso sul materasso.

«Alla fine quel viaggio non l'ho più fatto.»

«*La donna è mobile...*» canticchiò il Botta, con un sorrisetto ironico. Bordelli non raccolse la provocazione. Si alzò dal letto e si vestì alla meglio. Erano appena la nove, aveva dormito sì e no cinque ore, ma non si sentiva troppo stanco.

«Ci facciamo un caffè?» disse, passandosi le dita sugli occhi. Si avviarono giù per le scale, insieme al cane.

«Insomma che succede?» chiese il Botta.

«Non succede nulla...»

«Non doveva stare via qualche giorno?»

«Ho cambiato idea.»

«O forse è stata la *femmina* a cambiare idea...»

«Può darsi...»

«Vuole continuare con i misteri, commissario?»

«Quali misteri?... Ah, devo ancora ringraziarti per i vasetti delle erbe aromatiche...»

«Di nulla, commissario» disse il Botta, rassegnato a non soddisfare la propria curiosità.

«Ora ho tutto quello che serve per diventare un vero cuoco.»

«Ho trovato il pane attaccato alla porta, commissario. L'ho messo sul tavolo.» Dal sacchetto del panettiere spuntava una copia della «Nazione». Bordelli era curioso di leggere la cronaca cittadina, ma non voleva apparire troppo ansioso e si mise a sciacquare la caffettiera. Il Botta gliela strappò quasi dalle mani.

«Lasci fare a me.»

«Ubi maior...» ammise Bordelli. Andò ad aprire la porta per fare uscire Blisk, mentre Ennio armeggiava con la moka mugolando un motivo della Pavone.

«Ti va un panino, Ennio?» Aveva fame, e si era ricordato dei panini che non aveva mangiato.

«Magari più tardi...» disse il Botta, e continuò a canticchiare. Bordelli prese dal frigo un panino al prosciutto e andò a sedersi. Stese il giornale sul tavolo e sfogliò le pagine fingendo di non avere fretta... Finalmente trovò quello che cercava...

Lascia una confessione e si spara

Avvocato fiorentino scrive una misteriosa confessione e si uccide con un colpo alla testa

I famigliari sconvolti: « Era un uomo meraviglioso ».

Ieri sera alle ventidue e trenta il vigile notturno Lorenzo Degl'Innocenti, fermandosi davanti al cancello della villa dell'avvocato Moreno Beccaroni, nel silenzio della notte ha udito...

Scambiando distrattamente due parole con il Botta lesse velocemente l'articolo. Si raccontava com'erano andate le cose, dal momento in cui il vigile notturno aveva sentito lo sparo fino alla scoperta del cadavere. Si parlava anche dei due dobermann, che sarebbero stati affidati al canile municipale in attesa che un parente venisse a prenderli. Come sperava non c'era una sola parola che alludesse a un dubbio su quanto era successo. Insomma, un suicidio in piena regola.

Finì il panino e gettò la carta nel caminetto spento, sopra la cenere della confessione di Beccaroni. Immaginò monsignor Sercambi che apriva « La Nazione » e si trovava davanti la foto di un altro dei suoi compagni di avventure. Avrebbe tremato davanti alla parola « confessione »? O sarebbe rimasto impassibile, consapevole del proprio potere? La cosa più importante era che non sospettasse nulla... Ma come avrebbe potuto sospettare? Non ne aveva alcun motivo. Era del tutto plausibile che il rimorso per l'omicidio di un ragazzino potesse scavare nella coscienza fino al punto di spingere al gesto estremo. E forse monsignore non era per niente dispiaciuto di essere rimasto il solo custode di quel segreto osceno e abominevole. Ma anche lui aveva un appuntamento con il destino... Senza fretta...

« Oggi è primavera » disse il Botta, portando le tazzine in tavola. Bordelli chiuse il giornale e fece uno sbadiglio.

« A guardarti non sembri un milionario... »

« Cosa si aspettava, che venissi in giacca e cravatta sopra

una Porsche?» fece Ennio, mettendosi a sedere. Il caffè spandeva in aria il suo profumo di serenità.

«Quando ti compri la Porsche me la fai provare?»

«Macché Porsche, commissario... Farò la formichina, come dice lei... Nessuno lo deve sapere...»

«Ma io so tutto, e ti tengo in pugno.»

«Sono più preoccupato per il suo compleanno... Non è meglio se cucino io?»

«Ho il tuo vangelo, mi sento tranquillo.»

«Che Dio ce la mandi buona...»

«Non sei l'unico al mondo a saper cucinare, Ennio, devi accettarlo.»

«Ci sono un sacco di persone che sanno guidare, ma i piloti sono rari.»

«Così parlò Zarathustra...»

«No no, questa l'ho detta io.»

Finirono il caffè, e Bordelli si alzò per mettere le tazzine nell'acquaio.

«Hai visto l'orto? Sta venendo benissimo.»

«Lo lasci dire a me.»

«Cadrai in ginocchio...» In quel momento squillò il telefono, e come Bordelli si aspettava era Piras.

«Buongiorno, commissario.»

«So cosa vuoi dirmi... Ho appena letto il giornale...»

«Un suicidio dietro l'altro...»

«Il rimorso non perdona, Piras.»

«Certo, commissario. Ma un giorno mi dirà come ha fatto.»

«Scusa, non ti seguo...»

«Io sono con lei, commissario... Non se lo dimentichi...»

«Be', ti ringrazio.»

«Adesso devo andare...»

«Ciao, Piras.» Mise giù il telefono con un sorriso, e uscì con il Botta per andare a visitare l'orto delle meraviglie. Sulla cima dei rami di rosmarino erano apparsi dei piccoli fiori azzurri, le piantine di salvia avevano attecchito, e ormai tutti i peperoncini erano spuntati dal terreno.

Ennio non manifestò il dovuto entusiasmo per quell'opera monumentale, ma era solo una questione di carattere. Bordelli non si scoraggiò.

«Cosa te ne pare, maestro?»

«Dipende tutto dalla stagione, commissario... Comunque il recinto poteva farlo anche meglio.»

«Tutto si può fare meglio, è questo il bello della vita.»

«Così parlò Bordellustra...»

«I pomodori quando li devo trapiantare?»

«Tra un paio di settimane, ma forse è meglio che venga a darle una mano.»

«Faccio da solo, mi diverto.»

«A zappare l'orto sono buoni tutti, ma far crescere le piante non è uno scherzo.»

«Ce la farò... Ti va di fare due passi?»

«Anche quattro» disse Ennio. S'incamminarono nell'oliveto, sotto un sole che cominciava a scaldare. Era un pezzo che non pioveva sul serio, e il terreno argilloso cominciava a spaccarsi.

Bordelli pensava che in quel momento poteva essere ancora chiuso nella villa di Beccaroni, a mangiare panini e ad aspettare.

«Ho deciso di chiederti la mia parte per l'avventura milanese, Ennio.»

«Ah, e quanto vorrebbe?»

«Non voglio soldi... Se apri una trattoria, non mi farai mai pagare.»

«Tutto qui? L'avrei fatto lo stesso.»

«Mi viene quasi da piangere...»

«A proposito... Domani devo andare a vedere un fondo in Borgo dei Greci, se mi piace lo prendo.»

«Come la chiamerai la trattoria?»

«Pensavo *Botta e risposta*... Che ne dice?»

«Oppure... *Un Botta e via*...»

«*Botta da orbi...*»

«*Dallo Sbotta...*» Continuando a dire coglionate s'inoltrarono nel bosco, dove il sole filtrava a malapena tra i rami degli alberi. La vegetazione fremeva di vita, pronta a esplodere...

Quando faceva la quinta elementare era il tempo in cui Mussolini e i suoi squadristi davano fuoco ai circoli comunisti e socialisti, con la tacita approvazione della borghesia e addirittura del governo. Lui era ancora un bambino impaurito, schiacciato dalla timidezza. Quando la maestra faceva l'appello, era uno dei primi a essere nominato... Adorno, Bini, Bordelli... Ogni volta, sentendo pronunciare il suo cognome, alzava la mano e arrossiva come se si fosse trovato nudo in mezzo alla strada. Non gli piaceva stare in classe, in mezzo agli altri bambini. Non vedeva l'ora di tornare a casa. Stava molto meglio chiuso in camera sua a giocare con i pupazzi di panno che gli aveva cucito la mamma, immaginando storie fantastiche che ripeteva ogni volta con qualche piccola variante. La più bella era quella in cui lui riusciva a salvare la mamma da un uomo cattivo che voleva farle del male. Si riempiva di orgoglio per quelle imprese, e la sera a letto si addormentava sentendosi un eroe.

Quella mattina, a scuola, stava guardando fuori dalla finestra. Era l'inizio della primavera, c'era il sole, stare in classe era una pena. Le rondini saettavano nel cielo, sembravano impazzite. Lui avrebbe voluto volare insieme a loro, invece di stare chiuso tra quattro mura. Come sempre era seduto da solo nell'ultimo banco, e cercava di nascondersi. La maestra stava raccontando la storia di un carbonaro che aveva dato la vita per la Patria, combattendo contro lo Straniero. Lui si annoiava, e si mise a giocare con il temperino per appuntare le matite. Ogni tanto lanciava un'occhiata circolare all'aula, come i gatti che cercano una via d'uscita. Vedeva i muri ingialliti, il crocifisso appeso sopra le fotografie del re e del Duce, la nuca dei suoi compagni, la porta a vetri del bagno in fondo alla stanza, i banchi neri verniciati a smalto, la grande cartina dell'Italia appesa alla parete, il pavimento di graniglia... Conosceva tutto a menadito, fino ai più piccoli particolari...

A un tratto fece una mossa sbagliata e la lama affilata del temperino gli affondò nel pollice. Il sangue cominciò a sgorgare, a gocciolare sul banco, e immaginò che sarebbe morto. Era la prima volta che vedeva tutto quel sangue. Preso dal panico si alzò e riuscì a infilarsi nel bagno. Si appoggiò con la schiena al muro, di fronte al vetro che lo separava dalla classe, mentre il sangue ormai gli colava lungo il braccio. Respirava a fatica, si sentiva svenire... I suoi compagni sparirono lentamente dietro una miriade di puntini neri, e la voce della maestra gli arrivava alle orecchie con un riverbero da brutto sogno. Ancora qualche secondo e sarebbe morto, ne era sicuro... In quel momento al centro della muraglia di puntini neri vide animarsi una sagoma più scura, e avvertì il rumore della porta del bagno che si apriva...

«Bordelli... elli... elli... Ti senti male... ale... ale... Ma che hai fatto... atto... Sangue... angue... angue... angue...» Nella nebbia la maestra aprì il rubinetto, gli sciacquò il viso e gli mise la mano ferita sotto l'acqua fredda, mormorando parole che lui non riusciva più a capire... Pensava di crollare a terra, invece poco a poco si riprese... Adesso sentiva le voci quasi normalmente, il pulviscolo nero si diradò e riapparve la maestra, con un viso rassicurante...

«Non è nulla, solo un taglietto... Mettiti seduto per terra e tieni la mano in alto... Vado a cercare un cerottino... Voi tornate a posto...» disse la maestra, scacciando i suoi compagni che si erano accalcati davanti alla porta del bagno. Lui si lasciò scivolare contro il muro e si sedette

sul pavimento, e obbedendo alla maestra alzò la mano sopra la testa, senza capirne il motivo.

Dopo qualche minuto era di nuovo seduto nel suo banco, pieno di vergogna, con un cerotto intorno al pollice. Cercava di ignorare gli sguardi degli altri bambini, che gli lanciavano occhiate di nascosto. Si sentiva inevitabilmente speciale, e insieme a uno sgradevole compiacimento avvertiva un malessere indefinito. Se avesse potuto scegliere, non avrebbe mai più messo piede a scuola...

Due anni dopo, sempre a primavera, gli accadde un'altra cosa che non avrebbe mai più dimenticato. Nulla che si potesse vedere da fuori, una faccenda tutta sua, intima. Non lo aveva mai raccontato a nessuno, ma del resto non avrebbe saputo cosa dire... Era successo un pomeriggio di domenica, mentre i suoi genitori erano in salotto a chiacchierare con degli amici che erano venuti a pranzo. Lui stava giocando con i suoi pupazzi, era nel mezzo di un'avventura emozionante... A un tratto aveva pensato: « Non mi diverto più a giocare con i pupazzi... » E insieme a una sottile tristezza aveva avvertito per la prima volta la paura dell'ignoto...

«Sono contenta di vedere la tua casa» disse Adele, allegra come una ragazzina. Stavano salendo su per l'Imprunetana, dopo aver cenato nello stesso ristorante e allo stesso tavolo dell'altra volta. Erano appena passate le dieci. Avevano bevuto un buon vino, e lei era gioiosamente brilla. Aveva una gonna non troppo lunga, e ogni tanto Bordelli lanciava un'occhiata alle sue ginocchia rotonde che emergevano appena dall'oscurità.

«Non ti spaventare per il disordine» disse, dopo un lungo silenzio. Meno male che aveva passato il pomeriggio a pulire, togliendo la polvere dai mobili e spazzando batuffoli di laniccio e di peli dai pavimenti. Non lo aveva fatto per Adele, ancora non sapeva che lei gli avrebbe chiesto di vedere la sua casa. Era stato solo un modo come un altro per cercare di placare l'agitazione dell'attesa.

«Se tu avessi una donna, penserebbe lei a tenere in ordine la casa» disse Adele, allusiva. Il suo profumo ricordava la frutta calda di sole, e si spandeva in aria insieme a una dolce tensione. Tra una frase e l'altra passava molto tempo, ma nessuno dei due avvertiva il minimo imbarazzo.

«Ho conosciuto donne molto disordinate» disse Bordelli. Calò di nuovo il silenzio. Gli olivi e i cipressi scorrevano ai lati del Maggiolino, alternando l'argento al verde cupo. Bordelli pensava all'ultima volta che si era trovato in macchina con Eleonora, quando la notte dello stupro l'aveva accompagnata a casa dei suoi genitori. Aveva attraversato la città ancora devastata dall'alluvione, e quel silenzio che sapeva di addio non lo avrebbe mai dimenticato. Eleonora era seduta lì accanto, dove adesso c'era Adele. Poi era scesa dal Maggiolino, con aria assente, e un attimo dopo era sparita dentro il portone.

« Chissà quante ne hai avute... »

« Di cosa parli? »

« Delle donne. »

« Ah... »

« Segreto di Stato? »

« Non credo di averle mai contate. »

« Sei un vero gentiluomo... » sussurrò lei, sorridendo.

« Non lasciarti ingannare dalle apparenze, sono molto peggiore di quello che sembro » disse Bordelli, pensando a quello che aveva fatto la sera precedente. Ancora silenzio, un bellissimo e sereno silenzio. Adele faceva ondeggiare appena un ginocchio, con lo sguardo perso nella campagna.

« Oggi è primavera... » disse, guardando la lama luccicante della luna che tagliava il cielo nero come un'unghiata.

Attraversarono la piazza di Impruneta, buia e deserta, e costeggiando la basilica continuarono sulla provinciale. Poco dopo imboccarono lo sterrato, e scendendo lungo il sentiero videro una lepre bloccarsi davanti agli abbaglianti, con le orecchie dritte. Era sempre la stessa. Bordelli si fermò, mentre Adele sorrideva come una bimba che ha appena scartato un bel regalo.

« Che bella... »

« Io la vedo spesso, ormai siamo amici. » Aspettarono di vederla fuggire, poi scesero fino a casa.

« Ecco qua la mia spelonca. »

« È enorme... »

« Hai paura degli orsi bianchi? » disse Bordelli, girando la chiave nella serratura. Appena aprì la porta sbucò fuori Blisk, più grosso che mai, e dopo aver annusato Adele le strusciò il testone sui fianchi.

« Com'è dolce... Chissà se ha preso da te... » disse lei, lisciandogli il pelo con la mano. Entrarono in casa, lasciando che il cane se ne andasse a spasso nella notte. Adele volle vedere tutte le stanze, e nella camera da letto si guardò intorno con un leggero sorriso sulle labbra. Bordelli la portò anche nei locali degli attrezzi, in cantina e nel vecchio frantoio.

«Allora? Ti piace?»

«Non so se ci abiterei da sola... Mi fa un po' paura...» disse lei con un brivido, stringendosi nelle spalle. Tornarono in cucina, e Adele si lasciò andare sulla poltrona.

«Vuoi bere qualcosa?» chiese Bordelli, accendendo una sigaretta.

«Cos'hai di buono?»

«Solo vino rosso...»

«Allora sceglierò un bel bicchiere di vino rosso.»

«Vuoi che accenda il fuoco?»

«Lo faresti per me? Che cavaliere...»

«Ci metto un minuto, principessa.» Con aria da vero cavaliere medievale servì il vino in due calici, ne offrì uno a Adele e si dedicò al camino con grande impegno. Sistemò la legna, e dopo aver appiccato il fuoco alle pagine di giornale accartocciate andò a sedersi di fronte a lei. Era davvero bella, Adele. Tre figli, un marito perduto e venti anni non erano riusciti ad appannare la sua freschezza. Bordelli si ricordava bene di quando la vedeva passare nei vicoli di San Frediano, affascinante e selvaggia, bersagliata di sguardi.

«Eccoci qua, soli soletti» disse lei, rigirandosi in mano il bicchiere. Bordelli la guardava, e intanto ripensava al macellaio e a Beccaroni. Nella sua mente passava di continuo una frase: *adesso tocca a Sercambi.* Ma non poteva essere un argomento di conversazione...

«I bimbi chi li guarda?»

«Stanotte mia mamma dorme a casa mia.»

«Santa donna...»

«Le ho detto che uscivo con un'amica.»

«Le donne sono tutte bugiarde.»

«Se sapesse dove sono, direbbe che sono una puttana.»

«Per così poco?»

«La notte non è ancora finita» disse Adele, fissandolo. Bordelli sentì una vampata calda sul viso, e capì che la notte doveva ancora cominciare. Gettò la cicca nel fuoco, domandandosi se avrebbe preferito che al posto di Adele ci fosse Eleonora... Ma non riuscì a rispondere. Posò il calice in terra e si alzò. Si avvicinò a Adele, si chinò su di lei e la baciò sulla bocca. All'inizio fu appena uno sfiorarsi di labbra, poi anche Adele si alzò in piedi, gli mise una mano dietro la nuca e lo tirò a sé... Un lungo bacio che li lasciò quasi senza fiato.

«Sei un barbaro...» bisbigliò Adele, sorridendo. Lo prese per mano e se lo portò dietro come un bambino, fino in camera da letto. Non accese nessuna luce, lasciando che a rischiarare appena la camera fosse la lampada delle scale. Si tolse le scarpe e si lasciò andare sulle coperte. Bordelli si sdraiò accanto a lei.

«Sei ancora in tempo per cambiare idea» le disse all'orecchio. Si abbracciarono forte, continuando a baciarsi. Poco dopo erano sotto i lenzuoli, nudi come mamma li facette...

Stava sognando suo padre che a notte fonda guidava il Maggiolino, guardando la strada con molta attenzione. Lui era bambino e stava sdraiato sul sedile posteriore, felicc di farsi trasportare senza conoscere la destinazione. Suo padre non parlava, come se avesse troppe cose da pensare. Lui sapeva solo che il viaggio sarebbe stato lunghissimo, e questo lo riempiva di gioia... Era così contento che gli veniva da piangere... Scoppiò in singhiozzi, ma suo padre non lo sentiva e continuava a guidare... Era una strada tutta curve, lui vedeva solo la cima degli alberi... Lentamente si svegliò, e si rese conto che a piangere era Adele. La sentiva sussultare nel letto. L'abbracciò con tenerezza e le passò una mano sulle guance bagnate di lacrime...

«Adele...» sussurrò.

«Scusa...» Lei cercava di smettere di piangere, ma non ci riusciva.

«Che succede?»

«Nulla... Sto bene... Non sono mai stata così bene...» Anche lei lo abbracciò, lo soffocò di baci. Erano baci appassionati, ma anche dolci, e anche disperati. Baci bellissimi, che avrebbero stordito qualunque uomo. A un tratto lei scoppiò a ridere, ma si fermò subito e ricominciò a piangere. Bordelli la strinse a sé.

«Mi farai diventare matto...»

«No...»

«Sei una donna ferita, una preda facile per gli uomini... Proprio per questo sei pericolosa... A un tratto ti renderai conto che avevi solo bisogno di essere desiderata e mi butterai via come un tovagliolo usato... »

« Che te ne importa? A voi uomini basta aggiungere una tacca al calcio della pistola e siete contenti » disse Adele, piagnucolando e ridendo.

« È vero, sono contento... Erano vent'anni che sognavo una notte così... »

« Domani andrai al bar e racconterai agli amici che mi hai trombata. »

« Certo... e con tutti i particolari... »

« Anche io... Telefonerò a tutte le mie amiche... »

« Però dirai che ho vent'anni... »

« Non so che farmene dei ventenni. »

« Trentacinque? »

« Dirò la verità... Che sei un vecchione... » Aveva smesso di piangere, e intrecciava le gambe con quelle di Bordelli.

« Non ho ancora cinquantasette anni » disse Bordelli, pensando che tra meno di due settimane era il suo compleanno.

« Baciami... » Ricominciò tutto da capo, e fu ancora più bello, più divertente. A letto con lei Bordelli viveva la stessa leggerezza che aveva provato con Eleonora... Ma non era proprio il momento di pensare a lei...

Dopo rimasero abbracciati a fissare il buio, ansimando. E di nuovo Bordelli pensò a Eleonora... Chissà cosa stava facendo, in quel momento... Anche lei aveva appena finito di fare l'amore? O si stava rigirando nel letto pensando a qualcuno? Forse stava semplicemente dormendo...

Si accorse che adesso la sentiva più lontana, più irraggiungibile che mai... Quasi una figura mitologica...

« A cosa pensi? » sussurrò Adele.

« A una donna. » Non aveva nessuna voglia di mentire, non alla sua età. La vecchiaia era uno schifo, ma almeno gli aveva fatto scoprire quanto fosse bello non nascondersi.

« L'hai tradita con me? » disse lei, leggermente ansiosa.

« Non stiamo più insieme da molto tempo, ma ci penso ancora. »

«È stata lei a lasciarti?»

«È una storia un po' complicata...» Per il momento non aveva voglia di raccontarla.

«Com'è? Bella?»

«Direi di sì...»

«Più di me?... No, non me lo dire...»

«Sei bellissima, non fare finta di non saperlo.»

«Non divagare... Quanti anni ha?»

«È un po' più giovane di te...»

«Trentacinque?»

«Meno...»

«Trenta?»

«Dai, lasciamo perdere...»

«Meno di trenta?» fece lei, quasi offesa.

«Più o meno... Venticinque...»

«Non ci credo... Che se ne fa una bella ragazza di venticinque anni di un panzone come te?» disse Adele, dandogli dei pugni sul petto.

«Ahia... Me lo sono chiesto anch'io.»

«Insomma sei ancora innamorato di lei...»

«Forse sì.»

«E di me? Sei innamorato?... No, non me lo dire...»

«Mi hai fermato in tempo.»

«Anzi no... Dimmelo... Sei innamorato di me?»

«Visto lo svolgersi dei fatti... Valutate le dichiarazioni dei testimoni... Considerate le attenuanti generiche... Sembrerebbe di sì... Ma con il beneficio della sospensione condizionale...»

«Per una dichiarazione così eccitante potrei anche morire.»

«Mi devi perdonare... In queste faccende le parole non sono il mio forte.»

«Oh, non l'avrei mai detto» disse lei, ridendo.

«Mi piacerebbe conoscere i tuoi bimbi.»

«Oddio, chissà che ore sono...»

«Mi sa che l'ora di Cenerentola è passata da un pezzo» disse Bordelli, preoccupato. Lei accese la luce e guardò l'orologio.

«Sono quasi le due... Mia madre mi dirà di tutto...»

«Perché non le confessi la cruda verità?»

«Ci mancherebbe anche quello» disse Adele, scendendo dal letto. Cominciò a rivestirsi in fretta, cercando i vestiti sparsi qua e là. Bordelli si godeva lo spettacolo. Guardare una donna che si vestiva era quasi più bello che vederla spogliarsi.

«Sai che non sei male?»

«Scemo... Dai, vestiti...»

«Agli ordini.» Dopo nemmeno un minuto era pronto, mentre Adele era ancora alle prese con le calze.

«Ma il tuo cane è rimasto fuori?»

«Porca miseria...» disse Bordelli. Scese a piano terra e aprì la porta. Blisk era accucciato nell'aia. Si alzò con aria offesa e s'infilò in casa ciondolando.

«Dai, cerca di capirmi...» disse Bordelli, seguendolo. Il cane bevve un po' d'acqua e andò a sdraiarsi nel suo angolo al lato del camino. Fece un sospiro retorico e chiuse gli occhi, ignorando il rammarico di Bordelli.

Adele scese le scale, cercando di rimettersi a posto i capelli con le mani. Aveva uno sguardo dolcissimo, sognante e spaurito, sembrava una bambina che ne aveva combinata una delle sue.

Uscirono di casa e montarono sul Maggiolino. Lei aveva i brividi per il freddo, e Bordelli accese il riscaldamento. Scendendo giù per l'Imprunetana si accorse che l'ansia di Adele lo stava influenzando... Si sentiva colpevole, come quando da ragazzo tornava tardi la notte e trovava suo padre sveglio ad aspettarlo.

La luce degli abbaglianti illuminava i muri di pietra e le chiome degli olivi che si affacciavano sulla strada, sotto un cielo limpido e lontanissimo.

«Insomma sei innamorato di due donne...» disse Adele, appena un po' gelosa.

«Diciamo che sono un po' confuso.»

«Come si chiama?»

«Eleonora.»

«Perché non me la fai conoscere? Così diventiamo amiche e decidiamo insieme cosa farne di te» disse Adele, dandogli un colpetto sul ginocchio. Cercava di buttare tutto sullo scherzo, ma nella sua voce vibrava una certa agitazione.

«Magari mi giocate a dadi» disse Bordelli.

«Sarebbe divertente...» Ma il suo tono non era per niente divertito.

«Io vincerei comunque» disse Bordelli, cercando di recuperare la leggerezza. Adele aveva incrociato le braccia sul petto.

«Come si fa a essere innamorati di due persone?»

«Non lo so... Non mi era mai successo...»

«Secondo me preferisci lei.»

«Adele, ti prego... Non la vedo da mesi... È successa una cosa molto brutta...»

«Perché non me la racconti?»

«Un'altra volta.»

«Non ho più voglia di soffrire...» disse Adele, accarezzandogli una mano e sforzandosi di sorridere. Rimasero in silenzio. Ogni tanto si scambiavano un'occhiata e accennavano un sorriso. Per tutto il resto del viaggio non dissero più una parola.

Bordelli si fermò davanti a casa di Adele, e appena spense il motore si baciarono. Le labbra di Adele erano morbide e nervose. Quando scesero dalla macchina, lei aveva già le chiavi pronte in mano. Davanti al portone si baciarono un'altra volta, più in fretta.

«Quando ci rivediamo?» chiese Bordelli, stringendole un polso.

« Non lo so... Ti telefono io... » sussurrò lei, come se avesse paura di svegliare tutto il palazzo.

« Dormi bene, principessina. »

« Farò del mio meglio... » Infilò le chiavi nella serratura, agitò una manina e sparì dentro il portone...

Era mai esistita, Adele?

Per due giorni non fece che camminare nei boschi con il cane, occuparsi dell'orto e leggere davanti al camino, cercando di non aspettare la telefonata di Adele. Non riusciva a non pensare a lei, ma non per questo si era dimenticato di Eleonora, che ormai era come Venere che sorge dalle acque, un affresco rinascimentale che faceva da sfondo a ogni suo pensiero.

Venerdì mattina si svegliò con un presentimento, come se dovesse succedere qualcosa di spiacevole, ma cercò di non farci caso. Doveva essere tutta colpa del suo umore, anche se non riusciva a capire di preciso quale fosse. Non c'entrava nulla la solitudine, di certo non il fatto di abitare tutto solo in una grande casa. Anzi, quello era piacevole, molto più di quanto avesse mai immaginato.

Si alzò con la schiena a pezzi, e quando aprì la porta di camera trovò come al solito l'orso bianco ad aspettarlo, con la lingua penzoloni.

« Non potevi essere una bella donna? » disse, stringendogli il muso con la mano. Scesero insieme in cucina, e Bordelli aprì la porta per lasciarlo uscire. Blisk si fermò un secondo sulla soglia e si girò a guardarlo con gli occhi tristi, abbaiò un paio di volte e se ne andò correndo. Non lo aveva mai fatto prima, e in quel momento Bordelli pensò che non sarebbe più tornato. Uscì sull'aia e lo seguì con lo sguardo. Blisk galoppava verso il bosco, senza voltarsi, e quando sparì tra gli alberi fu come se si spegnesse una luce. Bordelli sentì uno strizzone allo stomaco, poi alzò le spalle e scosse il capo...

Figurati se un bestione goloso come Blisk... Dove le trovava delle zuppe come quelle che mangiava da lui?

Fece il caffè e andò a berlo seduto al tavolo, fissando il vuoto. Era una giornata strana, se lo sentiva. A un tratto si rese conto che Eleonora e Adele si somigliavano... Capelli neri, occhi scuri, lunari e solari al tempo stesso, ironiche, moderne, ma anche dolci, capaci di tenerezze, di lanciarsi senza pudore tra le braccia di un uomo...

Era davvero innamorato di tutte e due? Se davvero lo avessero costretto a scegliere, sapeva che qualsiasi decisione avesse preso si sarebbe macerato nel rimpianto. Ma per il momento il problema non si poneva, non era lui a poter scegliere. Sarebbe stato troppo bello, nonostante tutto. Per adesso soltanto Adele era qualcosa di concreto, Eleonora era una specie di sogno.

Finì il caffè e andò ad annaffiare l'orto, come ogni mattina. La monotonia di quel rituale quotidiano non corrispondeva a una monotonia interiore. Anzi ogni volta gli sembrava di fare una cosa nuova, forse perché i suoi pensieri non erano mai gli stessi. I giorni passavano, la sua vita cambiava... Le sorprese, le scoperte... Sogni confusi che si mescolavano a speranze altrettanto ingarbugliate... Altro che saggezza della vecchiaia... Di fronte alle donne si sentiva ancora un povero ragazzino incapace, in balia del vento femminile...

Le piantine crescevano bene, nonostante i dubbi del Botta. Finì di annaffiare, e dopo aver trasportato un bel po' di legna in un angolo della cucina andò a fare due passi nel bosco dietro casa. L'aria era tiepida, e i germogli avevano preso coraggio. Ogni tanto vedeva passare una grande farfalla bianca o gialla, che volteggiava come un'allucinazione tra i cespugli di ginestre e di ginepro...

Per poco non pestò una vipera, ferma sul sentiero a prendere il sole, e la seguì con lo sguardo mentre si allontanava lentamente sulle foglie marce. Sembrava un animale innocuo... Ma non era anche colpa sua se l'uomo era stato condannato alla sofferenza? Un serpente, una mela, una donna...

Quel povero tordo dell'uomo era innocente, non aveva nessuna colpa, a parte la sua stoltezza. Aveva obbedito alla donna, cedendo ai suoi incitamenti. Non aveva deciso nulla... A decidere era sempre stata la donna, fin dal principio...

Chiamò Blisk a voce alta, aspettandosi di vederlo apparire tra i cespugli. Ma il cane non si fece vedere. Incrociò un guardiacaccia con la doppietta agganciata alla spalla, e gli chiese se avesse visto un cane che sembrava un orso bianco. Il guardiacaccia si fermò e scosse la testa. Era basso, corpulento, con il naso deforme pieno di venuzze rosse, tipico dei bevitori incalliti.

«Non ho visto nessuno.»

«Grazie lo stesso.»

«Di nulla...» disse il guardiacaccia, e dopo un cenno di saluto se ne andò a passo lento. Magari nella tasca del giaccone aveva una fiasca di rosso, pensò Bordelli, continuando a inoltrarsi nel bosco. Ogni tanto chiamava il cane... Ma forse Blisk era già davanti alla porta ad aspettarlo.

A mezzogiorno tornò verso casa. Non aveva ancora fumato una sigaretta, e non aveva nessuna intenzione di farlo fino a dopo pranzo. Chissà se Adele avrebbe telefonato... Aveva voglia di rivederla, di parlare con lei, di baciarla, di portarla dentro il suo letto...

Blisk a casa non c'era, e Bordelli tornò verso il bosco per cercarlo. Si mise a gridare il suo nome, con le mani intorno alla bocca, e si accorse che il suo richiamo aveva qualcosa di disperato... Come se stesse gridando il nome di una donna...

Era davvero possibile che Blisk se ne fosse andato all'improvviso, così com'era apparso? Quale richiamo aveva sentito? Cosa stava cercando? Ma forse si era soltanto allontanato più del solito inseguendo un branco di cinghiali o un capriolo, e presto sarebbe tornato.

Lo chiamò ancora, con la voce incrinata dalla delusione, sperando di vedere tra i cespugli la macchia bianca del suo manto... Ma non aveva senso continuare a cercarlo. Blisk conosceva bene la strada di casa. Se aveva deciso di andarsene, non lo aveva fatto senza un motivo. La sua scelta andava rispettata, anche se era dolorosa... Non si doveva fare così anche con le donne, quando ti lasciavano? Che senso aveva cercare di trattenerle? Era più saggio salutarle con un bacio sulla fronte e l'augurio di vivere una vita felice. Ma non era così semplice... Anzi il più delle volte lui aveva reagito d'istinto, alternando l'amarezza alle implorazioni, e al ricordo se ne vergognava.

Smise di chiamare il cane e tornò verso casa con un nodo alla gola, ripensando al presentimento che aveva avuto la mattina appena si era svegliato. Non era forse un'altra prova che il destino esisteva? *Il Libro* era già scritto, e ogni tanto a qualcuno capitava di sbirciare in anticipo una pagina.

Avvicinandosi a casa sentì che stava squillando il telefono, e si mise a correre. Aprì la porta e si precipitò a rispondere.

«Pronto?»

«Sono io... Ti senti bene?»

«Ciao Adele...»

«Sei affannato...»

«Scusa... Ero fuori e ho fatto una corsa.» Sentiva nel telefono una bimba che parlottava.

«Volevo dirti una cosa...»

«Sì...»

«Ci ho pensato bene... È meglio se non ci vediamo più...» sussurrò Adele, con la voce rotta.

«Ma che dici?»

«Sei innamorato di quella là... E prima o poi... Lo so come vanno queste cose...»

«Adele...»

«Non ho nessuna voglia di competere con una di venticinque anni...»

«Ma che dici?»

«Non voglio più stare male... Non ce la faccio... Ho bisogno di stare da sola...»

«Non te ne andare...»

«Ti prego... Ti prego... Non mi cercare più...» Scoppiò a

piangere, soffocando i singhiozzi, e prima che Bordelli trovasse le parole riattaccò.

Anche lei se n'era andata, come l'orso bianco. Mise giù il telefono e rimase a fissare il vuoto. Adesso era chiaro che il suo presentimento era più azzeccato che mai...

Era riuscito a non reagire troppo male, a non insistere per rivederla, e rispettando la sua volontà non l'avrebbe mai più richiamata. Almeno di questo era orgoglioso. E se poi lei un giorno...

Non doveva farsi abbattere dalle cose della vita, non alla sua età. Fece un bel respiro e cominciò a preparare il pranzo, anche se non aveva molta fame. Si sentiva stordito, ma non voleva pensare. Preferiva rimandare qualsiasi considerazione a un altro momento. Ogni tanto gli capitava di guardare la ciotola di Blisk, e pensava che l'avrebbe lasciata dov'era.

Mangiò la pasta senza accendere il televisore, annaffiandola con mezzo fiasco di vino. Dopo il caffè andò a sedersi davanti al camino spento, con il libro in mano. Non aveva la forza di accendere il fuoco. Provò a leggere, ma non ci riusciva. Lasciò andare il libro sulle ginocchia e si mise a fissare le travi del soffitto. Il silenzio gli penetrava nelle ossa. Aveva fatto male a essere sincero con Adele? Nonostante tutto era convinto di no...

Lo sguardo gli cadde di nuovo sulla ciotola del cane, e non poté fare a meno di ripensare alle ultime parole di Adele... *Ti prego... Non mi cercare più...* E subito si ricordò le ultime parole di Eleonora... *Lasciami, sto bene...* In fondo il significato era lo stesso...

Avrebbe voluto piangere, ma non ne era capace. Non aveva pianto nemmeno quando sua madre era morta, ascoltando il suo unico figlio che le leggeva in un sussurro dei versi di D'Annunzio...

Odi? La pioggia cade
su la solitaria
verdura

con un crepitio che dura
e varia nell'aria secondo le fronde
più rade, men rade.
Ascolta. Risponde
al pianto il canto
delle cicale...

Sabato e domenica furono due giornate magnifiche, inondate di sole. Bordelli le passò a camminare nei boschi sopra Cintoia, tra gli spari dei cacciatori e gli animali che fuggivano, immaginando di veder apparire da un momento all'altro tra i cespugli una grande macchia di pelo bianco. Era una speranza infantile, come quella di tornare a casa e trovare Adele ad aspettarlo.

Ormai si era abituato a veder correre Blisk tra gli alberi, come un lupo in cerca di prede, e percorrere i sentieri senza di lui era triste. Ma quel cane misterioso gli aveva insegnato una cosa che alla sua età avrebbe dovuto dare per scontata: a governare la vita era l'illusione, era lei ad avanzare a tentoni verso il futuro, quello che avevi oggi credevi di averlo anche domani, anche se nessuna divinità te lo aveva promesso. Era altrettanto vero che senza illusioni era difficile vivere, e l'unico vantaggio possibile era quello di esserne consapevoli. Godersi i sogni ed essere preparati alla delusione, era così che si doveva fare...

Anche il resto della settimana lo passò come un orso. Camminate solitarie, orto, libri e caminetto. Non faceva più così freddo, ma l'abitudine di accendere il fuoco era dura a morire.

Ogni tanto squillava il telefono, e correva a rispondere. Riuscì a non cedere a un invito insistente di Rosa, resistendo al suo desiderio infantile... Ma non aveva nessuna voglia di scendere in città in mezzo alla gente.

Gli capitò di fare due chiacchiere con Piras, cariche di sottintesi sul suicidio di Beccaroni, e sviando il discorso ne approfittò per ricordargli la cena del compleanno, chieden-

‑gli di non portare regali. Cascasse il mondo, voleva mettere in piedi quella benedetta cena.

Arrivò anche una telefonata di Diotivede, aspra come al solito, e fu l'occasione di annunciargli il grande evento del due aprile, rigorosamente senza regali.

Il Botta sapeva già da un pezzo del compleanno, e non se ne sarebbe certo dimenticato. Chissà com'era curioso di scoprire se il suo vangelo era capace di convertire un commissario in un cuoco.

Venerdì sera dopo cena telefonò a Dante, per invitarlo al compleanno. Dante accettò con piacere, e gli chiese se avesse voglia di bere una grappa. Bordelli non vedeva anima viva da diversi giorni, e andare a Mezzomonte non significava certo tuffarsi in mezzo alla folla...

Montò in macchina, e un quarto d'ora dopo era mezzo sdraiato su una poltrona nella penombra del laboratorio, con un bicchiere in mano e una sigaretta nell'altra. La luce da chiesa dei candelabri era intima e riposante. Sembrava di essere in un mondo lontano, dove i dolori erano solo un ricordo.

Dante era seduto di fronte a lui, e tirava boccate dal sigaro. Spire di fumo denso salivano lente verso il soffitto. Dopo qualche minuto fu Bordelli a interrompere il silenzio.

«Come mai il mondo è così brutto?» disse, sorridendo per la banalità. Ma sapeva che una frase del genere avrebbe svegliato i ragionamenti di Dante...

«Se il mondo non fosse brutto, Gesù Cristo non avrebbe avuto alcun successo» disse Dante lanciandosi in una delle sue sintesi, e subito dopo scoppiò a ridere.

«Ci dovrei riflettere...»

«Possiamo tranquillamente aggiungere che se il mondo fosse tutto rose e viole, l'arte non esisterebbe. Ogni opera d'arte è un po' come Gesù Cristo... Cerca di gettare un ponte tra quello che è e quello che dovrebbe essere... È il tentativo di rimettere le cose al loro posto... L'anello di congiunzione tra il Male e il Bene...»

«Capisco e non capisco...»

«Riesce a immaginare un mondo senza Leonardo, senza Schubert, senza Van Gogh... Omero... Leopardi... Shakespeare... Eschilo... Dostoevskij... Pontormo... Bach... e potrei continuare tutta la notte...»

«Be', mi sarebbe difficile.»

«Tutti loro sono l'altra faccia dell'orrore... Ogni guerra, ogni sopruso, ogni ingiustizia, ogni orrore del mondo spinge l'anima di certi uomini a creare opere immortali... Senza che in fondo ne siano pienamente consapevoli. Sono solo strumenti, utensili della storia che per vie misteriose hanno il potere di rubare frammenti di verità al mondo Iperuranio, dove risiedono gli Universali.»

«Devo ammettere che non ci avevo mai pensato.»

«Il mondo va osservato nel suo insieme... È come un grande formicaio che brulica per la sopravvivenza, in equilibrio tra la vita e la morte. Senza l'orrore non ci sarebbe l'arte, ma senza l'arte sarebbe come vivere all'inferno. È la natura stessa a trovare i rimedi, o forse è meglio dire che cerca di metterci una pezza. Eppure il Bene non si è mai scoraggiato, e continua a opporsi al Male. Forse hanno ragione i manichei, che vedono in ogni aspetto dell'esistenza l'eterna lotta tra il bene e il male, tra la luce e l'oscurità.» Dante si alzò per riempire di nuovo i bicchieri, e rimase in piedi davanti a Bordelli. Una nuvola di fumo avvolgeva la sua testa, e i suoi occhi brillavano di una luce buona e intelligente, come lo sguardo di certi cani. Fece un sorriso e continuò a esporre la sua visione delle cose, come se pensasse a voce alta.

«Se consideriamo l'umanità intera come un unico animale, vediamo le sue malattie e al tempo stesso la cura che riesce a tenerla in vita. In tutto questo gli individui non hanno nessuna importanza, ma ugualmente ognuno persegue i suoi minuscoli desideri, che messi a confronto con il Progetto Universale sono meno di una cacca di mosca trasportata dal vento... Comunque devo confessare che al momento mi sfugge quale sia il Progetto Universale. Ma non ho il diritto di lamentarmi, nessun individuo è capace di cogliere l'Essere nel suo insieme. Abbiamo il nostro piccolo universo da amministrare, e non possiamo fare altrimenti.»

«Dopo questo discorso mi sento una nullità, ma è quasi piacevole» disse Bordelli. Si sentiva bene, adesso. Non avrebbe mai voluto lasciare quella grande stanza immersa nel crepuscolo delle candele, dove si discorreva di cose profonde e irrisolvibili. Non voleva pensare a quando sarebbe tornato a casa, senza Adele, senza Eleonora... senza Blisk...

«Sa che lei ha una bella voce, Bordelli?» disse Dante, rimettendosi a sedere.

«È una notte piena di rivelazioni...»

«La voce ha una sbalorditiva importanza. Provi a guardare qualcuno e a immaginare che persona sia, senza aver ancora ascoltato la sua voce. Appena lo sentirà parlare, nove volte su dieci cambierà opinione.»

«È vero, mi è già successo» disse Bordelli, piacevolmente stupito.

«Invece la sua voce corrisponde completamente a ciò che esprime il suo aspetto.»

«Devo esserne contento?»

«Lascio a lei il verdetto» disse Dante con un sorriso, e vuotò il bicchiere in un sorso...

Appena si svegliò scese in cucina e andò ad aprire la porta, ma non trovò nessun orso bianco accucciato nell'aia. Blisk se n'era andato davvero, e anche Adele era fuggita lontano, tutti e due nella stessa mattina... Una data da segnare sul calendario. Gli sembrava impossibile non rivederli mai più.

La notte prima, tornando a casa aveva lanciato come sempre un'occhiata alla sagoma nera del castello, disegnata contro il cielo. Forse non avrebbe mai più rivisto nemmeno la contessa, e la finestra della torre sarebbe rimasta spenta per l'eternità.

Preparò il caffè e si sedette al tavolo con carta e penna, ma non doveva scrivere la lettera per una donna. Ignorando la malinconia compilò un'accurata lista della spesa per il giorno dopo, seguendo il vangelo del Botta. Era la prima volta che organizzava una cena cucinata per intero da lui medesimo, e voleva essere all'altezza.

Si fece la barba in fretta, si vestì e andò in paese. Nella piazza della chiesa c'era il mercato del bestiame, e dovette parcheggiare in piazza Nova. Si divertì come al solito a stare in coda in mezzo alle vecchie contadine, ascoltando i loro discorsi sugli avvenimenti del paese. Al negozio della Romana comprò una tovaglia bianca e una bilancia da cucina, di quelle vecchio stile, con i due piatti e i pesi.

Tornò a casa e sistemò la spesa nel frigo. Non erano ancora le dieci, aveva davanti una lunga giornata solitaria. Si mise ad annaffiare l'orto con cura, osservando i progressi delle sue creature. I peperoncini ormai sembravano crescere a vista d'occhio, le foglie dei pomodori emanavano un piacevole profumo, la salvia e il rosmarino si erano visibilmente inorgogliti... Per non parlare dei carciofi. Finì di annaffiare, montò di nuovo in macchina e senza fretta scese a Firenze.

Arrivò in viale Michelangelo e parcheggiò in fondo alla scalinata della sua chiesa preferita, la basilica dedicata a San Miniato, il santo cefaloforo che dopo essere stato decapitato dai romani aveva raccolto la sua testa ed era salito su quella collina.

Entrò a fare due passi nel cimitero delle Porte Sante, dopo un sacco di tempo che non ci veniva. Gli era sempre piaciuto passeggiare tra le tombe, in mezzo a quella moltitudine silenziosa e addormentata.

Con sublime sacrificio a Dio e alla famiglia...

La sua vita umile e buona consacrò...

Con umiltà e abnegazione l'esistenza offerse a Dio
e alla famiglia...

Spirato nella pace di Cristo...

Marito e padre affettuoso... Oculato e solerte...

Guardava le foto dei defunti racchiuse negli ovali, scorreva i loro poetici epitaffi, leggeva le date e calcolava quanto avessero vissuto, e a volte cercava di immaginare le loro esistenze, le loro dimore, il momento della loro morte...

Fra i colleghi memorato per lodati studii...

Eterna pace all'anima sua di giovinetto...

Grande stima ebbero di lui e amore infinito...

Angelica visione di candore illibato
e di rassegnato dolore...

Mite e pia... Alla famiglia con abnegazione
dedicò la sua vita...

Gli tornò in mente una vecchia faccenda, successa una decina d'anni prima. Un mistero cominciato proprio mentre passeggiava in quello stesso cimitero. Aveva scoperto che la tomba di un certo Antonio Samsa, nato nel suo stesso giorno, si trovava anche nel cimitero ebraico di via di Caciolle. Com'era possibile morire due volte? Si era messo in testa di svelare l'arcano, e aveva scoperto una storia putrida di tradimenti e di denaro accaduta ai tempi dell'Occupazione. Ovunque si andava a grattare, non si trovava che sporcizia. Chissà quante altre storie del genere erano seppellite sotto la polvere del passato... Ma a volte poteva capitare che qualcosa le riportasse alla luce, come era successo per Antonio Samsa. Dipendeva tutto dal caso? Oppure il Grande Artefice era il destino?

Strappato all'amore dei suoi genitori...

Caritativo ministro... Carissimo di domestiche virtù...

Cittadino laborioso e onesto... Nell'arte sua valente...

Schiva di mondane vanità, dal Cielo assiste i suoi cari...

Da morte immatura e crudele assunta
alla luce degli angeli...

Continuando a passeggiare in mezzo alle cappelle e ai monumenti funebri pensò seriamente all'iscrizione che avrebbe voluto sulla sua tomba, ma non sapeva decidersi. Una frase commovente? Solenne? E se avesse scelto una poesia? O una terzina dell'*Inferno*? Oppure qualcosa di leggero, di stupido...

Finalmente un po' di silenzio...

Da ora in poi non dirò più banalità...

Mi sono messo a dieta, finalmente...

La cosa più buffa era preoccuparsi di faccende che dopo morto non lo avrebbero più riguardato... O forse non era vero, lo riguardavano eccome. La vita di una persona non finiva con la sua morte, ma lasciava una scia di bava sul mondo, come le lumache.

Uscì dal cimitero, e invece di tornare alla macchina sentì il desiderio di rivedere la chiesa. Quando arrivò davanti alla facciata alzò lo sguardo sulla geometria dei marmi, che incombeva su tutta Firenze con la sua leggiadra potenza. In cima, al posto della consueta croce si ergeva un'aquila dorata con un rotolo di panno fra gli artigli, il simbolo dell'Arte di Calimala, che quasi mille anni prima aveva contribuito a finanziare i lavori della facciata. Il denaro era stato più potente della religione.

Varcò il portone, e fu come allontanarsi dal mondo. La fantasia, la fede, la leggerezza, la magnificenza, si mescolavano con armonia nel ritmo delle colonne, nel grande mosaico del Cristo Pantocratore, nella capriata decorata, e di nuovo nella geometria ideale dei marmi policromi.

La chiesa era vuota, tutta per lui. Si mise a passeggiare osservando ogni dettaglio, accompagnato dal fruscio dei suoi passi. Salì la scalinata che portava verso il coro, e s'infilò nella sagrestia per guardare gli affreschi trecenteschi sulla vita di san Benedetto. Le immagini raccontavano con chiarezza le vicende principali del santo, come in un film, per dare modo ai molti analfabeti dell'epoca di capire ogni cosa...

A un tratto si aprì una porta e sbucò un monaco, alto ed elegante. Bordelli aveva l'impressione di conoscerlo, ma per quanto si sforzasse non riusciva a ricordare. Il monaco si bloccò davanti a lui, con un leggero sorriso.

«Ben tornato.»

«Buongiorno, padre... Mi scusi, ma non ricordo in quale occasione ci siamo conosciuti... La mia memoria non va oltre mercoledì scorso...»

«Sono padre Lenti, dieci anni fa lei mi portò una valigia piena di dollari.»

«Ah, ora ricordo...» Gli tornò in mente quella faccenda assai strana e i dollari che aveva regalato al convento di San Miniato. Li aveva consegnati proprio a quel monaco.

«Le assicuro che sono stati spesi bene» disse padre Lenti.

«Non sono qui per questo...»

«Lo spero...»

«Mi è sempre piaciuta questa chiesa.»

«Piace anche a chi non ha fede» disse il monaco, guardandolo con due occhi neri e penetranti.

«Posso chiederle una cosa?»

«Vuole confessarsi?»

«Vorrei sottoporle un quesito, se ha un minuto da perdere.»

«Spero di saperle rispondere.»

«È solo una curiosità.»

«Prego...»

«Ecco... Se una persona per fare giustizia uccidesse degli assassini, e venisse a confessarsi da lei... Cosa risponderebbe?»

«L'unica Giustizia è quella di Dio, a cui l'uomo non può sostituirsi.»

«Certo... Ma immagini di trovarsi nel '44, davanti a un nazista che sta per massacrare dei bambini... Lei ha un mitra in mano e può evitarlo... Cosa farebbe?»

«Be', sparerei...» disse padre Lenti sorridendo, e dopo un lieve inchino se ne andò.

Nella cucina buia aspettò davanti al fuoco che arrivasse l'una e mezzo di notte, e sollevando appena il calice di vino brindò da solo ai suoi cinquantasette anni. Sua mamma gli aveva sempre detto che era nato a quell'ora, durante una tempesta di vento. Forse era anche per quello che il vento gli era sempre piaciuto.

Nel pomeriggio era andato da solo al cinema Aurora a vedere *Il laureato*, un film di cui parlavano tutti. La sala era piena, e come al solito non era stato facile trovare un posto in galleria. Aveva seguito la storia senza mai distrarsi, anche se per tutto il tempo aveva pensato che davanti al cinema c'era il negozio di vestiti femminili in cui aveva visto Eleonora per la prima volta. Nonostante tutto era riuscito a fumare soltanto una sigaretta. Il finale del film lo aveva emozionato, e sentendosi un po' ridicolo aveva immaginato di fare la stessa cosa con Eleonora... o magari con Adele...

Un bicchiere dopo l'altro finì il mezzo fiasco che restava, immerso nel crepuscolo della cucina. L'unica fonte di luce era la fiamma del camino, e le ombre tremolavano sulle pareti. Accese l'ultima sigaretta, la quinta. Nonostante tutto si sentiva bene. Il lago di tristezza che si spandeva intorno a lui gli era familiare, ci nuotava dentro come un pesce. Gli tornavano in mente ricordi di quando era bambino, e si struggeva di malinconia. Avrebbe dato un braccio per tornare indietro fino a quel tempo, quando il mondo era una continua sorpresa. A dire il vero anche alla sua età le sorprese non mancavano, ma era una cosa diversa. Quando era bambino, in ogni momento il mondo poteva trasformarsi davanti ai suoi occhi. Adesso era un po' come guardare in un caleidoscopio, dove i vetrini colorati cambiavano posizione, ma erano sempre gli stessi...

Buttò la cicca nel fuoco e se ne andò a letto. Non provò nemmeno a leggere, si sentiva troppo stanco. Spense la luce e si girò su un fianco. Teneva gli occhi chiusi, cercando di dormire. Nella sua mente scorreva lentamente un fiume di pensieri confusi e di ricordi, e si lasciò portare dalla corrente come un barcone alla deriva...

Sognò Blisk, il primo Blisk, l'enorme cane lupo nazista che si era portato a casa alla fine della guerra, dopo averlo curato da una brutta ferita... e rivisse un episodio accaduto realmente. Era tornato a casa da qualche settimana, dopo cinque anni di bombe, siluri e raffiche di mitra. Abitava ancora con i suoi genitori, in viale Volta, in attesa di trovare un'altra sistemazione. Blisk lo aveva svegliato nel cuore della notte, tirandogli via le coperte con i denti, senza fare rumore, e si avvicinava di continuo alla porta come se volesse dirgli qualcosa. Bordelli tese l'orecchio e sentì dei rumori. Corse nella sala da pranzo con la pistola in mano e trovò due ladruncoli che frugavano nei cassetti. Fece appena in tempo a fermare Blisk, che si stava avventando contro di loro. Accese la luce per vederli meglio. Due poveri disgraziati, con la faccia scavata dalla fame. Erano paralizzati dal terrore, e tremavano. Avevano paura a scappare per via del cane, che si era seduto e continuava a ringhiare. Bordelli lo chiuse fuori dalla porta, dette ai ladruncoli qualche spicciolo e disse che potevano andare. I due lo guardarono come fosse matto, e dopo un attimo di esitazione corsero via a gambe levate. Bordelli andò ad accarezzare Blisk, per fargli capire che aveva apprezzato il suo lavoro... E nel sogno si trovò davanti il testone dell'orso bianco...

Quando la mattina dopo si svegliò, si accorse che il lenzuolo e la coperta erano finiti per terra. Era stato Blisk a tirarli via, anzi tutti e due, il lupo e l'orso. Si coprì e rimase a letto ancora una mezz'ora, per ritrovare un po' di calore.

Quando si alzò erano quasi le nove. Una tazza di caffè, e dopo la solita annaffiata all'orto uscì per fare una lunga camminata nel bosco dietro casa. Qualche mese prima a quell'ora già era nel suo ufficio in questura, a dare la caccia agli assassini. Adesso non lavorava più, eppure continuava più o meno a fare la stessa cosa. Per l'occasione gli assassini non li arrestava, seguiva un altro metodo. Ma non era stato lui a decidere... Non si poteva lasciare impunito un delitto del genere. Un ragazzino rapito, drogato, stuprato, strangolato per rendere più piacevole l'orgasmo, e poi seppellito malamente in un bosco dove i cinghiali avevano già cominciato a mangiargli i piedi...

Toccava a monsignor Sercambi, poi basta. Sperava di non vivere mai più una cosa del genere, ma ora doveva andare fino in fondo... Monsignore era l'ultimo sforzo. Dopo di lui, una lapide avrebbe coperto per sempre quello spregevole delitto. Giacomo Pellissari avrebbe riposato in pace...

Tornò a casa verso le due, contento di non aver fumato. Pranzò con calma, e dopo il caffè andò a sedersi in poltrona con il libro. Lo aspettava un pomeriggio impegnativo davanti ai fornelli. Accese la prima sigaretta della giornata. La ciotola di Blisk era ancora al suo posto, e ci sarebbe rimasta. Leggendo rischiò quasi di addormentarsi, ascoltando il rumore del vento che soffiava nei campi...

Alle cinque si alzò dalla poltrona, deciso a darsi da fare. Tirò fuori la spesa dal frigo e aprì il vangelo del Botta...

Questa è la versione di mia zia Maria. Ognuno ha la sua ricetta, ma dopo averne sperimentate una decina (in pratica quelle di tutte le mie zie... siamo una famiglia numerosa, come vede...), sono arrivato alla conclusione che questa merita il primo premio...

Qui c'è poco da dire, commissario: il segreto sta tutto nei fagioli. Bisogna trovare i fagioli giusti, buoni, saporiti, quelli pieni di polpa. Certo, non sarà un'impresa difficile nella nostra città... Del resto, lo sa meglio di me: Fiorentin mangia fagioli... lecca piatti e ramaioli...

Il Peposo è un piatto tipico dell'Impruneta, commissario... e visto che adesso ci è andato ad abitare, non mi sembra sbagliato che sappia come si cucina. Anche questa ricetta viene da lontano, pare che risalga al tempo della costruzione del Duomo di Firenze. Sono stati gli operai delle fornaci a inventarlo: per avere un pasto caldo mettevano la carne – che magari non era proprio di prima scelta – a cuocere nei forni dove si cuoceva l'argilla, ovviamente il più lontano possibile dalla fiamma. Veniva fatta cuocere per ore e ore, finché non diventava tenerissima...

Per il coniglio Ennio l'aveva presa larga, raccontando per filo e per segno dove e quando l'aveva imparata.

Una volta che mi trovavo alla Rufina per un lavoretto (niente di illegale, non pensi sempre male commissario!) andai a mangiare in una trattoria. Di solito non entro mai in un posto sconosciuto senza averlo «studiato» prima, e per un po' passeggio senza dare nell'occhio davanti al locale per capire che tipo di persone lo frequenta. Questo sinceramente lo faccio anche per non avere brutte sorprese al momento del conto... Ma di solito mi intriga di più scrutare le facce dei clienti, la loro espressione. Non si immagina nemmeno quante cose interessanti si possono capire di una trattoria! E di solito il risultato delle mie riflessioni è sempre azzeccato!

Quella volta però avevo una fame da lupi. Pensando a un bel piatto di pappardelle sulla lepre, mi fiondai subito dentro la bettola e mi sedetti al tavolino proprio accanto alla porta... nel caso si fosse presentata la necessità di dover fuggire senza pagare: cioè se mi avessero chiesto una cifra esosa o se la cucina fosse stata pessima.

Ma andiamo avanti. Mi si gelò il sangue quando notai che ero l'unico cliente! E in più era l'una spaccata. Roba da non crederci! Ma ormai ero lì, non potevo certo alzarmi, tanto più che il cuoco (che ovviamente lì per lì credevo fosse il cameriere) si stava avvicinando al mio tavolo. Notai subito quella sua camminata da cowboy... Mi fece venire in mente il famoso Tex dei fumetti. Pareva che dovesse tirare fuori la pistola da un momento all'altro, immaginavo anche la musica... Ormai era accanto a me, ma tutto quello che tirò fuori fu una matita da dietro l'orecchio. Senza dire una parola, posò un foglio sul tavolo e scrisse: Tavolo uno, «coniglio in umido», poi se ne andò. Probabilmente quel giorno era l'unico piatto che aveva. Un po' sconsolato, mi rassegnai buttando giù un bel bicchiere di vino rosso, che a dire la verità non era così malvagio. Sentii il cowboy armeggiare tra i fornelli e dopo qualche minuto si avvicinò di nuovo, questa volta con un piatto fumante tra le mani. Aveva uno strano sorriso che non era un vero sorriso, ma piuttosto un ghigno ironico. Se ne tornò in cucina, ma sapevo che avrebbe continuato a scrutarmi senza cambiare espressione. Ci crede, commissario, se le dico che quel coniglio era il più buono che avessi mai mangiato in vita mia? Dopo aver succhiato ogni ossicino e aver pulito il piatto con il pane fino a farlo sembrare appena lavato, mi affacciai alla porta di cucina e pregai Tex di rivelarmi la ricetta. Avevo trovato il coraggio solo perché avevo bevuto quasi un fiasco di vino. Lui mi guardò come se fossi pazzo, e fui costretto a insistere. Gli dissi che anche io ero un cuoco e gli proposi uno scambio: la sua ricetta del coniglio in cambio di una mia specialità (non mi chieda quale, l'ho dimenticato). Comunque alla fine accettò. Le chiedo solo di non divulgare la ricetta, ho fatto un giuramento...

Un giuramento che anche lui avrebbe rispettato, un altro segreto da portare nella tomba...

Questa non è la classica torta di mele, ma una versione più «chic», se così si può dire. La conclusione perfetta per una cenetta romantica. L'ideale sarebbe accompagnare la torta con una crema all'inglese tiepida... Mi viene l'acquolina solo a pensarci! Bisogna fare moltissima attenzione alle dosi. Con i dolci non vale la pena mettersi a improvvisare, il risultato sarebbe disastroso...

Non sarebbe stata una cenetta romantica, non nel senso classico della parola. Niente donne. Solo cinque uomini seduti intorno a un tavolo, davanti al fuoco...

Come si aspettava, il primo ad arrivare fu Piras. Si strinsero la mano sulla soglia, e appena il sardo entrò in cucina cercò il cane con lo sguardo.

«Se n'è andato» disse Bordelli.

«Come sarebbe?»

«Una mattina è uscito fuori come sempre, e non l'ho più visto.» Ripensava a quella specie di saluto che aveva abbaiato Blisk prima di partire, e si sentiva stringere lo stomaco.

«Mi dispiace...» disse il sardo.

«Ha scelto la sua strada.» Per cambiare discorso accennò con lo sguardo alla tavola. Era apparecchiata per le grandi occasioni, con la tovaglia bianca nuova di zecca, posate d'argento, calici di cristallo e una bottiglia di vino nel mezzo. Altre cinque bottiglie erano allineate sopra una mensola, pronte a essere decapitate. Il fuoco era acceso, e tra gli alari bruciava lentamente un grande ciocco di quercia. Nel resto della cucina era il caos. Pentole e padelle sporche, mestoli, ramaioli, foglie d'insalata sul pavimento, canovacci unti, taglieri insanguinati...

«Auguri, commissario» disse il sardo, frugandosi in tasca. Contravvenendo agli *ordini* aveva portato un regalo, a dire il vero piuttosto originale: un foglio piegato in quattro con scritto a penna il resoconto delle abitudini di monsignor Sercambi, frutto dei pedinamenti delle vecchie indagini.

«Forse le può servire» disse allusivo, mentre Bordelli scorreva la pagina fingendosi perplesso.

«In che senso?»

«Non si sa mai...» borbottò il sardo. Bordelli non aveva

nessun bisogno di quegli appunti, si ricordava bene ogni cosa. Piras lo sapeva bene, il suo regalo era soltanto un modo per entrare in argomento. Prese il foglio dalle mani di Bordelli e lo buttò nel fuoco.

«Godiamoci la serata, Piras... Mi piacerebbe dimenticarmi che ho appena compiuto cinquantasette anni.»

«Ancora tre anni e andrà ufficialmente in pensione.»

«Sono già in pensione, Piras.»

«Crederei di più a un asino che vola, commissario.»

«Ho cucinato tutto da solo... Non sei sbalordito?» disse Bordelli per cambiare discorso, e si mise a spazzare il pavimento alla meglio.

«Lei è una continua sorpresa, commissario.» Era di nuovo allusivo, e Bordelli ignorò la provocazione. Posò la scopa e diede una sistemata generale alla cucina, per non farla sembrare quella di una galera. Alzò il coperchio del Peposo per dargli un'ultima girata, e in quel momento si sentì il rumore di una Lambretta che si fermava nell'aia. Il Botta entrò reggendo in mano una cassa di champagne, come aveva promesso.

«Non l'ho mica rubata...» disse, strizzando l'occhio a Bordelli. Dopo aver salutato Piras depositò la cassa in un angolo e andò a mettere una bottiglia nel frigo. Anche lui fu sorpreso di non vedere il cane, e Bordelli gli spiegò che se n'era andato.

«Peccato, era un bel cagnone...»

«Ha deciso così.»

«Si vede che non gli piaceva il cuoco.»

«Taci e mangia, Ennio. Solo dopo potrai parlare.»

«Non vedo l'ora...»

«Ti sento minaccioso.»

«Macché, ho solo una gran fame...» disse Ennio, avvicinandosi ai fornelli per sbirciare nelle casseruole.

«Monsignor Della Casa consiglia di non esprimere il desiderio di cibo, è come parlare di cacca a tavola» disse Bordelli, notando che alla parola *monsignore* Piras aveva contratto le labbra.

«E chi sarebbe questo prete? Ci parlo io...»

«Lascia perdere, Ennio. Versaci un po' di vino» disse Bordelli, rimestando il Peposo nella casseruola di terracotta. Il rombo di un motore annunciò l'arrivo di Dante, sopra una magnifica e rossa Guzzi Falcone. Si tolse gli occhiali e il casco, facendo esplodere la sua criniera bianca. Chissà come mai Bordelli si aspettava di vederlo arrivare a piedi.

«Non sapevo che avesse una motocicletta» disse, stringendogli la mano.

«Non sapeva nemmeno che non l'avessi» rispose Dante. Bordelli non poté che dargli ragione, e quando stava già per chiudere la porta vide i fari di una macchina che illuminavano lo sterrato. Una lucente 1100 nera si fermò accanto al Maggiolino, la portiera si aprì come un sarcofago e apparve Diotivede, elegante come sempre. Andò incontro a Bordelli tenendo sotto il braccio una scatola piuttosto grande, a forma di cubo, incartata alla meglio e legata con un fiocco rosso.

«Buon compleanno, uomo delle caverne.»

«Avevo detto niente regali...»

«L'hai detto tu, non io.»

«Porca miseria, Peppino...»

«Aspetta a ringraziare, magari non ti piace.»

«Saresti capace di regalarmi un teschio...»

«Come hai fatto a indovinare?»

«Lo apriamo con lo champagne» disse Bordelli sorridendo, e andò a posare il dono sulla credenza. Ci fu un nuovo scambio di saluti con l'ultimo arrivato, e Bordelli dovette prendere dallo scaffale un'altra bottiglia. Dante gli si avvicinò, reggendo in mano uno strano oggetto metallico.

«È giunto il sacro momento di consegnarle questo gioiello della scienza. Non è per il suo compleanno, glielo avrei regalato comunque.»

«Bello... Cos'è?»

«Un cavatappi, per l'appunto... Di mia invenzione...» disse Dante, consegnandogli il dono.

«Come funziona?» si chiese Bordelli a voce alta, rigirandosi l'oggetto tra le mani e cercando di capire il meccanismo.

«È semplicissimo, le faccio vedere.» Dante prese in consegna la bottiglia, e manovrando il congegno fece saltare il tappo in pochi secondi.

«Magnifico...» disse Bordelli sinceramente stupito, osservando l'attrezzo. Non sempre le invenzioni di Dante avevano un senso, almeno per la gente comune.

«Ho una confessione da fare» disse Dante.

«Cioè?»

«Questo mirabile congegno l'ho trovato al mercatino dei Ciompi, però chi lo ha progettato deve essere certamente una mia incarnazione passata» disse Dante, e scoppiò a ridere.

«Da ora in poi sarà il mio unico cavatappi.» Bordelli aprì subito un'altra bottiglia, per provare l'emozione. Riempì i calici e fecero un primo brindisi. L'atmosfera si era riscaldata, e i quattro invitati si misero a parlare tra di loro a voce alta. Dopo un ultimo giro di vino Bordelli chiese a tutti di andare a sedersi, e portò in tavola un grande vassoio di crostini...

«Devo ammettere che non me lo aspettavo, commissario» disse il Botta ammirato, gustando l'incarnazione della torta di mele espressa nel suo vangelo. Bordelli nascondeva la propria soddisfazione dietro un sorriso ironico. Si sentiva leggero. In quel momento nemmeno il pensiero delle sue donne ormai perdute riusciva a incupirlo.

Anche gli altri commensali a dire il vero erano stupiti, e per tutta la cena non avevano risparmiato complimenti al cuoco. Forse era anche merito del vino, che non aveva mai smesso di scorrere. Adesso erano al vin santo, e come al solito Piras sembrava il più sobrio di tutti. Le bottiglie vuote erano rimaste sul tavolo, come birilli da buttare giù.

Dante era in uno dei suoi momenti pensierosi, e fumava il sigaro in silenzio. Non aveva l'aria assente, anzi osservava e ascoltava con grande interesse, mentre il sardo faceva del suo meglio per ignorare le nuvole di fumo che gli passavano davanti. Nel camino il ciocco di quercia continuava lentamente a bruciare... Era tempo di aprire lo champagne.

Bordelli si alzò per andare a spegnere la luce centrale, e lasciò accesa la lampada sulla credenza. Muovendosi nella penombra stappò la bottiglia e riempì i calici. Questa volta il brindisi fu più solenne, e ognuno volle scontrare il bicchiere con tutti gli altri.

Bordelli pensò che era arrivato il momento di aprire il regalo di Diotivede, e andò a prenderlo. Si sedette con gli altri e finalmente scartò il pacco con il fiocco rosso. Alzò appena il coperchio per guardare dentro alla scatola e sorrise, scuotendo il capo.

«Allora non stavi scherzando...»

«Evidentemente no» disse il medico.

«Grazie, Peppino... Non ho parole...»

«Visto che non leggi libri di filosofia, ti ho portato un riassunto molto sintetico» disse il medico. Gli altri osservavano la scatola, curiosi di sapere cosa ci fosse dentro. Finalmente Bordelli infilò le mani nella scatola e tirò fuori il regalo... Un teschio umano, che posò in mezzo al tavolo.

«Magnifico...» borbottò Dante, con occhi amorevoli. Non c'era molta luce, e il Botta si sporse in avanti per vedere meglio.

«Ma è vero?»

«Certo...» disse il medico, quasi offeso. Non ne avrebbe mai regalato uno finto. Bordelli lasciò il teschio sul tavolo, e lo voltò verso il camino. Grazie a Diotivede, adesso aveva un nuovo amico.

«Sai chi era?»

«Un criminale. Ma non chiedermi altro.»

«Come hai fatto ad averlo?»

«Stai guardando in bocca al caval donato...»

«Chiedo perdono...» Lo champagne era ottimo, e con il secondo giro vuotarono la bottiglia. Bordelli si alzò per prendere una bottiglia di grappa e cinque bicchierini, e tornò a sedere. Accese una sigaretta, la seconda della giornata. Versò la grappa per tutti, e approfittando di un momento di silenzio propose che ognuno di loro raccontasse una storia, come era successo altre volte...

«Chi comincia?» disse il Botta, contento. Il fuoco che scoppiettava nel camino, la grande cucina immersa nell'ombra, i bicchierini stretti fra le dita... gli ricordavano certe serate di quando era bambino, quando stava ad ascoltare a bocca aperta i racconti di suo nonno sulla Grande Guerra.

Si sentiva friggere il ciocco di quercia, la fiamma tingeva di una luce rossastra i visi dei cinque uomini, mentre il teschio se ne stava tranquillo a osservare il fuoco.

«Datemi una sigaretta, per favore» disse Diotivede, che

di solito non fumava. L'accese e soffiò il fumo verso l'alto, con aria pensosa. Per carattere non era uno che amava raccontare vicende personali, ma le cene a casa di Bordelli erano una sorta di piacevole anomalia. Gli altri lo guardavano, aspettando che cominciasse il suo racconto. Il medico rimase qualche minuto in silenzio, come se volesse riordinare le idee, poi accennò un sorriso...

«Doveva essere il '52 o il '53, avevo più o meno sessant'anni. Sentivo ancora nel naso l'odore della guerra, e seguivo con curiosità l'eccitazione del paese per il futuro. Allora vivevo in via Masaccio, all'ultimo piano di un palazzo. Al piano di sotto venne ad abitare un giovane ingegnere con la moglie e una bimba bellissima, che si chiamava Cosetta. La prima volta la incontrai sulle scale del palazzo insieme alla sua mamma, e mi fermai per presentarmi. La piccina aveva otto anni. Di carnagione scura, con i capelli più neri che avessi mai visto. Era una bimba silenziosa, che lanciava al mondo sguardi misteriosi. Rimasi colpito dalla sua bellezza, dai suoi grandi occhi scuri e profondi. Il suo sguardo era come la luna, luminoso e notturno... Dovete scusarmi per queste dozzinali immagini poetiche, ma non saprei come altro dirlo.»

«Io la vedo...» sussurrò Ennio, fissando il vuoto. Dante aveva gli occhi chiusi, e sorrideva appena dietro una nuvola di fumo. Piras si versò un'altra grappa, silenzioso come un gatto. Bordelli era l'unico a osservare il teschio. Il medico aspettò qualche secondo, per assicurarsi che il silenzio fosse di nuovo tutto suo.

«Ricordo che per essere gentile dissi qualcosa di carino alla bimba, e allungai una mano per farle una carezza, ma Cosetta si scostò per evitarla. Ci rimasi assai male, molto più di quanto potessi immaginare. Ritirai subito la mano, nascondendo l'imbarazzo e la delusione dietro un sorriso di cartapecora. La signora si era accorta del mio disagio, e cercò di scusarsi... *Non ci faccia caso, è timida... Però a casa è una gran chiacchierina...* Salutai la signora con un inchino e me ne andai, appesantito dal rifiuto scontroso della bambina. Incontrai mamma e figlia diverse altre volte, ma la bimba non mi degnava mai di uno sguardo. La sua diffidenza mi feriva, era come se mi cancellasse dal mondo, e giurai a me stesso di conquistarla. Ci provai con i sorrisi, con frasette divertenti, addirittura con l'indifferenza. Ma Cosetta era irraggiungibile. Una mattina in cui mi sentivo temerario tentai di nuovo di accarezzarla... e lei si scansò come la prima volta, facendomi arrossire fino alle orecchie. Anche quella volta sua mamma notò il mio imbarazzo, e trattenne il riso. Mi salutò in fretta e se ne andò tirando la bimba per un braccio. Rimasi lì come un allocco, furibondo con me stesso. Mi sentivo nudo, stupido, ridicolo. Tutta la prosopopea del vecchio medico che passava le giornate a tagliare cadaveri veniva spazzata via dallo sguardo di una bambina, di una Cosetta di otto anni. Di fronte a lei mi sentivo una nullità, era come se la pura bellezza di un fiore appena sbocciato non tollerasse il contatto con la vecchiaia e la bruttezza. Una sensazione dolorosa e insopportabile. Dopo qualche settimana decisi di provarci di nuovo, per l'ultima volta. La mattina presto aspettai sul pianerottolo di sentirle uscire dalla porta, e affrettai il passo sulle scale per raggiungerle. Dopo aver salutato la sua mamma mi chinai verso di lei e le misi in tasca un cioccolatino, poi allungai la mano per carezzarle i capelli... Lei fece un passo indietro, fulminandomi con gli occhi. Ero così orribile? Così mostruoso? Corsi via borbottando un saluto, e da quel giorno evitai di incontrarle. Rallentavo il passo per non raggiungerle sulle scale, e quando invece stavo per incrociarle tornavo indietro in punta di piedi. Dopo un anno la famiglia dell'ingegnere si trasferì, e per caso venni a sapere che erano andati ad abitare di là d'Arno. Era difficile che potessi incontrare di nuovo Cosetta, la mia fustigatrice. Poco a poco mi dimenticai di lei e della mia umiliazione... Fino a quando un paio d'anni fa, passando a piedi dal centro la vidi seduta in un bar in compagnia di un giovanotto. Era lei, non potevo sbagliarmi. Era diventata una bellissima ragazza. Aveva gli stessi occhi lunari e profondi di quando era bambina, e in quel momento stava sorridendo. Non l'avevo mai vista sorridere. Proseguii oltre, confuso, ma dopo aver fatto qualche passo mi fermai. Non mi credevo capace di fare quello che avevo in mente, e invece trovai il coraggio. Tornai indietro e mi avvicinai al tavolo dei due giovani.

'Lei è Cosetta...' dissi, con un sorriso.

'Come fa a sapere il mio nome?' mi chiese lei, un po' stupita. Ma non sembrava scocciata. Il ragazzo osservava la scena in silenzio, con aria divertita.

'Non si ricorda di me? Abitavo in via Masaccio, all'ultimo piano... Lei era una bambina...'

'Ah sì, ora mi ricordo... L'uomo con la borsa nera...'

'Mi chiamava così?'

'Le confesso che mi faceva paura...'

'Ah, sì? E come mai?'

'Non so... Mi sembrava l'orco delle fiabe...' disse lei, ridendo.

'I suoi genitori stanno bene?' le chiesi, per cambiare argomento.

'Sì, grazie...'

'Me li saluti.'

'Certo.'

'Posso chiederle un favore, Cosetta?'

'Mi dica...' fece lei, curiosa.

'Quando era bambina ho cercato più volte di farle una carezza, ma lei mi è sempre sfuggita... Posso fargliela adesso?' Mi sentivo un pazzo, ero convinto che lei mi mandasse al diavolo o che scoppiasse a ridere... E invece mi disse di sì. Il ragazzo ci osservava, con una ruga sulla fronte. Allungai una mano e le feci una leggerissima carezza sui capelli, mentre lei mi guardava con un sorriso dolcissimo. La ringraziai balbettando, e dopo aver accennato un saluto me ne andai in fretta. Mentre mi allontanavo li sentii scoppiare a ridere, e arrossii fino alle orecchie. In tutta la mia vita non mi ero mai sentito così ridicolo... Ma finalmente ero riuscito ad accarezzarla. Avevo ucciso il mostro, uno dei tanti...» Il medico vuotò il bicchiere in un sorso, e vide che gli altri aspettavano in silenzio che continuasse.

«Tutto qui, ho finito. Forse è una storiella stupida, ma raccontarla mi ha fatto piacere» concluse, alzando appena le spalle. Il sardo era silenzioso, e i suoi occhi neri luccicavano nella penombra. Bordelli riempì di nuovo il bicchiere al medico.

«Sono davvero meravigliato» disse, sincero.

«Per cosa?»

«Non ti facevo così delicato...»

«Dipende dalle circostanze» disse Diotivede.

«A me non hai mai fatto una leggerissima carezza sui capelli.»

«Non volevo turbarti...»

«Ora a chi tocca?» fece Ennio impaziente, interrompendo la schermaglia.

«Io sono l'ultimo... Tu sei d'accordo?» disse Bordelli, facendo una carezza al teschio. Dante fissava il fuoco con un maestoso sorriso sulle labbra, tirando dal sigaro, e il Botta lo invitò a farsi avanti. Anche gli altri appoggiarono la proposta con lo sguardo, e alla fine Dante si alzò in piedi. Andò a scuotere la cenere nel camino, si voltò verso il tavolo e tirò una gran boccata.

«Avevo più o meno dieci anni. La spagnola aveva compiuto da poco il giro del mondo, facendo più morti della guerra. La nostra famiglia era sopravvissuta, ma la falce aveva mietuto qualche parente, compresa una mia cuginetta di otto anni che mi avevano costretto a vedere distesa in una piccola bara bianca. I miei genitori non volevano che i loro figli crescessero ignorando le verità della vita, e di questo li ringrazio. Una notte di agosto mia mamma svegliò me e mia sorella, dicendo con le lacrime agli occhi che il nonno Alfonso si era sentito male e stava per lasciare questo mondo. Il nonno Alfonso era suo padre. Aveva telefonato la nonna Nerina, dicendo che il nonno stava per morire e che ci voleva vedere tutti. La mamma ci ordinò di lavarci il viso e di pettinarci, e ci vestì come per andare a scuola. Mio padre ci aspettava già sulla porta, e uscimmo di casa tutti insieme nel tepore della notte. In estate abitavamo nella villa di Radda in Chianti, e ci avviammo verso Firenze sopra la magnifica automobile di mio padre, una Fiat 505 che faceva un gran fumo. Mia mamma bisbigliava preghiere, sgranando il rosario. Volle fermarsi alla chiesa di San Domenico, dove andavamo a messa ogni domenica prima di pranzare dai nonni nella loro villa di Fiesole, e ordinò a mio padre di svegliare il prete, don Camillo, che a parte il nome non aveva nulla a che fare con il personaggio di Guareschi. Era magrolino, vecchio, sempre serio, e sembrava che vagasse tra i peccati del mondo alla ricerca della propria santità. Mio padre non voleva disturbarlo, e poi diceva che era bene fare presto, nonno Alfonso poteva andarsene da un momento all'altro. Ma la mamma non era disposta a discutere. Alla fine mio padre obbedì, e dopo aver bussato a lungo si trovò davanti il sagrestano in pigiama. Si scusò, gli spiegò la situazione e chiese se poteva dire a don Camillo di andare con loro dal moribondo. Ma si doveva fare in fretta, molto in fretta. Dopo qualche minuto vedemmo arrivare il prete, con gli occhi assonnati e il passo incerto. Aveva in mano la valigetta dell'olio santo. Mia mamma scese dall'automobile per accoglierlo, ringraziandolo con tutto il cuore, e gli cedette il posto accanto al guidatore. Il prete salì in macchina insieme a un forte odore di candele e di muffa. Arrivammo alla villa dei nonni. La vecchia governante ci aspettava piagnucolando sulla soglia, premendosi un fazzoletto sugli occhi. Disse che la signora ci aspettava al capezzale del padrone. Salimmo la scala insieme al prete, in silenzio. Quando arrivammo davanti alla camera del nonno trovammo la porta chiusa, e appeso alla porta con una cordicella c'era un cartoncino scritto a mano di suo pugno, che ho conservato. Venimmo poi a sapere che ad attaccarlo era stata sua moglie, per suo ordine. Ogni tanto mi diverto a rileggerlo, e alla fine l'ho imparato a memoria...

Ordino comando e voglio

FUORI IL PRETE

Io moio con Dio, Lui solo mi basta, Lui che sa creare i mondi saprà anco perdonare i peccati, e a te prete ipocrita, impostore bugiardo, e peggio dico, stai a casa tua, Egli non ha bisogno di mezzani, la tua prece è prece interessata che non passa le labbra, mentre la mia è preghiera che viene dal cuore. Dio perdonatemi. Voi lo potete perché siete il tutto in tutto.

Don Camillo era diventato pallido, si mordeva le labbra, e mia madre si sentiva sprofondare dall'imbarazzo. Nessuno dei due si era accorto che nell'angolo destro del cartoncino c'era scritto: *Volta*. Mio padre lo voltò...

Mojo
Il mio credo fu sempre a tutti noto,
vieni o Morte, ti sento e non ti temo,
vado tranquillo ad affrontar l'ignoto.

Quando il prete imboccò le scale borbottando tra i denti, mia mamma scoppiò a piangere e gli andò dietro pregandolo di restare, ma don Camillo era offeso e non ne voleva sapere. La mamma continuava a insistere, senza ottenere alcun risultato. Mio padre, mia sorella e io guardavamo la scena dall'alto della scala, senza sapere cosa fare. Andò a finire che nonno Alfonso morì come voleva lui, senza il prete e con un crocifisso tra le mani. Ci salutò uno per uno, chiamandoci per nome, e dopo un ultimo respiro rimase con gli occhi sbarrati. Me lo ricordo ancora bene il suo sguardo senza vita, sembrava che stesse pensando a qualcosa di buffo. Era sempre stato un burlone, e non si smentì nemmeno da morto. Qualche giorno dopo andammo tutti dal notaio per il testamento, e oltre alla destinazione dei suoi beni aveva lasciato una lettera con il suo epitaffio: *Pregate per voi, io sono già morto.*» Dante scoppiò a ridere, e dopo aver gettato il mozzicone nel fuoco si rimise a sedere al suo posto. Il Botta alzò il bicchiere proponendo un brindisi per nonno Alfonso, che certamente li stava osservando dall'aldilà. Fecero toccare i bicchieri, e dopo aver bevuto un sorso Dante rivelò al mondo che anche lui aveva scritto il proprio epitaffio... *Qui giace Dante, che consacrò la vita a non sapere nulla.* Ennio non volle essere da meno.

«Io ci farò scrivere questa frase: *Ladri e truffatori, sono tutti gran signori.* E dopo il mio funerale voglio un bellissimo banchetto, pagato da me, e tutti devono mangiare come maiali e ubriacarsi» disse, e gli altri approvarono.

«Peppino, cosa farai scrivere sulla tua tomba?» chiese Bordelli al medico. Ormai il gioco era cominciato, e ognuno doveva dire la sua. Diotivede ci pensò un attimo.

«*Nulla il bisturi poté contro la falce*» disse, con un sorriso di marmo. Bordelli si voltò verso il sardo.

«E te?»

«Non ci ho ancora pensato» disse Piras, che aveva poco più di vent'anni. Ennio girò la domanda a Bordelli, che finalmente pensò di aver trovato la frase giusta.

«*Più di ogni altra cosa amò le donne.*»

«Come sei romantico» disse Diotivede.

«Dipende dalle circostanze...» ribatté Bordelli, osservando il teschio. Rimasero tutti in silenzio, mentre intorno alla casa il vento frustava le chiome degli alberi. Il ciocco ardeva lentamente nel camino, avvolto da un sottile velo di fuoco. Mancava solo l'ululato dei lupi...

«Tocca a te, Ennio» disse Bordelli, accendendo con calma un'altra sigaretta. La notte era ancora lunga, sembrava fatta apposta per raccontare storie. Il Botta appoggiò i gomiti sul tavolo, e dopo un sospiro cominciò a raccontare...

«Ora non faccio più queste cose, il commissario lo sa bene... Ma una volta mi capitava di entrare nelle ville a rubacchiare qualcosa. Lo facevo per vivere, e anche certi preti dicono che rubare per fame non è peccato. Se al mondo ci fosse più giustizia... Ma lasciamo perdere, che a parlare di certe cose si fa solo aria. Una notte di molti anni fa, in inverno, entrai in una villa di Pian dei Giullari, dove a quanto sembrava stavano dando una festa. C'erano diverse macchine lussuose parcheggiate nel piazzale, la più misera era una Mercedes lunga come un treno. Quando i ricchi fanno festa bevono come cavalli e non si accorgono di nulla, soprattutto nelle ore piccole, quando la servitù è già stata spedita da un pezzo nelle sue stanze. Insomma rubare è facilissimo. Mi ero arrampicato sopra un grosso glicine ed ero entrato da una finestra del primo piano... Uscii nel corridoio e mi affacciai alle scale. Tendevo l'orecchio, ma non sentivo nessun rumore. Prima di frugare nei cassetti è buona regola capire cosa sta succedendo in casa. Scesi le scale in punta di piedi aiutandomi con la torcia elettrica, per andare a origliare dietro le porte. Era una villa immensa, piena di corridoi, appena rischiarata da qualche lampadina fioca. Mi ricordo che nella penombra vedevo dei ritratti appesi al muro che mi facevano paura. Avanzavo sui tappeti senza fare il minimo rumore. Non si sentiva volare una mosca. Dopo aver spiato dal buco della serratura di varie porte, trovai quella giusta... Non credevo ai miei occhi... Nella penombra del salone, illuminato solo dalla fiamma di qualche candela, vidi una quindicina di persone sedute intorno a un grande tavolo circolare. Tenevano gli occhi chiusi e le mani aperte appoggiate sopra una tovaglia scura, e toccandosi i mignoli formavano una catena...»

Il Botta fece una pausa, per mandare giù un sorso di grappa, e nessuno fiatò.

«Insomma era una seduta spiritica. Potevo rubare quello che mi pareva senza che nessuno si accorgesse di niente, ma non riuscivo a staccare l'occhio dal buco della serratura. Ero curioso di sapere quello che sarebbe successo. Non avevo mai visto nulla del genere dal vero, anche se ne avevo parlato a lungo con mio zio Rolando, che diceva di aver partecipato molte volte a sedute spiritiche, raccontando cose difficili da credere... Cassetti che si aprivano da soli, porte che sbattevano, ventate fredde, addirittura spiriti che apparivano nell'angolo della stanza e rispondevano alle domande... Mio zio giurava che fosse tutto vero, e adesso avevo finalmente l'occasione di assistere a uno di quei prodigi. Insomma non avevo nessuna intenzione di perdermi lo spettacolo, anche se mi sentivo un po' agitato. Diciamo pure che avevo paura, ma la curiosità mi tratteneva per la manica. Il tavolo era piuttosto distante dalla porta, e per vedere meglio la socchiusi appena. Il corridoio era quasi buio, nessuno poteva accorgersi di me. E comunque tutti avevano gli occhi chiusi. Mi colpì una signora magra, con i capelli neri un po' arruffati, che stava seduta tutta rigida e sembrava borbottare qualcosa. Doveva essere lei quella che mio zio chiamava *il medium*, la persona che si metteva in contatto con il mondo degli spiriti, che *cadeva in trance*, come diceva lui. Tutti gli altri stavano in silenzio, immobili. Passavano i minuti, ma non succedeva nulla. Ogni tanto la medium dava segni di impazienza, come se fosse seccata di non riuscire a comunicare con il mondo dei morti... Cominciavo a pensare che fossero tutte buffonate, che mio zio mi avesse preso in giro. Immaginai di farmi avanti fingendo di essere uno spirito, per farli tutti contenti. Magari con la voce da fantasma potevo dire che se volevano salvarsi l'anima dovevano regalarmi tutto l'oro che avevano addosso... Dentro di me sorridevo, immaginando la scena... Ma a un tratto sentii un rumore alle mie spalle e mi voltai di scatto con i capelli ritti sulla testa. Nella penombra vidi una bambina in camicia da notte che scendeva le scale, e mi rannicchiai dietro un mobile continuando a spiarla. La bimba andava dritta verso la sala degli spiriti, camminando lentamente ma con aria decisa, e mi accorsi che teneva gli occhi chiusi. Sembrava che dormisse. Era una bimba molto carina, di cinque o sei anni, con i capelli biondi lunghi e ricci. Sembrava un angiolino, e dalle sue labbra socchiuse scendeva un filo di saliva. Spinse la porta della sala senza il minimo rumore, e fece il suo ingresso in un silenzio di tomba. Divorato dalla curiosità uscii dal mio nascondiglio e andai a spiare. La bimba si era fermata a pochi passi dal tavolo, ma quelli seduti al tavolo avevano gli occhi chiusi e nessuno si era ancora accorto di lei. Dopo qualche secondo la bambina alzò un braccio e indicò qualcuno.

'Tu...' disse, facendo sobbalzare l'intera tavolata.

'Costanza! Cosa fai sveglia a quest'ora?' disse teneramente una donna. Era certamente la sua mamma, perché le somigliava. La catena si era interrotta, e tutti fissavano la bambina. Lei continuava a indicare uno del gruppo.

'Tu... Domani morirai...' disse con la sua vocina, facendomi alzare i peli sulle braccia. Un istante dopo si fece la pipì addosso, gocciolando sul tappeto.

'Costanza! Ma cosa dici?' gridò la sua mamma, andandole incontro.

'Non vedete che sta dormendo?' disse qualcuno.

'È in trance...' sussurrò un altro, subito zittito dagli altri. Quello che era stato indicato dalla bimba si alzò in piedi. Era un uomo magro come uno stecco, con una barbetta da capra e gli occhiali tondi. Cercava di sorridere, ma si guardava intorno con aria atterrita. La mamma prese in braccio la bambina e si avviò verso la porta. Feci appena in tempo a nascondermi, e la vidi salire le scale piano piano. I piedini della bimba oscillavano in aria. Non si era nemmeno svegliata. La donna tornò dopo qualche minuto, entrò nel salone e lasciò aperta la porta, probabilmente per poter sentire se la bambina chiamava.

'Conte Anselmo, sono mortificata...' sentii che diceva. Tornai a spiare, e vidi che erano tutti piuttosto confusi. Il conte si era rimesso a sedere, con un sorriso ebete. Era terrorizzato, ma faceva di tutto per apparire sereno.

'Suvvia, conte... Non vorrà credere alle parole di una bambina...' disse una vecchia.

'Stava solo sognando...' dichiarò un uomo, con aria sicura. Ma si vedeva bene che era contento di non essere stato lui a essere indicato.

'Desidera un bicchier d'acqua, conte?' gli chiese la mamma della bambina. L'uomo scuoteva la testa, e sorrideva. Non faceva che sorridere. Gli altri continuavano a minimizzare, cercando di tranquillizzarlo. Solo la medium era rimasta zitta, e fissava il vuoto con aria preoccupata. Ogni tanto il conte la sbirciava, ignorando le parole degli altri. Dopo un po' alcuni si alzarono in piedi, e il lampadario venne acceso. Capii che la comitiva stava per sciogliersi. Mi dileguai per la stessa strada da cui ero arrivato, e un minuto dopo volavo con la bicicletta giù per la discesa, felice di trovarmi all'aria aperta. Arrivai a casa e m'infilai sotto le coperte. Non riuscivo a togliermi dalla testa la bambina, la sua vocina squillante... *Tu domani morirai*... Ci misi un bel po' ad addormentarmi, ma la mattina dopo mi svegliai tranquillo. Era una bella giornata di sole, e dopo un po' smisi di pensare a quella storia. Avevo altri problemi, e allo stomaco non si può dire di aspettare. Passai il pomeriggio alla ricerca di un'altra villa da visitare, e la notte andai a fare il mio dovere. Il giorno dopo sfogliando il giornale cacciai quasi un urlo... C'era la foto del conte Anselmo Belforte Rovatti De Marina, con la barbetta e gli occhialini. Era stato investito da un tram. I suoi tre cognomi non gli avevano impedito di morire, come la bambina gli aveva predetto. Be', vi assicuro che se non lo avessi visto con i miei occhi... Insomma, viene proprio da pensare che tutto sia già stabilito, che esista davvero il destino. E ogni tanto nasce qualcuno capace di leggerlo in anticipo... » concluse il Botta, con un'alzata di spalle. Bordelli sorrise, ricordando che pochi giorni prima aveva pensato la stessa cosa. Ancora il destino... Da qualche tempo era un argomento che non lo lasciava in pace, nemmeno per il suo compleanno...

Nel silenzio generale Dante infilò due dita nelle orbite del teschio e lo tirò dolcemente verso di sé.

« Evidentemente la bimba aveva capacità occulte più forti della medium, ma nessuno poteva saperlo » mormorò.

« Io non vorrei mai sapere il mio futuro, nemmeno quello che succederà tra cinque minuti » disse il Botta, scuotendo il capo.

« A volte potrebbe essere molto utile » disse Diotivede, alludendo a chissà cosa.

« Piras, tu ci credi al destino? » chiese Bordelli. Il sardo aveva scostato un po' la sedia dal tavolo, per allontanarsi dalle nuvole di fumo che galleggiavano in aria. Fece un mezzo sorriso.

« Quando ero bambino al mio paese viveva una maga, una vecchia sdentata che leggeva il futuro tenendo i suoi piedi sopra i tuoi e guardandoti negli occhi. Si diceva che non ne avesse mai sbagliata una, e diverse volte ho potuto constatarlo di persona. Il prete non poteva sopportarla. Durante la messa diceva che quella là era una povera matta, che andare da lei era peccato, ma nessuno gli dava retta. Allora un giorno decise di affrontare la vecchia maga e andò a trovarla con un grande crocifisso appeso al collo: *Visto che sai tutto del futuro, puoi dirmi quando morirai?* La vecchia rispose, sorridendo: *Se riuscissi a guardare i miei occhi con i miei occhi e a mettere i miei piedi sopra i miei piedi, potrei farlo. Ma se vuoi posso dirti quando morirai tu.* Il prete disse con rabbia che sarebbe morto quando Dio avesse voluto, e volle sfidarla chiedendole di leggergli il futuro. La vecchia lo fece sedere davanti a sé, mise i suoi piedi su quelli del prete e lo guardò negli occhi: *Morirai tra sette anni, colpito da un fulmine*, disse. E facendosi il segno della croce aggiunse: *A decidere è il Signore, io vedo solo la sua volontà...* »

« Scommetto che dopo sette anni il prete è morto... » disse il Botta, con un dito sospeso in aria.

« Colpito da un fulmine » confermò Piras.

« Che vi dicevo? Il destino esiste eccome. »

« E la vecchia maga? È ancora viva? » chiese Bordelli.

« Un giorno è sparita e nessuno l'ha più vista. »

Rimasero tutti in silenzio, ma sembrava quasi di sentire i loro pensieri riempire la stanza. Il rumore del vento che scuoteva gli alberi rendeva il simposio ancora più intimo.

« Perché non facciamo una seduta spiritica per evocare il suo spirito? » disse Ennio, ma nessuno gli diede retta. Bordelli servì un altro giro di grappa, e si rivolse di nuovo a Piras.

« Non pensare di cavartela con la maga... Ora tocca a te raccontare una storia... »

«Una mattina a Bonarcado si sentirono degli spari. Avevo dieci anni, e dopo un po' dalla finestra della scuola vedemmo Salvatore, un ragazzo del paese, che avanzava zoppicando sulla strada con una gamba che buttava sangue, lasciando una striscia rossa sul terreno. Uscimmo tutti fuori, compresa la maestra. Salvatore si lamentava dal dolore, dicendo che a spararargli era stato Fidele Marra, un pastore di trent'anni che abitava in un tugurio sulla collina. Nessuno voleva credergli, perché Fidele era conosciuto per la sua mitezza. Arrivarono i carabinieri, e dopo aver affidato il ragazzo alle cure del medico s'inerpicarono sulla collina per andare a parlare con Fidele. Furono accolti a fucilate, e per poco il brigadiere non ci lasciò la pelle. Fu colpito di striscio a un orecchio, e per tamponare il sangue ci premette sopra il fazzoletto. Qualche centimetro più in là e i pallettoni lo avrebbero preso in piena faccia. Fidele continuava a sparare, con lunghe pause per ricaricare il fucile, e ogni tanto gridava il nome di una donna: Bibina... seguito da aggettivi decisamente volgari. Bibina era una bellissima ragazza di Milis, che proprio il giorno prima aveva sposato un ragazzo del mio paese. I carabinieri cercavano di convincerlo a uscire fuori con le mani in alto, ma il pastore rispondeva con le fucilate. Tutto il paese salì sulla collina per vedere cosa stava succedendo, ignorando gli ordini dei carabinieri che gridavano di non avvicinarsi. La maestra era corsa dietro a noi bambini, senza riuscire a fermarci. Stavamo nascosti dietro i massi che sporgevano dal terreno, eccitati e impauriti, cercando di scorgere l'ombra del pastore nel vano scuro della finestrella. Ma riuscivamo a malapena a intravedere la canna della sua lupara. Tutti si chiedevano come mai Fidele Marra dicesse che Bibina era una bagascia, una strega, una porca. Nessuno l'aveva mai vista scambiare una parola con lui. Ma nonostante tutto la gente del paese mormorava, mettendo in dubbio l'onestà della ragazza. A darle addosso erano soprattutto le ragazze più brutte, che non avevano trovato marito. Erano gelose da sempre, e adesso avevano l'occasione di sfogarsi. Intanto Fidele sparava. Ogni due fucilate c'era qualche secondo di silenzio, il tempo per cambiare le cartucce, poi di nuovo gli spari. Durante una pausa, un amico di Fidele si alzò in piedi e avanzò con aria sicura verso il tugurio, urlando di non sparare. In risposta ebbe una fucilata nella spalla, fece due giri su se stesso e cadde a terra urlando di dolore. Venne portato via a braccia, e il maresciallo disse che se qualcuno provava di nuovo a fare una cosa del genere gli avrebbe sparato lui di persona. Tutti si domandavano quante cartucce avesse ancora Fidele. L'unico modo per stanarlo era aspettare che le avesse finite. Venne altra gente a vedere, e portarono la notizia che stava arrivando anche Bibina con Giacobbe, il suo sposo. E infatti dopo qualche minuto la vedemmo arrancare su per la salita trascinata dal marito. Giacobbe era scuro in faccia, e lei sembrava furiosa. Altre due fucilate andarono a schiantarsi contro il terreno, alzando nuvole di polvere. I carabinieri andarono incontro ai due giovani dicendo di non provare nemmeno ad avvicinarsi. Bibina era disgustata, e giurava che non aveva nulla a che spartire con quel matto. Giacobbe serrava i denti e la fissava come se volesse cogliere nel suo sguardo la prova delle sue bugie. A un tratto lei si svincolò dal marito e si lanciò verso il tugurio di Fidele, gridandogli di uscire fuori e di avere il coraggio di dirle in faccia che era una bagascia. Giacobbe stava per rincorrerla, ma una fucilata lo convinse a gettarsi a terra. Il maresciallo corse dietro alla donna, ma si beccò dei pallettoni in una gamba e rotolò a terra senza un lamento. Bibina continuò ad avanzare, furibonda, e si fermò a cinque metri dalla finestrella senza smettere di gridare la sua rabbia contro il pastore... *Io non ti conosco, non so nemmeno la faccia che hai, se sei un uomo esci fuori*, e cose del genere. Ne andava del suo onore, e non voleva perdere un marito che aveva appena sposato. Stavamo tutti con il fiato sospeso, aspettandoci di vedere la testa di Bibina esplodere come un melone. Fidele aveva appena sparato due colpi e di certo stava ricaricando il fucile. La ragazza aveva finito il fiato, e ansimando cominciò a piangere. Il suo lamento sembrava quello di un agnello che sta per essere sgozzato. Di lontano suo marito la osservava disperato, macerandosi nel dubbio, ma non aveva il coraggio di avvicinarsi. A un tratto esplose l'ennesima fucilata, ma la testa di Bibina rimase al suo posto. Non si sentiva più nessun rumore. Bibina smise di piangere, e lentamente si avvicinò al tugurio. Appena si affacciò dentro la finestrella cacciò un urlo e scappò via terrorizzata, gridando che il matto si era ucciso. Andammo tutti a vedere, anche noi ragazzini. Fidele non aveva quasi più la faccia, e in mezzo al sangue galleggiava una fotografia sbiadita di Bibina: lei da ragazzina, che tornava dal pozzo con una brocca sulla testa. Quando gliela mostrarono, Bibina disse che quella fotografia gliel'aveva fatta un suo cugino parecchi anni prima, e giurò sulla Madonna di Bonacatu che non sapeva davvero come fosse capitata nelle mani di Fidele. Suo marito alla fine le credette, e l'abbracciò davanti a tutti cercando di baciarla, ma lei gli sputò in faccia dicendo che ormai era troppo tardi. Se ne tornò a casa dai genitori, suscitando uno scandalo che la costrinse a fuggire nel continente, e nessuno l'ha mai più vista.»

«Una donna coraggiosa» disse Bordelli.

«Spero che sia a Parigi con un uomo ricco e meraviglioso» commentò il Botta, solenne. Dopo un brindisi a Bibina e altre frasi di ammirazione, Bordelli andò a dare una sistemata al fuoco. Quando si voltò per tornare al tavolo vide che gli altri lo stavano guardando. Adesso toccava a lui. Si lasciò andare sulla sedia, accese una sigaretta e soffiò il fumo verso il soffitto. Per tutta la sera era stato indeciso se raccontare alla platea la fiaba degli orchi cattivi che stuprano i bambini. Aveva anche immaginato le parole... *C'era una volta un ragazzino di nome Giacomo, che viveva tranquillo con la sua famiglia. Un brutto giorno sparì nel nulla, e dopo qualche tempo il suo cadavere venne trovato seppellito nel bosco...*

Non gli sarebbe dispiaciuto sottoporre l'intera vicenda al tribunale dei suoi amici, e ascoltare il loro verdetto... Anche solo per cercare di capire se quello che stava facendo era giusto unicamente per lui, o se invece aveva un valore etico universale. Sarebbe stato un po' come presentarsi davanti alla Pizia di Delfi... Ma in fondo sapeva che non avrebbe raccontato la fiaba di Giacomo, non quella sera. Non voleva condividere con altri le sue responsabilità, o magari le sue colpe. Aveva cominciato da solo, e doveva arrivare in fondo senza coinvolgere nessuno...

Cercando nella memoria si ricordò di una storia vissuta ai tempi del San Marco, che non aveva mai raccontato a nessuno. Nei primi anni del dopoguerra ci aveva ripensato spesso, quasi sempre la notte poco prima di addormentarsi, rannicchiato sotto le coperte. L'aveva custodita gelosamente, fino quasi a dimenticarla. Bevve un sorso di grappa e cominciò a raccontare, sperando di riuscire a evocare nei suoi invitati le stesse emozioni che aveva vissuto sulla propria pelle...

Era la fine di maggio del '44, il fronte di Cassino era stato sfondato da un paio di settimane e i nazisti erano in fuga verso Nord. Il Duce era una marionetta manovrata da Hitler, e di sicuro non sperava più in niente. Non si faceva che parlare dell'imminente sbarco alleato in Francia, ma nessuno sapeva in quale punto della costa sarebbe avvenuto. Ormai era chiaro a tutti che i nazisti e i fascisti avrebbero perso la guerra, ma a quale prezzo di sangue era difficile immaginarlo. Non sarebbe stata una passeggiata, questo era certo. Gli italiani dovevano pagare per la coglionaggine di Mussolini e per la vigliaccheria del re e del maresciallo Badoglio.

Per la notte il battaglione si era accampato sulle colline di Narni, dopo un percorso tortuoso che li aveva portati dall'Abruzzo fino in Umbria. La mattina all'alba alcune pattuglie partirono dal campo per andare a perlustrare la zona. Dovevano scoprire quale distanza li separava dai tedeschi e spianare la strada al grosso delle truppe alleate, con le quali erano costantemente in contatto radio. Le retrovie tedesche cercavano di rallentare l'avanzata del nemico, per dare modo al loro esercito di consolidare una nuova linea di difesa. Era il momento più aspro e crudele del conflitto.

La pattuglia di Bordelli era formata da quattro persone. Oltre a lui c'erano il gigantesco veneto Molin e il giovane Cuco di Potenza, tutti e due liberati dal carcere di Brindisi in cambio dell'arruolamento nel San Marco. Il quarto era Gavino, il padre del giovane Piras... Certa-

mente anche lui si ricordava bene di quella giornata. Gli altri due non potevano ricordarla, erano morti qualche mese dopo sminando un campo.

C'era un sole bellissimo, faceva un gran caldo e preferivano camminare all'ombra dei boschi. Da qualche giorno non si sentiva sparare un colpo. Nello scuro della vegetazione crescevano fiori di ogni colore, e nell'aria si sentiva un forte odore di corteccia d'alberi. Sembrava uno di quei giorni tranquilli in cui nulla poteva succedere. Ma si sbagliavano di grosso.

Si spinsero diversi chilometri a Nord, sempre più tranquilli. Ogni tanto scambiavano qualche parola sugli argomenti più diversi, dalle donne ai ricordi di famiglia. A volte si lasciavano andare a immaginare un arrosto di maiale o un piatto di pastasciutta, e sorridevano. Se non fosse stato per le divise impregnate di sudore e per le armi che si portavano addosso, poteva sembrare una scampagnata.

Si fermarono per mangiare, seduti sopra una roccia che spuntava dal muschio. Mandarono giù qualche galletta, un po' di carne in scatola alleata e un sorso di caffè schifoso, poi ripresero il cammino.

Salendo su per un pendio avvistarono in cima alla collina una casa di contadini, e si avvicinarono con una certa prudenza. A parte il verso di qualche gallina non si sentiva nessun rumore, e la cosa non prometteva nulla di buono.

« Non mi piace, madonnatedesca » borbottava Molin. Quando arrivarono alla casa si trovarono davanti uno spettacolo orrendo, e Gavino si mise a bestemmiare in sardo. Al centro dell'aia era disteso a braccia larghe un vecchio contadino, con la testa fracassata come un cocomero. Intorno al suo corpo tre o quattro galline zampettavano e beccavano nel sangue ancora fresco, circondate da una nuvola di mosche, e il ronzio rendeva la scena ancora più macabra. Cuco li chiamò dalla porta della

stalla, e andarono tutti a vedere. In mezzo alla paglia c'era il cadavere di un ragazzino con un forcone ancora infilzato nel petto. Non era morto sul colpo, a giudicare dai solchi che aveva lasciato nella paglia scalciando con i piedi. Sfilarono il forcone e lo gettarono via con rabbia. Gli assassini non avevano sparato un colpo, per non fare rumore. Erano stati i tedeschi o qualche sbandato abbrutito dalla miseria?

Dentro la casa trovarono una vecchietta con la gola tagliata. Aveva lo sguardo fisso al soffitto e un rosario intrecciato alle dita. Bordelli provò a chiuderle gli occhi passandoci sopra le dita, ma le palpebre si riaprirono a metà, facendola sembrare una strega. Si accorse che stringeva qualcosa tra le dita, e aprendole trovò una mostrina delle SS strappata da una divisa. Era l'ultima cosa che aveva fatto, prima di essere uccisa. Adesso non avevano più dubbi su chi fosse stato.

Si scambiavano occhiate silenziose, mordendosi le labbra. Bordelli non poteva fare a meno di rivedere la scena, di immaginare il terrore che si era abbattuto su quella casa. Il ragazzino non poteva essere figlio di quei due vecchi, e si misero a cercare sua madre. Prima dentro la casa, poi nel terreno là intorno, ma non trovarono nessun altro morto. Si domandavano se la donna fosse riuscita a scappare.

I cadaveri non si erano ancora irrigiditi, le pozze di sangue sembravano piuttosto fresche. I tedeschi non dovevano essere lontani, e decisero di provare a raggiungerli. Puntarono verso Nord, guidati dall'impazienza. Tendevano l'orecchio senza dire una parola, con il dito sul grilletto del mitra.

Dopo quasi un'ora di cammino sentirono in lontananza delle risate maschili e si gettarono a terra. Bordelli prese il binocolo, e sulla collinetta di fronte intravide tra gli alberi alcuni tedeschi che bivaccavano. Lo disse agli altri, e proseguirono a testa bassa nascondendosi tra la vegetazione folta. Cuco sudava come un dannato, attirando le mosche. Facendo un lungo giro scesero giù per il pendio e risalirono sulla collina di fronte. Riuscirono ad arrivare molto vicini ai tedeschi, e si sdraiarono dietro i cespugli a spiare. Cinque SS erano seduti per terra, con la schiena appoggiata agli alberi e i mitra posati da una parte. Sull'erba erano state gettate delle galline morte e un'oca senza testa. Legata a un albero, una mucca smagrita mangiava quel che riusciva a trovare, ignorando che il suo destino era di trasformarsi in bistecche... Molin fece il gesto di cuocerle sulla brace, e si baciò la punta delle dita. Nemmeno in momenti simili riusciva a non pensare a quelle cose.

I nazisti si scambiavano battute e ridevano, fumando e bevendo da piccole fiasche. Dopo la strage si godevano un po' di riposo. Solo uno di loro non partecipava agli scherzi, una specie di gigante con la faccia truce che se ne stava zitto lanciando intorno occhiate selvagge, e l'elmetto delle SS lo faceva sembrare un vero orco. Ogni tanto gli altri gli lanciavano una pietruzza o una pigna secca, e scoppiavano a ridere. A provocarlo era soprattutto un biondino dall'aria angelica, con gli occhi chiari come acqua di torrente che si potevano notare anche da lontano.

Bastava uscire fuori sparando, e li avrebbero ammazzati tutti senza nessuna fatica. Aspettavano solo il momento giusto, ma dopo un po' si accorsero che poco più in là c'era una giovane donna sdraiata per terra con i polsi e le caviglie legate. Aveva i vestiti strappati e la faccia sporca di terra. Tremava leggermente, e teneva gli occhi chiusi. Non volevano rischiare che nella sparatoria venisse uccisa, e restarono in attesa nascosti dietro i cespugli.

Il biondino bevve un lungo sorso dalla sua fiasca e si alzò in piedi. Si diresse verso la donna slacciandosi la cintura, e il gigante gli urlò dietro qualcosa. Il biondino lo ignorò, incoraggiato dalle risate degli altri. Dopo es-

sersi tirato giù i pantaloni slegò le caviglie della donna e le montò addosso, sussurrando paroline tedesche. Gavino smaniava, mordendosi le labbra a sangue.

A un tratto il nazista gigante scattò in piedi bestemmiando e corse verso il biondino. Lo tirò via con violenza e con uno spintone lo fece rotolare per terra. La donna aveva aperto gli occhi, e osservava la scena con aria assente. Gli altri camerati accorsero in difesa dell'angelo biondo, continuando a ridere. Il gigante agitava i pugni in aria per invitarli a farsi sotto, ma nessuno osava accettare la sfida. La donna lo fissava con aria incredula, piena di speranza. Nel frattempo il biondino si era rialzato, furibondo. Si tirò su i pantaloni serrando le mascelle e si avvicinò al gigante puntandogli la pistola in faccia. Disse qualcosa con durezza, e quando il gigante si lanciò contro di lui gli sparò in testa. Il bestione crollò a terra spruzzando sangue, e l'angelo biondo rimise con calma la pistola nella fondina, voltandosi in giro come per seguire l'eco dello sparo. La rabbia gli aveva fatto dimenticare la prudenza, ma non sembrava troppo preoccupato. Probabilmente il loro accampamento non era molto lontano, e si sentiva al sicuro. Gli altri borbottavano, osservando con aria idiota il cadavere del loro camerata. La donna incontrò lo sguardo del biondino, chiuse gli occhi e si rannicchiò fino a toccarsi le ginocchia con le labbra. Scoppiarono tutti a ridere, e il biondino si calò di nuovo i pantaloni. Non voleva rinunciare alla sua preda. Si chinò sulla donna, cercando di allargarle le gambe. Lei si divincolava, con il solo risultato di farsi prendere a schiaffi. Alla fine distese le gambe e si fermò, rassegnata, con la bocca sanguinante. Gli altri si misero intorno al biondino per incitarlo e accesero anche una sigaretta, dando la schiena alla pattuglia del San Marco.

Bordelli scambiava occhiate con i suoi compagni, che fremevano quanto lui. Erano ormai convinti che dovevano correre il rischio, non ce la facevano più ad aspettare.

Fece appena un gesto con le dita per indicare che dovevano mirare alto, per non colpire la donna. Al suo segnale uscirono fuori dai cespugli e corsero in avanti sparando e crivellando di colpi i tre tedeschi in piedi, che caddero come sacchi di patate senza avere il tempo di capire cosa stesse succedendo. Il biondino si era gettato da un lato con il sedere all'aria, senza azzardarsi a toccare la sua pistola. La donna era sbalordita, e spingendosi con i piedi scalzi strisciava sull'erba per allontanarsi. Quando il biondino cercò di rialzarsi, inciampò nei pantaloni e cadde di schiena. Lo disarmarono senza problemi, e Molin gli posò uno scarpone sulla pancia nuda. Bordelli gli puntava il mitra in faccia da pochi centimetri. L'angelo biondo chiese a gesti il permesso di tirarsi su i pantaloni, come uno scolaretto pudico. Bordelli annuì, ma prima ancora che il tedesco si fosse allacciato la cintura premette il grilletto, e la raffica cancellò in pochi attimi il volto delicato del biondino.

La grappa era finita. Bordelli lanciò la cicca tra le fiamme e si alzò per andare a prendere un'altra bottiglia. Nessuno fiatava, aspettando il seguito della storia. Dopo aver riempito i bicchieri Bordelli andò a sedersi sulla panca del camino, portandosi dietro la sua grappa. Anche allora aveva ucciso per regolare i conti, pensava, e guardando il ciocco di quercia che ardeva sopra la brace continuò a raccontare...

Mentre Cuco su ordine di Bordelli liberava la mucca, slegarono i polsi della prigioniera e la aiutarono ad alzarsi. La donna tremava ancora, fradicia di sudore, e dai suoi vestiti sporchi emanava l'odore della paura. Le passarono una borraccia, e lei bevve avidamente lasciando che l'acqua le colasse sul petto. Le pulirono il viso dal sangue con un fazzoletto bagnato, facendola sussultare dal dolore. A un tratto il corpo del biondino fu scosso da un tremito, e la donna si attaccò al braccio di Bordelli.

«Stai tranquilla...» disse lui, che aveva visto spesso i fremiti dei morti. La donna fece un sospiro e si avvicinò al gigante che era morto per lei, guardandolo con infinita tristezza. S'inginocchiò davanti al cadavere, e con dolcezza gli passò una mano sulla fronte. Ma non era il momento di perdere tempo. Dopo aver ficcato negli zaini le galline e l'oca senza testa trascinarono via la donna, facendole capire che era meglio allontanarsi in fretta. Avanzavano nel bosco in silenzio, tendendo le orecchie per sentire ogni rumore. La donna camminava in mezzo a loro voltandosi indietro ogni secondo, come se temesse di essere inseguita. Bordelli la sbirciava, e si rese conto di quanto fosse bella. Con i vestiti stracciati, il viso sporco di terra, coperta di lividi, i capelli neri aggrovigliati... era l'immagine della sofferenza. Nonostante tutto era bella.

Dopo una mezz'ora arrivarono nei pressi della strage, e la donna si lanciò su per la salita. Facevano fatica a starle dietro. Quando arrivarono in cima la trovarono nella stalla che si stringeva al petto il ragazzino. Lo baciava sulla fronte e sussurrava il suo nome, senza una lacrima... Nicola... Nicola... Nicola...

La lasciarono in pace, e dopo aver trovato un paio di zappe e una vanga si misero a scavare tre fosse. La donna uscì dalla stalla con il ragazzino in braccio, e lo adagiò sul terreno. Si avvicinò al vecchio, ma non ebbe il coraggio di toccarlo.

«È tuo padre?» le chiese Bordelli. La donna annuì e corse dentro la casa. La sentivano girare per le stanze chiamando un nome: Maria. Quando uscì le chiesero chi fosse Maria. Lei disse che era la sua bambina. Aveva cinque anni. Quando erano arrivati i tedeschi stava giocando a inseguire le galline, e mentre uccidevano suo nonno a bastonate era sparita... Magari si era salvata, si era nascosta da qualche parte... La donna era disperata, e Bordelli le prese le mani...

«La tua bambina è viva, ne sono sicuro... La trovere-

mo presto...» disse, senza crederci. Voleva soltanto dare un po' di speranza a quella povera donna che aveva perso tutto.

Finirono di scavare le fosse, e sotto lo sguardo attonito della sopravvissuta ci calarono dentro i cadaveri. Molin e Cuco composero le salme, con movimenti rispettosi. L'aria calda profumava di vita nuova, i calabroni ronzavano tranquilli, gli uccelli saettavano nel cielo azzurro, e tutto questo rendeva la macabra cerimonia ancora più triste.

Aspettarono che la donna gettasse dei fiorellini sopra i corpi dei suoi genitori e del figlioletto, e ricoprirono in fretta le fosse, prima spingendo la terra con le mani, poi aiutandosi con le vanghe. Nel frattempo Gavino aveva fabbricato tre croci, legando insieme con lo spago dei rami trovati nella boscaglia, e le piantarono sopra i tumuli. Non c'era tempo di scrivere i nomi.

Ripresero il cammino, senza dire una parola. Molin fissava davanti a sé con aria feroce, borbottando bestemmie tra i denti. Gavino aveva il viso di pietra, e camminava come se dovesse sfondare un muro con la testa. Cuco lanciava occhiate alle gambe nude della donna, belle e selvagge. Nessuno aveva voglia di parlare.

Dopo un po' la donna scoppiò a piangere, silenziosa, e si attaccò di nuovo al braccio di Bordelli. Lui sentì il desiderio di abbracciarla, e gli sembrò quasi una colpa. Lei continuava a piangere, stringendosi a lui.

«Come ti chiami?» le chiese Bordelli.

«Amelia...» disse lei, singhiozzando.

«Io sono Franco... Lui è Gavino... Cuco... e quel bestione è Molin.»

La donna poco a poco si calmò, e nel suo sguardo apparve una luce ostinata. Sembrava una bambina che cercasse di fulminare qualcuno con il pensiero. Si asciugò gli occhi con le dita, senza staccarsi da Bordelli. Lui le passò un braccio dietro la schiena, e lasciò che Amelia gli appoggiasse la testa sulla spalla. Non poteva farci nulla, continuava a sentire il desiderio di baciarla. Non si sarebbe mai azzardato a farlo, ma non aveva senso nascondersi la verità. Lei era sporca come un bastone da pollaio e puzzava di sudore, ma lui sentiva lo stesso il desiderio di stringerla tra le braccia e di baciarla. Avrebbe voluto accarezzarla, farla sentire al sicuro, amata come una principessa... Avrebbe voluto darle piacere, farla stare bene... Addormentarsi insieme a lei stringendola tra le braccia, sussurrandole all'orecchio una ninna nanna... Invece erano in mezzo a un bosco sulle colline dell'Umbria, avevano appena massacrato dei nazisti e seppellito tre cadaveri, due vecchi e un ragazzino... Non c'era posto per certe cose... Ma il pensiero non lo poteva fermare nessuno, e Bordelli continuava a immaginare... Nella sua memoria il ricordo di quelle fantasie aveva la stessa forza delle cose realmente vissute...

Arrivarono all'accampamento un'ora prima del tramonto, e mentre gli altri andavano verso le brande per sdraiarsi Bordelli accompagnò Amelia alla tenda della cucina, sotto lo sguardo curioso di tutto il battaglione. Appena entrarono nella tenda la donna si bloccò per lo stupore... Fu come assistere alla scena di una tragedia dei tempi di Eschilo... Amelia corse incontro a una bambina che sonnecchiava, raggomitolata sopra una coperta in un angolo della tenda, e l'abbracciò così forte che sembrava di sentire scricchiolare le ossa. La bimba ricambiava l'abbraccio, con le sue manine sporche di terra. Tenevano tutte e due gli occhi chiusi, senza piangere, e sulle loro labbra affiorava un sorriso disperato.

«Dov'è Nicolino?» chiedeva la bambina.

«Ora arriva... Ora arriva...»

«Il nonno e la nonna?»

«Stanno bene... Stanno bene...»

Dopo un cenno di saluto al cuoco, Bordelli le lasciò che ancora si stringevano fino a diventare una cosa sola, e andò a parlare con capo Spiazzi, il comandante del cam-

po. Gli riferì gli avvenimenti della giornata, concludendo con il racconto di Amelia che alle cucine aveva ritrovato sua figlia. Capo Spiazzi gli disse che la bimba era stata trovata dalla pattuglia di Bardini mentre correva nel bosco, con i piedi insanguinati e il viso graffiato dalle spine. Avevano fatto un po' di fatica ad afferrarla, perché era terrorizzata e scappava da tutte le parti come una lepre. Erano riusciti a farla calmare e le avevano chiesto cosa fosse successo, ma la bimba non parlava. Appena l'avevano presa in braccio si era addormentata, e avevano deciso di portarla subito all'accampamento.

«Devono essere trasferite il prima possibile al campo alleato... Se ne occupi lei, Bordelli...» ordinò il comandante. Le due sopravvissute non potevano rimanere. Avevano bisogno di una vera infermeria, di docce calde e di cibo decente.

«Domattina mando tre uomini con un furgone» disse Bordelli, e si congedò accennando il saluto militare. Passò di nuovo dalla tenda delle cucine, e trovò madre e figlia da sole che mangiavano una ciotola di zuppa calda, sedute sulla coperta. La bimba era bella come sua mamma, e avevano la stessa aria selvaggia. Amelia posò la ciotola e si alzò, per andare incontro a Bordelli.

«Aveva ragione lei» sussurrò, alludendo alla bambina.

«Possiamo darci del tu.»

«Aveva ragione lei...» ripeté Amelia.

«Me lo sentivo» mentì Bordelli, facendole una carezza sulla guancia. Lei gli prese la mano e ci posò sopra le labbra.

«Grazie...»

«Per stanotte faccio liberare una tenda, domani vi porteranno al campo alleato» disse Bordelli, frenando la voglia di tirarla contro di sé. Amelia annuì. Tornò dalla bimba, e prima di rimettersi a mangiare la baciò sulla testa. Bordelli se ne andò, con una morsa che gli stringeva lo stomaco. Si sentiva oppresso dalla tristezza.

Era l'ora del rancio, e nonostante tutto riuscì a mangiare. La bella Amelia non gli usciva dalla testa, e preferiva non rivederla.

Ordinò di liberare una tenda e scelse i tre uomini che la mattina dopo avrebbero fatto il viaggio con il furgone. Se ne andò nella sua tenda. Seduto sulla branda incise un'altra tacca sul calcio del mitra. Segnava solo i nazisti che aveva ucciso personalmente, per essere sicuro che il conto fosse esatto. Era arrivato a diciannove. Ancora non sapeva che avrebbe inciso altre otto tacche, e che sarebbe tornato vivo dalla guerra. Si addormentò come un sasso, e all'alba Gavino lo svegliò scrollandolo per una spalla.

«La donna sta per partire, vuole vederti.»

«Dov'è?»

«Qua fuori...»

«Dammi un minuto e falla entrare» disse Bordelli, alzandosi dal letto. Si mise in fretta una maglia pulita, si tolse le cispe dagli occhi e si ravviò i capelli con le mani. Amelia entrò nella tenda, tenendo la bambina per mano.

«Come stai, Maria...» disse Bordelli, carezzando la bimba sulla testa. Ai bordi del campo un furgone aveva già il motore acceso, e in lontananza si sentiva il rombo degli aerei. Amelia si avvicinò a Bordelli, gli passò le dita sulla guancia ruvida e lo baciò appena sulle labbra.

«Buona fortuna» disse lui, senza fiato.

«Addio...» sussurrò lei. Se ne andò senza voltarsi, tirandosi dietro la bambina. Poco dopo si sentì il furgone che partiva. Bordelli non le aveva mai più viste. Chissà dov'erano, cosa facevano... Chissà se ogni tanto si ricordavano di un comandante del San Marco che senza crederci aveva indovinato il disegno del destino...

«Va a finire che si parla sempre di donne...» bisbigliò Bordelli, leggermente commosso. Il ciocco ardeva nella penombra, fumigando come una divinità infernale. Il Botta riusciva a stare sdraiato anche su una sedia di paglia.

«Se dovessi scegliere una sola parola per dire come sono le donne... direi... *Belle.*»

«Io direi... *Nobili...*» dichiarò Dante, ispirato.

«*Folli...*» sussurrò Diotivede.

«E te, Piras?» lo stuzzicò di nuovo Bordelli.

«*Pericolose...*» disse il sardo, inseguendo un suo pensiero.

«Ora tocca a lei, commissario» lo incalzò il Botta.

«Forse direi... *Mitologiche...*» disse Bordelli, alzando appena il bicchiere. Fecero un ultimo brindisi, senza troppa allegria. La festa era finita, era arrivato il momento di andare a nanna. Uscirono sull'aia e si scambiarono i saluti, con i capelli scompigliati dal vento. Una civetta silenziosa li osservava di lontano, appollaiata sopra un ramo. Uno dopo l'altro si accesero i motori, e la stradina bianca fu illuminata dalla luce dei fari. Dante si era messo il casco e gli occhiali, e allontanandosi si mise a cantare.

Bordelli aspettò che l'ultimo fanale scomparisse oltre il crinale, e s'immerse nell'oliveto inondato dal chiarore smorto della luna, ripensando alla bella Amelia e alla piccola Maria, che adesso doveva avere quasi trent'anni... Se un giorno le avesse incrociate, sarebbe riuscito a riconoscerle? Chissà, forse era già successo, e ognuno aveva tirato dritto per la propria strada...

Tirava un gran vento, e i capelli gli vorticavano sopra la

testa. L'aria tiepida soffiata dallo scirocco sapeva di mare e di zolfo, e sembrava appiccicarsi alla pelle. Dal bosco arrivava il canto forsennato di migliaia di uccelli, come di solito accadeva all'alba. Anche a loro l'amore faceva fare cose strane.

Camminava senza fretta lungo il sentiero che portava al bosco. Ormai lo conosceva così bene che avrebbe potuto camminare a occhi chiusi... A un tratto nell'oscurità vide la sagoma di un grosso animale immobile in mezzo agli olivi, una ventina di metri più avanti, e si fermò. Doveva essere un cervo. Le sue grandi corna ramificate luccicavano nel buio, e annusava il vento muovendo lentamente la testa con aria maestosa.

Rimase a osservarlo, ammirato dalla sua bellezza. Il cervo non se ne andava, e dopo un po' Bordelli riprese ad avanzare lentamente. Arrivò a pochi metri dall'animale, e incrociando il suo sguardo mite ebbe la sensazione di essere giudicato. Un attimo dopo il cervo scosse in aria la testa e trottò senza fretta verso il bosco, continuando ad agitare le corna. Bordelli lo vide sparire nella boscaglia, e sentì di invidiarlo... Anche lui avrebbe voluto essere un bellissimo animale e correre nei boschi di notte, inseguire le femmine per accoppiarsi obbedendo al richiamo della natura, senza dover marcire nelle faccende umane, ignorando il bene e il male, lontano dalla perfidia e dalla perversione della razza eletta...

Continuò a camminare tra gli olivi stordito dal vento e dai pensieri, cercando di dimenticare il mondo intero con le sue delusioni e i suoi dolori. Era una notte speciale. Gli sembrava di non sentirsi più come il giorno prima, anche se non avrebbe saputo dire con precisione per quale motivo. Non poteva essere solo per via del compleanno. Avvertiva una trasformazione profonda. Stava per concludersi un'epoca, e un'altra stava per cominciare... Un lungo brivido di gioia mista a spavento gli confermò che qualcosa in lui stava cambiando. Era una faccenda tutta sua, nessuno poteva coglierne il senso. E in fondo nemmeno lui ci capiva nulla. Aveva solo la consapevolezza che il suo sguardo sulle cose era mutato, come gli era successo molte altre volte. Nulla di drastico, solo una minima variazione dell'angolo visuale... Solo il piacere di scoprire che la vita è in continuo movimento...

Si era svegliato tardissimo. Aveva passato il pomeriggio a occuparsi dell'orto e a leggere in poltrona. Il regalo di Diotivede lo aveva appoggiato con cura in cima alla credenza... *Memento mori*... Sembrava che il teschio fosse sempre stato lassù a osservare l'affannarsi dei comuni mortali. Faceva parte dell'arredo. Dopo un po' non ci avrebbe fatto più caso...

Preparò la cena senza fretta. Alle otto e mezzo accese il televisore e si sedette a tavola. Si riempì il bicchiere di vino fino all'orlo, con la testa piena di pensieri sgradevoli... Il mondo faceva schifo, questa era una certezza. L'uomo era fondamentalmente un mostro, e i peggiori erano gli individui colti, capaci di scegliere, che per il proprio tornaconto non esitavano a mettersi al servizio del male. Il mondo era uno schifo, chi poteva dire il contrario? Bastava guardarsi intorno. Mentre lui mangiava e beveva tranquillamente davanti al telegiornale, ascoltando notizie inutili sulla movimentata politica italiana, milioni di persone morivano di stenti per coprire d'oro pochi individui ricchissimi. Questo lo sapevano tutti, era addirittura una banalità. Ma non era facile cambiare questa condizione. Nessuno era in grado di intervenire sul meccanismo diabolico che governava le faccende umane...

Doveva sentirsi in difetto se in quel momento provava piacere assaporando una semplice pasta al pomodoro? Ma cosa poteva fare? Non amare il potere era una colpa? A comandare erano quei pochi che dedicavano la loro vita alla sopraffazione degli altri. L'avidità e l'egoismo erano la benzina che alimentava il motore della violenza, ma ogni epoca aveva i suoi strumenti per rendere santa quella stessa violenza. L'abilità consisteva nel trovare la strada meno faticosa e più adatta al momento per arrivare allo stesso scopo. Cambiare tutto per non cambiare nulla, aveva scritto qualcuno. Era così da sempre. Adesso non c'era più bisogno di far scorrere il sangue, ma solo di poveri. La ricchezza di un pugno di persone si poteva creare solo con la povertà di molti. Dopo aver capito questa semplice equazione, il sangue vero non era più necessario. Il nuovo sangue era il sudore, la violenza aveva cambiato faccia, ma il risultato era identico a prima. Quante persone dovevano morire per pagare la villa a Capri di un petroliere? Che differenza c'era con il nazismo? Eppure tutto andava avanti come sempre, solo cambiando forma. E i colpevoli dov'erano? Che faccia avevano? Ma erano veramente colpevoli? Ogni epoca aveva i suoi mostri e i suoi santi. Dalla nascita del mondo, a stabilire la natura della colpa era il linguaggio del potere. Chi non era d'accordo aveva due possibilità: stare zitto o morire. Aveva ragione Schopenhauer, il fondamento della morale era la compassione, l'immedesimazione con la sofferenza altrui. In mancanza di questo, l'orrore era inevitabile... E nel mondo la compassione era più rara di un cane a cinque zampe...

Si versò un altro bicchiere, sospirando dietro ai suoi pensieri. Se il macellaio Panerai, l'avvocato Beccaroni, monsignor Sercambi e il ricco Signorini si fossero messi per un attimo al posto del bambino Giacomo Pellissari, se fossero stati capaci di immedesimarsi, di immaginare cosa si provasse a... Ma non lo avevano fatto, e Giacomo era morto. Ancora una volta i potenti avevano giocato con la vita di un innocente, convinti di farla franca.

Il mondo era uno schifo, e pensare di guarirlo era un'illusione. Quello che si poteva fare era ricucire i piccoli strappi, anche se l'intero tessuto era marcio. Era solo un modo per non rassegnarsi alla sconfitta, per non soccombere, per non lasciare la regola senza eccezione. Una volta tanto gli intoccabili avrebbero pagato per le loro colpe, fino alle estreme conseguenze. Chi gioca con la vita, anche se non lo sa mette in palio anche la propria...

Sorrise, immaginando di essere Davide con la fionda in mano. Aveva colpito il gigante Golia in mezzo alla fronte e lo aveva visto crollare a terra. Adesso doveva soltanto affondargli la spada nel cuore. Toccava a lui, a monsignor Sercambi. Era lui il cuore di Golia.

Trascorrevano i giorni, ma Bordelli non si decideva a passare all'azione. Aspettava un segno. A volte sorrideva di se stesso, sentendosi come gli antichi aruspici che frugavano nelle viscere degli animali. Ma ormai non poteva più fare a meno di interpellare il destino, pensava, scambiando lunghe occhiate con il teschio.

Annaffiava l'orto, camminava nei boschi, leggeva romanzi... e aspettava un segno. Una mattina trapiantò i pomodori, seguendo le indicazioni del Botta. Dopo tre settimane doveva iniziare a concimarli con la pollina, e contando i giorni scoprì che la data cadeva il giorno della Liberazione.

Era orgoglioso delle sue piante. Fino a qualche mese prima non lo avrebbe mai immaginato. Negli ultimi tempi erano successe molte cose che non avrebbe mai immaginato. Ad esempio perdeva molto tempo a cucinare, e si divertiva sempre di più.

Andava a dormire a notte fonda e la mattina si svegliava presto. Le giornate erano lunghe, ma non si annoiava mai. Anche stare in poltrona a pensare davanti al fuoco era piacevole. Non aveva mai la sensazione di buttare via il suo tempo. Eleonora e Adele aleggiavano intorno a lui come fantasmi, e la malinconia era una compagna fedele e premurosa che non lo lasciava mai... Come poteva sentirsi solo?

Una mattina all'alba si svegliò per via di uno strano rumore, sembrava che qualcuno picchiettasse contro il vetro della finestra. Al primo piano non poteva certo essere il postino. Scese dal letto, e appena aprì gli scuri vide una gazza spiccare il volo dal davanzale. Era stata lei a svegliarlo? Cosa poteva volere da lui, una gazza? Non fece in tempo a uscire dalla stanza, che la gazza tornò e continuò a dare beccate al vetro. Ogni tanto si metteva a cantare come un usignolo imitando il verso di altri uccelli, storcendo la testolina e saltellando. Dopo altre beccate contro il vetro volò via. Bordelli aspettò qualche minuto, ma la gazza non si fece più vedere. Forse era l'anima di Giacomo Pellissari, venuta a dirgli che era arrivato il giorno giusto. L'idea lo fece sorridere, ma forse era proprio quello il segno che stava aspettando. Anzi ne era certo, voleva esserne certo. Quella sera stessa sarebbe andato a scambiare due parole con monsignore. O la va o la spacca, come le altre volte...

Passò la mattina a immaginare vagamente un piano, senza smettere di occuparsi delle faccende campagnole. Di monsignor Sercambi sapeva molto poco, a parte alcune informazioni emerse dai pedinamenti di novembre, le stesse che Piras gli aveva *regalato* per il compleanno: monsignore viveva in una bella villa di viale Michelangelo, aveva al suo servizio un aiutante che tra le altre cose fungeva anche da autista, e almeno fino all'ora di cena la sua giornata era scandita da orari piuttosto regolari.

Avrebbe anche potuto procurarsi un fucile di precisione e spararg1i da lontano, come a volte aveva immaginato. Ma l'idea non gli piaceva. Voleva che monsignore lo guardasse negli occhi, voleva che *sapesse*. Non era più necessario simulare un suicidio, monsignor Sercambi era l'ultima frase della fiaba. Una volta regolati i conti con lui la faccenda era chiusa e seppellita, non ci sarebbe stato più nessun pericolo...

Quando parcheggiò in piazza Tasso erano passate da poco le sei. Aveva con sé i guanti, la torcia, e una pistola infilata nella fondina sotto l'ascella. Non gli serviva nient'altro.

Entrò nel bar, e dopo aver salutato Fosco con un cenno andò dritto nella sala del biliardo. Verso l'ora di pranzo era riuscito a parlare con il Botta, e avevano fissato di vedersi. Ennio stava sfidando a *palla 8* un tipo calvo che Bordelli conosceva di vista, un contrabbandiere di sigarette che aveva la nomea di essere un bravissimo giocatore. La partita si svolgeva sotto lo sguardo silenzioso di una decina di sfaccendati. Il Botta era molto concentrato, e tirò un colpo che mandò due palle in buca facendo sbalordire la platea. Vide Bordelli e gli fece capire che ne aveva ancora per poco. E così fu. Il contrabbandiere perse di misura, e dopo una stretta di mano pagò la vincita. Ennio posò la stecca e uscì dal bar insieme a Bordelli.

«Non c'è nulla da fare, commissario... Sono il migliore...»

«Quanto hai vinto?»

«Cinquemila.»

«Ora che sei ricco sono spiccioli.»

«Dopo una vita di miseria, anche cento lire hanno il loro fascino.»

«Non mi hai detto nulla del fondo che dovevi vedere in Borgo dei Greci...»

«Lasciamo perdere, era un cesso.»

«Mi devi dare una mano» tagliò corto Bordelli.

«Quando vuole, commissario...»

«Ne avrei bisogno adesso, se a te va bene.»

«Le solite serrature?»

«Indovinato.» Salirono sul Maggiolino e partirono.

«Di che si tratta?» chiese il Botta.

«Sto cercando di scrivere il finale di una brutta fiaba.»

«A guardarla in faccia sembra una cosa seria.»

«Più di quello che immagini...»

«Farò del mio meglio, commissario.»

«Anche io...»

Salirono fino al Piazzale e scesero giù per viale Michelangelo. Si piazzarono nel controviale all'angolo con via San Bernardino, e Bordelli accennò alla grande villa di monsignor Sercambi che si innalzava dietro gli alberi.

«È quella...»

«Chi ci abita?»

«Ti prego di non farmi domande, Ennio.»

«Perché?»

«Anche questa è una domanda...»

«La vita è fatta di domande, commissario.»

Si misero a chiacchierare del più e del meno, mentre dai finestrini aperti uscivano nuvole di fumo. Sul viale passavano automobili e motorette, ma sui marciapiedi non si vedeva nessuno.

Quando la luce del giorno stava morendo, videro sbucare dal cancello la Peugeot 404 bianca guidata dall'autista. Erano quasi le otto. Aspettarono che l'autista chiudesse il cancello e se ne andasse lungo il viale verso piazza Ferrucci. Bordelli mise in moto, e andarono velocemente a parcheggiare in cima a via Tacca. Si avviarono a piedi con aria indifferente e arrivarono fino al viale. Camminando sul marciapiede passarono davanti al cancello di Sercambi senza fermarsi, e sbirciando la serratura Ennio disse che almeno quella era un gioco da ragazzi. Si guardarono intorno, per controllare che nessuno si stesse avvicinando a piedi. Ormai era quasi notte, soprattutto sotto le chiome degli alberi, e la luce debole dei lampioni non riusciva a vincere l'oscurità. Tornarono indietro a passo svelto. Per scrupolo Bordelli suonò il campanello, ma non rispose nessuno.

«Andiamo...» disse. Il Botta aprì il cancello in pochi secondi, se lo richiusero alle spalle e si avvicinarono in fretta alla villa. Le finestre erano tutte spente, e il giardino era appena rischiarato da una lanterna appesa sopra il portone. Dietro gli alberi si intravedeva la casa accanto, dove una sola finestra era illuminata.

«Questa è una rognosa» sussurrò il Botta, osservando la serratura.

«Cerca di fare presto, non abbiamo molto tempo.»

«Mi lasci concentrare...» Si mise al lavoro con un ferretto ritorto, mordendosi un labbro. Nell'attesa Bordelli girò dietro la villa, mentre il cielo perdeva il suo ultimo velo di luce. Scoprì una piccola dépendance che dalla strada non si poteva vedere. Si avvicinò a una finestra e illuminò l'interno con la torcia. Intravide un letto sfatto, un comodino con sopra una bottiglia d'acqua e dei vestiti ammassati sopra una sedia. Dunque era lì che dormiva l'autista di monsignore, non nella villa. Bene, sarebbe stato tutto più facile. Mentre tornava indietro si scontrò quasi con il Botta.

«Ho fatto, commissario...»

«Grazie Ennio. Ora è meglio se vai... Mi dispiace che sei a piedi...»

«Faccio volentieri due passi. In bocca al lupo, commissario.»

«Crepi...» Davanti al portone socchiuso si salutarono con un cenno, e il Botta sparì fuori dal cancello. Bordelli s'infilò i guanti e con un fazzoletto cancellò dalla serratura le impronte di Ennio, ammesso che ne avesse lasciate. Entrò nella villa e si chiuse dietro la porta.

Accese la torcia e fece scorrere il cono di luce nel buio dell'ingresso, con la stessa emozione di quando da ragazzino entrava di nascosto con gli amici nelle case disabitate. La prima cosa che vide fu una bellissima scultura antica in legno, dai colori caldi, che raffigurava una donna. A giudicare dai lunghi capelli doveva essere una Maddalena. Si soffermò a guardarla, affascinato dalla dolorosa espressione del suo viso.

Camminando su magnifici tappeti continuò a tagliare l'oscurità con il fascio di luce, osservando la raffinatezza del mobilio, gli austeri ritratti a olio di cardinali e papi, la bellezza di ogni particolare. Negli ultimi tempi non faceva che visitare ville e castelli.

Sapeva di non avere molto tempo a disposizione, ma la curiosità lo spingeva nelle stanze a spiare l'anima di monsignore attraverso la sua dimora. Saloni con i soffitti affrescati, librerie immense, oggetti d'arte di grande valore, una grande cucina che odorava di buono... Un mondo magico e lussuoso dove il puzzo della lotta per la sopravvivenza non poteva arrivare.

Entrò in quello che doveva essere lo studio di monsignore. Una sobria ma elegante scrivania era messa di sbieco davanti alla finestra, e le pareti erano foderate di tomi antichi in latino e in greco... Seneca, Cesare, Tertulliano, Epitteto, Aristotele, Sofocle, Euripide, Erodoto, Plinio, sant'Agostino, la *Vulgata* di san Gerolamo, la *Summa* di san Tommaso... Ma c'erano anche Petronio, Apuleio, Orazio, l'*Ars amandi* di Ovidio, gli epigrammi di Marziale, le poesie di Saffo... Monsignore si interessava anche alle opere lascive dei pagani...

In mezzo alla scrivania c'era una moderna Olivetti elettrica, con accanto parecchi fogli battuti a macchina. Sul primo c'era il titolo: *Sant'Ambrogio, carità e fermezza*. Il linguaggio era pregno di sapere, ma al tempo stesso scorrevole e pulito. La cultura di monsignor Sercambi doveva essere smisurata, ma a quanto pareva non era stata sufficiente ad allontanare da lui il demone della perversione. Possibile che nella stessa persona potessero convivere l'amore per la conoscenza e la depravazione? Il bene e il male erano capaci di abitare la stessa anima? Gli vennero di nuovo in mente i racconti di Malaparte, i salotti nazisti in Polonia dove con alcuni gerarchi lo scrittore disquisiva di Rinascimento, di musica sublime, di alta letteratura, mentre grasse mogli bionde affondavano il coltello nell'oca arrosto con feroce leggerezza, lasciandosi sfuggire gridolini infantili... E in quegli stessi momenti nel ghetto di Varsavia i bambini morivano di freddo e di fame. Si ricordò anche di una storia che aveva sentito raccontare su Rudolf Höss, il comandante di Auschwitz: una mattina d'inverno Höss vide un bambino ebreo tremare nella neve, e telefonò subito alla moglie... *Oggi fa molto freddo, copri bene i bimbi, mi raccomando...*

Salì al primo piano, e fece velocemente il giro delle stanze. Camere austere ma signorili, assai accoglienti. Tre sale da bagno con specchiere solenni, portasapone in argento, tappetini immacolati... dove regnava un senso di intimità che invitava a rimanere. In una delle tre, da un nobile gancio pendeva un accappatoio bianco, e sopra una sedia era piegato un ricambio di biancheria.

Trovò la camera di monsignore, l'unica che avesse tracce di vita quotidiana. Un antico letto a baldacchino, e sulla parete di fronte un unico dipinto, una tavola a olio dove la Madonna schiacciava la testa al serpente. Sopra la coperta era adagiata una leggera veste da camera, azzurra e primaverile, che più o meno doveva svolazzare come una tonaca. Sul comodino altri volumi, tutti con il segnalibro che spuntava dalle pagine. Qualche testo antico, un libro di storia medievale, un romanzo di Tolstoj...

Tornò in una delle camere che davano sulla facciata, e socchiuse gli scuri per spiare il cancello dalle stecche delle persiane.

Non dovette aspettare troppo a lungo. I fari di una macchina illuminarono il giardino, l'autista scese per aprire il cancello e traghettò monsignore dalla vita pubblica a quella privata. Fermò la Peugeot davanti al portone, scese di nuovo per aprire la portiera al suo padrone e andò a parcheggiare dietro la villa.

Bordelli sentì il portone che si richiudeva, dei passi che salivano le scale, e andò a origliare dalla porta socchiusa. Monsignore si chiuse in bagno e aprì l'acqua della vasca. Poco dopo il portone della villa si richiuse di nuovo, anche se con minore autorità. Doveva essere l'autista.

Bordelli non conosceva le abitudini della casa, ma dai rumori gli sembrava di capire tutto quello che succedeva come se lo vedesse. Monsignore si stava lavando, mentre l'autista si stava occupando della cena. Di certo apparecchiava in sala da pranzo solo per il suo padrone, e lui mangiava in cucina.

Dopo una ventina di minuti monsignore uscì dal bagno e scese a piano terra. Bordelli sgattaiolò fuori dalla stanza, attento a non fare il minimo rumore, e nella penombra si avvicinò alla balaustra. Dal basso arrivava un po' di luce. Nel silenzio si sentivano i passi dell'autista che andava dalla cucina alla sala da pranzo, e ogni tanto il suono di una voce. La città sembrava lontanissima...

Quando un'ora dopo si accese la luce a piano terra, Bordelli fece un passo indietro nascondendosi dietro l'angolo del muro. Monsignore aveva finito di cenare, e a quanto sembrava si spostò nel suo studio. Forse voleva lavorare un po' alla sua opera su sant'Ambrogio. Più tardi aveva intenzione di uscire in cerca di carne umana? O pensava di rimanere fino a tarda notte a scrivere della carità e della fermezza del vescovo di Milano? Qualunque fosse la sua intenzione, non sapeva ancora che il destino aveva deciso diversamente.

Si sentivano i rumori ovattati dell'autista che armeggiava in cucina, con la porta chiusa. Acqua che scrosciava nell'acquaio, piatti che cozzavano tra loro, sportelli che si chiudevano... A parte questo, nella villa dominava il silenzio.

Una mezz'ora più tardi l'autista uscì dalla cucina e imboccò il corridoio, probabilmente per avvertire il suo padrone che si ritirava nella dépendance. Si sentì il suono lontano di una voce, poi l'autista ripassò nell'ingresso, uscì dalla villa e si chiuse dietro il portone con diverse mandate. Bordelli rimase in ascolto, nascosto nel buio del primo piano. Cosa stava facendo monsignore? Era arrivato il momento di fargli un saluto...

Scese lentamente le scale, con la pistola in mano. Dalla porta socchiusa dello studio usciva una luce morbida. Si avvicinò camminando sui tappeti, e ancora prima di vederlo immaginò monsignore chino sui libri, con i suoi occhiali d'oro appoggiati sul naso e lo sguardo concentrato.

Squillò il telefono, e monsignore rispose con il suo abituale tono severo. Bordelli si fermò e si mise ad ascoltare, cogliendo solo alcune frasi pronunciate con durezza...

«Sì, ho saputo... Devo pensarci... Per adesso no... Se sarà necessario... Mai... Non credo proprio... Una decisione importante... Nessuno... Assolutamente... No, è impossibile... Domani, sì... Buonanotte...» Monsignore riattaccò, e qualche secondo dopo si sentì il rumore della macchina da scrivere. L'alto prelato della Curia poteva finalmente dedicarsi alla creazione della sua opera, e di certo se fosse riuscito a finirla sarebbe stata pubblicata da un prestigioso editore... In un angolo della sua coscienza si agitava la colpa per l'assassinio di Giacomo Pellissari? O era riuscito a rendere innocuo il ricordo di quella notte con l'aiuto divino? E lo stupro di Eleonora in quale angolo dell'anima immortale lo aveva nascosto?

Bordelli sbirciò dentro lo studio, e si trovò davanti la scena che aveva immaginato... Era come vedere un gerarca nazista che discuteva di arte e di letteratura, mentre i bambini del ghetto...

Entrò nella stanza con la pistola puntata.

« Felice di rivederla, monsignore... » disse, avvicinandosi alla scrivania. Il prelato rimase immobile sulla sedia, come un busto di marmo. Fissava Bordelli con la bocca leggermente aperta, e appena se ne accorse chiuse di colpo le labbra.

« Come ha fatto a entrare? » La sorpresa lo aveva scosso, e gli tremavano leggermente le mani. L'elegante vestaglia azzurra gli scendeva dalle spalle con morbide pieghe. Bordelli si sedette di fronte a lui, senza smettere di puntargli addosso la pistola.

« Non mi saluta? » disse, calmo.

« Come ha fatto a entrare? » ripeté monsignore.

« Sono passato attraverso i muri, come i fantasmi. »

« Cosa vuole da me? » farfugliò monsignore, pallido.

« Tratta sempre così i suoi ospiti? » disse Bordelli, accennando un sorriso.

« Abbia la bontà di spiegarmi cosa vuole... » La sua testa pelata luccicava come una pesca al sole.

« Non sente il bisogno di confessarsi? »

« Per cosa? »

« Sono sicuro che lo sa meglio di me... »

« Dio conosce i miei peccati. »

« Le basta questo per sentirsi la coscienza pulita? » Avrebbe potuto farla finita subito, invece di perdere tempo in chiacchiere, ma non resisteva al desiderio di fargli ammettere le sue colpe...

« Non so di cosa stia parlando » disse monsignor Sercambi, con aria confusa. Davanti alla canna della pistola non sapeva decidersi tra la durezza e la docilità. Cercava di capire cosa passasse nella testa di quel barbaro, un ignorante che certamente non sapeva tradurre Ovidio e non aveva mai letto il carteggio di Eloisa e Abelardo...

« Non è il caso di fare l'ingenuo, monsignore. »

«Non capisco...»

«Prima di gettarsi dalla finestra Italo Signorini mi ha raccontato tutto, e sono certo che lei lo ha capito subito.»

«Continuo a non capire... Mi spiace... Non conosco nessun Signorini...»

«Anche gli altri suoi compagni di giochi, Panerai e Beccaroni, si sono suicidati per il rimorso.»

«Deve perdonarmi, ma non conosco nemmeno quei signori... Che riposino in pace...» disse monsignore, con le mani intrecciate come se volesse pregare per le loro anime peccatrici.

«Amen...» fece Bordelli, e accennò in aria un segno della croce con la canna della pistola.

«Cosa posso fare per lei, dottor Bordelli?»

«Finalmente qualcuno che non mi chiama *commissario...*»

«Non vuole avere la cortesia di mettere via la sua arma? E spiegarmi come mai si accanisce contro di me?» Si sforzava di apparire sereno, ma dietro ai raffinati occhiali d'oro le sue pupille sembravano affogare nella paura.

«Le propongo un gioco, visto che a lei piacciono tanto... Se entro dieci secondi non comincerà a confessare i suoi peccati davanti a me e davanti a Dio, consentirò alla sua anima di liberarsi dalla prigione della carne... Uno... Due... Tre... Quattro... Cinque... Sei... Sette... Otto... Nove... Die...»

«No... Va bene... Va bene...» disse monsignore, alzando appena le mani. Per uno come lui doveva essere davvero odioso non poter dominare la situazione.

«Prego... Mi dica...»

«È stata una fatalità... Una tragica fatalità...» Una grossa goccia di sudore gli rigò la guancia.

«Certo...» disse Bordelli, con aria annoiata.

«Deve credermi...»

«Anche violentare un ragazzino è stata una tragica fatalità?»

«Sono pentito... Profondamente pentito... Dio mi è testimone...» disse monsignore, più o meno come Beccaroni.

«Gli spergiuri vanno all'inferno, l'ho imparato al catechismo» disse Bordelli.

«Avrà anche imparato che esiste la carità cristiana... La gioia del perdono...» Ansimava leggermente, e nei suoi occhi si leggeva il profondo disagio di doversi umiliare.

«L'unico che poteva gioire del perdono è stato strangolato.»

«Non sono stato io...» si affrettò a dire monsignore.

«Lei si è limitato a stuprarlo, non è così?» disse Bordelli, pensando all'orrore che aveva vissuto il ragazzino. Monsignore abbassò lo sguardo con aria contrita, ma lo rialzò subito.

«Prego per lui ogni giorno, e pregherò fino alla fine dei miei giorni...»

«Lo lasci riposare in pace» disse Bordelli, con una gran voglia di fumare una sigaretta. Senza un preciso motivo continuava a ritardare il momento, a fingere che monsignor Sercambi avesse un futuro. Forse voleva solo guardarlo in faccia ancora un po', per cercare di capire...

«Non immagina quanto sia addolorato» disse monsignore.

«Dio gliene renderà merito... Immagino che sia addolorato anche per aver ordinato a due gentiluomini di violentare una ragazza...»

«Il demonio ottenebra la mente... Non ero più me stesso...» disse monsignore in un sussurro, distogliendo lo sguardo.

«Interessante...» Adesso aveva finalmente la prova che era stato proprio lui a comandare lo stupro, e con i brividi sulle braccia rivide Eleonora rannicchiata sotto le coperte, con il viso pieno di lividi.

«L'uomo è metà angelo e metà bestia, diceva Pascal» continuò monsignore, con un tono remissivo che doveva pesargli enormemente. Nonostante tutto adesso sembrava più calmo. Forse pensava che si trattasse soltanto di usare le parole giuste... E se la faccenda si fosse messa male sul serio poteva sempre ricorrere alle sue *amicizie*. La massoneria non conosceva ostacoli.

«In piedi...» disse Bordelli, alzandosi.

«Come dice?»

«Si alzi in piedi.»

«Cosa vuole fare?»

«Le ho detto di alzarsi.»

«Sì...» Monsignore si alzò, scostando leggermente la sedia. Era più basso di quanto si potesse immaginare, e a guardarlo bene aveva un'aria gracile. L'imponenza che di solito sprigionava stava tutta nel suo sguardo, nella consapevolezza del proprio potere... Adesso invece sembrava solo un povero prete impaurito.

«Vada a mettersi là» ordinò Bordelli, indicando il centro del tappeto. Monsignore obbedì, senza capire cosa avesse in testa il suo *ospite*. Bordelli si avvicinò di qualche passo.

«Si spogli.»

«Non dirà sul serio...» mormorò il prelato sgranando gli occhi, rigido come un tronco d'albero.

«Si spogli» ripeté Bordelli, cupo. Monsignore aspettò ancora qualche secondo, stordito da quella strana richiesta, poi si tolse la vestaglia e la gettò sulla spalliera di una sedia. Rimase in mutande e maglietta, tutte e due con le iniziali ricamate. Le sue gambe nude erano disegnate di vene bluastre, e gli tremavano le ginocchia.

«Che intenzioni ha?» disse, terrorizzato.

«Si tolga anche il resto.»

«La prego...»

«Non me lo faccia ripetere» disse Bordelli, con una durezza che fece sobbalzare monsignore.

«Sia clemente...»

«Sto per sparare.»

«No...» Monsignore si tolse la maglia, tremando come una foglia. Aveva le spalle strette, e gli si contavano le costole. Bordelli gli intimò con un gesto di togliersi anche le mutande. Voleva fargli provare la stessa umiliazione che i nazisti infliggevano a chi arrivava nei campi di sterminio. Monsignore fece scendere le mutande fino a terra e si coprì con le mani, ansimando per la vergogna. Bordelli sorrise, schifato.

«Se vuole trovare il demonio, cerchi tra le sue gambe» disse, pensando all'ultima mezz'ora di vita di Giacomo Pellissari.

«Perché tutto questo?» farfugliò monsignore, disperato.

«Se lo chiedeva anche il ragazzino che avete violentato.»

«Dio, aiutami...» piagnucolò monsignore, lasciandosi cadere in ginocchio. Si piegò in avanti fin quasi a toccare il tappeto con la fronte, e scoppiò a singhiozzare.

«Sono pentito... Ho peccato... Mi pento, mi pento... Chiedo perdono a Dio... Chiedo perdono a Dio...» Aveva scavalcato la soglia della dignità, e stava scendendo sempre più in basso.

«Sono un mostro... Ho obbedito al demonio...»

Fino a poco prima era un alto prelato della Curia, temuto e rispettato, un membro della massoneria, uno studioso che stava scrivendo un importante trattato sul pensiero di sant'Ambrogio... Dalle altezze del potere era caduto nel fango... Adesso era soltanto un uomo nudo che piangeva, inginocchiato davanti a una pistola.

«Penitenza... Penitenza...» Sbavava senza ritegno, e il suo dolore sembrava sincero. *In articulo mortis*, non era difficile pentirsi. Bordelli lo osservava, ricordando le parole di Italo Signorini sulla serata che i quattro amici avevano dedicato a Giacomo... *Dopo un lungo gemito monsignor Sercambi si accasciò su di lui...*

All'improvviso provò una compassione infinita per quel ministro di Dio che non aveva saputo resistere ai richiami più bassi, incapace di dividere il bene dal male, il piacere dal sopruso... E come gli era successo davanti all'avvocato, immaginò di non ucciderlo. Poteva costringerlo a scrivere una confessione dettagliata e trascinarlo in tribunale... E se nonostante tutto fosse riuscito a cavarsela? L'umiliazione che aveva provato lo avrebbe fatto diventare ancora più feroce, e si sarebbe vendicato. Nessuno scandalo avrebbe potuto abbatterlo. Con la sua ricchezza e il suo potere si sarebbe rimesso in piedi in poco tempo... Magari sarebbe espatriato in qualche paese povero, dove avrebbe vissuto da nababbo comprando la miseria dei bambini...

Infilò la pistola nella fondina, si gettò a cavalcioni sopra di lui e gli afferrò il collo stringendo con tutta la forza che aveva. Con i guanti era più difficile che a mani nude, ma ci sarebbe riuscito lo stesso. Monsignore si divincolava, senza riuscire a liberarsi, e i suoi occhiali d'oro schizzarono via.

«Panerai e Beccaroni non si sono suicidati, li ho ammazzati io, volevo che lo sapesse» disse Bordelli, ansimando per lo sforzo. Dopo un minuto interminabile monsignore crollò lungo disteso... Rantolava e scalciava debolmente, strusciando le unghie sul tappeto. Bordelli continuava a stringere, per non rischiare di vederlo risuscitare. Davanti ai suoi occhi la testa pelata diventò tutta rossa, poi viola, quasi nera... Quando fu sicuro che l'anima di monsignore si era separata dal corpo, allentò la presa.

Dio che fatica, pensò alzandosi in piedi. Aveva la fronte bagnata di sudore, e per asciugarla ci passò sopra il dorso di un guanto. La carcassa bianca e flaccida di monsignore giaceva ai suoi piedi, con la bocca aperta e gli occhi sbarrati. Non avrebbe più fatto male a nessuno. Ancora una volta il gigante Golia era stato sconfitto...

Si lasciò andare sopra una sedia, per riprendere fiato. Guardò l'ora, erano quasi le undici. Monsignore aveva vissuto lo stesso orrore di Giacomo, così era scritto. Lui era stato solo il braccio secolare, come gli sbirri che bruciavano gli eretici al tempo dell'Inquisizione. Non aveva compiuto una vendetta, aveva soltanto rimesso le cose al loro posto. Non sempre la giustizia dei tribunali era capace di fare il proprio lavoro, e in quei casi ci voleva una soluzione diversa. L'orco era stato sconfitto, ma il risultato non era come il finale delle fiabe, nessuno sarebbe vissuto felice e contento...

Gli venne in mente di fare qualcosa per disturbare le

indagini sull'omicidio del rispettabile monsignor Sercambi. Doveva essere una cosa molto strana, capace di confondere le idee. Cercò di lasciarsi andare alla fantasia... Cos'è che poteva ingarbugliare la faccenda aprendo la strada a ipotesi complicate? Ci voleva un mistero inesplicabile, del tutto falso e inutile...

Dopo un po' gli venne l'idea giusta. Prese una penna dalla scrivania e disegnò sulla schiena di monsignore una grande svastica. Una vendetta di guerra... Il povero commissario di turno avrebbe sbattuto la testa contro un muro.

Prima di andarsene azzardò l'ultima scommessa con il destino: uscendo dalla villa non avrebbe preso nessuna precauzione. Se non ci fossero stati intoppi avrebbe definitivamente creduto di aver obbedito a un disegno. Guardò per l'ultima volta il cadavere sul tappeto... Addio, monsignore...

Uscì con calma dalla stanza, e aiutandosi con la torcia percorse il corridoio fino all'ingresso. Dopo aver lanciato un'ultima occhiata alla dolorosa scultura della Maddalena, fece girare il pomello della serratura e uscì dal portone, chiudendoselo alle spalle. Si avviò verso il cancello. Il giardino era in penombra, immerso in una magica atmosfera da fiaba. Una finestra della villa accanto era debolmente illuminata dalla luce mutevole di un televisore, e immaginò marito e moglie seduti sul divano, a guardare la fine del film sul Nazionale.

Non aveva pensato a come uscire dal cancello, ma non si sentiva preoccupato. Era pronto a scavalcare l'inferriata, ad arrampicarsi sugli alberi... Non ce ne fu bisogno. Cercando dietro l'edera che avvolgeva i pilastri trovò un pulsante. Fece scattare la serratura e uscì sul marciapiede. Si guardò intorno, ma non vide nessuno. Il viale era deserto. Avviandosi verso la macchina si tolse i guanti e se li mise in tasca. Si sentiva leggero, forse un po' frastornato. Non riusciva a capire se adesso il mondo gli sembrasse davvero meno sporco, come aveva sperato. Avvertiva anche un senso di vuoto, come quando ci si lascia alle spalle una grande impresa... E soprattutto aveva una gran fame...

Salì su per via Tacca, senza incontrare anima viva. Montò sul Maggiolino, e fumando una sigaretta imboccò viale Michelangelo in direzione dell'Arno. Nessuno lo aveva visto, era come se non fosse mai entrato in quella magnifica villa. La svastica disegnata sulla schiena di monsignore avrebbe scatenato una caccia inutile. Sfidava chiunque a capirci qualcosa, a trovare un movente.

Attraversò il ponte, e passando in piazza Beccaria alzò come sempre lo sguardo sulla spessa riga nera che girava intorno alla porta medievale, a diversi metri di altezza. Per chi non aveva assistito allo spettacolo, non era facile immaginare che una mattina di novembre al posto del viale c'era un fiume di fango puzzolente, ma le tracce del passato erano dure da cancellare.

Cercava di non pensare a Eleonora, senza riuscirci. La morte di monsignor Sercambi segnava la fine di un capitolo, e il successivo poteva anche comprendere proprio lei, Eleonora. Adesso poteva dirle che il colpevole aveva pagato. Scosse il capo, pensando che da monsignore non si era fatto rivelare i nomi dei due scagnozzi che l'avevano violentata... Ma forse era meglio così, era stanco di andare a caccia di figli di puttana come un pistolero solitario. E uccidere quei due sarebbe stata una pura vendetta personale.

Parcheggiò davanti alla trattoria Da Cesare con un buco nello stomaco, e scendendo dalla macchina gettò via la cicca. L'aria era tiepida, appena mossa da un venticello che faceva vibrare le giovani foglie dei platani. Entrò nella trattoria quasi deserta, salutò Cesare con un cenno e s'infilò nel regno di Totò.

«Commissario, ogni tanto vi degnate di scendere dalle montagne» disse il cuoco andandogli incontro.

«La strada è lunga...»

«A casa che combinate? Mangiate scatolette?»

«Ho imparato a cucinare...»

«Ma che avete fatto? Avete una faccia...»

«Sono solo un po' stanco, Totò.»

«No, io dicevo che sembrate ringiovanito.»

«Allora sarà l'aria della campagna.»

«Voi dovete ancora cenare, ve lo leggo negli occhi.»

«Hai indovinato...» disse Bordelli, sedendosi sul suo sgabello.

«La fame non si nasconde, commissario. Che avete voglia di mangiare?»

«Se non è un disturbo, mi piacerebbe una bella bistecca al sangue.»

«E quale disturbo? Ve la faccio in un minuto... Di contorno vanno bene due fagioli o preferisce delle rape saltate all'aglio?»

«Vada per i fagioli, grazie» disse Bordelli, riempiendosi un bicchiere di vino.

«E fagioli saranno...» fece il cuoco. Dopo aver mosso la brace con un ferro, prese una bella bistecca dal frigo e la fece cadere sulla griglia rovente.

«Con la tua bella Nina come va?» chiese Bordelli, mentre la bistecca sfrigolava.

«Le femmine sono buffe, commissario. Per essere moderni, in casa di Nina hanno comprato la lavatrice, e adesso sapete che fanno lei e sua mamma? Stanno tutto il tempo sedute lì davanti a guardare i panni che girano dietro il vetro...»

«Forse è meglio della televisione.»

«Comunque prima o poi me la sposo.»

«La lavatrice?»

«Magari in America l'hanno già fatto, quelli là sono capaci

di tutto» disse Totò, con aria da intenditore di popoli. Infilzò la bistecca e la voltò, mentre in una padella scaldava i fagioli. Bordelli si versò il terzo bicchiere di vino. Ogni tanto pensava che appena mezz'ora prima aveva strangolato un monsignore della Curia, e gli sembrava assai strano.

Finalmente arrivò la bistecca con i fagioli, e Totò tagliò tre fette di pane. Bordelli aveva una fame da lupi e si buttò a divorare la carne insanguinata. Il cuoco si mise come al solito a raccontare una storiella macabra accaduta al suo paese... Questa volta si trattava del farmacista, un padre di famiglia assai rispettato che conduceva una vita onesta e tranquilla...

«... e un bel giorno lo trovarono morto ammazzato in mezzo alla campagna, tutto nudo, con un coltello nel petto e un topo morto infilato in bocca... Nessuno ci ha mai capito nulla, e l'assassino non l'hanno mai trovato...»

«Magari lo stimato farmacista aveva combinato qualcosa di orribile, e qualcuno ha pensato di vendicarsi.»

«Ci volevate voi, commissario... E in pochi giorni il colpevole finiva in galera...»

«Non sempre chi uccide merita la galera, caro Totò» disse Bordelli... Chissà cosa avrebbe detto il cuoco, se gli avesse raccontato come aveva passato la serata...

«Vi ho mai raccontato della donna tagliata in due?»

«Mi pare di no...»

«Faceva la maestra, era giovane e carina... Al suo funerale c'era tutto il paese... I bambini piangevano come fontane...» Quella volta l'assassino lo avevano trovato, era il padre di uno dei bambini. Aveva confessato tra le lacrime. Da qualche mese «teneva» una tresca con la bella maestrina, e quando lei si era stufata l'aveva aperta in due come un vitello...

«Perché non parliamo di donne tutte intere?» disse Bordelli, che non aveva troppa voglia di passare il resto della serata a parlare di morti ammazzati. Voleva gustarsi la bistecca in santa pace, e si versava un bicchiere dietro l'altro. Non riusciva a ubriacarsi, sentiva soltanto una leggera euforia che più tardi si sarebbe trasformata in tristezza. Un po' come accadeva a Rosa...

Si misero a chiacchierare di donne e di politica, di salami piccanti e della nuova 500 che Totò voleva comprarsi... Il tempo scorreva placidamente, come un fiume tranquillo.

Bordelli finì la bistecca e i fagioli, e fece i complimenti al cuoco.

« Non potete rifiutare il dolce, commissario. »

« Sarebbe meglio di sì... »

« Ho una crostata che sveglia i morti. »

« Va bene, ma solo una strisciolina per assaggiare. »

« L'ho fatta io con la marmellata di Nina... » disse Totò, quasi offeso.

« Va bene, dammene una fetta intera. »

« Così mi piacete, commissario. » Gli depositò davanti un quarto di crostata.

« Da domani mi metto a dieta... » Insieme alla torta mandava giù bicchierini di grappa, mentre il cuoco rimetteva a posto la cucina.

« Questa torta è un capolavoro, Totò. »

« Modestamente... »

Dal passavivande sbucò la testa di Cesare, e annunciò che se ne andava a dormire. Dopo un po' si sentì il rumore stridulo della saracinesca che si abbassava. Mancavano pochi minuti all'una.

Bordelli finì la crostata, e la onorò con un'ultima grappa. Quando si alzò dallo sgabello giurò che non avrebbe mangiato per una settimana.

« Andate già a letto, commissario? »

« Ho avuto una giornata faticosa. »

« Ora non fate che vi rivedo a Natale... »

« Torno presto, Totò... Abbi fede... »

Guidando lungo l'Imprunetana di Pozzolatico si sentiva come un cavaliere medievale che torna al castello, dopo aver sconfitto i mostri della selva oscura. Nei tratti in cui i muri di pietra erano più bassi, il chiarore esangue della luna spandeva sugli oliveti una luce argentata. In lontananza le colline boscose erano più nere della notte, e nascondevano misteri primordiali. Uno spettacolo che Giacomo non avrebbe mai più visto, e nemmeno i suoi assassini. Se esisteva un aldilà, la vittima e i carnefici non si sarebbero mai incontrati. Il paradiso e l'inferno erano separati da una distanza infinita...

Buttò la cicca dal finestrino, frenando la voglia di accendere subito un'altra sigaretta. Come sarebbe stato bello se ad aspettarlo a casa ci fosse stata Eleonora, o magari Adele. Si sforzò di immaginare che fosse davvero così, e per un secondo sentì le farfalle nello stomaco. Gli uomini erano davvero stupidi, a volte. Se una donna li lasciava si sentivano brutti e meschini, e pensavano: *Nessuno mi vuole*. Quando invece una donna s'innamorava di loro s'innalzavano fino al cielo, immaginando di essere i più belli del mondo. Dipendevano completamente dalle donne, provavano per loro un sacro terrore, e forse era proprio per questo che avevano cercato da sempre di sottometterle. Ma le donne non erano più quelle di prima, e scalpitavano come puledre nei recinti con il desiderio di galoppare lontano...

Passando da Mezzomonte sentì il desiderio di scambiare due parole con Dante. Era stanco, molto stanco, ma non aveva nessuna voglia di andare subito a letto. Voltò nel cancello e si fermò davanti alla casa. Erano quasi le due, ma sicuramente Dante era ancora nel suo laboratorio sotterraneo.

Scese le scale e spinse la porta, avvertendo nell'aria l'inconfondibile odore di quel luogo, un miscuglio di cera fusa e fumo di sigaro. La luce soffusa e incerta delle candele era riposante come un crepuscolo. In fondo al laboratorio, Dante stava passeggiando su e giù di fronte al bancone da lavoro, con aria pensosa. Il biancore del camice e della sua chioma leonina emergeva dalla penombra, e faceva pensare a un fantasma. Appena vide Bordelli sorrise, afferrando una bottiglia di grappa.

«Non l'aspettavo così presto, commissario...» disse, riempiendo i bicchieri.

«Mi scusi, non volevo interrompere i suoi pensieri.»

«Meglio così, mi stavo ingarbugliando.»

«Se non ha nulla in contrario, mi basta rimanere seduto qua in silenzio... Faccia come se io non ci fossi...»

«*Se tu sarai solo, sarai tutto tuo, se tu sarai accompagnato da qualcuno, sarai solo mezzo tuo*» disse Dante, porgendogli la grappa.

«Ha ragione, ho detto una stupidaggine.»

«Allora dobbiamo brindare.»

«Ogni scusa è buona...» Fecero scontrare appena i bicchieri, e bevvero un sorso.

«Vuole stare in piedi tutta la notte?» disse l'inventore. Bordelli si lasciò andare con piacere su una poltrona. Era così stanco che rischiava di addormentarsi. Dante invece non si sedette, sembrava pieno di vigore. Vuotò il bicchiere, e dopo aver acceso un mozzicone di sigaro raccolto da un posacenere riprese a camminare su e giù. Bordelli lo seguiva con lo sguardo, ipnotizzato dai grassi serpenti di fumo che si contorcevano in aria sopra la sua testa.

«Le è mai capitato di essere innamorato di due donne nello stesso momento?» chiese Bordelli, e subito dopo si rese conto di non aver mai sentito Dante parlare di donne.

«Quando ero ragazzo anche di tre o quattro» disse Dante, fermandosi davanti a lui.

«Un inferno...»

«Poi un bel giorno ho incontrato lei, Maddalena, e tutte le altre sono state spazzate via in un secondo, le passate le presenti e le future. Sembra la solita sviolinata romantica, ma è la semplice verità. Abbiamo vissuto insieme per quasi dieci anni, amandoci e scontrandoci nel più meraviglioso dei modi. Ma un brutto giorno lei mi ha lasciato, o per meglio dire ha lasciato questo mondo... Insomma è morta. Non ho mai trovato una donna che riuscisse a farmela dimenticare, e da allora me ne sto felicemente da solo... Anzi, accanto a lei. In ogni secondo della mia vita la sento aleggiare intorno a me, e a volte ci parlo... Insomma sono un povero vecchio farneticante, e me ne vanto» concluse Dante, con un sorriso malinconico.

«Una bellissima storia d'amore» commentò Bordelli, affascinato.

«E così lei è innamorato di due donne...»

«Forse sì, ma nessuna delle due mi vuole più.»

«*Il faut la troisième...*» disse Dante, emanando fumo dalla bocca.

«L'accoglierei a braccia aperte, se spazzasse via le altre» disse Bordelli, sentendo gli occhi che si chiudevano per la stanchezza.

«E se un giorno tornassero tutte e due, saprebbe scegliere?»

«Certo, sceglierei tutte e due.»

«Allora ha le idee molto chiare...» disse Dante, ridendo.

«Forse sì... O forse no... Non so... Io... Forse...»

«La verità è che lei ha ucciso tre innocenti! Tre uomini amati e rispettati da tutti! Solo per obbedire alla sua visione delirante del destino! E adesso si sente schiacciare dal rimorso!»

«Non è vero... Non è vero...» farfugliò Bordelli, svegliandosi. Dante era in piedi davanti a lui, e lo guardava con aria curiosa.

«Cos'è che non è vero? Che si era addormentato?»

«Mi scusi, stavo sognando...»

«Vuole restare qui a dormire?»

«Grazie, vado a casa» disse Bordelli, alzandosi. Aveva bisogno del suo letto, degli odori di casa sua.

«È sicuro di riuscire a guidare? Vuole che l'accompagni?»

«Non si preoccupi, il mio cavallo torna a casa da solo.» Si salutarono con una stretta di mano, e Bordelli s'incamminò verso l'uscita cercando di svegliarsi.

«*Se tu sarai solo, sarai tutto tuo...*» disse Dante a voce alta. Imboccando le scale Bordelli si voltò per un ultimo saluto. L'aria fresca della notte gli fece ritrovare un po' di lucidità. Montò sul Maggiolino e si lasciò portare fino a casa.

Prima di andare a letto gettò un'occhiata al teschio, come per accertarsi che ci fosse ancora. Ormai era una presenza familiare, e se non stava attento andava a finire che si sarebbe messo a parlare con lui.

Infilando dei tronchetti di legna nella stufa si ricordò dei guanti assassini, ce li buttò dentro e li osservò mentre si contorcevano sulla brace. Si spogliò barcollando e si mise sotto le coperte. Si sentiva afferrare dal sonno, come quando era bambino e crollava all'improvviso... La mamma lo portava a letto e gli toglieva i vestiti, sballottandolo come un pupazzo, e lui provava l'immenso piacere di essere nelle sue mani...

In lontananza si sentiva il gracidare ossessivo di una rana. Il suo letto non era mai stato così grande, e per un attimo tra i lenzuoli gli sembrò di sentire l'odore di Adele.

Mise il caffè sul fuoco, pensando che quel giorno aveva tre cose da fare. Aveva dormito come un sasso, e si sentiva riposato come non gli succedeva da un sacco di tempo. Erano quasi le undici. Di certo l'autista di monsignore aveva già scoperto il cadavere da un pezzo. Chissà chi era a occuparsi dell'omicidio. Immaginava Diotivede alle prese con i primi rilievi, con il suo sguardo ironico e la borsa nera appoggiata per terra... Il sostituto procuratore che si mordeva le labbra, disorientato dalla svastica disegnata sulla schiena del prelato, mentre i giornalisti premevano per entrare con le macchine fotografiche agganciate al collo... Insomma le solite cose...

Sentì il rombo di un motore che si avvicinava, e sbirciando dalla finestra vide un'Alfa Romeo rosso fuoco che si fermava nell'aia. Non riusciva a capire chi ci fosse alla guida, per colpa dei riflessi di luce sui vetri della macchina. Si aprì la portiera e apparve Ennio. Non aveva ceduto alla Porsche, ma a quanto pareva la ricchezza cominciava a dare i suoi frutti...

Bordelli andò ad aprire la porta, e si accorse subito che il Botta aveva una faccia strana.

«Non dovevi fare la formichina, Ennio?»

«Stamattina mi sono svegliato cicala, e sono andato a comprare questa bagnarola.»

«Finalmente ti sei fatto un regalo.» Si strinsero la mano.

«Ho una vita sola, commissario...»

«Hai fatto benissimo» disse Bordelli, sincero. Uscì per guardare l'Alfa da vicino, e si mise a girarci intorno passando le dita sulla carrozzeria. Il Botta teneva le mani in tasca, giocherellando con le chiavi.

«Che gliene pare?»

«Una gran bella macchina.»

«È una Giulia Sprint, fa quasi centottanta all'ora» disse il Botta, ma si vedeva bene che gli girava qualcosa in testa. Bordelli aprì la portiera e si sedette al volante. Si fece passare le chiavi e mise in moto, giusto per sentire il suono del motore. Due sgassate e spense il quadro.

«La sento un po' anche mia» disse, scendendo.

«Gliela presto quando vuole, commissario.»

«Ti va un caffè?» Si avviò verso la porta, affiancato dal Botta.

«Resto solo un minuto... Devo aiutare un amico a traslocare...» Ennio fece il caffè, e si sedettero al tavolo di cucina davanti alle tazzine fumanti.

«Simpatico il suo nuovo inquilino» disse Ennio, accennando al teschio che li osservava dall'alto.

«È molto saggio, non parla mai...»

«Però si fa capire.» Il Botta sorrise, ma i suoi occhi rimasero pensierosi.

«Devi dirmi qualcosa, Ennio?»

«No... Cioè...»

«Parla liberamente.»

«Nulla di che... Volevo solo dire... Mezz'ora fa ero sul viale di San Domenico a provare la macchina, e ho sentito il giornale radio...»

«Dev'essere un'esperienza emozionante.»

«Hanno detto che stanotte un prete importante della Curia è stato strangolato nella sua villa.»

«Ah...»

«E sa dov'è la villa del prete?»

«No, dove?»

«In viale Michelangelo.»

«Vieni al dunque, Ennio.»

«Be', ieri sera ci siamo salutati davanti a una villa di viale Michelangelo...»

«Che coincidenza, vero?»

«Eh già...»

«Tutto qui?» disse Bordelli, giocherellando con la tazzina. Il Botta scosse il capo.

«Non vuole proprio dirmi cosa è successo?»

«Di cosa parli?»

«Lo sa bene, commissario...»

«Hai visto il mio orto? Adesso è davvero una meraviglia...» disse Bordelli, alzandosi con uno sbadiglio. Finirono il caffè e uscirono dalla porta sul retro. I pomodori e i peperoncini crescevano rigogliosi, i carciofi avevano attecchito tutti tranne uno.

«Credevo peggio» disse il Botta, osservando i virgulti con occhio clinico.

«Tra due settimane posso cominciare a usare la pollina, giusto?»

«Giusto...»

«Ci pensi, Ennio? Per la prima volta in vita mia mangerò i frutti delle mie fatiche.»

«Aspetti a dirlo, se viene una grandinata come dico io...»

«Non ci sarà nessuna grandinata, e avrò dei pomodori grandi così» disse Bordelli, mimando con le mani la grandezza di un cocomero.

«Insomma non vuole dirmi nulla, commissario?»

«Cosa dovrei dirti?»

«Di stanotte...»

«Be', io ho dormito bene... E tu?»

«Va bene, va bene, ho capito... La lascio ai suoi misteri, commissario. Comunque io non parlo» disse il Botta, guardando l'orologio. Bordelli lo accompagnò sull'aia e aspettò di vederlo partire sopra la sua Alfa rossa. Il cielo era coperto da grosse nuvole scure, e in lontananza i tuoni sembravano rulli di tamburo. Ma non era detto che piovesse. Per non rischiare tornò sul retro della cascina e si mise ad annaffiare l'orto, pensando che Ennio non lo avrebbe mai tradito.

Rientrò in casa, e mentre riempiva la vasca si fece la barba con cura. Rimase a lungo immerso nell'acqua calda, con la sensazione di staccarsi di dosso lo sporco di una sanguinosa battaglia. Si vestì e scese in cucina. Apparecchiò la tavola, e variando sul vangelo di Ennio si preparò un piatto di spaghetti burro e parmigiano. Piatto apparentemente semplice, ma invece difficilissimo. Mangiò senza fretta, facendosi i complimenti da solo. Dopo il caffè cercò sull'elenco telefonico il numero dei Pellissari.

«Pronto?»

«Avvocato Pellissari?»

«Sono io, chi parla?»

«Commissario Bordelli...»

«Buongiorno... Come sta?» disse Pellissari, sorpreso e agitato.

«Non c'è male, e lei?»

«Ha scoperto qualcosa, commissario?» Gli tremava un po' la voce.

«Se non disturbo, vorrei passare a trovarvi.»

«Sì, certo... Ha delle novità?»

«Se ha pazienza, ne parliamo di persona.»

«Come vuole...» disse l'avvocato, sempre più inquieto.

«Alle due e mezzo le va bene?»

«Sì...»

«Sarebbe meglio che ci fosse anche sua moglie.»

«È qui, l'aspettiamo.»

«A tra poco...» Appena mise giù il telefono uscì di casa e montò sul Maggiolino, sotto una cappa di nuvole basse.

Fu un lungo viaggio nel tempo, durante il quale rivide passare nella mente le brutte giornate di ottobre e di novembre... La sparizione del ragazzino, il ritrovamento del cadavere nel bosco, le indagini forsennate... Le piogge ininterrotte... L'alluvione...

Si fermò davanti al cimitero di San Domenico, e s'infilò nel cancello. Non c'era nessuno, come aveva sperato. Cercò con calma fra le tombe, finché non trovò quella di Giacomo. Sulla lapide c'era una foto del ragazzino. Gli mancava un dente e sorrideva, con un cappello da ciclista voltato all'indietro.

«Ciao Giacomo...»

«*Ciao commissario...*»

«Sai chi sono?»

«*Certo... Anche se non ci siamo mai conosciuti...*»

«Ho fatto quello che ho potuto.»

«*Lo so... Ho visto tutto... I morti vedono tutto...*»

«Dovevo farlo...»

«*Ne sei proprio sicuro?*»

«Non c'era nessun altro modo. O così o lasciar perdere.»

«*Io riposavo in pace lo stesso...*»

«Io no, Giacomo. Tu sei dall'altra parte, ma io sono ancora qua. Non riuscivo a sopportare...»

«*Lo hai fatto per te, commissario... Solo per te...*»

«Non lo so, non lo voglio sapere...»

«*Addio, commissario...*»

«Addio, Giacomo... Ogni tanto ricordati di me...» Alzò una mano per salutarlo, e si avviò verso l'uscita. Una donna vestita di nero era immobile davanti a una tomba, con le braccia abbandonate lungo i fianchi. Doveva essere entrata mentre lui stava chiacchierando con Giacomo. Le passò accanto, e la donna non si mosse. Forse anche lei stava parlando con i morti...

Uscì dal cimitero, e guidando lentamente imboccò via della Piazzuola. Non voleva arrivare in anticipo. Voltò in via Barbacane, e dopo qualche centinaio di metri parcheggiò in uno slargo della strada, vicino alla villa dei Pellissari. Suonò il campanello, e qualche istante dopo l'avvocato e sua moglie gli andarono incontro nel giardino. Lo accolsero con trepidazione e lo accompagnarono in casa, dove regnava il caos. L'ingresso era ingombro di scatoloni, pacchi e valigie.

« Abbiamo venduto la villa, ci trasferiamo a Roma » spiegò l'avvocato, lanciando un'occhiata a sua moglie. Lo fecero accomodare in salotto e si sedettero davanti a lui, sul divano.

« Rosalba aspetta un bambino... Abbiamo scelto di andarcene da Firenze... »

« Vi capisco... »

« Se è un maschio, lo chiameremo Giacomo » disse la donna, con le lacrime agli occhi. Bordelli abbassò lo sguardo, pensando che fosse un'idea nobile e coraggiosa. Un figlio era morto, e un altro stava per nascere... Prima o poi gli avrebbero raccontato cos'era successo al suo fratellino?

« Cosa doveva dirci, commissario? » chiese la signora Pellissari con una ruga sulla fronte, tormentandosi le dita. Bordelli prese tempo, per trovare le parole giuste. Fece un lungo sospiro...

« Ho scoperto chi sono gli assassini di vostro figlio. »

« Ah... » disse la signora, sbiancando. L'avvocato era scattato in piedi.

« L'ho scoperto da qualche mese, ma non avevo nessuna prova... E non volevo... »

« Quanti sono? Chi sono? » chiese l'avvocato, ansimando.

« Si sieda, la prego... » disse Bordelli. Dopo qualche secondo l'avvocato si lasciò andare di nuovo sul divano.

«Chi sono?» ripeté, cercando di dominarsi. Bordelli era quasi tentato di raccontare la verità fino in fondo, ma rinunciò subito all'idea. Non sarebbe stato prudente.

«Il destino ha già pareggiato i conti. Tre si sono suicidati, il quarto è stato ucciso stanotte.»

«I nomi!» lo incalzò l'avvocato, mentre sua moglie cercava di ritrovare il respiro.

«Sono morti... Tutti e quattro... Siete sicuri di volerlo sapere?»

«Sì...» disse Rosalba, sporgendosi in avanti. Bordelli annuì, anche se sapeva che per loro non sarebbe stato piacevole. In quei mesi si erano scavati una tana nella sofferenza, erano riusciti a trovare una specie di equilibrio rassegnato... Adesso dovevano buttare tutto all'aria e ricominciare da capo.

«Italo Signorini, il più giovane della comitiva. È stato lui a rapire Giacomo. Lo ha confessato solo a me, senza nessun altro testimone... Mi ha detto tutto, ha fatto anche i nomi degli altri... Poi però si è gettato dalla finestra, cancellando ogni possibilità di incriminare i suoi amici.»

La signora strinse un braccio a suo marito, mordendosi le labbra.

«Livio Panerai, il macellaio di viale dei Mille. Materialmente l'assassino di vostro figlio. A febbraio si è sparato in bocca con la doppietta.»

L'avvocato respirava a fatica, roteando la testa come un toro nell'arena.

«Moreno Beccaroni, avvocato...»

«No!» gridò la signora alzandosi in piedi, con una mano sulla bocca.

«Dio mio... Siamo stati al suo funerale... Era un collega...» balbettò suo marito, sconvolto. La mamma di Giacomo si rimise a sedere e affondò il viso tra le mani, trattenendo a malapena i singhiozzi, mentre l'avvocato le carezzava dolcemente la nuca.

Bordelli aspettava con pazienza, vedendo passare davanti agli occhi i cadaveri dei quattro compagni di giochi...

«Il quarto chi è?» chiese l'avvocato, cercando di dominarsi. Sua moglie alzò la testa, e i suoi occhi sembravano due castagne carbonizzate.

«Monsignor Sercambi, un alto prelato della Curia... È morto anche lui... Strangolato stanotte in casa sua... Lo hanno detto alla radio...» concluse Bordelli. La signora Pellissari si guardò intorno smarrita, e un attimo dopo cominciò a guaire come un cagnolino. Suo marito le passò un braccio intorno alla vita, riuscì a farla alzare e l'accompagnò fuori dal salotto. Tornò dopo quasi un quarto d'ora, e Bordelli si alzò. L'avvocato aveva ritrovato una certa calma, anche se non doveva essere stato facile.

«Immagino che non valga la pena di rendere pubblica questa mostruosità... Di denunciare comunque gli assassini...» disse, sforzandosi di ritrovare i ragionamenti di un uomo di legge.

«Nessuno ci crederebbe... Non esiste nessuna prova...»

«Penso che abbia ragione, anche se è dura da digerire.»

«Mi dispiace...»

«La ringrazio, commissario. Nessuno potrà restituirci nostro figlio, ma almeno sappiamo che i suoi assassini non vivono indisturbati. Non mi piace essere contento per la morte di qualcuno, ma in questa occasione non riesco a farne a meno.»

«Non è difficile da capire...»

«Grazie ancora.»

«Ho fatto solo il messaggero.»

«Finalmente è tutto finito... Adesso possiamo cercare di andare avanti.»

«Ritroverete la serenità, ne sono sicuro» disse Bordelli, accennando un difficile sorriso.

«L'accompagno...» Uscirono dalla villa in silenzio, e attraversarono il giardino pieno di fiori e di calabroni che ronzavano. Si fermarono sul cancello.

«Buon viaggio, avvocato. Saluti sua moglie da parte mia.»

«Addio, commissario.»

« Addio... » disse Bordelli, stringendogli forte la mano. Avviandosi lungo la strada sentì richiudere il cancello. Montò sul Maggiolino e proseguì giù per via Barbacane, portandosi dietro un malinconico senso di morte. Sbucò in viale Volta e voltò a destra.

Passando davanti alla casa dov'era nato gli venne in mente un pomeriggio di primavera di cinquant'anni prima... Aveva sei o sette anni, e aveva appena scoperto l'ebbrezza della morte... Fingeva di essere colpito da una pallottola, o pugnalato alle spalle, infilzato da una lancia, avvelenato... Si divertiva come un matto, a morire... Si gettava a terra, scalciava, esalava l'ultimo respiro... Era bravissimo a morire, e la mamma gli diceva che da grande avrebbe fatto l'attore...

Gli restava un'ultima cosa da fare, e si rese conto che aspettava quel momento da un sacco di tempo. Attraversò il cavalcavia delle Cure, imboccò viale Don Minzoni e pochi minuti dopo fermò il Maggiolino davanti alla guardiola della questura. Mugnai corse fuori per salutarlo, e si affacciò al finestrino.

«Dottore, come sta?»

«Ciao Mugnai, mi sei mancato.»

«La trovo bene, sembra ringiovanito...»

«Si vede che zappare l'orto fa bene.»

«Sudo solo a pensarci...»

«Ti serve qualche parola crociata?»

«Ho smesso con quella roba, dottore.»

«E adesso che fai?»

«Leggo 'Diabolik', è molto più divertente.»

«Non ne dubito...»

«Ha saputo dell'omicidio di stanotte?»

«L'ho sentito alla radio... Il dottor Inzipone lo trovo?»

«Credo di sì, non l'ho visto uscire.»

«Vado su un attimo.» Salutò Mugnai e parcheggiò nel cortile, come aveva fatto per anni. Salendo le scale incontrò qualche collega, e si fermò a scambiare due parole. Le guardie che incrociava gli facevano il saluto come se fosse ancora in servizio. Arrivò al secondo piano, bussò alla porta del questore ed entrò senza aspettare.

«Buongiorno, dottore...» disse, avvicinandosi alla scrivania. Inzipone lo accolse con uno sguardo stupito, che subito si trasformò in una specie di sorriso.

«È una giornata del cazzo, altro che buongiorno...» Si alzò per stringergli la mano e si rimise subito a sedere, appoggiando i gomiti sulla scrivania.

«Lo so, ho ascoltato la radio» disse Bordelli. Era rimasto in piedi, non aveva intenzione di trattenersi a lungo.

«Ci mancava anche questa, puttana di una miseria!» bestemmiò il questore.

«La vita è piena di sorprese...»

«Ma lei cosa ci fa qui, comm... dottor Bordelli?» disse Inzipone, come svegliandosi.

«Se permette... Sono venuto per dirle una cosa.»

«Mi dica...»

«Se mi volete, sono pronto a tornare.»

«Sta dicendo sul serio?» disse il questore, sgranando gli occhi.

«Ho paura di sì.»

«Lo sapevo... L'ho sempre saputo...» borbottò Inzipone. Aprì un cassetto, tirò fuori il tesserino e la pistola di Bordelli e li depositò sulla scrivania.

«La ringrazio» disse il commissario, raccogliendo i suoi attrezzi di lavoro.

«Quanto prima comunicherò a Roma il suo immediato rientro in servizio.»

«A partire da domattina, se non le dispiace.»

«Sarebbe meglio subito...»

«Chi è che si occupa dell'omicidio di stanotte?»

«Il commissario Del Lama... Non lo conosce, è arrivato da poco... Giovane, ma in gamba...»

«Avete già qualche idea?»

«Del Lama ha interrogato tutta la mattina l'autista di monsignore, ma non è saltato fuori niente... Di certo quel poveraccio non c'entra nulla... Non fa che piangere... Adorava il suo padrone... Per il resto, buio totale... Nessuno ha visto nulla, nessuna impronta... E come se non bastasse c'è di mezzo anche una svastica...»

«Una svastica? In che senso?»

«Senta, dottor... Anzi, commissario Bordelli... Perché non si occupa lei di questa maledetta faccenda?»

«La ringrazio del pensiero, ma preferisco aspettare il prossimo omicidio. Non voglio rubare a Del Lama l'emozione di arrestare l'assassino.»

«Questo è un caso difficile, ci vuole una persona di esperienza.»

«Se vuole posso dare qualche dritta a Del Lama...»

«E sarebbe?» disse il questore, fissandolo.

«Innanzitutto dovrebbe scandagliare a fondo la vita privata della vittima. Di solito un omicidio del genere nasconde qualcosa d'inaspettato. Potrebbe saltare fuori che il prelato aveva una doppia vita. Forse prestava i soldi a usura, oppure vendeva indulgenze sotto banco, o magari era un pervertito sessuale che stuprava i bambini... Anzi ho cambiato idea, se vuole me ne occupo io...»

«No no no, se la mette così non se ne parla nemmeno. Vuole scatenare uno scandalo? Mi ha telefonato un pezzo grosso del Vaticano, e addirittura il ministro Taviani. Devo riferire ogni giorno gli sviluppi delle indagini... Ho l'ordine di procedere con estrema delicatezza, altro che frugare nella vita di monsignore...» disse Inzipone, piegando nervosamente una penna come se volesse spezzarla.

«Va bene, dottore.»

«Ci mancava anche la svastica, ci mancava...» borbottò il questore, mordendosi le labbra.

«Mi scusi, quale ufficio posso usare?»

«Può riprendersi il suo, non l'ha usato nessuno.»

«Mi fa molto piacere, sono abitudinario... Le auguro una buona giornata...»

«Arrivederci, Bordelli.»

«In bocca al lupo per le indagini delicate...»

«Che crepi, maledetto lupo!» gridò quasi Inzipone. Il commissario fece un lieve inchino e se ne andò, ignorando il mormorio amaro del questore.

Scese al primo piano e spinse la porta del suo ufficio.

L'aria sapeva di chiuso, e spalancò i vetri. Da uno squarcio tra le nuvole filtrava una luce dorata, quasi abbagliante. Erano passati meno di sei mesi da quando aveva lasciato la pistola e il tesserino sulla scrivania del questore, ma era come se fosse ritornato da un viaggio lungo decenni. Quante volte si era affacciato da quella finestra, cercando di mettere un po' di ordine nei pensieri... Quanti passi su e giù per la stanza... Quante sigarette aveva fumato osservando un moscone moribondo che sbatteva sulle pareti...

Lasciò aperta la finestra e si sedette alla *sua* scrivania... Nella sua mente affiorarono altri ricordi... Deposizioni... Interrogatori... Confessioni... Passò un dito sulla polvere, e gli venne da sorridere. Nulla più della polvere era capace di rappresentare il tempo.

Chiuse la pistola nell'ultimo cassetto in basso, dove era sempre stata. Ancora tre anni e lo avrebbero mandato in pensione. Ma da quando viveva in campagna, l'idea non lo spaventava più.

Alzò il telefono e chiamò Mugnai, per chiedere se Piras era in servizio.

«È fuori in pattuglia, commissario. Ma sta per finire il turno, tra pochi minuti dovrebbe rientrare.»

«Appena arriva gli dici di salire da me, per favore?»

«Di preciso dove, commissario?» chiese Mugnai, perplesso.

«Nel mio ufficio... Ti annuncio ufficialmente che da domattina rientro in servizio.»

«Nooo! Questo è un gran giorno, commissario. Domani vengo su da lei con lo spumante.»

«Per adesso non dirlo a nessuno.»

«Muto come un pesce, commissario... Muto come un pesce...»

Si salutarono, e Bordelli accese la prima sigaretta della giornata. Si mise a fissare il muro di fronte, accorgendosi di ricordare ogni crepa dell'intonaco. Chissà quanti capelli si stava strappando il povero commissario Del Lama, alle prese con la sua indagine «delicata». Senza ficcare il naso dappertutto non era possibile fare passi in avanti, e l'omicidio di monsignor Sercambi era molto difficile da decifrare... Qual era il movente? Nessuno poteva indovinarlo. E l'arma del delitto? Due mani infilate nei guanti. Testimoni? Non ce n'erano. Nemmeno il migliore investigatore avrebbe cavato un ragno dal buco. Nessuno poteva farcela, contro il destino...

Lasciò perdere monsignore, continuando il suo viaggio sconclusionato nei ricordi, e il suo ufficio si popolò di ombre. Quante persone si erano sedute davanti a lui, per rispondere alle sue domande? E se una volta si era sbagliato? Se aveva mandato in galera un innocente? Di sicuro una volta aveva fatto il contrario, lasciando libero un assassino che aveva ucciso un usuraio... E adesso lasciava libero anche se stesso...

Sentì bussare, la porta si aprì e apparve Piras.

«Commissario... Non mi dica che...»

«Sono di nuovo qua, Piras.»

«Ne sono felice...» disse il sardo, spazzando via il fumo con la mano.

«Mi aspettavo almeno un urlo alla Tarzan.»

«Io urlo dentro, dottore.»

«Il famoso urlo silenzioso dei sardi...»

«Posso farle una domanda?»

«Prego... Perché non ti siedi?»

«È stato lei a uccidere i tre assassini di Giacomo?» disse il sardo a bruciapelo, restando in piedi. Fissava Bordelli negli occhi, come se volesse scoprire la risposta dal suo sguardo.

«Che ti prende, Piras?»

«Volevo dirle che se è stato lei, ha fatto bene.»

«Non sono stato io, Piras... Si vede che era scritto...» disse Bordelli.

«Se mi avesse chiesto di darle una mano, lo avrei fatto volentieri» insisté il sardo.

«Non ho fatto nulla, Piras. Ho solo avuto pazienza, e l'attesa è stata ripagata...»

Si sedette a tavola davanti a un piatto di pasta, senza accendere il televisore. Aveva passato il resto del pomeriggio a gironzolare per i vicoli del centro, girandosi a sbirciare le gambe nude delle ragazze.

Appena era tornato a casa aveva acceso un grande fuoco, e ogni tanto si voltava a guardare le fiamme che si contorcevano. Dalla venatura di un ciocco ancora fresco usciva una lingua di fumo denso che soffiava come un serpente. La ciotola di Blisk era ancora al suo posto. Gli bastava osservarla per rivedere l'orso bianco correre nel bosco...

Ormai ne era certo, non avrebbe mai raccontato a nessuno la fiaba dei quattro orchi. Adesso che tutto era finito, poteva cogliere fino in fondo l'enormità di ciò che aveva fatto. Avrebbe sopportato da solo il peso di quella brutta storia, era giusto così. La responsabilità era soltanto sua, non doveva dividerla con nessuno. Non sapeva capire se si sentisse veramente colpevole. Ma aveva agito con convinzione, e se fosse tornato indietro avrebbe fatto la stessa cosa. Non per questo poteva dire che era stata una passeggiata...

Era finita un'epoca, e se ne apriva un'altra. Chissà quali altre sorprese lo aspettavano. La mattina dopo avrebbe ripreso servizio in questura, e al primo omicidio sarebbe andato a caccia di colpevoli... Cos'è che realmente lo spingeva a braccare gli assassini? Era soltanto una semplice volontà di giustizia? Oppure era guidato da un motivo oscuro che poteva manifestarsi attraverso il suo mestiere? Forse era una specie di tara psichica, il bisogno ossessivo di rimettere a posto gli equilibri che si spezzavano, di chiudere il cerchio.

Da bambino non riusciva ad addormentarsi se non aveva capito come mai suo padre era di malumore, o se aveva visto sua mamma asciugarsi furtivamente una lacrima.

Finì di cenare e andò a sedersi davanti al camino, con il bicchiere in mano. Aveva acceso anche una sigaretta... Gli mancava soltanto Venere, per ridursi in cenere. Dall'alto della credenza, il teschio lo guardava sorridendo... Stava cercando di dirgli qualcosa? Forse era la stessa cosa che stava pensando lui... Adesso che tutto era finito, forse poteva rivedere Eleonora. Le avrebbe detto che la fiaba cattiva era finita, l'orco era stato sconfitto... *E tutti vissero felici e contenti*... Perché non poteva essere davvero così? Buttò la cicca tra le fiamme e si alzò, spinto dall'impazienza. Prese carta e penna e si sedette al tavolo.

Cara Eleonora,
non ho mai smesso di pensarti, e finalmente trovo il coraggio di scriverti. Quello che è successo mi pesa come un macigno sulla coscienza, ma non posso rassegnarmi all'idea che qualcosa di bello possa essere distrutto dalla malvagità. Ho molte cose da raccontarti, se vorrai ascoltarle. Non sono bravo a esprimere quello che sento, le parole giuste le trovano solo i poeti. Posso solo dirti che vorrei averti qui, tra le mie braccia. Ho cambiato casa, sono andato a vivere in campagna. Ti lascio il mio nuovo numero di telefono. Se vorrai chiamarmi, ne sarò felice.
Franco

Finalmente era riuscito a scrivere qualcosa di accettabile, forse perché non si era preoccupato di trovare le parole adatte. Aveva solo cercato di essere sincero. Piegò la lettera con cura, e la spianò con la mano. La mattina dopo avrebbe comprato una busta, e dopo averla chiusa leccando la colla ci avrebbe scritto sopra l'indirizzo di Eleonora... Immaginò il momento in cui l'avrebbe imbucata... Vide la lettera che veniva inghiottita dalla bocca metallica della cassetta della posta...

Si alzò scuotendo il capo, si avvicinò al camino e gettò la lettera nel fuoco. La guardò bruciare tra le fiamme, pensando che ancora una volta avrebbe lasciato fare al destino.

Uscì per fare due passi, e s'incamminò nell'oliveto. Nonostante fosse notte, dalla vallata arrivava lo schiamazzo degli uccelli in amore... Ogni maschio cercava disperatamente la sua femmina...

«Vuoi tu, Marianna Salimbeni, prendere come tuo legittimo sposo il qui presente Peppino Diotivede, per amarlo, onorarlo e rispettarlo, in salute e in malattia, in ricchezza e in povertà, finché morte non vi separi?»

«Sì...» disse Marianna, e Rosa si asciugò una lacrima lanciando un'occhiata a Bordelli.

«E vuoi tu, Peppino Diotivede, prendere come tua legittima sposa la qui presente Marianna Salimbeni, per amarla, onorarla e rispettarla, in salute e in malattia, in ricchezza e in povertà, finché morte non vi separi?»

«Certo, sono qui per questo...»

«Dovrebbe dire *Sì*» sussurrò il prete, mentre la gente rideva.

«Sì, lo voglio...»

Ringraziamenti

Laura e Enneli... Semper...

Neri Torrigiani: sulla porta della camera da letto della sua casa di campagna ha appeso il cartoncino autografo del suo quadrisnonno Davide, padre del poeta Renato Fucini, il cui testo integrale viene citato da Dante Pedretti alla cena di compleanno di Bordelli, durante il suo racconto sulla morte di nonno Alfonso.

Stella Viera e Vania Dionisi, per la consulenza francese.

Domenico Antonioli, per la consulenza massese.

Piera Biagi e Cesare Rinaldi, per la consulenza agricola.

Carlo Zucconi, per le lunghe e proficue chiacchierate nei boschi.

Laura Nosenzo: con la Parker che mi ha regalato ho corretto questo romanzo. Una Parker è sempre una Parker.

Il commissario Franco Bordelli, per avermi generosamente raccontato una delle storie più difficili della sua vita.

TRE INTERVISTE

da *Morte a Firenze* a *La forza del destino*

Bordelli si racconta da solo
Intervista di Alessandra Stoppini*

All'inizio di Morte a Firenze *appare una frase di Curzio Malaparte tratta da* Mamma marcia, *nel contesto ha un suo particolare significato?*

Le epigrafi non devono essere spiegate, sono brevi e intense sentenze rubate da un libro, e servono solo a dare una suggestione che abbia a che fare con il romanzo che suggellano. E sono anche omaggi.

Possiamo definire Morte a Firenze *come il romanzo più amaro e cupo della serie dedicata al commissario Bordelli, e non solo perché è ambientato durante l'alluvione di Firenze del '66?*

Sì, senza dubbio è il romanzo della serie Bordelli più cupo e amaro, e anche il più cattivo, se così si può dire. Ci sono momenti leggeri in cui capita di sorridere, ma è fondamentalmente un romanzo scuro... come la città in cui si svolge la storia, questa Firenze che da lontano può apparire ridente e luminosa, ma che da vicino è tutt'altra cosa.

Franco Bordelli ha 56 anni, gira in Maggiolino, è uno scapolo convinto che non disdegna di ammirare le belle ragazze in minigonna, fuma troppo e ama mangiare bene. A quale personaggio ti sei ispirato per tratteggiare la personalità del commissario?

Non mi si prenda per matto se dico che Bordelli si è raccontato da solo. Non sento di averlo inventato o creato (come spesso si dice dei personaggi letterari), la sensazione è quella di averlo conosciuto a poco a poco, via via che le pagine si scrivevano davanti ai miei occhi.

Per quale motivo hai scelto di ambientare la trama dei tuoi noir negli anni Sessanta?

Non è stata una scelta a tavolino. Dopo le prime pagine del primo romanzo ho visto salire Bordelli su un vecchio Maggiolino e ho capito di essere negli anni Sessanta, un'epoca che ricordo con molto piacere. Ho lasciato che Bordelli continuasse a trasportarmi sulle strade di quei tempi ormai mitici, lontanissimi ma ancora vicini.

Nel romanzo il protagonista ricorda la propria esperienza di soldato appartenente al Reggimento San Marco durante la seconda guerra mondiale, mentre si trova costretto a risolvere un giallo senza apparente soluzione. È arrivato il tempo dei bilanci per il nostalgico Bordelli?

Colgo l'occasione per dire che di solito chi parla del passato di guerra di Bordelli lo definisce un partigiano, mentre invece apparteneva all'esercito regolare. Mio padre (a cui ho rubato tutti i ricordi di guerra di Bordelli) mi diceva spesso: « Tutti dicono e diranno che l'Italia è stata liberata dagli Americani e dai partigiani, ma c'eravamo anche noi... i dimenticati ». Il San Marco era (ed è) un corpo speciale delle Marina Militare. Ma ancora adesso se uno ha combattuto contro i fascisti e nazisti e non è un « alleato », è per forza un partigiano. Credo che sia un errore da correggere. Ma per rispondere alla domanda: credo che quelli come Bordelli non smettano mai di fare bilanci... purtroppo per loro.

Proprio in questi giorni ricorre il 43° anniversario dell'alluvione di Firenze. Che ricordi personali conservi di quel periodo?

Ricordo tutto con molta nitidezza, ma la notte del 4 non ero a Firenze. Per il lungo « ponte dei morti » eravamo andati in una casa di campagna. Ricordo la muraglia di pioggia che sembrava non dovesse smettere mai, le candele accese, mia madre che pregava... Poi la radiolina a batterie che gracchiava. Il documentario con Richard Burton dove si vedeva la città sommersa dal fango. Il giorno dopo siamo tornati a Firenze, e lungo la strada ho visto scene apocalittiche.

Anche Bordelli si trova a spalare il fango e a partecipare alle operazioni di soccorso. La tua è una ricostruzione precisa di quei tragici avvenimenti. A parte i ricordi giovanili e i racconti, su quali fonti ti sei documentato?

Mi sono stati di grande aiuto i quotidiani dell'epoca e i documenti dell'IGM, l'Istituto Geografico Militare (materiale che Leonardo Gori mi ha gentilmente prestato), altri interessanti libri e gli archivi della Rai. Ho fatto una vera «immersione» nei giorni dell'alluvione, con la sensazione di sentire nel naso il puzzo di liquami e di nafta...*

* IlRecensore.com, 2 novembre 2009.

I romanzi belli sono fatti di scrittura
Intervista di Serena Bedini*

Il commissario Bordelli è un personaggio molto particolare: ha un carattere forte, ben definito, ma non senza debolezze. In questo nuovo romanzo è palese la sua umanità e vulnerabilità ma al contempo anche la sua capacità di rimettersi in gioco ancora una volta. Sembra quasi una persona che esiste realmente. È così?

Certo che esiste... Ogni tanto vado a trovarlo e lui mi racconta una storia.

Nella Forza del destino *Bordelli si sente sconfitto: ritieni che sia necessaria la sconfitta per ricominciare a credere in qualcosa, o ogni sconfitta ci costringe lentamente ad abbandonare la presa?*

Dipende dal carattere di ognuno. C'è chi vive la sconfitta come una piccola morte e chi invece dalla sconfitta esce con un senso di libertà che gli permette di trasformare la vita.

Il destino esiste veramente o è solo un utile espediente per scrittori?

Non so mai dare una risposta a questa domanda, ma una volta, molti anni fa, su insistenza di un amico mi sono fatto leggere la mano da una signora: non ha sbagliato nulla, ogni cosa che mi ha detto si è verificata... e l'ultima « profezia » era distante quattro anni. Non mi farò mai più leggere la mano da nessuno, non voglio sapere nulla del futuro. Ma mi è rimasta dentro la sensazione che il destino esista, anche se per indole sono più portato a credere nel caso.

*Prima che il destino entri in azione, Bordelli si arrende, apparentemente, e si dà all'*otium *tanto amato dagli scrittori latini: la coltivazione delle piante e la vita tranquilla diventano il suo rifugio. Non è la prima volta che nei tuoi libri appare questo tipo di «fuga», mi riferisco ad esempio a* Nero di luna *(2007) in cui il protagonista faceva una scelta simile per ritrovare la sua ispirazione di scrittore. Anche tu cerchi sostegno e rifugio nella quiete della campagna?*

Sono nato e cresciuto a Firenze, ma vivo in campagna da quasi trent'anni. Mi piace camminare, mi piace il silenzio. Nessuno mi riporterà in città, anche se a volte il ritmo della metropoli mi diverte (non parlo di Firenze, ovviamente).

La violenza è pane quotidiano per Bordelli, che suo malgrado si confronta con la bassezza degli uomini. Per te descrivere violenze è un modo per difendersi dall'aggressione delle immagini e delle storie a cui quotidianamente i media ci sottopongono?

Non saprei dire come mai ho la tendenza a raccontare la parte peggiore dell'uomo, forse è un esorcismo, o forse è un modo per conoscere più da vicino ciò che mi spaventa. Ma mi piace anche scrivere storie con i toni della commedia. Comunque sia, anche raccontando la storia più cupa cerco sempre una scrittura «leggera».

Scrivere un buon noir significa imbastire una buona trama che riesca ad indurre nei lettori emozioni molto forti, tensione, per non dire paura. Sei d'accordo?

Mi permetto di dissentire. Questa idea che un buon romanzo, soprattutto un noir, sia costituito da una «buona trama» è un grande inganno. È per questo che molti romanzi di genere sono scritti male, proprio perché ci si è fidati di una bella trama studiata a tavolino. L'illusione viene dal fatto che un bel romanzo ovviamente racconta una «storia», e dunque si ha l'impressione che sia appunto la trama a farci emozionare. Ma non è così. I romanzi belli, quelli che ci coinvolgono in profondità, sono fatti di «scrittura». È la scrittura che ci trascina dentro le vicende. La trama è secondaria. Molti romanzi meravigliosi, di ogni epoca, hanno trame di poco conto, mentre la cattiva scrittura fa un buco nell'acqua anche se ha per le mani una storia bellissima.

* «i.OVO», Rivista di arte e cultura contemporanea, febbraio 2012.

Un giallo a dispetto del giallo
Intervista di Cecilia Barbieri*

Molto spesso hai scelto di ambientare le storie dei tuoi personaggi nel Chianti. Perché?

Quando vivo in un luogo, anche per poco tempo, prima o poi mi viene il desiderio di raccontarlo. Abito nel Chianti ormai da trent'anni, dunque per me è normale che ogni tanto questa terra si prenda il suo spazio nelle storie che scrivo. Trovo che la campagna sia uno scenario narrativo magnifico e assai vario in cui raccontare le infinite sfumature dell'animo umano. E poi mi piace vedere come cambiano i colori con il succedersi delle stagioni. Nonostante le apparenze, in campagna nulla è mai immobile, a differenza delle città dove spesso i quartieri restano più o meno uguali per decenni o magari per secoli.

Nella Forza del destino *Bordelli «era riuscito a vendere la casa di via del Leone e aveva comprato un casale in campagna, nel comune di Impruneta». C'è qualcosa di autobiografico nella scelta del protagonista di trasferirsi dalla città nella campagna imprunetina?*

Eh sì, è proprio a Impruneta che abito. Ho seguito l'esempio del commissario, anche se quindici anni dopo di lui.

Hai ambientato parte di questo libro a Impruneta, Mezzomonte, Panca, Badia Montescalari, Pian d'Albero... facendo correre il protagonista col suo storico maggiolino sull'imprunetana o attraversare a piedi i boschi e le stradine di campagna. Come mai ha scelto proprio di descrivere questa parte del Chianti?

Appunto perché ci abito da trent'anni. Ho visto cambiare questa parte di mondo, così come ho visto cambiare Firenze. Quando sono venuto ad abitare in pianta stabile a Impruneta – nella stessa casa dove da bambino la mia famiglia si trasferiva a primavera – era un paese tranquillo e abitato quasi esclusivamente da chi ci era nato, adesso è diventato quasi un quartiere periferico di Firenze, dove si fanno lunghe code alle Poste e a volte si fatica a trovare un parcheggio. Ma resta comunque un luogo bellissimo.

Si parla anche del Peposo alla fornacina, piatto tipico del luogo. Sai cucinarlo?

Purtroppo no, ma mi piacerebbe. Cucinare mi diverte, anche se non lo faccio spesso.

Spesso dichiari che è Bordelli stesso a raccontarti le sue storie, come se fosse realmente vissuto. Da dove nasce la tua prima idea di scrivere un libro su di lui?

Bordelli è nato in un pomeriggio del 1995, in cui mi dissi: « Ho scritto in mille modi e in mille direzioni, ma non ho mai scritto un poliziesco. Vediamo cosa salta fuori se ci provo ». Non sono un appassionato del genere poliziesco in sé, e credo infatti che i romanzi con il commissario Bordelli siano più « romanzi » che « gialli ». Ma mi sentivo incoraggiato a tentare quella strada dalla lettura dei bellissimi romanzi polizieschi del grande Dürrenmatt, di cui avevo amato anche tutti gli altri romanzi. Mi dissi insomma che si poteva scrivere un giallo anche a dispetto del giallo, e così ho cercato di fare.

Nella sua fase « bucolica » Bordelli realizza un suo desiderio e si fa insegnare dal suo amico Botta a tenere un orto. Anche tu coltivi un orto?

Ci ho provato diversi anni fa, ma ho dovuto rinunciare. I miei pomodori erano piccoli e pallidi, quelli del contadino accanto, Cesare, erano grandi e rossi. Una sera andai da Cesare e gli chiesi come mai. Lui mi rispose: «Io un romanzo non lo saprei scrivere». Nessuna risposta poteva essere più chiara di questa. E così ho rinunciato. Adesso mi occupo soltanto di basilico e di peperoncini, nulla di difficile.

C'è qualche personaggio di questo nuovo libro che ti è stato ispirato da persone che hai visto o conosciuto di queste parti?

Sì, è successo. Ma preferisco non dare riferimenti precisi.

Ci puoi spiegare questo titolo? Come mai si parla di destino?

Quando ero abbastanza avanti con il romanzo ho capito che questo era l'unico titolo possibile, anche se Verdi me lo aveva rubato un secolo e mezzo fa... Bordelli dialoga con il destino, lo stuzzica, lo interroga, avventurandosi in una storia assai dolorosa.

Non ami essere definito un giallista, allora come definiresti la tua scrittura?

Vorrei non definirla.

Le tue pagine sono piene di ambientazioni e atmosfere, che raccontano e descrivono paesaggi di queste parti. È quello che vede Marco Vichi nelle sue passeggiate in campagna?

Vado spesso a camminare nei boschi qua intorno, ogni volta che posso. Quello che vedo resta nei miei occhi e chiede di essere raccontato.

Se mai verrà fatto un film sulle storie di Bordelli, cosa che ci auguriamo, ti piacerebbe che fosse girato anche qui a Impruneta?

Chissà se il commissario apparirà mai sullo schermo, ma se accadesse mi piacerebbe che fosse girato negli stessi luoghi del romanzo, dunque anche a Impruneta.

Hai già pensato alla prossima storia del nostro amato commissario? Sai già se rimarrà a vivere in campagna?

Certo che rimarrà in campagna. Ma per il momento non mi ha raccontato nuove storie. Lo vado a trovare quasi ogni settimana, nella speranza che prima o poi abbia voglia di rimembrare il tempo passato.

Un'ultima domanda. Marco Vichi crede nel destino?

A volte sì, a volte no.

* «Metropoli», 17 febbraio 2012.

SCOPRI

LA MUSICA DEL COMMISSARIO BORDELLI

di Alessandro Pinneri e Ruggero Rossignoli

WWW.ROSPIMUSICA.EU

Ruggero Rossignoli
Alessandro Pinneri

Le musiche ispirate alle vicende del commissario Bordelli di Marco Vichi sono state composte in modo da essere un accompagnamento sonoro per immergersi nell'atmosfera dei romanzi, tenendo conto del periodo di ambientazione delle varie storie: la Firenze a cavallo tra gli anni '60 e '70. L'ascoltatore si troverà a passare dai fatti catastrofici dell'alluvione del 1966 alle suggestioni di un paesaggio notturno fiorentino, dalla brutalità dei ricordi di guerra del commissario alla vitalità dei personaggi comprimari.
Il progetto è stato concepito come una vera e propria colonna sonora: temi personalizzati, ricorrenti e differenziati negli arrangiamenti, affiancati da documenti audio del tempo.
Buon ascolto.

Finito di stampare
nel mese di febbraio 2024
per conto della TEA S.r.l.
da Rotolito S.p.A.
Seggiano di Pioltello (MI)
Printed in Italy